Martin Guth

Meine Frau, ihr Mann und ich

Roman

Eulenspiegel Verlag

Für meine Familie

Playlist

Intro

Über fünfzehn Jahre lang hat Heike das getan, was Frauen wirklich gut können: ihren Ehemann verbiegen, sich ihn zurechtkneten und irgendwie passend machen. In unscheinbaren und jederzeit bekömmlichen Dosen infiltrieren die Frauen uns Männer, ohne dass wir auch nur einen Hauch davon mitbekommen. Mehr noch, sie agieren dabei so geschickt, dass wir unsere Eigenmutation am Ende sogar noch gut finden.

Ich war immer stolz, wenn Heike ihren Freundinnen erzählte, was für einen modernen Mann sie doch hat, der sie bekocht, für die Kinder da ist und im Haushalt mithilft. Und es stimmte ja auch. Aus dem einst rebellischen Musiker-Freigeist und Scirocco-fahrenden Vorstadtcasanova war ein familienorientierter und herzenstreuer Frauenversteher mit Minivan geworden.

»Du bist der einzige Mucker, den ich kenne, der auch Gleichstellungsbeauftragter sein könnte«, hatte unser Gitarrist Mark mal gesagt, als ich mich auf dem Weg zu einem Auftritt aus purer Gewohnheit an der Autobahn zum Pinkeln auf einen bemoosten Baumstumpf hockte.

Es war mir völlig egal, dass mich meine Mit-Musiker für einen langweiligen Spießer hielten, denn ich hatte meinen Platz an Heikes Seite gefunden und war meilenweit davon entfernt, ihn jemals wieder zu verlassen. Alles war gut, so wie es war.

Jedenfalls bis zu jenem Abend, an dem ein muskel-
bepacktes Testosteron-Terrorkommando in mein massiv
gebautes Beziehungshochhaus donnerte und mir meinen
persönlichen Nine-Eleven bescherte. Danach war nichts
mehr wie zuvor.

1

She works hard for the money

Endlich Pause. Hastig verließen wir die Bühne des Hotels Steigenberger Frankfurter Hof. Einmal mehr hatten wir schmatzenden Bankern einen »Dinnermusik-Block« mit all den Billy Joels, Elton Johns und Frank Sinatras dieser Welt zu ihrem edlen Hauptgang serviert. Immerhin hatten wir nun den ödesten Part unseres Jobs hinter uns. Entsprechend gut gelaunt stürzten wir uns in der Garderobe auf unser Band-Catering, das zwar ansprechend aussah, mengenmäßig aber so schwachbrüstig daherkam wie eine rumänische Bodenturnerin. Unter einer schicken Haube langweilten sich jeweils vier kleine Gnocchi neben einem Miniaturstück Wildschweinbraten an einem Hauch von blanchiertem Wurzelgemüse. »Erst wenn die letzte Crème brûlée abgefackelt, die letzte Auster geschlürft, das letzte Huhn geperlt und der letzten Gänseleber das Maul gestopft ist, werdet ihr merken, dass man von einem Michelin-Stern nicht satt wird«, schrieb Mark, unser Gitarrist, an diesem Abend ins Gästebuch des Hotels.

Nachdem ich mich so richtig hungrig gegessen hatte, musste ich erst mal eine rauchen. Ich lief den kleinen Flur in Richtung Personaleingang hinunter und schob mir eine Kippe anzündfertig in den Mund. Plötzlich hörte ich ein Geräusch. Aus der angelehnten Tür des Stuhllagers quietschte es in einer rhythmischen Gleichmäßigkeit, die unseren Schlagzeuger Oli begeistert hätte. Dazu gesellte sich ein dumpfes Stöhnen, gepaart mit einigen schrillen »Jas« und »Ohs«. *Gepaart* ... Ich benutze nicht von ungefähr dieses Wort, denn mir war schnell klar, was da im Stuhllager vor sich ging.

Vorsichtig schob ich mich durch den schmalen Türspalt und sah, wie es links hinten in der Ecke zwei Menschen derart heftig im Stehen trieben, dass die Stuhltürme, an denen sie lehnten, bedrohlich schwankten. Lautlos machte ich einen kleinen Schritt nach vorne, um noch besser sehen zu können.

Nee, oder? Das war doch Dr. Juncker, der künftige Vorstandschef der HESSENBANK. Vor gut einer Stunde hatte er drüben im großen Saal noch einen Multimedia-Vortrag über die vielschichtige Neuausrichtung der wichtigsten Bank Hessens gehalten. Überall lagen Broschüren aus, die ihn als toughen Geschäftsmann, aber auch als treusorgenden Familienvater neben aufgesetzt lächelnder Frau und gequält grinsenden Kindern zeigten.

Aber es gab keinen Zweifel, es war tatsächlich Mr. Finanzstrahlemann, der gerade in einem schäbigen Lagerraum seine schneidige Power-Point-Assistentin schnörkellos gegen die Stuhltürme fusionierte. Die Geräusche wurden lauter, es war ohren- und augenscheinlich, dass der außereheliche Stuhllagerakt auf das Ende zuging. Ein Finale furioso. Mr. Focus-Money gab alles. Sein Chart erreichte den Break-even, die Schlussperformance war beachtlich.

Ohne nachzudenken zündete ich mir die Kippe an, um auf den Punkt genau einen genüsslichen »Zug danach« nehmen zu können. Dann der Crash. Auf dem Weg zum Tageshöchstwert erinnerte sich das karrieregeile Fondsluder an ihren mittelhessischen Zumba-Kurs und begann, wie wild mit den Armen zu rudern. *She works hard for the money* hätte Donna Summer die Szenerie nicht treffender untermalen können. Der Blue-Chip der HESSENBANK war indes bereits unüberhörbar bei der Gewinnmitnahme.

Ich schloss die Augen, inhalierte einen Zug bis tief unter die Milz und blies ihn dann genüsslich in Richtung Zimmerdecke. Als ich die Augen öffnete, starrte ich in ein kleines rotes Lämpchen inmitten eines runden Kästchens. O nein! Panisch und dennoch lautlos versuchte ich, die Wolke wieder einzusaugen. Vergeblich. Sie war unaufhaltsam auf dem Weg in Richtung Rauchmelder.

»Scheiße«, rutschte es mir raus. Leider etwas zu laut. Der ertappte Banker schnellte mit einem Ruck zu mir herum. Unsere Blicke trafen sich für einen kurzen, aber intensiven Moment. Seine Gesichtszüge wirkten entrückt, irgendwie alienartig. Sehen wir Männer eigentlich alle so scheiße aus, wenn wir ... naja, Sie wissen schon, im Cashflow sind?

Das abrupte Umdrehen des kommenden Vorstandschefs hatte fatale Folgen, denn er zog die über mehrere Gliedmaßen mit ihm verbundene Fonds-Fackel derart ruckartig mit sich, dass sie die drei ineinander verkeilten Stuhltürme mit sich riss, die auf das halbnackte Pärchen einstürzten und es unter sich begruben.

Einen Moment lang war es mucksmäuschenstill. Ich stand da wie vom Donner gerührt und von James Bond geschüttelt. Angewurzelt, absolut regungslos und leer. Plötzlich ein ohrenbetäubender Lärm. Der Rauchmelder hatte angeschlagen und sirente um sein Leben.

Endlich war wieder genug Blut in meinem Kopf, dass ich einen Gedanken fassen konnte: nix wie weg hier. Aber es war schon zu spät, ich stand tropfnass im Regen.

Die Brandschutzsicherheitstechnik im Steigenberger ist wirklich großartig. Falls Sie mal dort sein sollten, seien Sie unbesorgt. Hier kann nie und nimmer ein nennenswerter Brand entstehen. Nicht bei den Wassermassen, die sich nach einem klitzekleinen Zug an einer Zigarette von der Decke eines popligen Stuhllagers ergießen.

Ich löste mich aus meiner Starre und huschte triefend nass durch den Flur zurück zur Garderobe. Oli kaute noch an einem letzten Gnocchi, und Mike hatte ein Stück Weißbrot sowie die HESSENBANK-Broschüre in der Hand. Beide starrten mich fassungslos an.

»Ich war die ganze Zeit bei euch, okay?«, rief ich ihnen hektisch entgegen.

»Was bitte?«, fragte Oli und verschluckte sich dabei fast.

»Ich … ich … war bei euch, in der Garderobe, ja?«, stammelte ich panisch und hatte schon eine kleine Wasserlache unter mich getropft.

Niemand reagierte. Einer schaute verstört zum anderen. Dann endlich hörte ich Mike sagen: »Mann, Jungs, guckt ihr denn keinen ›Tatort‹? Er war bei uns. Er war die ganze Zeit bei uns.« Eindringlich schaute er die anderen an, ehe er mir zulächelte. »Natürlich. Wo sollst du denn auch sonst gewesen sein?«

»Maximal in der Garderobendusche«, frotzelte Oli, als ich mir mein nasses Hemd auszog.

Knapp zwei Stunden später überquerte ich das Bad Homburger Kreuz in Richtung Norden. Es war gerade einmal 21.30 Uhr. Ich war schlappe drei bis vier Stunden früher dran als geplant. In dem ganzen Trubel hatte ich völlig vergessen, Heike anzurufen. Eventuell würde sie ja noch mit dem Abendessen auf mich warten. Dazu ein schönes Glas Rotwein und später vielleicht ein kleines Joint Venture im Schlafzimmer. Das Beste an diesem Abend war, dass mir heute der vierte Showblock erspart blieb. Den hasse ich noch mehr als den ersten. Es ist nämlich völlig egal, ob man in einem »Gasthof mit Fremdenzimmer« für eine Vogelsberger Landmaschinenfirma spielt oder in einem Nobelhotel vor Wirtschaftsgurus. Am Ende des Abends kommen sowohl Lagerarbeiter als auch Topmanager auf einen zugetorkelt und wünschen sich den »Holzmichl« oder »was von der geilen Helene Fischer«.

Die A5 war fast leer, die Ausfahrt Friedberg und die Raststätte Wetterau flogen an mir vorbei. Ich konnte mich nicht erinnern, mit der Broadway Connection schon einmal so früh Feierabend gehabt zu haben. Aber gut, es waren ja auch außergewöhnliche Umstände. Und das just an dem Abend, der um ein Haar bereits im Vorfeld geplatzt wäre.

Joey, unser etatmäßiger Drummer, hatte sich am Morgen krankgemeldet. Schon wieder. Letztens erst die Grippe, dann ein Todesfall, jetzt ein Hexenschuss. Dabei war er der Jüngste von uns und ein absolutes Fitness-Ass. Früher war

Joey nie krank gewesen, aber in den letzten drei Monaten häuften sich seine Ausfälle.

Martha hatte mit Gerri sogar einen dritten Schlagzeuger rekrutiert, der nun immer öfter aushalf, wenn Oli, unser zweiter Drummer, in Sachen Comedy unterwegs war.

»Kennst du nicht noch jemanden? Bitte! Lass mich jetzt nicht hängen«, hatte mich Martha an diesem Morgen angefleht. »Gerri spielt mit den Sgt. Pepper's.«

»Was ist mit Kai oder ...«, schlug ich vor, doch Martha fuhr mir nervös in die Parade.

»Kai, Magnus und Harry hab ich schon durch, die spielen auch alle.«

Martha war unsere Agentin. So eine Mischung aus Mutter Beimer und Maggie Thatcher. Sie nannte sich Kulturmanagerin und betrieb den größten Musikerpool der Region. Damit bestückte sie drei bis vier Galashowbands, machte das Booking und vermittelte meist gut bezahlte Auftritte im Rhein-Main-Gebiet, manchmal auch darüber hinaus.

Zur Basisbesetzung der Broadway Connection gehörten Schlagzeuger Joey, Band-Küken und selbsternannter Womanizer. Er war ein sehr guter Drummer, aber menschlich gesehen machte er mir zu sehr auf dicke Hose.

Die Bassgitarre zupfte in der Regel sein bester Freund Mike, inoffizieller Bandleader und Notenwart. Als passionierter Computerfreak war er es, der uns vor einem Jahr überredete, von antiquierten Notenständern auf moderne Technik umzurüsten. Nun hatte jeder von uns an seinem Mikroständer eine Halterung mit iPad, darauf gespeichert alle relevanten Songsheets und Setlisten.

Hinzu kam Gitarrist Mark, Gymnasiallehrer mit einer offiziellen halben Stelle und einer inoffiziellen Viertel-Beziehung zu einem Mann. Dieses Viertel resultierte daraus, dass sowohl er als auch sein Liebster jeweils halbgeoutet waren.

Die Stelle als Keyboarder teilte ich mir mit Kalli, den ich daher am wenigsten kannte. Ich wusste von ihm nur, dass er wohl ein mittelschweres Transpirationsproblem hatte. Und zwar nicht erst nach anstrengenden Vier-Stunden-Gigs, sondern oft schon beim Soundcheck. Mike hatte Martha schon einige Mal angefleht, Ersatz für den Ersatz zu suchen, aber unsere Managerin wurde nicht müde zu betonen, welche Vorteile es mit sich brachte, Kalli zumindest ab und an einzusetzen. Seine Eltern besaßen die größte Immobilienfirma in Bad Homburg und verkehrten in den angesehensten Kreisen. Immer wieder schmierte uns Martha aufs Brot, dass sie über den guten Kontakt zu Stinke-Kallis Eltern schon viele Jobs an Land gezogen hatte und wir alle davon profitierten. Dafür könne man schon ein wenig Männerschweiß in Kauf nehmen.

Das Aushängeschild der Agentur war aber Kim Wagner, die wohl beste unbekannte Sängerin der Region. Wann immer es Kims Terminplan und Marthas Etat zuließen, buchte sie uns die Rockröhre dazu. Ein Genuss für alle Beteiligten, nicht nur gesanglich. Kim war ein Hingucker, eine echte Manizerin. An diesem Wochenende konnte Kim leider nicht, weil sie mal wieder mit der Deutsch-Disco-Schabracke Antonia Hügel auf Tour war und mindestens dreimal deren Hit »Warum hast du mich belogen?« mitplärren musste.

Über allem stand Martha, die Grande Dame der Musikszene Rhein-Main: »Um die Anfang fünfzig«, wie sie seit Jahren sagte, ehemaliges Fotomodell und zeitweilig 27. Mitglied der Les Humphries Singers. Daraus resultierend eine kurze Affäre mit dem jungen Jürgen Drews und dem damals schon alten Konzertguru Fritz Rau, bevor der sie für Mick Jagger sitzen ließ. Seitdem verließ Martha den Raum, wenn eine ihrer Showbands die Stones coverte.

Martha hatte ihren Musiker-Pool so klug ausgestattet, dass sie jederzeit flexibel auf Kundenwünsche eingehen konnte. Von kleinen akustischen Besetzungen bis hin zur vollen Showband-Dröhnung, sie konnte für jeden Anlass die passende Band zusammenstellen. Positiver Nebeneffekt: Krankheitsbedingte Ausfälle tangierten Martha kaum, denn jeder von uns war problemlos in der Lage, in den anderen Bands und Formationen auszuhelfen.

An diesem Tag aber war irgendwie der Wurm drin. Wie sehr, merkte ich allerdings erst viel später am Abend.

»Was ist mit Oli? Seine Solo-Show spielt er heute jedenfalls nicht, das weiß ich ziemlich sicher«, frotzelte ich.

»Blödmann. Ich weiß am besten, wann Oli wo spielt oder nicht«, blaffte Martha zurück.

Um es ganz kompliziert zu machen: Martha managte auch Oli. Er war als Musik-Comedian auf Tour, begleitet von einem Keyboarder. Das lief richtig gut. Oli war auf eine echte Marktlücke gestoßen. Er nannte sich »Oli D. und Band« und war der einzige Stand-up-Comedian-Drummer Deutschlands. Seine Programme hießen: »Mit allem Drum und Drums« oder »So weit die Trommelfelle tragen«. Und wie steht es so schön auf seiner Homepage? »Seine Shows sind ein Feuerwerk aus Worten, Tönen und Schlägen.«

»Genau wie in einem guten Beziehungsgespräch«, sagte Oli dann immer auf der Bühne und hatte damit einen sicheren Lacher. Ich konnte das einschätzen, denn seine *Band* war ich. Aber nicht nur das. Die meisten der Songs seines aktuellen Programms hatte ich ihm getextet und komponiert, was den Vorteil hatte, dass ich über die GEMA auch dann mitverdiente, wenn ihn mal ein anderer am Keyboard begleitete. Das Allerbeste daran war aber, dass ich seit der Zusammenarbeit mit Oli keine Engagements als Hotelpianist mehr annehmen musste. Diese Knochenjobs gehörten fast zehn Jahre lang zu meinem Beruf und waren ein lästiges, aber finanziell notwendiges Standbein. Im Vergleich dazu waren die Klavierstunden, die ich lustlosen und talentfreien Schnösel-Kindern in unserem Wohnzimmer gab, die reinste Erholung.

»Oli hat heute eine private Feier«, plärrte Martha durchs Telefon, und ich konnte ihre hektischen Stress-Flecken am Hals förmlich sehen. »Den Termin hat er seit Wochen gesperrt. Sein Handy ist aus, und ich werde den Teufel tun, bei ihm zu Hause anzurufen. Du weißt doch, wie Steffi reagiert.«

Zugegeben, Olis Frau Steffi hütete die wenigen freien Termine ihres Mannes wie eine Löwenmutter ihr Junges. Inklusive Krallenausfahren. Todesmutig sagte ich: »Ich rufe da jetzt an, Martha.«

Durch die vielen gemeinsamen Comedy-Auftritte und die

langen Autofahrten quer durchs Land kannten Oli und ich uns mittlerweile gut. Ich mochte seine lustige, offene und positive Art, auch jenseits der Bühne. Oli war Entertainer durch und durch, immer sympathisch, nie schmierig. Aber er wusste auch, was er an mir hatte. Ich kutschierte, navigierte und klaviierte ihn durch ganz Deutschland. Zudem war ich aufgrund meiner üppigen CD-Sammlung zuständig für das Bordentertainment. Dabei hatte ich ihm hin und wieder auch Songs von mir untergejubelt. Lieder, die ich zu Hause halbwegs semiprofessionell aufgenommen und eingesungen hatte.

In seinem ersten Programm coverte Oli bekannte Hits, zu denen ich ihm waghalsige Übersetzungen oder witzige Textvarianten geschrieben hatte. So wurde aus einem botanischen Comedian-Harmonists-Klassiker eine Eishockey-Hommage mit dem Titel »Mein kleiner, grüner Sackschutz hängt draußen am Balkon« und aus dem Italo-Klassiker »Volare« ein Beziehungsstreitsong mit dem Titel »Voll Haare, oho ...« Für seine zweite Show kaufte Oli dann schon vier meiner Eigenkompositionen samt Text ein, und im aktuellen Programm stammten fast alle Musikstücke aus meiner Feder. Nur in einer Sache waren wir uns stets uneinig. Nie erwähnte er in seiner Show auch nur mit einer Silbe, dass die Lieder und Songtexte von mir waren. Oli zahlte lieber eine höhere Pauschale, als mir von seinem Applaus auf der Bühne etwas abzugeben.

»Mensch, Jan, wenn du das für mich tun würdest«, säuselte Martha herzallerliebst, schließlich war die HESSEN-BANK nicht irgendein Kunde. Es war ihr bester. Dr. Juncker, ehemaliger Ressortleiter und nun Chef in spe, zahlte bereitwillig Spitzengagen. Kurzum, ich konnte Martha jetzt nicht im Stich lassen. Auch im eigenen Interesse.

Dann hatte ich eine völlig aufgelöste Steffi am Apparat. Schon als sie meinen Namen hörte, flennte sie los. O Backe, dachte ich, das wird heute besonders hart. Oli sei gerade mit den Kindern unterwegs. Ich solle es in einer halben Stunde wieder versuchen.

»Weißt du, ob er sein Handy ...«, fragte ich zaghaft.

»Meine Tante ist gestern gestorben«, unterbrach mich Steffi schniefend. »Einen Tag vor ihrem achtzigsten Geburtstag.« Steffi heulte auf.

»Oh. Dann ist das *die* Tante, deren Geburtstag ihr heute feiern wolltet?«, fragte ich so mitfühlend es ging.

Ein neuerlicher Sturzbach ergoss sich am anderen Ende der Leitung. Mit einem regelrechten Tsunami an tröstenden und aufmunternden Worten versuchte ich, Steffis Dämme wieder zu kitten. Als sie sich schließlich beruhigt und sechsmal geschnäuzt hatte, wagte ich einen klitzekleinen, wohldosierten Vorstoß.

»Gut, dann kann Oli ja heute Abend bei uns einspringen.«

Dreißig Minuten später traf eine SMS von Oli ein: »Steffi hasst dich! Das mit heute Abend geht klar. 15 Uhr am Steigenberger zum Aufbau. Martha weiß Bescheid.«

Keine zehn Minuten nach meiner Zigarette am Stuhllager fuhr die Frankfurter Berufsfeuerwehr mit großem Tätütata am Steigenberger vor. Gefolgt von einem Notarztwagen. Den hatte die junge Hotelservicekraft verständigt, nachdem sie das ineinander verwobene, völlig durchnässte Finanzliebespaar unter dem Stuhlberg entdeckt hatte. Die beiden hatten Glück im Unglück und kamen ohne größere Verletzungen davon.

Nachdem klar war, dass es sich um einen Fehlalarm handelte, hatte der Chefconcierge des Steigenbergers geistesgegenwärtig die Türen zum Backstagebereich und zur Küche absperren lassen und somit dafür gesorgt, dass keiner der anderen Gäste Details des pikanten Dilemmas ihres zukünftigen Chefs mitbekam.

Nur wir Musiker standen auf dem Gang und beobachteten aus gebührender Entfernung, wie die Feuerwehr die beiden ineinander verkeilten Körper mit großem Gerät voneinander trennte. Die Situation im Stuhllagerschwimmbad ging ganz offensichtlich selbst den hartgesottenen Männern der Frankfurter Berufsfeuerwehr an die Nieren. Immer wieder taumelten Feuerwehrleute mit hochrotem Kopf und Hand vor dem Mund aus dem Stuhllager – um im Flur loszuprusten und per Handy Fotos der Szenerie an Kollegen zu verschicken.

Selbstverständlich wurde die Veranstaltung der HESSEN-BANK umgehend abgebrochen. Während des gesamten Abbaus wartete ich wie ein zum Tode Verurteilter darauf, dass irgendjemand zu mir kam und mich zur Verantwortung zog. Jemand vom Hotel oder von der Polizei. Jemand, der mir Fragen stellte. Wo ich zur Tatzeit gewesen war, zum Beispiel. Mir war durchaus bewusst, dass irgendwo dort im Stuhllager noch meine Kippe liegen musste. *Meine* Marke, mit *meinem* Speichel dran. »Tatort« und so, Sie wissen schon.

Aber nichts geschah. Im Gegenteil. Zwei Herren der HESSENBANK entschuldigten sich dafür, dass wir weitgehend unverrichteter Dinge wieder abziehen mussten, und sicherten uns die volle Gage zu. Im Nachhinein konnte ich mir das alles nur damit erklären, dass Dr. Juncker oder seine Kollegen ein umfassendes Stillschweigen über den Vorgang verordnet hatten, sicherlich verbunden mit einer großzügig ausgelegten Übernahme aller dem Hotel entstandenen Kosten, inklusive Feuerwehreinsatz.

Richtig entspannen konnte ich mich aber erst, als der Bankettchef des Hotels in Richtung einiger neugieriger Pressevertreter verlauten ließ, dass offensichtlich durch einen rauchenden Azubi ein Fehlalarm ausgelöst worden war, der die Berieselungsanlage in Gang gesetzt hatte. Herr Dr. Juncker und Frau Warmbeck, gerade auf dem Weg zur Toilette, wären ausgerutscht, gestürzt und hätten sich dabei leicht verletzt. Beide würden jedoch von Regressansprüchen an das Hotel absehen.

Wie nobel. Hoffentlich hatte Dr. Juncker auch daran gedacht, alle potenziell löchrigen Stellen bei den Rettungskräften mit genügend Scheinen abzudichten. Ich nahm mir vor, noch am Abend die Frankfurter Berufsfeuerwehr bei Facebook zu liken, um auf ein paar nette Erinnerungsschnappschüsse der Stuhllager-Liaison zugreifen zu können. Diese rauchenden Azubis aber auch.

2

You'll always find me
in the kitchen at parties

Noch etwa fünf Kilometer bis zur Ausfahrt Butzbach. Ich legte mein Handy wieder auf den Beifahrersitz und beschloss, Heike nicht über meine verfrühte Heimkehr zu informieren. Im Gegenteil. Innerhalb von Sekunden plante ich die ganz große romantische Überraschungsarie. Die Uhr im Bordcomputer zeigte 21.46. Es war also genügend Zeit, im Supermarkt an der Autobahnausfahrt noch schnell etwas einzukaufen. Ich drückte das Gaspedal des Passats bis zum Anschlag durch.

Über zwanzig Jahre war ich der Marke nun schon treu. Alles begann mit dem spießigen Jetta meiner Eltern, den ich ab und zu fahren durfte, nach dem Erlangen der allgemeinen Fahrerlaubnis (nicht zu verwechseln mit dem »Erlangen« bei Nürnberg). Okay, was heißt *durfte*. Ich *sollte* ihn fahren. Um in Übung zu bleiben. Aber mal ehrlich, als achtzehnjähriger Popper mit dem dunkelblauen VW-Jetta seiner Eltern vor der Disco aufzukreuzen, das war selbst bei uns auf dem Land nicht wirklich sexy. Oder, wie es damals neudeutsch hieß, *geil*.

Ja, ich gehöre zu der Generation die *geil* groß gemacht hat. Wir haben es gefeatured, etabliert, zu dem gemacht, was es heute ist. Immerhin ein Verdienst unserer Generation. Kennt eigentlich irgendjemand außer mir noch das Lied dazu? »G-G-G-GEIL« von Bruce and Bongo? Ich hab noch die Original-Vinyl-Maxi-Single. In Neongelb. Geil, oder? Wo war ich stehengeblieben, ach so, hier: Eines Tages stand mein Schwager in spe mit einem ausgeliehenen froschgrünen Scirocco vor unserer Haustür und erzählte nahezu konspirativ, er habe den Wagen am Morgen »ganz frisch reinbekommen«. Stefan betrieb zu der Zeit eine kleine Autowerkstatt mit An- und Verkauf in Münzenberg.

»Technisch einwandfrei. Ich habe ihn durchgecheckt. Ein echtes Schnäppchen«, pries er den Wagen bei meinen Eltern an und zwinkerte mir versteckt zu, wohlwissend, dass er gerade das Lieblingswort meiner Mutter platziert hatte: *Schnäppchen*.

Und so wurde dieser »Sportwagen für Arme«, wie mein Vater den Scirocco abfällig betitelte, mein erstes eigenes Auto. Das war 1988. Bis ich drei Jahre später mit Heike zusammenkam, bin ich damit an der Seite vieler gut aussehender Mädels in der Horizontalen durch die Wetterau gebrettert. Wer sich schon einmal in einem Scirocco befand, weiß, dass man darin naturgemäß eher liegt als sitzt. Das Nach-hinten-Klappen der Sitze veränderte den Winkel nur noch marginal, was wiederum Zeit sparte, wenn es drauf ankam. *Dafür* war sie perfekt, meine grüne PS-Matratze.

Just zwei Wochen nachdem mein grüner Scirocco in die ewigen Popper-Jagdgründe eines Schrottplatzes einging und ich den Golf meiner Eltern übernahm, lernte ich Heike kennen. Sowohl Golf als auch Heike fand ich zunächst ziemlich uncool. Andererseits erschienen mir beide sehr solide, extrem zuverlässig und hochwertig verbaut. Im Unterschied zum Spießer-Golf litt Heike jedoch nicht an einem schleichenden Wertverlust. Nein, sie wurde mir immer wertvoller und nach und nach eine TÜV-freie, treue Gefährtin. Bis heute. Unfassbare einundzwanzig Jahre. Ohne Fremdgehen, ohne größere Krisen. Ich weiß, das klingt, als könnte sich Rosamunde Pilcher für den Stoff interessieren. Aber wie bitte sähe dann eine Verfilmung aus? Würde es das ZDF wagen, seinen Zuschauern die Wetterau als Cornwall-Ersatz unterzujubeln? Und wer übernähme die Hauptrollen? Würde am Ende der öde Erol Sander mich, Muriel Baumeister Heike, Susanne Uhlen Martha und Gila von Weitershausen meine Mutter spielen? Gott bewahre. Obwohl, mit Muriel Baumeister als Frau könnte ich leben.

Um 21.51 Uhr erreichte ich den Parkplatz des Supermarktes in Butzbach. Mein virtueller Einkaufszettel war einfach gestrickt. Schlicht, unspektakulär, aber von Herzen.

Wie wir Männer halt so sind, wenn wir unsere Frauen mal überraschen wollen. Ein paar Schnittblumen, eine gute Flasche Sekt (Champagner wäre übertrieben und würde Heike nur unnötig misstrauisch machen), dazu eine gute Portion Antipasti und zwei Ciabatta zum Aufbacken. Und natürlich Mozartkugeln.

Heike liebte Mozartkugeln, ich futterte sie. Also nicht Heike, die Kugeln meine ich.

Was ich damit sagen will: Heike aß Mozartkugeln nicht, sondern zelebrierte sie. Allein das Auspacken des üppigen Konfekts geriet bei ihr zu einem Festakt. Sie legte die enthüllte Kugel erst einmal zur Seite und strich in aller Ruhe und voller Vorfreude das bunte Alupapier glatt, um es anschließend zu einem kleinen quadratischen Päckchen zu falten. Erst dann begann sie an der runden Leckerei sinnlich zu knabbern und trug mit ihren Schneidezähnen das Bällchen Schicht für Schicht ab. Nicht ohne dabei durchgehend leise, aber genussvoll zu stöhnen. Am Ende schob sie sich das übrig gebliebene kleine Halbrund in den Mund, um sich danach wie eine Katze die Finger steril sauber zu lecken. In dieser Zeit hatte ich immer schon drei Stück vertilgt und wünschte mir, Heike hätte bei anderen Kugeln wenigstens ab und zu ähnlich viel Hingabe und Leidenschaft an den Tag gelegt wie bei denen von Mozart.

Nicht dass jetzt Missverständnisse aufkommen. Unser Liebesleben war völig okay. Erst recht in Anbetracht der langen Zeit, die wir zusammen waren. Bis auf ganz wenige Ausnahmen war es mir all die Jahre nie wirklich schwer gefallen, treu zu sein. Dennoch sehnte ich mich nach ein wenig mehr »thrill« im alltäglichen Liebesleben. Heike leider gar nicht. Für sie war Sex nicht so wahnsinnig wichtig. Klar, er gehörte dazu, aber wenn es mal acht, neun Wochen nicht dazu kam, war das auch kein Problem. Ich habe sie ein wenig darum beneidet, Sex haben zu können, wann immer sie es wollte. Eine Ablehnung meinerseits kannte sie gar nicht. Ich hatte nie »den Kopf nicht frei«, nie ein »Schlafdefizit«, nie »Angst, die Kinder könnten was mitkriegen«, es war mir nie »zu warm«, »zu kalt« oder »zu hell«. Nur zu dunkel fand ich es gelegentlich. Im Gegensatz dazu konnte es ihr gar nicht dunkel genug sein beim Sex.

Aber, wer weiß, vielleicht war es eben genau diese latente Unterversorgung an aufregendem Sex, die dazu beitrug, dass ich Heike auch nach all den Jahren noch so vorbehaltlos begehrte. Wer bitte kann das nach fünfzehn Jahren Ehe und einundzwanzig Jahren als Partner schon behaupten?

Im Supermarkt hatte ich schnell meine Sachen zusammen. Als Mann gehöre ich zu der Spezies Mensch, die sachlich, zielstrebig und auf kürzestem Wege exakt die Dinge einkauft, die benötigt werden oder auf dem Zettel stehen. Frauen tendieren ja, selbst wenn sie es furchtbar eilig haben, noch zum »Mal-Schauen«.

Ich wollte schon immer einmal der Letzte im Supermarkt sein, heute hatte ich es geschafft. Es war exakt 21.59 Uhr, als ich an der Kasse stand und hinter mir ein blasser Marktmitarbeiter den feucht aufwischenden Besenwagen stoisch durch die Gänge lenkte.

»Das sind dann 22,58«, sagte die Kassiererin und gähnte.

»Mit Karte bitte«, erwiderte ich freundlich und sah im gleichen Moment, wie die digitale Uhr an der Kasse auf 22 Uhr umsprang.

Die Dame an der Kasse seufzte kopfschüttelnd. »Tut mir leid, ab 22 Uhr geht nur noch in bar. Liegt am System ...«

Ich schaute irritiert, fing aber an, mein Portemonnaie zu durchwühlen. Ich kam bis genau 19 Euro und 10 Cent.

»Oh, äh ... das ist jetzt aber doof«, stammelte ich verlegen.

»Gut, junger Mann, dann müssen sie einen Teil der Waren hier lassen. Anders geht's nicht«.

Wie bitte? Ich wollte meine Frau überraschen, mit allem Pipapo. Was bitte sollte ich denn jetzt zurücklassen? Den Sekt? Nein. Die Ciabattas? Eins davon? Nein, das würde nicht reichen. Gar die Mozartkugeln? No way!

»Dann leg ich hiervon was zurück«, beschloss ich, drehte mich um und hastete zurück zur Antipasti-Theke. Unglücklicherweise war die Truhe mit den mediterranen Köstlichkeiten schon verschlossen. Mist, was nun? Ich blickte mich um. Weit und breit war niemand zu sehen. Allerdings auch kein Mülleimer. Unauffällig öffnete ich meinen Plastik-behälter und ließ ganz vorsichtig drei riesengroße, ölige Artischocken neben die Theke auf den Boden klatschen, verschloss schnell den Becher und hastete in Richtung Kasse, bis ich auf halber Strecke ins Straucheln geriet und mit einem riesigen Schlag auf den seifig-nassen Boden des Supermarktes knallte. Der Plastikbecher platzte, und etwa 600 Gramm Antipasti mista schossen auf dem glitschigen Boden in Einzelteilen durch die Gemüseabteilung.

Ich war noch dabei, meine Gliedmaßen zu sortieren, als ich ein Surren hörte, das mit rascher Geschwindigkeit immer lauter wurde. Ich drehte mich um und starrte in die gleißenden Vorderlichter eines Monsters, das kurz davor war, mich zu überrollen. Einen Fingerbreit vor meiner Nase kam der Wischwagen zum Stehen.

»Entschuldigung«, stammelte ich, als der blonde Super-marktmitarbeiter von seinem hochgebockten Geschoss abgestiegen war und mich breit angrinste.

»Wollen Sie testen, ob man bei uns vom Fußboden essen kann?«

»Sehr witzig«, brummte ich und stand auf. Hilflos schaute ich nach den verstreuten Antipasti-Resten.

»Ich mach das schon, gehen Sie jetzt mal besser nach Hause«, meinte der junge Mann, der laut Namensschild Kevin Jensen hieß. Krass, wie die Zeit vergeht, dachte ich. Die »Generation Kevin« ist mittlerweile erwachsen.

Ich griff meinen Antipasti-Becher, in dem sich nur noch ein paar getrocknete Tomaten an etwas Olivenöl befanden. Zumindest war das Ganze nun sicher leicht genug.

»So, jetzt wird's aber Zeit, junger Mann«, begrüßte mich die Kassiererin und schaute demonstrativ zur Uhr, die schon 22.05 zeigte. Ich legte den öligen Becher auf die Waage und leckte mir die Finger ab.

»Die Waagen sind alle schon aus, das liegt am System …«, erklärte die Preistippse.

»Dann lass ich das eben ganz hier«, antwortete ich patzig.

Die Kassiererin stellte den zerbeulten Becher zur Seite und zog dabei eine riesige Ölspur über ihre Kassenwaage.

»Und wer macht mir jetzt hier die Sauerei weg, junger Mann?« Sie kramte eine Küchenrolle hervor und fing an zu wischen.

»Ich bekomme noch Geld zurück«, warf ich vorsichtig ein. Immerhin gut acht Euro.

Die Kassiererin fixierte mich und zählte mit mürrischem Blick das Geld ab. Ich hielt die Hand auf, doch sie legte die Münzen demonstrativ an meiner Hand vorbei auf die immer noch ölverschmierte Waage.

Um 22.14 Uhr hatte ich endlich die letzte glitschige Zwei-Cent-Münze aufgepickt und in meinem mittlerweile mediterran duftenden Portemonnaie verstaut. Ich ging ein paar Schritte in Richtung Ausgang, dann drehte ich mich noch einmal um.

»Ach übrigens, ich bin über vierzig. Ich bin definitiv kein *junger Mann*, sagen Sie das Ihrem *System* mal, okay?«

Draußen auf dem Parkplatz fingerte ich mit fettigen Händen nach meinem Autoschlüssel, und es kam, wie es kommen musste. Die Sektflasche flutschte mir durch meine glitschigen Finger und zerplatzte mit einem ohrenbetäubenden Knall auf dem Asphalt. Ich schaute um mich. Der Parkplatz lag wie ausgestorben da. Nur neben der offenen Hintertür des Marktes lehnte eine Gestalt rauchend an der Hauswand und starrte mich an. Dann ließ die Gestalt die Kippe fallen, trat sie aus und kam auf mich zu. Es war Kevin, der Wischwagencowboy. Hektisch versuchte ich, meinen Schlüsselbund zu fassen, hatte ihn endlich griffbereit und konnte den Wagen öffnen. Dass ich dabei die beiden Ciabattas einbüßte und die Blumen mit der Autotür sauber köpfte, war mir egal. Ich ließ den Wagen aufheulen, trat das Gaspedal durch und machte mich so schnell ich konnte aus dem Staub. Ohne Sekt, ohne Antipasti, ohne Blumen, ohne Brot, aber mit öligen Fingern am Lenkrad. Ein Zustand, den ich unbedingt noch ändern wollte, ehe ich nach Hause kam. Zweihundert Meter weiter hielt ich an einer Tankstelle. Erst zapfte ich fünf Liter Diesel, wovon ich mir einen halben über meine Finger laufen ließ, um das Öl loszuwerden. Drinnen im Shop griff ich mir noch ein Bund abgasgedüngter Rosen, eine gute Flasche Fuselsekt, eine Packung mehrjährig haltbaren Pressschinken, ein Glas Dillgurken sowie fünf BiFis im Teigmantel, kurzum, die Antipasti der einfachen Leute.

Wieder zurück im Auto öffnete ich das Handschuhfach. Na also, geht doch. Auf Heike war Verlass, dachte ich und zog ein Duftbäumchen heraus. Ich mochte diese Dinger nicht, wusste aber, dass Heike dort einige »für Notfälle« deponiert hatte, falls sich eines der Kinder mal im Auto übergeben musste. Ich riss eine Packung auf und wedelte damit wie wild um mich herum.

Zwei Minuten später fuhr ich die Kleeberger Straße hinauf. Dort oben hatten Heike und ich vor fünfzehn Jahren ein Haus gebaut. Nicht besonders groß, nicht besonders modern, aber hinten raus mit einem tollen Garten. Zudem war es ein Katzensprung zur Realschule, an der Heike unterrichtete. Das Beste an unserem Haus aber war der wahnsinnig schöne Blick von der Terrasse über Butzbach bis zur Münzenburg und, wenn das Wetter mitspielte, sogar in den Vogelsberg hinein. Auf dieser Terrasse würde ich gleich mit einer attraktiven, großgewachsenen, blonden Enddreißigerin sitzen, eingehüllt in eine Wolldecke. Wir würden Form-Press-Hinterschinken, unknackige Gurken und vakuumverpackte Minisalami in Knautscheteig essen. Dazu gäbe es ein edles Glas pappsüßen Faber-Sekt. Und später, nachdem wir nach unseren beiden Kindern geschaut hätten, würden wir, wenn alles gut lief, im Schlafzimmer noch eine Runde »das Licht ausmachen«. Einziger Haken an dieser romantischen Vorstellung: Ich war eingehüllt in eine Duftwolke aus Diesel, Antipasti und Wunderbaum Zimtapfel.

Leise schloss ich mit einer Hand die Haustür auf. In der anderen hielt ich die Sektflasche und die Blumen. Wenn schon überraschen, dann richtig. Lautlos schritt ich den Flur in Richtung Wohnzimmer entlang, als ich ein Geräusch bemerkte. Krass, da spielte mir doch mein Unterbewusstsein schon wieder einen Streich. Ich meinte doch tatsächlich, rhythmisches Gequietsche und Geseufze zu hören, so wie vorhin im Stuhllager des Steigenberger. Ich musste das unbedingt aus dem Kopf bekommen, nicht dass ich nachher im Schlafzimmer Heike aus Versehen schmutzige Ausdrücke aus der Finanzwelt ins Ohr stöhnte.

Was mich irritierte, war, dass ich die Geräusche eindeutig lokalisieren konnte. Sie kamen nicht aus dem Wohnzimmer, wo ich Heike vermutete. Zudem mischte sich unter das Gequietsche nun noch ein rhythmisches Klatschen und Klopfen. Ich ging drei Schritte in Richtung Küche. Die Geräusche wurden lauter. Mein Gehirn assoziierte, dass Heike wahrscheinlich gerade an der Küchenanrichte stand und Schnitzel flachklopfte. Auch nicht schlecht, Hunger hatte ich ja genug. Vorsichtig öffnete ich die Küchentür und schob meinen Kopf durch den Spalt. Ich starrte auf den nackten Hintern eines durchtrainierten Mannes, der auf meinem Küchenboden lag und irgendetwas unter sich begraben hatte.

Wer war das? Was tat der da? Und wo bitte war Heike?

Dann fiel mir die zweite Sektflasche des Abends aus der Hand und zerplatzte genauso überschäumend und geräuschvoll auf dem Boden wie ihre Vorgängerin auf dem Parkplatz. Das Fleischgebilde drehte sich zu mir um, und ich bekam endlich Antwort auf meine Fragen.

Fangen wir hinten an. Es war natürlich Heike, die sich unter dem Adonis befand. Dazu gab sie Töne von sich, die ich in einundzwanzig Jahren Ehe nie von ihr gehört hatte. Schon gar nicht beim Sex. Der Typ poppte sie nach allen Regeln der Kunst. Am meisten irritierte mich aber, dass unser Drummer Joey nach seinem Hexenschuss von heute Morgen schon wieder erstaunlich agil war.

Mein Kopf ratterte. Meine Festplatte suchte irgendetwas Adäquates, etwas der Situation Angemessenes, das es an mein Sprachzentrum weitergeben konnte. Fehlanzeige. Sonst war ich nie um einen Spruch verlegen, aber jetzt ...

Was sagte man denn in solchen Momenten? Wenn man mit ansehen musste, wie die Frau, die man liebte, mit der man seit über zwanzig Jahren zusammen war und von der man dachte, Sex sei für sie nicht mehr als eine nette Randerscheinung des Lebens, von seinem testosteronverseuchten Musikerkollegen quer über den eigenen Küchenboden gebumst wurde? Und das Schlimmste: bei voller Beleuchtung!

Mein Gott, in welchem Film war ich gelandet? Auf jeden Fall in einem ab sechzehn. Aber wann kam endlich die Szene, in der mein Wecker anspringt und mir klar wird, dass das alles nur ein beschissener Traum ist?

Heike und Joey rappelten sich langsam auf und zogen sich provisorisch an. Ich war gespannt, wer von uns Dreien das erste Wort herausbekäme. Ich würde es jedenfalls nicht sein, da war ich mir sicher. Doch ich täuschte mich. Ohne dass ich es wollte, hörte ich mich sagen: »Jetzt sagt bloß nicht: Es ist nicht so, wie du denkst.«

Klarer Fall einer Übersprunghandlung. Meine Festplatte hatte mir als vergleichbare Referenzsituationen Filmszenen aus minderbudgetierten SAT.1-Film-Film-Produktionen auf den Schirm gerufen. Heike und Joey starrten mich an, aber keiner der beiden sagte den Satz. Joey übersprang ihn kurzerhand und machte einfach mit dem übernächsten weiter, den man ebenfalls zur Genüge aus TV-Schmonzetten kennt: »Ich geh dann mal besser.« Er schnappte sich seine Jacke, zog sich seine Schuhe an und kam auf mich zu. Ich merkte, wie mein Duft ihm in die Nase stieg.

»Wo hast du denn gespielt heute Abend? Weihnachtsfeier an der Tanke?«

Obwohl mir der Dieselgeruch fast die Nasenschleimhäute zerriss, atmete ich tief durch und ließ Joey durch die Tür in den Flur. Ich war nie der Typ, der Konflikte mit Fäusten austrug. Natürlich hätte ich Joey liebend gerne eine in die Fresse gehauen, aber, mein Gott, was würde das bringen? Es hatte viel mehr Größe, es nicht zu tun. Über den Dingen zu stehen, sich nicht auf sein Niveau herabzulassen. Gut, vielleicht lag meine Passivität auch darin begründet, dass meine Mutter immer zu mir gesagt hatte: »Lege dich nie mit einem Typen an, dessen Unterarme so dick sind wie deine Oberschenkel.«

Ich schaute Heike an und sie mich. Das war also der Moment, der alles verändern würde. So fühlt sich das an, dachte ich. Plötzlich fiel mir etwas ein.

»Und die ...«

»... sind bei meinen Eltern«, unterbrach mich Heike.

Wahnsinn. Selbst in einem Moment, in dem wir meilenweit voneinander entfernt waren, verstanden wir uns ohne Worte. Wir schwiegen eine ganze Weile. Ich war gefühlt Stunden davon entfernt, etwas Sinnvolles von mir geben zu können.

»Und jetzt?«, sagte Heike schließlich leise.

Ich verzog den Mund und flüchtete mich, wie so häufig, in Ironie. »Du musst jetzt erst mal ganz lange schuldbewusst duschen, derweil nehme ich meinen Mantel, gehe als einsamer Wolf durch die Nacht, besaufe mich irgendwo ganz fürchterlich und komme mir dabei vor wie Bruce Willis. Oder wenigstens wie Hannes Jaenicke.«

Heike grinste gequält und schüttelte leicht den Kopf.

»Nee, Jan, so wie du riechst, solltest besser *du* duschen gehen. Mit deinem Gestank hast du sogar Joey in die Flucht geschlagen.«

Jetzt musste ich grinsen. Tja, in Sachen Humor hatte es bei uns immer schon gepasst.

»Okay, dann geh ich erst duschen und du dich besaufen und dann wechseln wir.«

Heike nickte. »In die Bierbörse zu Trudi, okay?«

Ich musste lachen. Das war ein echter Klassiker. Wie oft hatten wir uns über die dummdreisten Zeitungsanzeigen der Spelunke bei uns um die Ecke das Maul zerrissen?

»Kümmel, Woki, Ficken, Bums je 1 Euro«, ergänzte ich.

»Passt doch.« Heike lachte.

Die ganze Situation war schlichtweg skurril. Da hatte ich meine Frau in flagranti erwischt, und wir lachten Tränen. Klarer Fall, wir standen beide sowohl unter Schock als auch völlig neben uns.

Etwas später sah ich mich die Treppe hinauf ins Bad gehen. Ich tat es einfach, ohne etwas zu denken. Wie in Trance. So, wie wenn nachts dein Köper mit dir aufs Klo geht.

Erst als ich fünfzehn Minuten meditativ und hart am Siedepunkt geduscht hatte, begann ich die Situation einigermaßen zu begreifen. Je nebliger es im Bad wurde, desto klarer wurden meine Gedanken. Das war kein einmaliger Ausrutscher. Kein alkoholbedingter, spontaner Fehltritt.

Joey hatte weder vor zwei Wochen die Grippe noch jemals auch nur einen einzigen Hexenschuss gehabt. Das hatte mich sowieso schon gewundert, bei dem durchtrainierten Körper.

Ich schaute an mir herunter. Diesbezüglich konnte ich nicht mithalten, keine Frage. Joey kokettierte bei unseren Auftritten gern damit, wie gut er in Schuss war. Dass er seinen Körperfettanteil in Promille berechnen müsse. Meiner hingegen lag eher im Bereich der Mehrwertsteuer. Aber gut, unser Band-Küken war auch erst jugendliche neunundzwanzig und zudem Teilhaber eines Fitnessstudios. Über seinen gestählten Body zog er sich gerne achselfreie bedruckte Muscleshirts, auf denen Sprüche standen wie: »Ich schwitze nicht, meine Muskeln weinen vor Schmerz« oder »Nur Jesus hatte ein breiteres Kreuz als ich«.

Also völlig aus den Fugen geraten war ich nun auch nicht. Klar, ich kämpfte jedes Frühjahr gegen den Winterspeck, aber jetzt, mit meinen herbstlichen 86 Kilo, verteilt auf 1,84 Meter, sah ich eigentlich ganz okay aus. Wie oft hatte Heike mir gesagt, dass sie mich attraktiv fand. Zugegeben, sexy hatte sie nie gesagt.

Dann nahm ich *ihn* ins Visier. Natürlich, das musste ja jetzt kommen. So sehr ich auch versuchte, diese banalen und oberflächlichen Gedanken zu vertreiben, es gelang mir nicht. War seiner größer? War Joey besser im Bett als ich? Auf dem Küchenboden war er definitiv besser. Kunststück! Als erotische Spielwiese hatte ich die Terrakottafliesen bislang noch nicht in Erwägung gezogen. Vor allem, weil ich wusste, was bei einer Familie mit zwei Kindern alles so auf dem Küchenboden landet.

Irgendwann war das warme Wasser leer, und ich drückte die Dusche aus. Inzwischen war mir klar geworden, dass ich die kommende Nacht nicht hier verbringen wollte. Allerdings war mir noch keine echte Alternative eingefallen. In Butzbach um diese Zeit noch ein Hotelzimmer aufzutreiben, schien mir die abwegigste all meiner Optionen. Meine Eltern waren verreist, und Heikes Eltern hüteten gerade unsere Kinder. Von den Bandkollegen kam nur Oli infrage, aber dort heulte man sich wahrscheinlich gerade in den Geburtstag von Steffis verstorbener Tante hinein. Und »dicke Kumpels«, die ich mal eben nachts rausklingeln konnte? Fehlanzeige. Ich war einfach nicht der Typ, der beste Freunde hatte. Ich hatte ja Heike und konnte stets voller Überzeugung sagen, dass meine Frau auch mein bester Freund war.

Der einzige Ort, wo ich hin konnte, war tatsächlich mein Elternhaus in Fauerbach, einem kleinen Ortsteil von Butzbach. Dort gab es ein Gästezimmer, in dem die Kinder schliefen, wenn sie bei Oma und Opa übernachteten. Meine Eltern selbst waren mit der Kirchengemeinde unterwegs in eine der wenigen Gegenden Deutschlands, die sie noch nicht auf einer ihrer geliebten »Fünftagesfahrten« erkundet hatten. Ich glaube, dieses Mal ging es an die Strutzenheimer Seenplatte, irgendwo ostwestfälisch von Fränkisch-Tibet. Oder so ähnlich.

Ich zog mich an, warf ein paar Klamotten in meinen Rucksack und stieg die Treppe hinab. Ich hatte Respekt vor dem Wiedersehen mit Heike. Immerhin war schon eine gute halbe Stunde vergangen. Heike würde wahrscheinlich wie ein Häufchen Elend im Wohnzimmer sitzen und sich die Augen ausheulen. Ich nahm mir fest vor, sie komplett zu ignorieren und einfach kommentarlos das Haus zu verlassen. Sollte sie mich doch suchen oder ein paar Tage quälende Ungewissheit ertragen, was aus mir wohl geworden sei. So würde es Bruce Willis doch auch machen, oder?

Heike stand im Flur und erwartete mich bereits. Keine Spur von auch nur einer einzigen Träne.

»Den willst du doch sicher mitnehmen, oder?« Heike hatte meine Laptoptasche in der Hand. Darauf waren alle meine Musik- und Textdateien gespeichert.

»Ja«, sagte ich knapp.

»Und das hier nimm bitte auch mit nach Fauerbach.« Heike drückte mir eine Leinentasche in die Hand. »Die Bücher hatte mir dein Vater geliehen.«

Wie ätzend eigentlich, sich dermaßen in- und auswendig zu kennen! Wahrscheinlich wusste Heike schon vor mir, dass ich in Fauerbach übernachten würde. Ich schulterte meinen Rucksack und griff die Laptoptasche.

»Wollen wir uns morgen irgendwann treffen zum Quatschen?«, fragte ich, als ich schon vor der Haustür stand.

»Ja. So um zwei? Die Kinder können noch bis Sonntag bei meinen Eltern bleiben. Die wissen Bescheid.«

Mich durchfuhr es wie ein Blitz.

»Meine Eltern meine ich. Die Kinder natürlich nicht«, ergänzte Heike lapidar. »Papa will schauen, ob er für dich kurzfristig eine kleine Wohnung auftreiben kann.«

Nächster Schlag in die Magengrube. »Für mich? Äh ja, wie nett von ihm«, murmelte ich benommen.

Heikes Vater war Makler und, naja, ich will es mal so formulieren, die besten Freunde waren wir nie. Mein unsteter Beruf war ihm seit jeher suspekt. Sicher war er heilfroh über die aktuelle Entwicklung der Dinge.

Ich machte mich auf den Weg nach Fauerbach. Ich hatte kapiert, was da in Heikes Worten alles mitschwang. Dass es zu einer Trennung kommen würde. Dass sie davon ausging, mit den Kindern im Haus zu bleiben. Ohne mich. Natürlich wusste sie, dass ich alleine die Hausraten nicht stemmen würde, meine Einkünfte variierten einfach zu sehr. Sie war mit ihrem Gehalt die finanzielle Konstante unserer Familie gewesen. Schon bei der Hausfinanzierung war sie wegen ihres Beamtenstatus für die Provinzbanker die sprichwörtlich sichere Bank. Was ich beruflich machte, war zu unseriös, ja, fast zwielichtig erschien den spießigen Kreditheinis meine Selbständigkeit.

Immer noch benommen fuhr ich die Kleeberger Straße hinunter. Bei all dem Durcheinander in meinem Kopf war es unterm Strich ein einziges Wort, das sich mehr und mehr in meinem Gehirn festsetzte. Nein, es war nicht *Betrug*, auch nicht *Vertrauensverlust*. Es war *Veränderung*.

Dieser Abend würde alles verändern, einfach alles. Mich und meine kleine, heile Welt. Das Problem dabei: Ich hasste Veränderungen. Schon immer. Vor allem, wenn alles gut war. Dann hielt ich sie für komplett überflüssig. Wenn ich einen Spatz sicher in der Hand habe, interessieren mich keine Tauben, Gänse oder sonstige Viecher auf meinem Dach. Ich weiß, dieses Verhalten ist nicht artgerecht, so von wegen Jäger und Sammler. Aber ich war nie einer, der permanent nach neuer Beute sucht und gehöre nicht zu den Männern, für die Zufriedenheit ein Stigma und Stillstand die Höchststrafe ist. Natürlich versuchte ich, Dinge *gut* zu machen. Aber s*ehr gut* hat mich nie besonders gereizt. Mein Abi-Notenschnitt spricht Bände. Ich bin sozusagen die personifizierte 2,2. Solide, zuverlässig und gut. Dazu kinderlieb, treu und hoffnungslos harmoniesüchtig. Kurzum, in hohem Maße unsexy, wie mir meine eigene Frau an ihrem eigenen Leib an diesem Abend vor Augen geführt hatte.

Ich durchquerte gerade den kleinen Ort Hoch-Weisel, als ich das Autoradio einschaltete. Ob Sie es glauben oder nicht, just in diesem Moment haute mir Herbert Grönemeyer sein »Wann ist ein Mann ein Mann« um die Ohren. Mein Gott, was bin ich unmännlich, schoss es mir durch den Kopf.

Ich hatte nie eine *Frau gekauft*, nie *wie blöde gebaggert*, geschweige denn, am *Telefon gelogen*. Nie musste ich *durch jede Wand*, musste nie *immer weiter*. Ich habe auch keine *Kriege geführt*, sondern Zivildienst gemacht. Und verdammt noch mal, ich war auch nicht *außen hart*. Ich war nur *innen ganz weich*.

Ich wechselte auf das CD-Laufwerk. Das Letzte, was ich jetzt gebrauchen konnte, waren Songs, deren Text ich umgehend auf mich bezog. Per Zufallswiedergabe landete ich bei Duran Durans »Is there something I should know«. Ich skipte vor, und schon stöhnte mir George Michael sein laszives »I want your sex« entgegen. Nee, das ging ja gar nicht. Dafür plärrte nun Cindy Lauper ihr »Girls just wanna have fun« durchs Auto. *Skip!* Danach wurde es unverschämt: Jona Lewie sang »You' ll always find me in the kitchen at parties«. Eject, Fenster runter, tschüss CD!

Auf HR1 lief nun »Bakerman« von Laid Back. Okay, das war doch mal 'ne wertneutrale Aussage. *Bakerman is baking bread.* Mehr musste inhaltlich gar nicht passieren. Und vor allem: *Sagabona kunjani wena.* Seit Jahren rätselte ich, was diese mystisch anmutenden Zeilen im Anschluss an den eher simpel gestrickten englischen Auftaktvers zu bedeuten hatten. Als der Moderator nach dem Song das Geheimnis lüftete, rief ich »Scheiße« und machte das Radio aus. Es war Zulu und hieß: »Hallo, mein Freund, wie geht's dir?« Ich holte tief Luft. *You've got to cool down, relax, take it easy.*

Eine halbe Stunde später saß ich frierend im Wohnzimmer vor dem Kamin meiner Eltern, eingehüllt in zwei Decken. Nachdem ich Feuer gemacht hatte, gab es nur noch ein Ziel: mich zu betrinken. Ein bisschen Klischee erfüllen wollte ich dann doch. Da mein Vater aber herzkrank ist, hatte ich im Keller lediglich einen Kasten Licher-Leicht-Bier gefunden. Sich damit ordentlich die Lichter auszuschießen, würde eine Weile dauern. Gut, ich hatte ja Zeit. Und einiges vor. Ich begann nämlich, Dinge zu hinterfragen. Dinge, die bis vor drei Stunden noch völlig selbstverständlich gewesen waren. Allem voran ... mich. Nach sechs Litern Bierschorle und elfmal Pinkeln entdeckte ich um 4.15 Uhr bei den Backzutaten meiner Mutter endlich eine halbe Flasche Rum.

Was für eine Erlösung!

3

Aber du hast ja gleich auf Liebe gemacht

Mein Herzschlag hämmerte rhythmisch von unten an die Schädeldecke. Ich spürte, wie sich Schweißperlen auf meiner Stirn zu einem kleinen Rinnsal formierten und kurz davor waren, sich geschlossen über meine linke Wange hinweg auf den Flügel zu ergießen. Nicht auszudenken was passieren würde, wenn ich von einer Taste abrutschen und mich verspielen würde. Erst »As time goes by« und anschließend ein altbewährtes Medley bekannter Filmmelodien.

Schon hunderte Male hatte ich exakt so einen Abend eröffnet. Und doch zitterten meine Finger wie zuletzt beim Vorspielen an der Musikhochschule. Nach etwa zwei Minuten entspannten sie sich aber und wanderten souveräner über die Tasten. Endlich war ich locker genug, um meine Augen von den Tasten loszureißen. Ich wagte einen kurzen Blick zu den Gästen, die an großen, pompös dekorierten runden Tischen saßen und sich unterhielten. Dieser Abend war an Glanz und Exklusivität nicht zu toppen. Das Essen, der Service, das Interieur, alles nur vom Feinsten. Allem voran die Gäste. Aber gut, es war ja auch nicht das Steigenberger in Frankfurt, sondern das Grand Hotel Kempinski in Heiligendamm. Und vor mir saßen nicht die angetrunkenen Außendienstmitarbeiter einer Logistikfirma aus der Südeifel, sondern die Staatsoberhäupter der größten Industrienationen der Welt. Dieser Abend war kein künstlich aufgeblasenes Kick-off-consulting-Meeting von Möchtegern-Führungskräften, sondern schlicht und ergreifend der G8-Gipfel.

Eine Schar Journalisten formierte sich um den Tisch der Bundeskanzlerin und streckte ihr ein großes Bündel Mikrofone entgegen. Die Kanzlerin stand auf, räusperte sich und begann ihre Tischrede, indem sie die Schlagerschnepfe Andrea Hügel zitierte. »Warum hast du mich belogen?«, rief sie in Richtung des amerikanischen Präsidenten. Die Gäste jedoch unterhielten sich unverhohlen weiter, trommelten mit ihrem Besteck auf den Tellern oder schoben sich gegenseitig Antipasti-Stücke in den Mund. Der französische Staatspräsident stritt mit seinem italienischen Pendant Prodi über die Vorzüge von Baguette gegenüber Aufback-Ciabatta, während sich sein kanadischer Amtskollege Harper eine dicke Zigarre anzündete und der attraktiven Sommelière einen Klaps auf den Po gab. Die wiederum erschrak so sehr, dass sie eine sündhaft teure Flasche Château Aral fallen ließ, die nun wie ein Flummi über den Boden hüpfte.

Im Saal wurde es immer unruhiger. Wladimir Putin stand auf und kam auf mich zu. In akzentfreiem Deutsch fragte er mich, ob ich auch »Moskau« von Dschingis Khan könne. Ich nickte wie in Trance und bereitete den alten Ralph-

Siegel-Schinken vor. Inzwischen erzählte die Kanzlerin auf Französisch, wie sie als Kind hier in Heiligendamm Urlaub gemacht hatte. Ich fragte mich, warum ich das überhaupt verstand, wo ich doch kein einziges Wort Französisch kann.

Dann sah ich, wie meine Managerin Martha von Ahlbeck mit dem japanischen Premier Shinzo Abe das dritte Glas Faber-Sekt leerte und beide den Saal in Richtung Stuhllager verließen. Sekunden später krachte es aus der Lautsprecheranlage. Nicolas Sarkozy hatte sich ein zweites Mikrofon besorgt und übertönte die Kanzlerin mit einer Karaokeversion vom totgeglaubten »Olzmischèlle«, wozu der kanadische Premier fröhliche Runden mit dem Wischwagen des Hotels ums Buffet drehte. Gerade als George W. Bush begann, pantomimisch auf dem Fußboden Kamasutra-Stellungen nachzuahmen, schoss Kanzleramtsminister de Maizière auf mich zu.

»Die Kanzlerin wünscht sich jetzt etwas Frisches«, zischte er mir hektisch ins Ohr.

»Wer wünscht sich das nicht?«, gab ich mehrdeutig zurück.

»Nein, nicht so, musikalisch natürlich. Sie mag diese abgedroschenen Sachen nicht. Haben sie nichts Eigenes im Repertoire?«

»Eigenes?« Sofort pochte mein Pulsschlag am oberen Ausgang der Schädeldecke. »Äh ja, selbstverständlich«, stammelte ich und merkte, dass sich die Journalistenmeute schon vor meinem Flügel aufgebaut hatte. Vier Kameras mit Rotlicht waren auf mich gerichtet. N24, n-tv, sonnenklar TV und der KIKA übertrugen live. Die Bundeskanzlerin lobte mich mehrsprachig als großes Songwritertalent.

Dann wurde es mucksmäuschenstill im Festsaal. Das war sie also. *Die* Chance, auf die ich so lange gewartet hatte. Einen eigenen Song spielen. Nicht an der Seite und im Schatten des Strahlemanns Oli in irgendwelchen feuchten Kleinkunstkellern vor sechsundfünfzig Zuschauern aus strukturarmen Regionen. Nein, vor einem Millionenpublikum inklusive der wichtigsten Menschen der Welt. Ich entschied mich für eine Pianoversion meines Songs »Los

Angela«. Ich war mir sicher, damit bei der Kanzlerin zu punkten. Ich legte meine Finger auf die Tasten und begann. Aber was aus dem Flügel herauskam, klang völlig anders als das, was ich spielte. Wie ich die Tasten auch anschlug, nichts veränderte sich. Irgendwoher kannte ich diese verdammte Melodie.

Plötzlich krachte es links hinten in der Ecke, und eine Bühne erhob sich aus dem edlen Parkettboden. Im grellen Scheinwerferlicht erblickte ich Oli in einem schrillen Kostüm aus den Achtzigern. Die Musik wurde lauter. Jetzt endlich fiel mir der Titel ein. Es war diese alte Popper-Disconummer von Soft Cell. »Tainted love«. Verdorbene Liebe. Hieß so nicht auch eine ARD-Vorabendserie? Egal. Oli nahm sich ein Mikrofon und begrüßte die Zuschauer.

»Zu Beginn ein Song, den ich selbst komponiert habe.«

Die internationale Meute jubelte ihm zu, und Oli begann zu singen. Immer lauter tönte es *Ahhh, tainted love ...* Immer lauter und lauter.

Dann wachte ich auf. Schweißgebadet, zwischen BiFi-Verpackungen und leichten Licher-Flaschen. Langsam kam ich zu mir. Ach so, richtig, »Tainted love« war ja mein Klingelton. Benommen griff ich nach meinem Handy. Es war Martha, wie mir mein Display verriet. »Wenn man vom Teufel träumt«, brummte ich ihr entgegen.

»Dir auch einen guten Morgen.«

Ich schielte zur Uhr. Es war gerade einmal halb zehn. »Martha, Gott verdammt, weißt du, wie spät es ist?«

»Ja, Bruce Willis«, kicherte Martha, »zehn Euro in die Film-Film-Kasse.«

Die Film-Film-Kasse war ein bandinternes, imaginäres Sparschwein, in das wir virtuell einbezahlten, wenn jemand von uns mit Spielfilmplattitüden um sich warf. Wir fanden, wenn es die GEMA für uns Musiker gab, sollte es auch einen Fonds für hilfsbedürftige Drehbuchautoren geben.

»Noch mehr solche Weisheiten und ich verfrachte dich für sechs Wochen auf die AIDA-Senior als Ersatzpianist.«

»Fänd ich gerade gar nicht so übel«, murmelte ich verschlafen.

»Was brabbelst du da? Ist irgendwas?«, wollte Martha wissen.

»Du hast mir gerade die Chance meines Lebens vermasselt«, sagte ich wahrheitsgemäß.

»Du hast 'ne Frau bei dir, stimmt's?«

»Nein, ich war nur kurz davor, die Kanzlerin und den amerikanischen Präsidenten dazu zu bringen, einen Fummelblues zu tanzen.«

»Hast du getrunken?«

»Nicht genügend. Aber jetzt sag schon, was gibt's?«

»Erzähl du erst mal vom Steigenberger.«

Ich merkte, wie Martha auswich. So wie sie es immer tat, wenn ihr etwas unangenehm war. Sie wollte ausführlich vom Vorabend berichtet bekommen. Die kurze SMS, die Mike ihr noch in der Nacht gesendet hatte, reichte ihr nicht. Ich schilderte ihr alles halbwegs wahrheitsgemäß, nur meine Voyeur-Zigarette im Stuhllager ließ ich galant aus.

»So, Martha Hari, nun aber raus damit. Du willst doch was von mir, oder?«

»Ich brauch dich, Jan, dringend!«, sagte sie fast flehend.

»Okaaay«, erwiderte ich so lasziv ich konnte.

»Nein, du Blödmann. Nicht so. Als Musiker natürlich.«

Ich schnaufte tief. »Jetzt sag aber bitte nicht heute Abend.«

»Nein. Ab Dienstag.«

»Was heißt ab?«, fragte ich vorsichtig, denn Mehrtagesengagements waren in unserem Metier eher selten.

»Naja, also ...«, druckste Martha herum. »Mindestens für drei oder vier Abende, je nachdem ...«

»Komm schon, Martha, im ganzen Satz bitte«, forderte ich sie auf, wie es Heike immer tat, wenn unsere Kinder in Satzfetzen redeten.

»Bei Ella im La Vita. Carlo, der Pianist, hat sich die Hand gebrochen, und sein Backup Markus ist in Chile.«

»Wie schön für ihn. Also für Markus«, feixte ich.

»Bitte!«, flehte Martha.

»Okay, von mir aus. Ich habe ja erst wieder Samstag einen Gig mit Oli, und ins La Vita ist es nur ein Katzensprung von hier.«

Ich hatte früher oft im La Vita in Bad Nauheim gespielt. Es war das beste Haus am Platze, wie man so schön sagt, aber von Ella und ihrem Mann Peter durchaus persönlich und familiär geführt.

»Moment«, stoppte ich Martha. Der Gedanke, ich müsste vier Abende an der Seite von Joey spielen, ließ mich zögern. »In welcher Besetzung? Wer ist noch alles dabei?«

Martha räusperte sich. »Niemand. Nur du.«

Im ersten Augenblick war ich erleichtert, dass der Name Joey nicht fiel, dann aber begriff ich, was Martha mir da möglichst schonend beibringen wollte.

»Nein, vergiss es, no way, keine Chance!«, wiegelte ich energisch ab.

»Jan, bitte! Es ist wirklich wichtig. Nur, bis Ella jemand anderen gefunden hat. Vielleicht drei, vier Tage.«

»Ich fände es *wichtig*, dass du dich an unsere Absprachen hältst. Keine Engagements mehr als Barpianist!«

»Ich weiß, ich weiß«, fuhr Martha dazwischen. »Aber bei Ella brennt der Baum. Sie hat hochkarätige Tagungsgäste. Das, das ist ein Notfall.«

Ich überlegte kurz, ob ich ihr von *meinem* Notfall der letzten Nacht erzählen sollte, entschied mich aber dagegen.

»So nett ich Ella finde, aber zur Not muss Peter selbst ran, bis sie jemanden gefunden haben.«

Peter war ein durchaus passabler Pianist, ich hatte ein paar Mal nach Dienstschluss mit ihm eine kleine nächtliche Bar-Session gemacht. Zweihändig. Jeder mit einer Hand an den Tasten und in der anderen ein Glas Whiskey.

»Das geht nicht ...« Martha klang, als hätte sie einen Golfball verschluckt. »Peter ... musste ganz kurzfristig auf Geschäftsreise.«

»Aha.« Ich hatte Spektakuläreres erwartet.

»Ella ist es wichtig, dass jemand wirklich Gutes die Jobs macht. Sie hat konkret nach dir gefragt.«

Martha wusste genau, wie sich mich kriegte. Erst ein Kompliment, dann gleich auf die persönliche Ebene gehen und Insiderwissen ausspielen. Martha war mit der Chefin des La Vita eng befreundet und wusste daher auch, dass

Ella und ich eine »Vorgeschichte« hatten. Wobei, das einzig Zählbare an dieser Vorgeschichte lag prähistorische dreiundzwanzig Jahre zurück. Aber gut, mit der ersten Liebe ist es ja oft wie mit Atommüll. Wenn sie verglüht ist, wird sie lange nicht angerührt. Zu heilig, zu gefährlich. Irgendwann transportiert das Unterbewusstsein sie vorsichtig in ein Endlager. Dort aber kann sie noch so tief vergraben sein, sie hört dennoch niemals auf zu strahlen. Etwa drei-, viermal im Jahr kam es vor, dass sich einige dieser Strahlen freisetzten und meine Träume aufs Angenehmste mit Ella kontaminierten.

»Was ist das für ein wichtiger Event?«, wollte ich wissen.

»Am Dienstag kommt eine Delegation chinesischer Geschäftsleute und Diplomaten. Da ist Entertainment Pflicht, du kennst die Asiaten.«

»Hm. Ja, wenn das so ist.« Ich überlegte einen Moment.

»Okay, aber ich habe eine Bedingung.«

»Du, Ella wird schon den normalen Tarif bezahlen, ist doch klar«, versicherte Martha.

»Nein, das meine ich nicht. Ich möchte ein Zimmer.«

»Bitte?«, fiepte Martha überrascht.

»Keine Luxussuite. Ein ganz normales Einzelzimmer.«

»Du bist doch betrunken. Hallo? Du wohnst zehn Kilometer entfernt, und richtig spät wird das abends nicht. Die machen ja nie lang, die Asiaten.«

»Kurz und heftig, ich weiß. Trotzdem, bitte mit Hotelzimmer. Da kann mir Ella ruhig einen Fuffi abziehen.«

»Stress zu Hause?«

»Hmm ...« Ich hatte den Eindruck, Martha spürte mein Nicken durchs Telefon.

»Oh!«

»Aber ... das bleibt unter uns, verstanden?«

»Natürlich. Danke.« Martha klang erleichtert.

»Sag Ella, ich bin Dienstag gegen 15 Uhr im La Vita. Natürlich mit Karaoke-Anlage. Du weißt ja, die Asiaten ...«

Noch benommen von Traum und Telefonat, torkelte ich in die Küche und machte mir einen so starken Kaffee, wie ihn diese vier Wände seit Jahren nicht mehr erlebt hatten. Okay, das war nicht schwer, denn meine Eltern tranken nicht nur Bier-, sondern auch Kaffeeschorle. Die Plörre fuhr meinen Puls stets auf tiefenentspannte 34 beats per minute runter. Kurzum, dieser »Kaffee« war der Beta-Blocker unten den Heißgetränken, herzschonend bis zum Abwinken. Dabei versicherte mir meine Mutter stets, sie würde einen Teelöffel mehr Pulver nehmen, wenn ich käme.

Da ich etwas fror, schlurfte ich mit Kaffeebecher in der Hand runter in den Heizungskeller. Meine Eltern, die Sparbrötchen, hatten für die fünf Tage ihres Ausfluges die Heizung komplett runtergefahren. Ich klappte die Abdeckung des Steuerungselementes hoch und stellte fest, dass irgendein Programm aktiviert war, das ich nicht verändern konnte. Jedenfalls nicht, ohne die 120 Seiten starke Heizkessel-Betriebsanleitung zu studieren. Dann eben nicht. Genug Holz war ja da, das wusste ich. Ich selbst hatte es vor ein paar Wochen in einen kleinen Unterstand im Garten gestapelt. Ich holte mir einen Schokoriegel aus dem Enkelkinder-Süßigkeitenreservoir und setzte anschließend den Kamin wieder in Gang.

Plötzlich läutete es an der Tür. Wer konnte das sein, am frühen Samstagmorgen? Der Postbote? Die Zeugen Jehovas? Oder noch schlimmer: bofrost?

Langsam öffnete ich die Tür.

»Ohhh!«, rief mir eine tiefe Frauenstimme entgegen, und unverhohlene Blicke richteten sich auf meine Beine. Erst jetzt fiel mir auf, dass ich nur eine Unterhose anhatte.

»Morgen«, sagte ich und klang dabei reichlich verkatert.

»Muss dir nicht peinlich sein, Jan. Ich kenn dich ja schon, seit du ein kleiner Bub warst.«

Es war Frau Rübsamen von schräg gegenüber, die mit dem regionalen Werbeblättchen in der Hand im Türrahmen stand und ihn mit ihrem massigen Körper fast luftdicht ausfüllte. Ich kannte Tante Inge tatsächlich seit Ewigkeiten. Sie galt als die am besten informierte Frau des Dorfes, war sozusagen das Dorf-Google. Wenn man wissen wollte, wer mit wem vielleicht was hatte und wer warum an welcher

Krankheit eventuell litt, dann musste man nur Inge Rübsamen fragen.

»Da war ich aber froh, als ich heute Morgen dein Auto gesehen habe. Ich hatte mir schon Sorgen gemacht. Ich weiß ja, dass deine Eltern unterwegs sind. Und dann habe ich heute Nacht im Bad Licht gesehen. Von halb zwölf bis kurz vor vier. Ununterbrochen. Was war denn los?«, fragte sie atemlos.

»Nix Besonderes. Ich war nur so oft auf dem Klo, da hat sich Licht ausmachen nicht gelohnt«, sagte ich lapidar.

Natürlich war Inge Rübsamen mit dieser Antwort nicht zufrieden. »Und dann um vier?«

»Hab ich mir die Lichter ausgeschossen.«

Inge Rübsamen rümpfte die Nase.

»So lange, bis mir die Bundeskanzlerin erschienen ist«, ergänzte ich, und hatte es geschafft, sie für einen Moment sprachlos zu machen.

»Und, äh ... Wie lange bleibst du?«, fragte Inge irritiert und drückte mir das Werbeblättchen in die Hand.

»Bis Dienstag«, antwortete ich.

»Gut. Ich schau dann ab und zu mal rein. Ich hatte deinen Eltern versprochen, nach den Pflanzen zu sehen. Schlüssel hab ich. Ich stör dich auch nicht.«

»Um Gottes willen«, entfuhr es mir. »Das ist nicht nötig. Wirklich. Ich übernehme das mit den Blumen.« Genügend Licher-Leicht-Bier ist ja noch da, dachte ich.

Nach einem etwa zehnminütigen Botanik-Grundkurs mit dem Schwerpunkt »Pflege von Topfpflanzen« zwängte sich Inge aus der Eingangstür. Ich schlurfte ins Bad und brauste mich ab. Eiskalt, denn an diesem Morgen war lediglich die Kaffeemaschine imstande, warmes Wasser zu produzieren. Aber die wollte ich nicht mit in die Duschkabine nehmen.

Eine halbe Stunde später zog es mich nach draußen an die frische Luft. Nur ich. Ganz allein. Niemand sonst. Ich und die Natur. Die Natur, ich und der asphaltierte Feldweg in Richtung Ober-Mörlen. Die Luft, das Feld, der Weg, ich und ein plötzlich über mich herfallendes, etwa 130 Mann starkes Teilnehmerfeld einer samstäglichen Radwandersportveranstaltung des RSC Rückenwind Wetterau, das sich

auf etwa zwei Kilometer hinweg erstreckte und gefühlte drei
Stunden benötigte, um in Gänze an mir vorbeizustrampeln.
Zahllose adipöse Möchtegern-Jan-Ullrichs und mindestens
zwei Dutzend Lance-Armstrong-Presswürste in verwaschenen gelben oder magentafarbenen Originaltrikots keuchten
schwerfällig an mir vorbei. Wie dehnbar so ein Synthetik-
material doch sein kann.

Ich machte mir den Spaß, das nicht allzu hohe Tempo
einer kleinen Ausreißergruppe aufzunehmen und ein Stück
mit ihr zu joggen. Dabei feuerte ich sie frenetisch an, als
wäre ich dieser verrückte Tour-de-France-Fan Didi Senft
im roten Teufelskostüm kurz vor der Bergankunft in L'Alpe
d'Huez. Als ich mit meinen Kräften am Ende war, rief ich
ihnen noch »ihr seid doch eh alle gedopt« hinterher und ließ
die Biker-Walze weiterziehen.

Endlich konnte ich in Ruhe nachdenken. Synchron zu
meinen Schritten sog ich die warme Frühlingsluft ein und
pustete sie wieder aus. Immer wieder. Das tat gut. Ich kam
mehr und mehr zu mir. All das, was seit gestern Abend passiert war, erschien mir irgendwie unwirklich. Jetzt hatte ich
das Gefühl, dass der Schockzustand langsam wich. Bruchstückhafte Fetzen, schemenhafte Bilder, wirre Worte und
gestammelte Silben schwirrten in meiner Birne umher wie
die in lauwarmer Luft herumtanzenden Mückenschwärme.
Ich hätte leichter mit der Hand eines dieser flinken Dinger
einfangen können, als das Chaos in meinem Kopf ordnen.
Die Redewendung »ich kann keinen klaren Gedanken fassen« kam mir nie greifbarer und schmerzhafter vor als an
diesem Samstagvormittag im April. Schmerzhaft vor allem
deswegen, weil ich nicht annähernd wusste, wie es weitergehen sollte. *Die Zukunft ausmalen.* Schöner Begriff, aber
ich hatte weder Inspiration noch Farben dazu.

Doch je länger ich lief, desto klarer sah ich. Ich bin betro-
gen worden. So nannte man das doch. Womöglich hätte ich
einen einmaligen Ausrutscher ähnlich locker gesehen, wie
es Herbert Grönemeyer in seinem »Was soll das?« beschrieb.
Aber du hast ja gleich auf Liebe gemacht, hörte ich den
Deutschrocker in Gedanken bellen und nickte stumm vor

mich hin. Dann hatte ich den Fußballplatz von Ober-Mörlen erreicht. Unbewusst war ich genau dorthin gelaufen, wo Heike und ich uns kennengelernt hatten. Beim Fußball. Ihr Vater war ein in der Region gefragter Schiedsrichter und nahm Heike sonntagnachmittags oft mit auf die umliegenden Sportplätze. Beziehungsweise sie *musste* mit, wie sich später herausstellte.

Apropos herausstellte: Konkret kennengelernt hatten wir uns an einem Nachmittag im November. Ich kassierte nach einer überaus berechtigten Blutgrätsche gegen den Erzfeindstürmer aus Ober-Mörlen von Heikes Vater eine völlig überzogene gelbe Karte, worauf ich voller Wut den Ball in Richtung der benachbarten Tennisplätze drosch, wo er allerdings nie ankam. Unglücklicherweise traf er zuvor mit voller Wucht Heike direkt am Kopf. Noch heute sehe ich sie dort am Spielfeldrand mit verdrehten Augen zu Boden gehen, ehe mir Heikes Vater die rote Karte vor die Nase hielt und mich vom Platz stellte. Gott sei Dank, denn sonst hätte ich dieses putzige Mädchen mit der süßen, klaffenden Platzwunde nicht – von Schuldgefühlen geplagt – in meinem grünen Scirocco in die Notaufnahme nach Bad Nauheim fahren können. Ihr Vater musste ja weiter das Spiel leiten. Am Ende verloren wir zwar das Derby, aber ich gewann Heikes Herz. Das ihres Vaters nicht unbedingt.

Auf dem Rückweg begann ich dann relativ strukturiert, Dinge zu hinterfragen. Wie hoch war mein Anteil daran, dass Heike einen Liebhaber hatte? Was hatte ich falsch gemacht? Ich hatte doch immer versucht, so zu sein, wie Heike es wollte. Ich empfand es als selbstverständlich, dass man in einer Beziehung aufeinander zugeht, Kompromisse macht, sich anpasst. War mir dies alles nun zum Verhängnis geworden?

Natürlich hatte ich mich verändert. Als Jugendlicher war ich eine Zeitlang ziemlich schräg drauf gewesen, rauchte wie ein Schlot, trank ganz gut was weg, spielte in zig Bands und stand im Zuge dessen weiblichen Fans recht offenherzig gegenüber, um es mal vorsichtig zu formulieren. Richtig toll fand ich mich nicht, aber, mein Gott, ich war halt jung. Mit

Heike wurde vieles anders, vor allem ich. Erst recht, als wir uns eine gemeinsame Wohnung nahmen. Natürlich wurde ich von den Musikerkollegen aufgezogen. Was aus mir geworden wäre, was von mir noch übrig geblieben sei. Ganz unrecht hatten sie nicht, aber der Mann, zu dem ich an Heikes Seite wurde, war mir deutlich sympathischer als der, den ich vorher dargestellt hatte. Und ich fühlte mich zu keinem Zeitpunkt »fremdbestimmt« oder »umgebogen«. Heike hatte mich mit ihren Argumenten und Ansichten zu Rollenverteilungen und Rollenklischees überzeugt und nicht einfach nur überredet. Umgekehrt hatte sie mit der Zeit von mir gelernt, dass nicht alles immer perfekt sein muss, dass man die Butter auch mal schmierig von oben abkratzen kann, statt sauber vertikal abzutragen, und dass man nicht automatisch schlechter schlief, wenn das Bett mal nicht gemacht war.

Irgendwo hatte ich mal gelesen: »Spätestens beim Zusammenziehen gibt man sein ganzes Ich ab und tauscht es gegen zwei halbe Wir ein.« Ich fand diesen Gedanken sehr nett und teilte mein Leben außerordentlich gerne mit Heike. Was aber, wenn man sein Ich zurückhaben wollte? Zurückhaben musste, weil es das Wir nicht mehr gab?

4

Der Kaffee ist fertig

Am Haus meiner Eltern angekommen, lief ich direkt hinten herum zum Holzstand und stapelte eine geschätzte Tagesration an Scheiten vor der Terrassentür. Als ich mich umdrehte, stand wie aus dem Nichts plötzlich ein kleiner Junge vor mir und ließ mich vor Schreck zusammenzucken.

»Keine Panik. Ich bin der Nicki von da oben.« Der Junge zeigte auf eines der drei Häuser am Hang, deren Gärten an den meiner Eltern grenzten. Ich schätzte den Knirps auf etwa elf oder zwölf, in jedem Fall etwas jünger als meine Tochter Hannah, die dreizehneinhalb war.

»Ich bin Jan. Jan Schubert«, stellte ich mich vor.

»Anzündholz ist im Gartenhaus«, sagte der Junge trocken, »drei Kisten. Ich habe das selbst besorgt und da reingetan. Die Kiste zu 3,50«, erklärte Nicki stolz. »Ich würde es auch für drei machen, aber nix deinen Eltern sagen, ja?«

»Klar. Und wie kommst du ...«

»Wie ich hier rüberkomme? Na, wenn du das nicht weißt.« Nicki schüttelte demonstrativ den Kopf. Jetzt endlich dämmerte es mir.

»Ach so, ja, natürlich.« Es war das Haus von Bernd Holler. Bernd war mein bester Freund gewesen, als wir etwa so alt waren wie dieser Nicki. Wie oft hatten wir im Sommer bei ihm im Garten gezeltet und im Winter auf unserem leicht abschüssigen Gelände hinterm Haus eine kleine Schanze gebaut und dort Skispringen gespielt. Vier Meter Anlauf, Absprung und dann irgendwie noch vor der dicken Hecke zum Stehen kommen. Damals hatten wir uns zum schnelleren Überqueren des Gartenzaunes auf beiden Seiten eine kleine Treppe »zementiert«.

Nicki zog mich zum Zaun. Natürlich hatte er unsere alte Treppe längst entdeckt und zum Hinübersteigen benutzt.

»Na, dann hole ich mal drinnen den Schlüssel fürs Gartenhaus. Oder hast du von meiner Mutter schon einen eigenen bekommen?«, fragte ich süffisant.

»Nein. Aber ich weiß, wo der Notfallschlüssel versteckt ist.« Nicki grinste breit.

»Das hat sie dir verraten?«

»Nee, aber ...« Nicki druckste herum. »Ich weiß es halt.«

Ich zog die Augenbrauen hoch und schaute so streng ich konnte.

»Hmm, naja, mein Zimmer liegt nach hier hinten, und ich habe doch zu Weihnachten dieses Teleskop bekommen.«

»Verstehe«, raunte ich skeptisch.

»Aber sonst guck ich mir nur die Sterne an, ehrlich. Ich bin kein so ein Spinner oder so«, versicherte Nicki.

»Du meinst Spanner«, verbesserte ich schmunzelnd.

»Von mir aus.«

Ich griff mir den Ersatzschlüssel in der kleinen Nische unterm Dach und schloss auf. Drinnen standen drei Kisten, randvoll mit großen und kleinen Holzspänen. Nicki hatte die sicher aus dem Wald. Dort lagen sie in letzter Zeit nur so herum. Das resultierte aus der neuesten Trendsportart: Holz machen. Ich hatte mich schon oft über Fotos in der Lokalzeitung amüsiert, auf denen schmächtige Büroangestellte mit ihren original Stiehl MS-880-6,4kW-80er-Schnittlänge-Hochleistungsbezinkettensägen für Profis und extremste Ansprüche posierten und damit aller Welt zeigten, dass sie nach Feierabend an einem Extrem-Kettensägenlehrgang teilgenommen und überlebt hatten. Wo diese echten Männer hinschlugen, fielen Bäume wie die Zündhölzer. Und wo gehobelt wurde, da fielen eben auch Späne. Und die waren für Nicki bares Geld. Mein Gott, dass es das noch gab. Dass ein Junge freiwillig raus in den Wald ging, dort mühsam Holzspäne auflas, nach Hause schleppte und verkaufte, um damit womöglich seine Familie finanziell etwas zu unterstützen. Wie schön.

»Na, da hast du ja fleißig gesammelt«, lobte ich Nicki.

»Hä? Wie *gesammelt*? Die hab ich per Europalette bei E-Bay ersteigert, umgepackt und dann hier im Ort mit einer Marge von 85 Prozent verkauft.« Ich schluckte. »Damit finanziere ich mir meine Peripherie«, ergänzte Nicki Kostolany.

»Deine Pedi ... was?«

»Meine Peripherie halt«, wiederholte Nicki, als redete er entweder mit einem Vierjährigen oder mit einem Volltrottel. »Mein Netzwerk, Server, Cloud, Pods, Pads, Turboflat, was halt so dazugehört.«

»Klar. Logisch.« Ich nickte und tat, als wüsste ich Bescheid, ehe ich mir eine Kiste Anmachholz griff und die Gartenhaustür schloss.

»Ja, dann«, seufzte ich auffordernd und hoffte, dass dieser kleine Kapitalist nun endlich wieder über den Zaun springen würde. Doch Nicki machte keinerlei Anstalten.

»Die PC-Grundausstattung habe ich von Papa. Das war sozusagen seine Ablösesumme.«

Wieder schaute ich ihn fragend an.

»Papa hat den Verein gewechselt, du weißt schon, ist zu einer anderen.«

»Oh«, stieß ich betroffen hervor.

»Ja. Das war doof, vor allem weil ihn Mama mit der anderen in avanti erwischt hat.«

»Tja«, seufzte ich vielsagend, »das soll vorkommen. Aber dein Papa heißt nicht zufällig Joey, oder?«

Ich wollte das eigentlich gar nicht sagen. Es war mir rausgerutscht. Wahrscheinlich wollte mein Unterbewusstsein einfach nur alle Eventualitäten ausschließen.

»Nee, warum?«

»Ach, nur so«, log ich. Ich hatte die Kiste mit dem Kleinholz zu den großen Scheiten vor die Terrassentür geschleppt und kramte den Haustürschlüssel hervor. »So, ich muss dann mal rein«, versuchte ich ein weiteres Mal, die kleine Klette abzuschütteln. Diesmal hatte ich Erfolg.

»Okay, mach's gut.« Doch genau in dem Moment, als Nicki seine kurzen Beine über den Zaun schwang, fiel mir etwas ein.

»Warte«, rief ich ihm hinterher, und Nicki blieb stehen.

»Wenn du 'ne Turboflat hast, heißt das, dass alle Häuser hier einen DSL-Anschluss im Keller haben?« Ich hatte gar nicht damit gerechnet, hier online gehen zu können.

»Du bist echt lustig. Fauerbach und DSL. Voll lollig.«

»Ja, aber ...«

»Über Funk«, belehrte mich Nicki und zog wichtigtuerisch die Augenbrauen hoch. »Hier um die Ecke gibt es einen Anbieter. Ist sauteuer, aber Kleinholz geht gut im Moment.«

»Okay«, sagte ich zögerlich und überlegte, ob ich diesen kleinen Herrn Neunmalklug fragen konnte.

»Wenn du willst, geb ich dir meinen WLAN-Schlüssel. Das müsste von der Entfernung her locker reichen, ich habe da einen geilen Repeater dranhängen, den 7050E von FRITZ, kennste bestimmt.«

»Logisch«, tat ich nun ebenso neunmalklug. »Ja, wenn das für dich okay ist, dann wäre das natürlich super«, freute ich mich.

»Ziehst du wieder bei deinen Eltern ein?«

Nickis Frage traf mich wie der berühmte Blitz aus, in diesem Fall, bewölktem Himmel.

»Nein. Um Gottes willen«, wiegelte ich ab. »Ich bin nur für ein paar ... äh ... Tage ... äh, also zu Hause bei mir ist es gerade ...« Ich räusperte mich und rettete mich in eine Notlüge. »Ich mache nur *Einhüten*, bis meine Eltern wieder da sind.« Ich wusste nicht, ob Nicki dieses Wort kannte, deswegen erklärte ich weiter. »Ich pass auf, dass da nicht irgendwelche Leute das kostbare Anzündholz aus der Gartenhütte klauen und es dann bei E-Bay ein zweites Mal verkaufen.«

Jetzt musste Nicki kichern. »Keine schlechte Idee. Du verstehst was von Geschäften, das gefällt mir«, konterte der Knirps in einem Tonfall, der an Marlon Brando im »Paten« erinnerte. »Komm doch um drei rüber, dann richte ich dir mein Netzwerk an deinem Laptop ein«, sagte Nicki, und es kam mir vor, als hätte mich der elfjährige Bernd gerade eingeladen, zu ihm zum Spielen zu kommen. Nur gab es damals keinen Laptop, sondern gerade mal den PC 64 mit diesem Spiel der beiden senkrechten Stäbchen, die sich einen viereckigen kleinen »Ball« über eine Linie hin- und herschubsten. Das nannte sich tatsächlich »Tennis«. Ja, damals brauchte man noch richtig Fantasie beim Computerspielen.

»Außerdem musst du unbedingt meine Mama kennenlernen. Ihr seid ja so was wie Leidensgenossen.«

»Okay, bis dann«, schmunzelte ich, fragte mich aber eine Sekunde später, was er mit Leidensgenossen gemeint hatte. Wie konnte er wissen ... Egal. Ich schaute auf meine Uhr. Es war halb eins. Drinnen griff ich zum Telefonhörer und rief Heike an.

»Habe mir schon gedacht, dass du das bist«, begrüßte sie mich. »Willst absagen für nachher, oder?«

»Stimmt«, sagte ich mit wackliger Stimme, »ich werde mir Dienstag ein paar Klamotten holen. Und ein bisschen was aus meinem Musikzimmer.«

»Okay.«

»Und die …« Mir kippte die Stimme weg, und ich rettete mich in ein Verlegenheitshusten.

»Die Kinder?«

»Hmmm.«

»Für die Kleine hast du einfach Auftritte, und die Große weiß Bescheid.«

Ich schluckte. Heike klang wieder so unfassbar kühl und abgeklärt. Vielleicht war es genau das, was mich mehr schockierte als das Fremdgehen an sich.

»Wie Bescheid?«

»Naja, wie's im Moment halt ist mit Mama und Papa.«

»Super«, sagte ich leise. »Da hat sie mir echt was voraus. Ich weiß nämlich gerade gar nichts mehr.« Obwohl ich es vermeiden wollte, zitterte meine Stimme, und ich geriet in Rage. Als nächstes hörte ich mich bruchstückhafte Dinge sagen, die keinen Deut geordneter und strukturierter waren als vorhin beim Spazierengehen. Sachen wie »Warum gerade Joey?«, »Seit wann?«, »Liebst du ihn?« oder »Wie soll das jetzt weitergehen?«

»Nicht am Telefon«, unterbrach mich Heike mit ruhiger Stimme. »Du kannst gerne um zwei vorbeikommen und wir reden.«

»Geht nicht, ich hab da ein Date«, blaffte ich dazwischen, legte auf und ärgerte mich im gleichen Moment über diesen dämlichen, überflüssigen und vollkommen unsouveränen Satz. Eigentlich wollte ich nur cool und lässig absagen, und dann das.

Um eins bekam ich Hunger. Intuitiv wusste ich, dass ich mir um das Thema Verpflegung die wenigsten Sorgen machen musste. Meine Mutter war sowohl passionierte Vorkocherin als auch eifrige Resteinfriererin. Leicht fröstelnd las ich die mit akkurater Handschrift ausgefüllten Schildchen an den Schubladen des riesigen Gefrierschranks wie eine Speisekarte. Als das Frostmonster schon mit nervösem Dauerfiepen einen mittelschweren Temperaturverlust vermeldete und *Schockfrost* einforderte, entschied ich mich für »Gulaschsuppe 15. 09. Einladung Turnclique.«

Meine Fresse, die Gulaschsuppe. Normalerweise kochte meine Mutter wirklich gut. Aber die Suppe schmeckte, als hätte Mama sie am späten Abend mit dem Spülwasser vertauscht. Oder sie hatte ein Rezept aus einem asketisch-buddhistisch angehauchten BRIGITTE-Diät-Sonderheft nachgekocht. Aus dem vierten Fach von oben holte ich mir kurzerhand ein angetautes »Bagett Geburtstag Werner«, also ein Weißbrot mit Migrationshintergrund, daher auch die leichten Rechtschreibschwächen. Zum Nachtisch gab es eine leckere »Paracetamol, letzter Absturz Jan« und eine weitere Tasse »Echter Kaffee von heute«.

»Der Kaffee ist fertig« summte ich, als ich gedanken-verloren in einem Werbeblättchen stöberte und ahnte nicht, wie schnell der Kaffee tatsächlich zur Neige gehen sollte. Dass ich hin und wieder etwas ungeschickt bin, hatte ich schon angedeutet. An diesem Nachmittag war es wieder einmal so weit. Ich rammte mit dem Knie den Küchentisch, was zur Folge hatte, dass sich eine halbvolle Tasse Kaffee nassforsch über meine Hose ergoss und feucht-braune Flecken hinterließ, an einer Stelle, wo man als Mann keine Flecken haben möchte. Schon überhaupt nicht, wenn man gerade außer Haus will und keine andere Hose dabei hat. Mist. Was nun? Nicki absagen? Nein, ich wollte auf jeden Fall heute noch online gehen. In Unterhose rüber? Das könnte auf Nickis Mutter doch etwas befremdlich wirken. »Schau mal, Mama, ich habe da einen Onkel mitgebracht, der geht jetzt mit mir in mein Zimmer.«

Todesmutig stand ich vor dem Kleiderschrank meines Vaters, der etwas kleiner und deutlich dicker ist als ich. Ich verschaffte mir einen Überblick. Puh! Papa spazierte wahrscheinlich gerade mit seinem besten Paar Hosen an der Strutzenheimer Seenplatte entlang. Die anderen beiden hatte er zu Hause gelassen, und das völlig zu Recht.

Ich hatte die Wahl zwischen einer sorgsam auf Bundfalte gebügelten, tiefgrauen Altherrenstoffhose und einer form- und schnittlosen Bluejeans aus dem Hause Kik oder Takko zu gefühlten 12,99. Beim beliebten Spiel »Not gegen Elend« entscheid ich mich für die Jeans, die im Stile einer dreiviertellangen Sackhose lustlos an mir herumschlabberte. Mit meinem Gürtel konnte ich sie wenigstens so fixieren, dass ich sie nicht beim Laufen verlor. Okay, Jacke drüber, Augen zu und durch. Ich schnappte mir meinen Laptop und klingelte bei »Niklas, Katharina und Holger van Leer«.

Eine nicht allzu große, aber gut aussehende Brünette lächelte mich an. Das musste Nickis Mutter sein, die Ähnlichkeit war frappierend.

»Guten Tag, äh, ich wollte zu Nicki, wegen des WLANs.«

»Hallo. Ja, ich weiß Bescheid. Sie sind der Sohn von Marianne und Werner, nicht wahr? Nicki hat mir schon gesagt, dass Sie gerade da drüben im Haus verhüten.«

»Bitte?«

Nickis Mutter lächelte. »Ich nehme an, Nicki meinte, dass Sie dort das Haus *einhüten*. Kommen Sie rein.«

»Ach so, ja. Stimmt, das hatte ich gesagt.«

»Nicki überschätzt gerne mal seine Sprachkompetenz«, säuselte Frau van Leer und führte mich einen Flur entlang. »Sagt jedenfalls seine Klassenlehrerin.«

Wir waren nun vor einer Zimmertür angekommen, an der ein bedrucktes Schild hing: *Als mein Vater mich sah, hat er den Storch erschossen.*

»Ups. Hing das schon, als sein Vater noch hier war?« Du liebe Güte! Jan! Du Volltrottel. Was redete ich denn da? Wahrscheinlich wusste Frau van Leer gar nicht, dass ich wusste, dass Nickis Vater … Noch ehe Nickis Mutter etwas sagen konnte, versuchte ich, meinen doofen Spruch zurechtzurücken. »Tut mir leid, das äh, ist mir so …«

»Kein Problem. Ich kenne das schon. Nicki überschätzt nämlich gerne auch mal seine Verkupplungskompetenzen. Er schmiert jedem dahergelaufenen Mann zwischen fünfzehn und fünfundneunzig aufs Brot, dass ich Single bin. Da ist er nicht besonders wählerisch«, sagte Katharina van Leer und musterte mich süffisant.

»Vielen Dank«, erwiderte ich verkniffen und fand, dass es nach diesem gut herausgespielten Konter der Brünetten nun völlig verdient 1 : 1 zwischen uns stand.

Nickis Zimmer sah irgendwie seltsam aus. In doppelter Hinsicht. Zum einen, weil es komplett anders eingerichtet war als alle Kinderzimmer, die ich als zweifacher Mädchenvater kannte. Kein Rosa, kein Pink, kein Lila. Keine Hello-Kitty-, Prinzessin-Lillifee- oder Hannah-Montana-Poster, -Plüschfiguren, -Bettbezüge, -T-Shirts, -Bandtücher oder -Tapeten. Nichts. Absolut nichts. Zum anderen aber auch völlig anders, als ich mir Nickis Jungenzimmer vorgestellt hatte. Keine PCs, keine vier Monitore, Laufwerke, CD-Rom-Türme, keine vollgestopfte und vollverkabelte IT-Nerd-Bude. Auch keine vorpubertären halbnackten Pin-up-Girls an der Wand. Eher so, wie man es sich als Vater eines dreizehnjährigen Jungen wahrscheinlich wünschen würde. Ein Kleiderschrank, ein großes, relativ gut aufgeräumtes Bücherregal, das Teleskop am Fenster, ein Sitzsack im Stil eines schwarz-weißen Fußballs und darüber ein Hochbett. Hoppla. Jetzt hatte ich doch einen Makel entdeckt.

»Nee, ganz ehrlich, das geht ja gar nicht«, feixte ich und deutete vorwurfsvoll auf die Dortmund-Bettwäsche.

»Als Frankfurt-Fan schwer zu ertragen, was?«

Ich stutzte einmal mehr. »Woher?«

»Ich sehe ab und zu deine Mutter mit einem verwaschenen Eintracht-Trikot im Garten arbeiten.«

»Aha«. Dass meine Mutter alte Sachen von mir im Garten »auftrug«, wusste ich, aber dass ihre Mutterliebe so weit ging, war mir neu.

Ich gab Nicki einen Zettel mit allen relevanten Daten samt meiner Mailadresse, und nach zehn Minuten war mein Laptop mit seinem WLAN verbunden. Gerade als ich mich aus dem Sitzsack erhob und meine Sackhosenjeans wieder hochziehen wollte, ertönte aus seinen PC-Boxen das Signal für eine eingegangene Mail. Nicki klickte die Nachricht an, ich schaute bewusst woanders hin.

»Ah, angebissen«, tönte Nicki, »wieder einer mehr.«

Ich drehte mich zu ihm um. »Wie viele Facebook-Freunde hast du denn schon?«

»Das meine ich nicht. Hier, schau. Bei edel-partner.de. Wieder einer, der sich mit Mama verabreden möchte.«

Ich schaute flüchtig zum Monitor und sah das Foto eines äußerst seriös und gut situiert wirkenden Herrn um die Fünfzig mit graumelierten Haaren.

»*HBMännchen*«, las ich die Bildunterschrift.

»Das sind alles Decknamen.«

»Ach so.« Meine Augen fixierten den Bildschirm. Nein, das konnte nicht sein. Oder doch? »Kannst du das Bild mal größer machen?« Ich beugte mich runter zum Monitor.

»Klar. Hast du auch Interesse? Er läuft aber unter hetero.«

»Quatsch.« Ich war so auf das Foto konzentriert, dass ich gar nicht darüber nachdachte, was dieser Pimpf da gerade möchtegernpubertär gesagt hatte. Mit drei schnellen Klicks hatte Nicki die Aufnahme vergrößert.

»Ist es so verwunderlich, dass sich jemand für Mama interessiert?«, fragte Nicki. »Der sieht doch nett aus, oder?«

»Ja, natürlich ...« Ich beschloss, nicht weiter über den Typ auf dem Foto nachzudenken. Jedenfalls nicht jetzt und hier. »Ist auch egal. Weißt du, ich kenne mich bei diesen Single-portalen halt überhaupt nicht aus.«

Nicki konterte: »Ich schon.«

Ich rollte mit den Augen. »Und deine Mama?«

»Die weiß nichts davon, wäre nett, wenn du ...«

»Na, darauf hätte ich auch gewettet, dass die nichts weiß. Und du konntest deine Mutter da einfach so anmelden?«

Nicki klickte das Foto weg und klappte seinen Laptop zu. »Klar. Man muss nur wissen wie.«

»Du gibst dich doch nicht etwa für deine Mutter aus?«

Nicki hielt den Zeigefinger an seinen Mund. »Psst, nicht so laut.« Dann winkte er mich zu sich runter. »Ich nenne sie da *GräfinKati*.«

»Wie kommst du denn bitte dadrauf?«

»Na, weil es hier im Phillipseck mal einen Grafen gab. Und Kati von Katharina.«

»Sag mal, du kleiner Verkuppler vor dem Herrn, wie alt bist du eigentlich?«

»Dreizehneinhalb. Ich weiß, ich sehe nicht so aus. Bin einfach etwas kurz geraten. Vor der Disco muss ich meinen Ausweis zeigen.« Nicki schmunzelte.

Unfassbar. Dieser schlagfertige Knirps wirkte rein optisch im Vergleich zu Hannah wie ein Kind. Okay, dafür spielte Hannah noch ab und zu verstohlen auf ihrem Nintendo DS »Meine Tierpension«, während sich Nicki unter falschem Namen bei Onlinepartnerportalen rumtrieb und für seine Mutter Dates ausmachte.

»Aber jetzt mal im Ernst, das geht so nicht mit dem Verkuppeln. Du musst das deiner Mutter sagen. Oder noch besser, melde dich da ab.«

Nicki schaute betreten nach unten. »Weißt du, seit Papa weg ist, geht sie nicht mehr aus. Wenn sie nicht gerade in der Agentur ist, arbeitet sie zu Hause und hockt mir hier in der Bude rum.«

»Das mag ja sein, aber so geht das nicht. Willst du dich dann mit diesen Typen verabreden, oder wie stellst du dir das vor?«

»Nee, klar. Ich wollte halt nur noch warten, bis ich ein paar Kandidaten zusammen habe. Aber so wie es jetzt aussieht, muss ich es ihr sowieso heute oder morgen sagen.«

»Gut«, sagte ich beruhigt.

»Da ... da kommt nämlich so eine Rechnung per Nachfahre oder so.«

»Per Nachnahme?« Ich schüttelte fassungslos den Kopf. »Du hast da was ... äh ... gekauft?«

Nicki nickte schuldbewusst. »Die Premium Mitgliedschaft. Für 24 Monate.«

Meine Kinnlade klappte runter, jedenfalls fühlte es sich so an.

»Ich wollte das nicht, echt. Da stand ganz groß, dass man *kostenfrei reinschnuppern* kann. Und plötzlich wurde ich gefragt, ob ich mit Kreditkarte, per Pay-irgendwas oder mit Lastschrift zahlen möchte. Ich hab nirgendwo ein Häkchen gemacht, ehrlich. Kreditkarte habe ich keine, und den Rest hatte ich eh nicht kapiert. Ja, und dann wollte ich einfach über den Okay-Button wieder zurück.«

»O nein, ich ahne es.«

»Genau. Ich hatte übersehen, dass ganz unten bei *Zahlung per Nachnahme* schon ein Häkchen gesetzt war.«

»Mann, diese Gauner«, schnaufte ich. »Und jetzt wartest du auf Post?«

»Ja. Aber so lange sammle ich schon mal die besten Interessenten. Vielleicht gefällt ihr ja einer, und die Strafe fällt nicht so krass aus.«

Mühsam erhob ich mich aus dem Sitzsack, nicht ohne einen schmerzhaften Gruß meiner Bandscheibe. »Ich bin gespannt. Ich kann dir nur den Tipp geben, es ihr zu sagen, bevor der Brief da ist. Das kommt bei Eltern immer besser an.«

Jetzt war es Nicki, der schnaufte.

»Gut, dann noch mal vielen Dank für das WLAN.« Ich ging zur Tür. »Aber, ganz ehrlich, von deiner Peripherie bin ich etwas enttäuscht. Einen guten Laptop habe ich auch«, sagte ich betont angeberisch, um ihn ein wenig aufzuheitern.

Nicki stand auf, ging zum Kleiderschrank und öffnete die Flügeltüren. Statt Klamotten türmten sich dort Computer-Gerätschaften, die ich in mittelständischen IT-Unternehmen erwartet hätte, aber nicht in einem Kinderzimmer.

»Oh! Okay.«

»Ich weiß, es ist alles schon ziemlich veraltet, vor allem die Tower-Server und die Lüfter.«

Ich schüttelte noch mal den Kopf und ging nach draußen.

»Das ging aber schnell.« Nickis Mutter kam den Flur entlang und lächelte mich freundlich an. »Jetzt wollte ich Sie gerade fragen, ob Sie einen Kaffee mit uns trinken.«

Ich merkte, wie Vaters Sackhose nach dem Aufstehen aus dem Sitzungetüm nicht in der bestmöglichen Position saß und zog sie ungelenk an mir hoch. Aber sie rutschte immer wieder runter.

»Danke. Das ist nett von Ihnen, aber ich muss los«, antwortete ich verlegen und tippelte mit kleinen Schritten auf die Haustür zu. Nix wie weg hier, bevor ich untenrum noch »im Freien stehe«, wie mein Vater sagen würde.

»Coole Hose«, rief mir Nickis Mutter amüsiert hinterher, und ich musste mich nicht umdrehen, um sie in meinem Rücken breit grinsen zu sehen. Das war das 2:1 für sie. In der Nachspielzeit.

Zurück in der Wohnung, legte ich Holz nach und entschied mich kurzerhand, nach Nieder-Weisel in einen Supermarkt zu fahren, um ein paar wichtige Lebensmittel jenseits der Kühltruhe meiner Eltern zu besorgen. Frisches Brot, drei dicke, geräucherte Mettwürste, eine große Tube Düsseldorfer Löwensenf. Auf eingelegte Antipasti hatte ich irgendwie keine Lust. Kurz vor der Kasse schnappte ich mir noch einen Elferkasten richtiges Bier, einen Flachmann für Notfälle sowie eine Zeitung. Auch wenn es stilmäßig so gar nicht zum Rest des Einkaufs passte, griff ich mir die Samstagsausgabe der FAZ. 10 Prozent davon als Lektüre, den Rest des dicken Wälzers, um am nächsten Morgen damit das Feuer anzumachen.

5

The sun always shines on TV

Gegen Abend öffnete ich die Luke zum Dachboden und stieg hinauf. Hier oben musste noch ein altes Keyboard von mir liegen. Wahrscheinlich in einer der großen Holztruhen. Dann hatte ich es auch schon in der Hand. Eine Woge der Nostalgie überkam mich, gefolgt von einer ausgewachsenen Gänsehaut. Mein Yamaha PSS 790 aus den ganz frühen neunziger Jahren. Das dazugehörige Netzteil lag obenauf. Es funktionierte noch, großartig. Das PSS 790 war das erste Keyboard nach meinem musikalischen Blackout während meiner Pubertät. Als Kind bekam ich über Jahre hinweg Klavierstunden. Aber es erging mir wie so vielen. Nach anfänglichem Enthusiasmus habe ich es irgendwann gehasst wie die Pest. Es gipfelte in einer Totalverweigerung, als ich zwölf war, und ich rührte zweieinhalb Jahre nicht eine einzige schwarze oder weiße Taste an. Dann jedoch begann der

Siegesfeldzug der Synthesizer mit den dazugehörigen coolen Elektrosounds. So einen »Synthie« wollte ich auch haben. Um jeden Preis. Der war allerdings sehr hoch, und meine Eltern wollten mir aus pädagogischen Gründen bei der Finanzierung leider nicht helfen. Das war ihre späte Rache für meine Klavierstundenverweigerung. So reichte es eben nur zur Spielzeugvariante eines Synthesizers. Mit dieser kleinen Workstation, inklusive eines Mini-Aufnahmesequenzers, komponierte und bastelte ich meine ersten eigenen Songs, die, subjektiv gesehen, natürlich genauso cool klangen wie die Hits von Depeche Mode, Bronski Beat oder Alphaville.

Ich glaube, es dauerte gerade mal drei Monate, bis ich das PSS 790 komplett ausgereizt hatte und ein neues Gerät her musste. Ein echter Synthie. Es folgten zähe Verhandlungen mit meinen Eltern, am Ende stand ein Kompromiss. Der Synthie wurde zu einem kombinierten Geburtstags- und Weihnachtsgeschenk, verbunden mit einer Wiederaufnahme des Klavierunterrichts, bei einer Laufzeit von mindestens zwei Jahren.

Nach einem ersten Krampf in meinen Fingern und wegen der gefühlten minus vier Grad auf dem Dachboden schaltete ich das Keyboard aus und nahm es mit hinunter. Mittlerweile hatte mein Laptop tatsächlich eine stabile Verbindung zum WLAN-Netzwerk »heyheynicki« hergestellt. Meine Rettung, denn die Fernsehalternativen an diesem Abend waren bescheiden. In einem Anflug masochistischer Selbstkasteiung gab ich mir für zehn Minuten »Das Frühlingsfest der Volksmusik« mit diesem Alien als Moderator, Florian Kupfergold. Dieser Typ moderierte seine Show so urzeitlich, als entstamme er einer Zeit, in der Peter Frankenfeld noch lebte und Rex Gildo noch *auf* dem Balkon stand. Nach dem Gastauftritt der beiden Dauergewinner in der eher unbekannten ECHO-Sparte »erfolgreichste Volksmusiker, die wie Obdachlose aussehen«, den Muchachos, schaltete ich ab.

Berufsfeuerwehr Frankfurt tippte ich in das Suchfeld der Facebook-Maske ein. Parallel dazu rief ich meine Mails ab und öffnete ein zweites Browser-Fenster. Dort ging ich auf BILD-online, um mal zu schauen, ob der Einsatz im Stuhllager des Steigenberger irgendwelche Webspuren hinterlassen hatte. Vielleicht sogar das eine oder andere Handyfoto zweier ineinander verkeilter, halbnackter Banker? Dann könnte sich dieser hormongesteuerte Bankschnösel seine Beförderung in seine graumelierten Haare schmieren. Aber leider Fehlanzeige. Offenbar hielten sich tatsächlich alle an die von der HESSENBANK verhängte Nachrichtensperre. Nur auf der Facebook-Seite der Feuerwehr fand ich einige Posts, die aber nur Insider verstanden: »Hatten heute den schrägsten Fehlalarm des Jahres«, »Feuchtfröhliches im Stuhllager«, »Was für ein Bild. Der Genießer muss leider schweigen.«

Ta-dam. Eine neue Mail trudelte ein.

Hi Jan, ich hoffe, das wlan-signal reicht aus. Ich hab's übrigens eben meiner Mum gestanden ... Nicki

Sieh mal einer an. Nicki hatte offenbar kalte Füße bekommen. Ich klickte auf *Antwort.*

Hallo Nicki, wie du siehst, ich bin online. Alles läuft super. Und, wie hat deine Mutter reagiert? Lebst du noch? Wie viel Tage Computer-Strafentzug? Gruß Jan

Ich klickte auf *Senden,* holte mir aus dem Kühlschrank eine Flasche Bier und ging dann auf die Homepage der HESSENBANK. Schon zwei Klicks weiter konnte ich die aktuelle Broschüre als PDF-Datei öffnen. Eine ganze Weile lang starrte ich auf das Bild von Dr. Juncker. Wie er da stand und breit lächelte. Neben seiner Frau und seinen Kindern. Ich zoomte mir den designierten Chef der größten Bank Hessens noch etwas näher heran. Ich war mir nicht ganz sicher, aber die Ähnlichkeit war frappierend. Ich wechselte zum Fenster des Mailprogramms.

Hi Nicki, ich noch mal, nur für den Fall, dass du kein PC-Verbot hast ... Könntest du mir das Foto von HBMännchen irgendwie aus dem Partnerportal rauskopieren und mailen? Gruß, Jan von nebenan

Während ich auf eine Antwort wartete, durchforstete ich die Musikbibliothek auf meinem mobilen Rechner und stellte eine Playlist mit Elektropop-Klassikern aus den Achtzigern zusammen, die mich durch den Abend begleiten sollte. Wenn schon nostalgisch, dann richtig: *A-ha, Alphaville, Erasure, Depeche Mode.*

Ta-dam. Ein merkwürdig moderner Sound holte mich wieder in die Jetztzeit zurück. Nicki hatte geantwortet.

Hallo. Wie du merkst, darf ich noch an den PC. Dafür hab ich drei Tage Fernsehverbot. Doof, aber zu ertragen. Du wirst es nicht glauben, aber Mama hat eher gelacht als geschimpft … Das Witzige ist nämlich, dass Mama sich selbst vor ein paar Wochen bei einem anderen Portal angemeldet hat. Das ist zwar etwas günstiger als meins, aber das hätte bislang noch nichts Brauchbares geliefert. Nur so ein paar Langweiler. Als ich ihr die Fotos von meinen Kandidaten zeigte, war sie echt beeindruckt. Ach so, dass mit dem HBMännchen-Foto krieg ich nicht hin. Ich kann die Foto-Grafik nicht rauskopieren. Wofür brauchst du das eigentlich, wenn du nicht … naja, du weißt schon bist …? Bist du von Beruf Detektiv oder so was? Falls ja, kann ich bei dir später mal ein Praktikum machen? Warte mal, da meldet sich grad noch jemand … Nicki

Hi Nicki, ist ja wirklich interessant. Dass das eine Portal so gar nichts bringt, das andere gleich so viel. Spricht für dieses edel-partner.de. Das Foto … ach, weißt du, ich dachte, ich hätte da jemanden erkannt. Ist nicht so tragisch, wahrscheinlich lag ich eh falsch. Ach so, was ich von Beruf bin … Musiker. Und ich komponiere und texte eigene Songs. Zum Beispiel über kleine Jungs, die die ganze Nacht am PC rumhängen. Gute Nacht. Jan

Ich drückte auf *Senden,* und im selben Moment erklang »Tainted love«. Mein Handy. Es war Heike.

»Ja«, begrüßte ich sie einsilbig.

»Hallo. Mir ist gerade eingefallen, dass morgen Kinderkirche ist. Letzter Sonntag im Monat, du weißt schon.« Heike klang immer noch so unglaublich sachlich und kühl. Das war doch nicht sie.

»Ich weiß, aber morgen ist doch gar nicht der ...«

»Nächste Woche ist aber Ostersonntag«, unterbrach sie mich eindringlich.

Ich wusste genau, was sie eigentlich sagen wollte. Das war eine Unart von Heike, nicht einfach direkt zu fragen, ob ich mit den Kindern dort hingehen könne. Sie fand es pädagogisch besser, wenn ich selbst darauf käme. Lehrerin halt.

»Und?«, stellte ich mich betont dumm.

»Ich will morgen mit Joey ins Stadion.«

»In was für ein Stadion bitte?« Diesmal brauchte ich mich nicht dumm zu stellen, ich wusste wirklich nicht, was sie meinte.

»Zur Eintracht. Nach Mainz. Die haben das Sonntagsspiel in Mainz, und wir wollen schon gegen elf los. Wird Zeit, dass wir wieder einmal einen Dreier einfahren.«

Ich hustete aus Verlegenheit. Mir hatte es schlichtweg die Sprache verschlagen.

»Du gehst ... wohin? Ich meine, *du* gehst ins Fußballstadion?«

»Ja, ich weiß. Aber Joey ist an Freikarten gekommen, die will er nicht verfallen lassen.«

»Natürlich«, sagte ich benommen.

Was ging denn hier ab? Heike hatte sich nie für Fußball interessiert, nie, nie, nie. Wenn ich sie vor zwei Jahren gefragt hätte, ob sie mit zur Eintracht kommen wolle, hätte sie garantiert geantwortet: »Seit wann gehe ich zu Gesangsvereinen?« Hätte ich ihr gesagt, dass es wichtig wäre, *mal wieder einen Dreier einzufahren*, hätte sie mir wahrscheinlich abgefahrene erotische Fantasien unterstellt. Jetzt aber tat sie so, als wäre sie seit Jahrzehnten Vorsitzende des SGE-Adler-Fanclubs Wetterau-West. Unfassbar.

»Also, holst du die Kinder um kurz vor halb elf, ja? Und bring sie bitte anschließend zu meinen Eltern. Die bleiben da ein paar Tage. Es sind ja Osterferien.«

»Wir müssen reden«, sagte ich ebenso entschlossen wie unüberlegt.

»Äh, sorry, *du* wolltest ja nicht«, entgegnete Heike.

»Ich *konnte* noch nicht. Wie wär's Dienstag, so um elf?«

»Von mir aus. Ich muss sowieso noch einiges erledigen, bevor ...« Heike stockte kurz. »Ist auch egal, komm Dienstag vorbei, ich bin auf jeden Fall da.«

»Okay.«

Inzwischen war eine Mail von Nicki angekommen.

Hi. Naja, wenn ich ehrlich bin, die Portale unterscheiden sich nicht so sehr. Ich hatte nur das coolere Foto. Mama sieht das anders, und dafür gab's dann auch das Fernsehverbot. Weil ich ein Foto von ihr genommen hatte, ohne sie zu fragen. Aber sag doch mal selbst, auf welches Bild hättest du dich eher gemeldet? Auf das, was ich genommen habe (Anhang 1), oder auf das, was Mama online gestellt hat (Anhang 2). Auf meinem ist sie doch tausendmal hübscher, oder? Nicki

Ich klickte auf die Anhänge und fiel fast vom Stuhl. Dieser kleine Ganove. Nicki hatte doch tatsächlich ein Bild seiner Mutter genommen, das sie gut gebräunt, mit offenen Haaren und in einem äußerst knappen Bikini am Strand liegend zeigte. »Wow«, rutschte es mir heraus. Das andere Bild zeigte Frau van Leer mit streng zurückgekämmten Haaren in einem gediegenen, anthrazitfarbenen Hosenanzug und mit brauner Aktentasche. Kopfschüttelnd starrte ich auf den Bildschirm. Zugegeben, etwas länger auf das Sommerbild. Kein Wunder, dass sich auf Nickis Portal mehr Männer gemeldet hatten. Dann schrieb ich an Nicki:

Mein lieber Mann ... ich fasse es nicht ... Du kannst doch nicht einfach so ein Foto deiner Mutter bei einem Partnerportal veröffentlichen. Ich finde, du bist mit drei Tagen Fernsehverbot noch äußerst günstig weggekommen ... Weißt du eigentlich, was du damit anrichten kannst? Und was glaubst du, welche Art Männer melden sich auf solche Fotos? Solche, die ernsthafte Absichten haben, oder solche, die nur darauf aus sind, deine Mutter ganz nackt zu sehen? Ich denke, du bist alt und klug genug, um zu wissen, was ich meine ... Bin echt sprachlos ... Jan

PS: Ich hätte mich auch eher auf das Bikini-Bild gemeldet ... ;)

Während ich gedankenverloren auf das immer noch geöffnete Bikini-Foto starrte, spielte die Playlist einen meiner absoluten Favoriten der Achtziger. *Touch me, how can it be? Believe me. The sun always shines on TV.* Danach zappte ich wieder eine Runde durchs Fernsehprogramm und blieb bei einer Folge der immer beliebter werdenden »... von oben«-Dokumentationen hängen. Nach dem Kinoerfolg von »Deutschland von oben« gab es »Die Alpen von oben« und »Der Rhein von oben«, und ich hatte die Freude, bei »Die Moppelheimer Seenplatte von oben« zu landen. Großes Kino, wenn man bedenkt, dass besagte Platte aus einem See und drei halbwegs in der Nähe liegenden Tümpeln besteht und die Gegend an sich so tot ist, dass die Sendung besser »Die Radieschen von unten« heißen sollte.

Ich hatte gar nicht mehr mit einer Antwort gerechnet, als kurz vor elf noch eine Mail mit Nickis Absender eintrudelte.

Hallo, normalerweise mische ich mich nicht in die Angelegenheiten meines Sohnes ein, und schon gar nicht lese ich seine Mails. Aber ich muss nun ein Auge auf seine Internetaktivitäten haben. Sie verstehen ... Für heute ist jedenfalls Schluss mit dem Rumgemaile. Nicki soll jetzt schlafen. Ach ja, nachdem Sie ja heute wegen Ihrer schicken Rutschhose meine Kaffeeeinladung ausgeschlagen haben, kann ich Ihnen anbieten, dies morgen Nachmittag nachzuholen. Um 15.30 Uhr, wenn Sie mögen. Nur damit keine Missverständnisse aufkommen: Ich mache das nicht, weil ich Sie so wahnsinnig sympathisch finde, sondern weil ich Nicki etwas versprochen habe. Ich muss innerhalb der nächsten zwei Wochen mindestens drei Männer daten ... Ob Sie aber überhaupt kommen mögen, wenn ich Ihnen sage, dass ich eher einen Hosenanzug tragen werde als einen Bikini? Falls ja, schauen Sie sich bitte nach einer Hosenalternative um. Vorschlag: Kommen Sie doch einfach in einer Badehose Ihres Vaters. Dann wären wir wenigstens auf dem gleichen Informationsstand. Gruß und gute Nacht. GräfinKati69

»O verdammt«, stöhnte ich. Hätte ich meine PS-Bemerkung doch nur weggelassen. Wie peinlich. Dennoch musste ich zugeben, dass ich mich beim Lesen der Mail durchweg gefreut hatte. Fieberhaft überlegte ich, ob und wenn ja, was ich antworten sollte. Entschuldigen? Richtigstellen? Einladung annehmen? Ablehnen? Meine Finger waren tippbereit, aber mein Kopf brachte keinen vernünftigen Satz zustande. So starrte ich minutenlang auf die leere Seite des Mailprogramms.

Dann geschah etwas, das mich völlig aus der Bahn warf. Mein Laptop schaltete sich in den Bildschirmschonermodus. Ich hatte ihn vor einigen Monaten so eingerichtet, dass eine Diashow mit Fotos meiner Kinder startete. Ich erschrak regelrecht, weil ich erst jetzt merkte, wie wenig ich in den letzten Stunden an sie gedacht hatte. Unfassbar, aber es war einfach passiert. Wie, wenn man vergessen hatte, seine Kinder aus dem Spielbereich eines Kaufhauses abzuholen und ohne sie nach Hause gefahren war.

Ich saß vor dem Monitor und heulte wie ein Schlosshund. Ich kannte all diese Bilder, aber noch nie hatten sie so eine emotionale Wucht wie an diesem Abend. Und als hätte das Heulen einen letzten Schalter umgelegt und die restliche Schockstarre in mir gelöst, begannen die Fragen. Sofort verspürte ich wieder den Drang, nach draußen zu gehen, zu laufen. Ich schlüpfte in meine Jacke und in meine mittlerweile getrocknete Jeans. Nichts wie raus in die Nacht.

Fast eineinhalb Stunden lief ich kreuz und quer durch die spärlich beleuchteten Straßen von Fauerbach und zermarterte mir das Gehirn. Wie sollte das gehen? Getrennt von Heike war schon schlimm genug, aber getrennt von den Kindern zu sein? Der Gedanke war kaum zu ertragen und versetzte meinen Magen in den Schleudergang. Würden sie zu Joey irgendwann »Papa« sagen? Würde ich irgendwo abseits stehen und aus der Ferne beobachten, wie Lina eingeschult wird und Hannah Abschlussball in der Tanzschule hat? Ich ging in die Knie und übergab mich in den rostigen Mülleimer einer heruntergekommenen Bushaltestelle. Aber auch das stoppte die hämmernden Fragen nicht. Was wusste Hannah wirklich? Was genau hatte ihr Heike erzählt? Was um Gottes willen sollte ich den beiden Mäusen morgen sagen, wenn ich sie abholte? Konnte ich in diesem

Zustand auch nur halbwegs natürlich agieren, ganz normal »ihr Papa« sein. So, wie sie mich kannten? Sollte ich mich verstellen, alles überspielen, lügen? Konnte ich das überhaupt? Hannah würde sicher jede Menge Fragen stellen. Aber wie sollte ich ihr etwas erklären, was ich selbst nicht verstand? Und wenn reden, wann bitte? Im Auto? In den zwei Minuten von unserem Haus in die Kirche oder danach während der zehn Minuten zwischen Butzbach und Kirch-Göns auf dem Weg zu Heikes Eltern?

All das hatte ich versäumt, mit Heike zu besprechen. Nein, verdammt. Ich hatte gar nichts versäumt. Ich stand unter Schock! Heike hätte das ansprechen müssen. Sie war es doch, die mit einem anderen rumgepoppt und die Lawine losgetreten hatte. Sie war es, die alles kaputt gemacht hatte. Fuck!

Komplett außer mir vor Wut trat ich voller Wucht gegen die Plexiglasverkleidung der maroden Bushaltestelle. Okay, korrekt muss es heißen: *durch* die Plexiglasverkleidung.

Mein Fuß steckte fest. Ich versuchte mich zu befreien. Keine Chance. Dafür riss ich mir an den scharfen Kanten des Glases oberhalb des Knöchels eine tiefe Wunde in mein rechtes Bein. Selbst im Halbdunkel der schwachen Straßenlaterne konnte ich erkennen, wie das Blut lief. Mist, Mist Mist. Ich kam weder vor noch zurück. Jedenfalls nicht, ohne mir das Bein komplett aufzuschlitzen. Ebenso war es unmöglich, mit der Faust ein größeres Loch in das Plastikglas zu schlagen. Ich kam einfach nicht hin, meine Arme waren zu kurz. Was nun? Sollte ich um Hilfe rufen? Sicher wäre Frau Rübsamen, die ganz in der Nähe wohnte, die Erste, die aus dem Haus gestürzt käme, mir wohl aber eher ein Ohr abschwatzen als mein Bein befreien und versorgen würde.

In einem artistischen, einbeinigen Balanceakt kramte ich mein Handy raus und googelte die Telefonnummer der Familie van Leer.

6

Ins Wasser fällt ein Stein

»Hier kommt schon lange kein Bus mehr, da muss man sich nicht gleich so aufregen«, feixte Katharina van Leer, als sie aus ihrem Auto stieg und mich in der Bushaltestelle feststecken sah.

»Haha«, presste ich gequält hervor. Katharina stand mit verschränkten Armen vor mir und betrachtete mich in aller Ruhe.

»Immerhin haben Sie eine vernünftige Hose an«, stellte sie sachlich fest, ohne jeglichen Anflug von Mitleid.

»Die ich bald nicht mehr brauche, wie Sie mich hier ausbluten lassen«, sagte ich unter höllischen Schmerzen.

»Heißt das nicht schächten?«, fragte Katharina spöttisch und ging zurück zum Auto.

»Äh, hallo?«, rief ich ihr panisch hinterher.

»Mal ganz locker, ich bin gleich wieder da«, beruhigte sie mich, während sie irgendetwas im Wagen suchte.

»Sie holen jetzt aber nicht Ihr Handy und machen ein Foto, oder? Keine Lust, mich morgen auf Facebook so zu sehen.«

»Keine schlechte Idee, aber ich möchte meine Speicherkarte nicht unnötig vollmüllen«, sagte Katharina kichernd und kam mit einer Wolldecke zurück.

»Also, ganz ehrlich, die Temperatur ist jetzt nicht das Problem«, fuhr ich sie ungeduldig an, während meine Kräfte langsam schwanden.

»Sie sollten Komiker werden!« Katharina lachte. »Ein bisschen wie bei Mr. Bean sieht das hier schon aus.«

Sie wickelte sich die Wolldecke um ihre linke Hand und begann, die Scheibenteile um meinen Fuß herum aus der Stahlfassung herauszudrücken. Es tat unfassbar weh. Es stach und brannte so sehr, dass ich kurz dachte, ich würde ohnmächtig werden. Aber vor Katharina wollte ich mir auf keinen Fall etwas anmerken lassen. Auch wenn ich fast geplatzt wäre vor Schmerz, ich gab keinen Mucks von mir.

»Gut, dass Sie nicht so ein wehleidiger Waschlappen sind wie viele andere Männer. Die hätten schon gejammert wie ein Schlosshund.«

»Tja«, lächelte ich gequält und hätte vor Schmerz am liebsten von hier bis Butzbach gebrüllt, »so bin ich halt.«

Fünf unerträglich lange Minuten und hundertachtzig stumme Schreie später hatte mich Katharina befreit und einen Pressverband aus dem Verbandskasten ihres Autos um mein Bein gewickelt.

»Das muss aber noch desinfiziert werden.«

»Natürlich«, nickte ich verkniffen und freute mich auf eine weitere Welle unerträglicher Qualen.

»Zu mir oder zu dir?«, fragte Katharina mehrdeutig und zog dabei gespielt verwegen die linke Augenbraue hoch.

Ich presste ein Lächeln hervor. »Wir können gerne zu mir. Im Arzneischrank meiner Eltern ist sicher noch rotes Jodspray aus den frühen Siebzigern, was sich nach einigen Sekunden in eine dünne rote Hautschicht verwandelt. Oder wir nehmen gleich den Unkrautabflämmer meines Vaters und desinfizieren danach alles mit Leichtbier.«

Katharina verzog den Mund. »Reizvolle Vorstellung. Aber ich denke, wir sollten besser zu mir. Unser Jodspray ist erst seit zwei Jahren abgelaufen.«

Kurz nach halb eins saß ich in Unterhose im Wohnzimmer der Familie van Leer.

»Gut. Das müsste in Ordnung sein so.« Katharina nahm die Plastikverpackung der frischen Mullbinden und brachte sie in die Küche.

»Ist Ihnen kalt?«, rief sie mir von dort aus zu.

»Äh naja, schon. Aber Sie wollen mir jetzt nicht eine Hose Ihres Mannes anbieten, oder?«

Ich hörte Katharina aus der Ferne lachen und schaute mich im Wohnzimmer um. Der Raum gefiel mir. Helle Möbel, eine beige Couchgarnitur über Eck, an der Wand zwei große Bilder, die ihre Ikea-Herkunft nicht verleugnen konnten, und auf einem niedrigen Phonoschrank ein großer Flachbildfernseher. Im angrenzenden Esszimmer stand ein Laptop auf dem Tisch. Sicher hatte Katharina dort eben noch online nach interessanten Männern Ausschau gehalten. An der Wand darüber hingen gerahmte Küchensprüche in schnörkeliger Schrift, die mich schmunzeln ließen: *Essen vertreibt den Hunger und Lesen die Dummheit,* versprach das eine Bild. *Kein Kuchen ist auch keine Lösung,* meinte das andere, während das dritte die These aufstellte: *Man findet keine Freunde mit Salat.*

Auf dem flachen Couchtisch sah ich eine zu zwei Dritteln geleerte Rotweinflasche, daneben ein halbvolles Glas.

»Tut mir leid, dass ich Ihren gemütlichen Rotweinabend gestört habe«, rief ich Katharina zu.

»Noch ein halbes Glas mehr und ich hätte mir ein Taxi zur Bushaltestelle nehmen müssen.« Katharina kam mit einem riesigen Borussia-Dortmund-Badetuch und einem zweiten Weinglas in der Hand zurück.

»Das ist jetzt aber die Höchststrafe für mich als Eintracht-Fan.«

»Auch einen Schluck?«, fragte Katharina, meine süffisante Fußballbemerkung ignorierend, und füllte beide Gläser, ehe ich antworten konnte. »Zum Wohl!«

»Ja. Zum Wohl. Und ... danke!« Ich nahm einen kräftigen Schluck des schweren Rotweines. »Oh. Puh. Keine leichte Kost, Respekt.«

Ich weiß, das war keine sehr geistreiche Bemerkung. Smalltalk zählt nicht unbedingt zu meinen Stärken. Ich saß allerdings gerade halbnackt einer wildfremden, gut aussehenden Frau gegenüber, da kann man nicht einfach nur schweigen und dumm aus der Unterwäsche gucken. Katharina jedoch hatte die Ruhe weg und tat mir nicht den Gefallen, von sich aus eine Konversation in Gang zu bringen. Bestimmt würde ich gleich irgendeinen blödsinnigen Füllsatz von mir geben, nur weil ich die Stille nicht länger ertragen konnte. Händeringend nach einem Gesprächsthema suchend, schaute ich auf meinen schwarz-gelb eingewickelten Unterleib.

»Tja, der BVB. Wärmt nicht nur das Herz, sondern manchmal auch die Hose.«

O Gott! Wie dämlich war das denn bitte? Da half nur Alkohol. Mit einem zweiten kräftigen Schluck leerte ich mein Rotweinglas. Katharina grinste.

»Sie müssen nicht reden. Ich kenne das von Holger, meinem Ex. Und leider auch von Nicki. Wenn der von der Schule kommt und sagt, dass *alles okay* war, dann hat er für seine Begriffe schon ausführlich erzählt.«

Ich nickte erleichtert, während Katharina flüchtig an ihrem Weinglas nippte, wie es nur Frauen können, ehe sie sich schnaufend nach hinten ins Sofa fallen ließ und ihre Hände hinter dem Kopf verschränkte.

»Ich meine, was gibt es denn schon zu erzählen? Sie glauben, das Haus Ihrer Eltern beschützen zu müssen, beginnen mit einem dreizehnjährigen Jungen einen Mailaustausch, ziehen sich seltsame Hosen Ihres Vaters an und zerlegen kurz vor Mitternacht in unserem beschaulichen Dörfchen eine arme, unschuldige Bushaltestelle. Stimmt, Sie haben recht, das interessiert niemanden. Das ist alles völlig normal.«

»Na gut«, seufzte ich, »aber nur, wenn Sie noch eine Flasche Wein aufmachen.«

Katharina trank ihr Glas aus und stand auf. »Männer ...«

Ich hörte, wie sie die Kellertreppe hinunterlief. Ohne nachzudenken nahm ich mir die aufgeschlagene Fernsehzeitschrift vom Couchtisch. Darunter kamen zwei Bücher zum Vorschein, deren Titelcover ich sofort wiedererkannte. Es waren Band eins und zwei der erotischen Millionenbestsellerreihe »Silver Shadows«, die für mächtig Wirbel gesorgt und zahllosen TV-Talkshows quotenträchtige Titel und Themen geliefert hatten. Ich hatte die umstrittenen Bücher der australischen Autorin K. C. Butler schon häufiger in Buchhandlungen liegen sehen, mich aber nie getraut, eines davon auch nur in die Hand zu nehmen. Warum? Ganz ehrlich, weil ich in Sorge war, irgendein Fernsehteam könnte in der Nähe sein und mich womöglich für sein grenzdebiles Boulevardmagazin vor laufender Kamera zu diesen

Schmuddelbüchern befragen. Aus den Medien wusste ich, dass es in der Romanreihe um eine erfolgreiche Geschäftsfrau ging, die mit Anfang dreißig beschloss, sich als Darstellerin in Pornofilmen zu versuchen und sich nach und nach ein Doppelleben aufbaute. Und in den Büchern sollte es richtig heftig zur Sache gehen.

Noch bevor ich in einen Blick hineinwerfen konnte – was ich aus purer Neugier gerne getan hätte –, hörte ich Katharina die Kellertreppe heraufkommen und schob die Fernsehzeitschrift wieder schützend über die doch recht eindeutig mehrdeutigen Coverbilder.

»Zum Glück hat mir Holger seinen ganzen Wein hiergelassen«, schnaufte Katharina außer Atem und öffnete den Schraubverschluss der Rotweinflasche.

Weil er auf Champagner umgestiegen ist?, hätte ich am liebsten in Anspielung auf eine etwaige neue Frau an seiner Seite gefragt, verbot es mir aber. Für solche Art von Scherzen kannten wir uns einfach noch nicht gut genug.

»So«, sagte Katharina entschlossen, nachdem sie uns eingeschenkt hatte, »ich bin vielleicht nicht die Ältere, aber ich finde, ab der zweiten Flasche Wein sollte man sich duzen, oder?« Lächelnd hielt sie mir mein Glas hin.

Ich erschrak ein wenig, da ich natürlich wusste, was beim Du-Sagen nach dem Anstoßen passierte. Ich nahm mein Glas in die Hand, stieß mit Katharina an, nannte brav meinen Vornamen und rutschte auf dem Sofa leicht nach vorne, um kussbereit die gute alte Tradition zu erfüllen.

»Das mit dem Küssen lassen wir mal weg, ist ja Kinderkram, was?«, konterte mich Katharina auf halbem Wege aus, so dass ich meine Körperbewegung kurzerhand umleitete und mir verstohlen ein Taschentuch aus der Hosentasche zog.

»Nee, logisch«, stammelte ich ungelenk und schnäuzte staubtrocken in mein Taschentuch. Wieder trat eine Stille ein, die mich erneut quälte. Okay, gesprächstechnisch blieb jetzt nur noch die Flucht nach vorne.

»Seit wann lebt ihr getrennt?«, fragte ich Katharina und gab ihr somit das Zeichen, dass ich bereit war, ihr Konversationsangebot jenseits des klemmigen Smalltalks anzunehmen.

2005 waren die van Leers in das Haus meines Jugendfreundes eingezogen, seit zwei Jahren lebte Katharina nun hier mit Nicki alleine. Es war auf den Tag acht Monate her, dass sie und ihr Mann Holger, der jetzt in Wiesbaden lebte, »erfolgreich geschieden« wurden, wie Katharina es ausdrückte. Eigentlich war vereinbart, dass Nicki jedes zweite oder dritte Wochenende bei seinem Vater verbringen sollte, aber weder Nicki noch Holger fanden es schade, wenn der jeweils andere kurzfristig absagte.

Katharinas Schilderungen strotzten nur so vor Abgeklärtheit und Gelassenheit. Ich hatte den Eindruck, dass mir eine Frau gegenübersaß, die mit diesem Kapitel nicht nur abgeschlossen, sondern damit auch ihren Frieden gemacht hatte. Ein Stadium, von dem ich mich Lichtjahre weit entfernt fühlte.

»Und du?«, fragte Katharina schließlich. »Du bist relativ neu im Club, was?«

Ich war irritiert. »Äh ... Also, woher?«

»Nicki hat ein gutes Gespür, was Beziehungen angeht. Er ist mit seinen Eltern durch eine harte Schule gegangen.«

Ich nickte stumm. Dann begann ich zu erzählen, wie mein Leben in den letzten dreißig Stunden eine komplette Kehrtwende genommen hatte.

Anschließend waren wir beide so angetrunken, dass wir die schwergewichtigen Themen des Lebens ausließen und uns stattdessen über die Dorftratsche Frau Rübsamen, über den Zustand dörflicher Bushaltestellen oder über eine Dessous-Party unterhielten, die Katharina unlängst in ihrem Wohnzimmer als Ersatzgastgeberin für eine Freundin veranstaltet hatte, weil deren Mann kurzerhand verboten hatte, eine »Porno-Messe« in seinem Haus durchzuführen.

»Der soll sich mal locker machen«, sagte ich lockerer, als ich diesbezüglich selbst war, »vielleicht sollte der mal ›Silver Shadows‹ lesen oder so«.

Katharinas Augen weiteten sich, und ich spürte, dass sie mich durchschaut hatte.

»Ach, der Herr Schubert hat also rumspioniert. Soso.«

»Habe ich nicht. Die Zeitung war runtergerutscht«, log ich kichernd.

»Das ist rein beruflich«, säuselte Katharina.

»Jaja, das hätte ich an deiner Stelle jetzt auch gesagt.«

»Nein wirklich. Ich bin Lektorin. Beim Joller-Verlag in Bad Homburg. Vielleicht kennst du die Odenwaldkrimis. Die Reihe ist von uns.«

Ich schüttelte den Kopf.

»Banause. Naja, egal. Auf jeden Fall will meine Chefin für das Herbstprogramm ein deutsches Pendant zu den ›Silver Shadows‹. Natürlich mit regionalem Bezug. Das läuft bei den Krimis nach wie vor wie blöde.« Katharina stand auf und holte ein großes Bündel Papierhefter. »Hier, schau. Das sind alles Exposés und Leseproben.«

»Oh. Ist ja eine Menge Zeug. Erotik ist gerade in, was?«

»Seit den ›Silver Shadows‹ bekommt der Verlag täglich zehn bis zwölf Manuskripte allein aus dem Erotikbereich. Und das sind die fünfzehn besten von denen mit Regionalbezug.« Katharina knallte den Stapel Hefter auf den Couchtisch. »Der beste Schrott aus ganz viel Müll. The worst case of Hausfrauenfantasy.« Katharina ließ sich mit einem schweren Seufzer ins Sofa fallen. »Kannst gerne mal reinschauen. Ist echt gruselig.«

Ich nahm mir den Stapel und sah mir ein paar der Titelblätter an.

»Wetterauer Wollust« von Gerlinde Brettschneider.

»Hiebe in Herborn« von Jörg M. Jammer.

»Ledern in Gedern« von Silvia Hoffmann-Meier.

Ich musste grinsen. Katharina rutschte ein Stück näher an mich heran und zeigte mir weitere Perlen hessischer Nachwuchs-Sexautoren.

»Hier. Das mag ich auch gerne: ›Die Rheingauer Feuchtgebieterin‹ von Hannelore Funzel.«

»Ach du Scheiße.« Ich kicherte weinselig.

»Oder das hier. Ganz großer Sport: ›Die Hodenwälder Mühle – Ein Swingerclub dreht am Rad‹ von Karl. A. Kolumna.«

Ich bekam einen Lachanfall, der nicht mehr zu stoppen war. »Lack-Leder-Limburg««, las ich glucksend vor und blätterte weiter. »Strickliesel in Stockstadt« von S. M. Rohling«, fiepte ich kurz vor dem Ersticken, während mir Lachtränen in die Augen schossen.

»Das ist nicht lustig, Jan! Jedenfalls nicht, wenn du es lesen musst. Kein bisschen. Damit schlag ich mich seit Wochen rum.« Auch Katharina lachte mehr als dass sie sprach.

»So? Damit *schlägst du dich rum*? Das geht jetzt aber ganz schön in die Sado-Maso-Ecke, was?«

»Hör auf, Jan!«

Wir lachten Tränen und stöberten noch eine ganze Weile, albern wie zwei Teenager, durch die zotigen Manuskripte. Schließlich beschlossen wir, durch den Rotwein übermütig geworden, das von der Verlagschefin so heiß ersehnte Buch selbst zu schreiben.

Um halb drei machte ich mich ziemlich betrunken und ziemlich humpelnd auf den Heimweg.

Sechs Stunden später holte mich Soft Cell aus dem Koma. Ich hatte noch genau neunzig Minuten, mich wieder so instand zu setzen, dass ich guten Gewissens mit meinen Kindern in der Kirche auftauchen konnte. Zwei Kopfschmerztabletten, vier Kaffee und eine Dusche senkten meinen Alkoholpegel zumindest auf einen gefühlt einstelligen Bereich, so dass ich mir sogar zutraute, Auto zu fahren.

Gegen Viertel nach zehn öffnete ich zu Hause die Eingangstür. Um nicht wieder eine unschöne Überraschung zu erleben, rief ich diesmal gleich laut durch die Wohnung. Ein bisschen wie das berühmte Pfeifen im Walde, dachte ich kurz.

»Ich bin da.« Lina kam angeflitzt und sprang mir in die Arme. »Wie war der Auftritt?«, fragte sie wie immer.

»Gut«, log ich und drückte meine kleine Prinzessin ganz fest an mich. Ein dicker Kloß in meinem Hals schob mir die Tränen in die Augen. Durchatmen und wegwischen.

Hannah kam in den Flur und zog sich ihre Jacke über.

»Hi Paps«, rief sie und klang nahezu fröhlich.

»Hallo Jan.« Heike kam aus der Küche.

»Hallo«, sagte ich mit belegter Stimme. Mehr brachte ich nicht heraus.

Heike musterte mich. »Das ist nicht dein Ernst oder?«, sagte sie schroff und zog die Augenbrauen hoch.

Ich schaute auf die Uhr. Zu spät war ich nicht. Keine Ahnung, was sie hatte. Plötzlich schrie Lina auf: »Iiiiee, das ist ja Blut.« Sie starrte mit aufgerissenen Augen auf mein Hosenbein.

»Ach so, das ...«, spielte ich das herunter, was für eine Fünfjährige sicher aussah wie die Spuren eines mittelschweren Gemetzels.

»Tut es weh?«, wollte Lina besorgt wissen.

»Nein, Süße. Jetzt nicht mehr. Ich habe mich gestoßen. Halb so wild. Ich zieh mich noch schnell um, und dann kann es losgehen.«

Fünf Minuten später schob ich Lina und Hannah aus dem Haus.

»Meine Mutter erwartet die beiden gegen zwölf«, sagte Heike eindringlich. »Ach so, ich habe ihr gesagt, dass du bei Freunden zum Mittagessen eingeladen bist und deswegen nicht mit ihnen isst, okay?«

»Sehr aufmerksam«, antwortete ich schmallippig und stieg in den Wagen.

Es gibt Dinge, die macht man sehr gerne als Vater. Ich zumindest. Puzzeln zum Beispiel. Oder Legobauen. Im Schwimmbad rumtollen und im großen Doppelbett Spaßkämpfe machen, inklusive Kissenschlacht und Auskitzeln. In den Wildpark fahren, zum Eisessen in die Stadt radeln oder einfach nur albern durch die Wohnung tanzen. Mit meinen Kindern in die örtliche Kinderkirche zu gehen, gehörte eindeutig nicht dazu. Ich war Heike immer dankbar gewesen, dass sie das in den letzten Jahren übernommen hatte. Für die älteren Kinder jenseits der Erstkommunion gab es alle vier Wochen in der »großen Kirche« eine Messe mit Live-Musik und Jugendschola, was ich stets als angenehmer empfand als die Zusammenkunft der Kleinen und Kleinsten samt Elternteil in einem fast unbeheizten

Gruppenraum des benachbarten Gemeindehauses, wo ich um zwei vor halb zwölf mit Lina eintrudelte, während Hannah missmutig in die »reguläre« Messe ging.

»Aaaach, die Lina«, flötete uns die Päpstin schon durch die offene Tür entgegen, »heute ausnahmsweise mal mit dem Papa.« Ein unüberhörbarer Vorwurf durchzog ihren christlichen Singsang.

Vielleicht sollte ich an dieser Stelle für die nicht katholischen Leser etwas erklären: Die Päpstin, so nenne ich unsere Gemeindereferentin, quasi das weibliche Pendant zum Papst. Mithin das Höchste, was man in der katholischen Kirche werden kann. Also als Frau.

Neben der Päpstin stand eine zierliche blonde Frau, die ich nicht kannte und die Lina lächelnd zuwinkte.

»Hallo Jule«, rief Lina der Frau entgegen.

»Guten Morgen. Wir kennen uns noch nicht. Ich bin Jule Fischer, ich mache hier gerade ein Praktikum.«

»Jule kommt vom weißen Haus Gomorrha«, trällerte Lina.

Jule Fischer lachte auf. »Von *Gomera*, Lina. Und es heißt *Waisenhaus*.«

Nun musste auch ich schmunzeln. »Gomorrha wäre auch keine gute Referenz für diesen Posten«, erwiderte ich.

»Stimmt.« Die junge Frau, die höchstens Mitte zwanzig war, musste kichern und kniff Lina in die Seite, so dass auch sie auflachte.

»Ihr seid schon 'ne tolle Familie, was, Lina? Die Mama geht zum Fußball und der Papa mit euch hierher. Das nenne ich mal modern.«

Ich stutzte. Was redete diese Frau da? Woher wusste sie, dass Heike heute ...? Ehe ich nachfragen konnte, begrüßte die Päpstin aber schon die Anwesenden zur Kinderkirche.

Da saß ich nun im kargen Gruppenraum 2 des Gemeindehauses auf einem dieser unbequemen Holzstühle, deren beste Jahre schon Jahrzehnte zurücklagen. In die Mitte des besinnlichen Stuhlkreises hatte die Päpstin mit ihrer Praktikantin Batiktücher drapiert, die nicht nur an Kirchentage der Achtziger erinnerten, sondern tatsächlich auch daher stammten. Der Raum füllte sich nun zusehends. Hauptsächlich waren es die Kommunionkinder dieses Jahres samt Elternteil. Menschen, die also nicht ganz freiwillig kamen, sondern wegen des Kommunion-Bonusheftchens. Einem kleinen Stück Pappkarton, wie man es vom Bäcker, Metzger oder Zahnarzt her kannte. Ich fand dieses paybackartige Belohnungssystem äußerst merkwürdig. Als würde der liebe Gott einem bei vollständig ausgefülltem Heftchen den Leib Christi, also das heilige Brot, zum halben Preis geben.

Mich fröstelte es. Mit der Temperatur-App meines Smartphones ermittelte ich, dass die Zimmertemperatur bei gottesfürchtigen elf Grad lag. Da half auch die ganze menschliche Wärme nichts.

Nach dem Einstiegsgebet folgte ein erstes gemeinsames Lied, das wie immer von allen mit fröhlichen Handbewegungen pantomimisch unterlegt wurde, wie man es vom Gehörlosen-Heute-Journal auf ZDF-Info her kennt. Um nicht negativ aufzufallen, machte ich auch mit und performte mit übergroßen Gesten *Ins Wasser fällt ein Stein, ganz heimlich still und leise ...* auf dem Niveau eines Zweijährigen.

Dann verteilte die Päpstin mit ihrer Praktikantin kleine Bleistifte. Die Kinder sollten malen oder aufschreiben, was sie über Ostern wussten. Während sich Lina mit Eifer ans Malen machte, nutzte ich die Zeit, darüber nachzudenken, warum mir diese Bleistifte bekannt vorkamen und woher diese Jule Fischer von Heikes Stadionbesuch wusste. Obwohl ich ein lausiges Personengedächtnis habe, war ich mir sicher, diese Frau noch nie zuvor gesehen zu haben.

Am Ende der Kinderkirche holten sich alle tiefgefrorenen Kommunionkinder dann ihren verdienten Stempel für ihr Bonusheftchen ab. Jule Fischer stand am Ausgang und sammelte die Bleistifte wieder ein. Plötzlich erkannte ich die vier eingravierten Großbuchstaben auf den braunen Graphitstummeln.

»Wie war das mit dem siebten Gebot?«, examinierte ich die Praktikantin.

»Bitte? Ich versteh nicht«, antwortet sie verunsichert.

»Na, heißt es nicht: Du sollst nicht begehren deines nächsten Möbelhauses Bleistifte?«

Jule Fischer lachte. »Ja, ich weiß. Die besorgt unser Herr Pfarrer persönlich. Er ist ein großer Ikea-Fan. Und ob er die geklaut hat, weiß ich nicht. Vielleicht ist es ja Sponsoring.«

»Ach so? Verstehe. Sakrales Product-Placement. Dann wird unsere Kirche sicher auch bald von Sankt Gottfried in Sankt Gutfried-Arena unbenannt, was?«

»Kann sein. Und statt Weihrauch gibt es Febreze«, konterte Jule.

»Und Ostern heißt es dann: Hängst du noch, oder lebst du schon?«, legte ich nach.

Erst jetzt hatte ich bemerkt, dass die Gemeindereferentin neben uns stand und pikiert die Nase rümpfte, so dass Jule Fischers herzhaftes Lachen abrupt verstummte. Ich beschloss, dass es nun Zeit war, das Gelobte Land zu verlassen, ehe mich die bösen Blicke der Päpstin exkommunizierten.

Ich stieg mit Lina die Treppen hinauf und wartete vor der Kirche auf Hannah. Jule Fischer zu fragen, woher sie das mit dem Fußball wusste, hatte ich mich nicht getraut. Vielleicht wollte ich es einfach auch nicht wissen, weil es mir vor Augen geführt hätte, wie fremd mir Heike geworden war.

Obwohl die dicke Holzpforte der Kirche noch verschlossen war, hörte ich, wie drinnen gerade das Schlusslied angestimmt wurde. Das unvermeidliche »Danke«. Einen Moment später saß ich mit den beiden Mädchen am Brunnen neben der Kirche.

»So, ihr beiden. Normalerweise sollt ihr ja jetzt zu Oma Ingrid. Ich habe mir aber überlegt, dass wir drei auch etwas zusammen unternehmen könnten.«

»O ja«, schrie Lina auf und hüpfte aufgeregt um den Brunnen herum, während sich die Begeisterung bei Hannah in überschaubaren Grenzen hielt.

»Wäre doch toll. So hätten wir vielleicht Gelegenheit, ein paar Sachen zu bereden«, ergänzte ich in Hannahs Richtung. »Ihr dürft euch auch was aussuchen. Heute bestimmt ihr. Ihr habt freie Auswahl«, rief ich vollmundig.

»Freie Auswahl? In echt?«, sprang die Kleine auf mich zu.

Hannah horchte auf. »Keine Bedingungen? Zu weit weg, zu teuer, zu blöd, zu was weiß ich?«, fragte sie.

»Nein. Keine Bedingungen. Alles, was einigermaßen rea-
lisierbar ist von jetzt ab bis heute Abend um acht.

»Ich hab erst mal Hunger«, rief Lina.

»Passt auf. Ich lasse euch beide jetzt mal fünf Minuten
alleine, und ihr macht einen Plan für die nächsten Stunden.
Okay?« Hannah und Lina nickten ungläubig und steckten
die Köpfe zusammen.

Ich betrachtete sie aus ein paar Metern Entfernung. Fast
sieben Jahre lagen zwischen ihnen. Welten. Und dennoch
schafften sie es immer wieder, sich zusammenzuschließen,
sich zu verbünden gegen uns Eltern. So, wie es sich für richtige Geschwister gehört. Natürlich lagen ihre Bedürfnisse
und Vorlieben altersbedingt meilenweit auseinander, aber
ich war mir sicher, dass die beiden für diesen Nachmittag einen Kompromiss finden würden. Ich tippte auf McDonald's,
anschließend in den Tierpark nach Kloster Arnsburg, um
dann später in der Licher Innenstadt noch einen Eisbecher
zu schlemmen. O ja, da hatte ich auch Lust drauf.

»Wir sind so weit«, rief Hannah nach einigen Minuten intensiver Beratschlagung.

»Also, was darf es sein, die Damen?«, fragte ich feierlich.

Hannah räusperte sich: »Wir fahren runter zum McDrive,
dürfen im Auto essen, und du fährst uns nach Frankfurt auf
die Zeil.«

»Der erste Teil geht klar«, sagte ich locker, obwohl ich es
hasste, wenn im Auto gegessen wurde. »Aber auf die Zeil?
Am Sonntag? Nicht in den Zoo? Oder in den Palmengarten?
Nein?«

Beide schüttelten synchron und energisch den Kopf.

»Na gut. Wenn ihr Lust auf einen Stadt-Spaziergang habt.
Von mir aus.«

Hannah und Lina kicherten und zwinkerten sich zu.

Nach dem Fastfood-Stopp ging es via A5 in Richtung Frankfurt. Ich schaute auf die Uhr. Jetzt sollten Hannah und Lina
eigentlich gerade bei ihren Großeltern eintreffen. Ohne dass
es die Mädchen merkten, schaltete ich mein Handy aus.
Ich hatte keine Lust auf nervige Anrufe meiner Schwieger-

mutter, gepaart mit Beschimpfungen meines Schwiegervaters aus dem feigen Hintergrund. Ich war immerhin der Vater der beiden und konnte mit ihnen ja wohl mal einen spontanen Ausflug nach Frankfurt machen.

Als ich die Friedberger Landstraße stadteinwärts fuhr, bemerkte ich ein für einen Sonntag doch recht erstaunliches Verkehrsaufkommen, das sich immer weiter verdichtete, je näher ich mich dem Parkhaus am Dom näherte, das aus allen Nähten zu platzen schien.

»Was ist denn hier los?«, sagte ich mehr zu mir als zu den Kindern. Für das Mainuferfest war es zu früh im Jahr, und die lange Nacht der Museen war gerade erst gewesen. Von hinten hörte ich Lina und Hannah verstohlen kichern.

»Ihr wisst irgendwas, oder? Was ist hier los heute? Tritt hier irgendwo Justin Bieber auf oder was?«

Lina gluckste auf. »Nee, Papa, es ist doch versoffener Sonntag.« Die beiden Mädchen brüllten los vor Lachen.

»Lina, das heißt nicht *versoffener*, das heißt ...« Ich stockte und merkte, dass ich wieder einmal auf allen Leitungen dieser Welt gestanden hatte. »Nee, oder?«, japste ich verzweifelt, weil ich nun wusste, was mir bevorstand.

»Doch, verkaufsoffener Sonntag vor Ostern«, jubelte Hannah.

»Shoppen bis zum Abwinken«, trällerte Lina, als wäre sie die Sprecherin eines Werbespots im Radio. Ganz ehrlich, ich hätte abgestritten, dass Lina überhaupt wusste, was »shoppen« bedeutet.

Was es allerdings bedeutete, an einem verkaufsoffenen Sonntag vor Ostern auf der Zeil in Frankfurt zu shoppen, das überstieg dann auch meine schlimmsten Befürchtungen um die Höhe des Maintowers.

Es dauerte keine sechzig Minuten, da hatte ich schon das Gefühl, einen Halbmarathon gelaufen zu sein. Nach zweieinhalb Stunden war mein Rücken so steif, dass ich mich weigerte, im siebten Schuhladen Lina das zwanzigste Paar Schuhe an- und wieder auszuziehen. Irgendwann wurde Lina müde, fand aber, dass es nur gerecht wäre, wenn – nach zwei Spielwarenabteilungen in Folge – nun Hannah wieder an der Reihe war zu bestimmen, wohin es als nächstes gehen sollte. Hannahs Wahl fiel auf das My Zeil-Einkaufszentrum, einen futuristisch anmutenden, sechsstöckigen Shopping-Klotz mit riesigen Glasflächen und der längsten Fahrtreppe Deutschlands. Hier kam ich mir vor wie in einem Science-Fiction-Film der siebziger Jahre, der unsere Zukunft nicht gruseliger hätte prognostizieren können.

Hannah wollte, nein *musste* dort zunächst zu Douglas, um anschließend zu Hollister zu gehen, *dem* Klamottenladen schlechthin, wie Hannah dozierte. Spätestens jetzt bereute ich die ganze »Ihr-habt-freie-Wahl«-Aktion zutiefst.

Douglas war mein absoluter Hassladen. Ich konnte dort nicht atmen. Nicht nur im übertragenen Sinne, auch ganz real. Dieser multikomplexe Mix aus vierhundertfünfundachtzig verschiedenen Duftwässerchen machte mich schon nach Sekunden übellaunig bis wahnsinnig. Spätestens nach zehn Minuten wurde mir dann blümerant bis kotzübel und rosa vor den Augen, so dass ich stets taumelnd die Flucht ergriff, so ich überhaupt noch aufrecht gehen konnte. Heike hingegen konnte dort mühelos Stunden verbringen. Ich fand, Oli brachte die Thematik in seinem Programm ganz gut auf den Punkt: »Douglas ist für Frauen das, was für uns Männer der Baumarkt ist. Man könnte ewig drin herumstöbern. Hier mal was anfassen, da mal was ausprobieren. Und in beiden Läden geht es im weitesten Sinne um Renovierung. Um das Instandsetzen baufällig gewordener Objekte. Dabei gibt es zum Teil identische Produkte, die einfach nur anders heißen. Der Lebewohl-Hornhaut-Schwamm bei Douglas zum Beispiel heißt bei OBI Schleif-Ex.«

Hannah war gnädig und hatte schon nach achteinhalb Minuten und nur fünfzehn Pinselstrichen auf ihren Handrücken einen neuen Lipgloss gefunden, der genauso aussah wie seine zweihundertsechsunddreißig Vorgänger. Anschließend ging es rüber zu diesem Herrn Hollister, und nun wurde es absurd. Ich persönlich hätte Haus und Hof darauf verwettet, dass es so etwas nicht gibt, aber ich bekam es auf dem Shopping-Servierteller vor Augen geführt: Hollister ist ein hochpreisiger und angeblich hipper

Klamottenladen, vor dem die Kunden in Dreierreihen anstehen, um überhaupt hinein zu dürfen. Ich wiederhole, zu *dürfen*. Unfassbar! Gerade für uns Männer, uns Shoppingbestien. Das wäre ja so, als würden wir bei unserem Urologen um eine Prostatabehandlung betteln.

»Ich stelle mich da doch nicht an? Geht's noch?« Da mich Hanna aber mit Nachdruck an mein Versprechen erinnerte, heute *alles* mitzumachen, stellten wir uns brav an. Nur schlappe achtundvierzig Minuten später wurden wir – durch die Gnade eines auf dem achten Bildungsweg rekrutierten Sicherheitsbeamten – in einen stockfinsteren, nach süßlichem Parfüm riechenden Laden hineingeschoben. Lina hatte ich zur Sicherheit auf den Schultern.

»Kann hier mal jemand das Licht anmachen«, rief ich. Normalerweise bin ich kein Offensiv-Nörgler. Aber nach fünf Stunden Hardcore-Shopping, inklusive Douglas, saß mein Kragen schon ziemlich locker. Unbemerkt huschte eine steckenförmige, blonde Gestalt an meine Seite.

»Welcome to Hollister, how can I help you?«, säuselte mir die offensichtlich magersüchtige Verkäuferin in mein rechtes Ohr. Fast synchron flüstert mir Lina ins linke, dass sie mal Pipi musste. Ich vertröstete sie und wendete mich zunächst der jungen Bohnenstange zu.

»Ich weiß, ich sehe aus, als hätte ich eine lange, beschwerliche Reise hinter mir, aber ich kann Sie beruhigen, ich bin Deutscher. Sie können also auch ...«

»Okay, so, how can I help you?«, unterbrach sie mich.

Ich vertröste Lina für einen weiteren Moment, um mich dieser ausgedarbten Ausländerin zu widmen.

»Okay. Verstehe. Sie sind nicht von hier. Gut. My daughter needs a toilet. That's how you can help us«, brummte ich.

Das fleischlose Wesen, sicher nicht älter als sechzehn und schwerer als 38 Kilo, räusperte sich und kam noch ein Stück näher an uns ran.

»Das ist gerade ganz schlecht«, raunte sie mir ins Ohr.

»Ach, Sie sprechen doch Deutsch?«, rief ich überrascht.

»Ja. Aber ich darf eigentlich nicht. Ich bin Maddie aus Watzenborn und hier Store-Model«, flüsterte das Mädchen.

»Oh, sorry«, rief ich schuldbewusst. »Ich dachte, Sie sind eine Verkäuferin. Wie blöd von mir.« Ich tippte mir entschuldigend an die Stirn und wollte weitergehen.

»Bin ich ja auch. Aber bei uns heißt das Store-Model.«

Ich schloss für einen kurzen Moment die Augen, um das eben Gehörte intellektuell zu verarbeiten. Ich atmete ganz tief ein und doppelt so lang wieder aus. Das hatte ich von Heike gelernt, einer ausgewiesenen Entspannungs- und Meditationsexpertin. Parallel dazu hätte sie noch »Ommmm. Shanti, Shanti, Shanti«, gemurmelt, worauf ich aber im stockfinsteren Hollister-Verkaufsraum verzichtete.

»Also, Frau Maddie, passen Sie auf, ich bin der Janni aus Butzbach, und das da oben ist die Linni aus der Schwalbengruppe der Kita Plumpsack in Pohl-Göns, die mal ganz dringend für kleine Hollister muss. Also, zack-zack, sonst modelt sie Ihnen hier direkt in den Store, verstanden?«

Der blonde Hungerhaken druckste herum.

»Sie haben hier doch eine Toilette, oder?«, fragte ich eindringlich.

»Eigentlich ja, aber …«

»Aber was?« Langsam wurde ich ungehalten.

»Die äh, wir haben die wegen des Andrangs gerade zu einer weiteren Umkleidekabine umfunktioniert.«

»Nee, oder?« Ich schnappte nach Luft und nahm Lina von der Schulter. »So, Süße. Und nun macht dir Papa die Hose auf und du machst schön Lulu hier in den Gang.«

Maddie wurde kreidebleich, als plötzlich Hannah aus dem Halbdunkeln auftauchte. »Von mir aus können wir gehen, ist nur Schrott da.« Ich hätte Hannah am liebsten umarmt.

»Schaffst du es noch bis draußen zur Eisdiele?«, fragte ich Lina und hievte sie wieder auf die Schulter.

»Wenn du nicht so schaukelst beim Laufen, schon.«

In ständiger Angst, über meinen Nacken könnte sich jeden Moment eine feuchte Wärme ausbreiten, die kurze Zeit später mit einem äußerst unangenehmen Geruch einhergehen würde, hastete ich durch das vorösterliche Gewühl zur Kundentoilette im Foyer der Mall.

7

*Just a man
and his will to survive*

Wir hatten das Parkhaus noch nicht verlassen, da schlief Lina schon hinten in ihrem Kindersitz tief und fest. Sie war völlig alle. Ich auch, aber ich wollte doch nun endlich mit Hannah reden. Aber wie den Anfang finden?

Ich brauchte die halbe Friedberger Landstraße stadtauswärts, bis ich mir einen passenden ersten Satz zurechtgelegt hatte. Doch Hannah kam mir zuvor.

»Lasst ihr euch jetzt scheiden, oder was?«

Ich zuckte zusammen. Da war es also, dieses böse Wort, das mich sofort unter Druck setzte. Ich begann zu schwitzen. Was sollte ich ihr antworten? Eines hatte ich mir für dieses Gespräch ganz fest vorgenommen: Ich wollte Hannah auf keinen Fall anlügen. Und wenn doch, dann nur im absoluten Notfall.

»Mal ganz langsam. Weißt du, Mama und ich, wir sind jetzt schon so lange zusammen, wir brauchen einfach mal eine kleine Pause voneinander.«

»Ich dachte, die hättet ihr schon gehabt?«

»Bitte?«

»Na, das ganze letzte Jahr halt.«

Ich schluckte und rang nach meinen nächsten Worten. »Wie, äh, meinst du das?«

»Hey! Ich bin doch nicht blöd, hallo? Ich bin fast vierzehn! Glaubt ihr echt, ich hätte das nicht mitbekommen?«

»Was?«, fragte ich vorsichtig.

»Na, dass ihr euch nicht mehr so lieb habt wie früher.«

Ich druckste herum. »Das, das kann man so nicht sagen, weißt du.«

»Als ich so alt war wie Lina, habe ich ganz oft an den Wochenenden bei Oma und Opa übernachtet, weil ihr euch einen schönen Abend machen wolltet. Oder zumindest in

Ruhe frühstücken, wenn du spät von einem Auftritt zurückgekommen bist.«

»Das stimmt.«

»Und wie oft haben Lina und ich im letzten Jahr bei Oma und Opa übernachtet? Mal abgesehen von den Ferien? Ich hab's im Tagebuch nachgeschlagen, ganze fünfmal. Und dreimal davon war es ein ganz gezielter Plan von Oma Marianne und mir. Du bist ja an den Wochenenden kaum da, seit du mit Oli unterwegs bist.«

»Moment, dafür bin ich unter der Woche ganz viel da«, ging ich dazwischen, ehe mich Hannah abwürgte.

»Klar. Aber da seid ihr halt Eltern und«, Hannah stockte, »und kein Liebespaar. Ich habe mal gelesen, dass das der Anfang vom Ende ist.«

Der Kloß in meinem Hals mutierte zu einem Medizinball. Wer saß da eigentlich neben mir? Eine Erwachsene? Eine angehende Psychoanalytikerin? Eine examinierte Paartherapeutin?

»Jetzt erzähl mir nicht, du hättest das nicht gemerkt?«, schob Hannah vorwurfsvoll hinterher.

»Äh, doch, natürlich, klar.« Und schon hatte ich meinen Vorsatz gebrochen, Hannah nicht anzulügen. Da es die Woche vor Ostern war, hätte es mich nicht gewundert, wenn von irgendwoher ein Hahn gekräht hätte. Aber es stimmte, ich hatte es tatsächlich nicht bemerkt oder zumindest die Dimension komplett unterschätzt. »Weißt du, Mama hat auch an den Wochenenden viel tu tun, muss korrigieren«, warf ich entschuldigend ein.

»Ich sag ja auch nicht, dass du alleine daran schuld bist. Aber Mama ist es wenigstens aufgefallen.«

Ich schnaufte tief. »Hm. Wahrscheinlich hast du recht. Ich hab das total unterschätzt. Das ist … irgendwie passiert. Ich weiß, dass das für dich jetzt eine ganz blöde Zeit ist.« Ich nahm Hannahs Hand.

»Mach dir mal um mich keine Sorgen, Papa«, unterbrach sie mich, »ich bin ja kein Baby mehr. Weißt du, die Hälfte der Eltern meiner Freundinnen leben getrennt. Ich komm schon klar«, lächelte mich Hannah an, ehe sich ihre Miene wieder verdunkelte. »Oder habt ihr beide schon jemand Neuen? Das wäre ätzend und würde alles krass kompliziert machen, das weiß ich von Luisa.«

Okay, Hannah wusste also nichts von Joey. Wenigstens etwas.

»Nein. Ich hab niemand Neuen«, sagte ich mit fester Stimme, allerdings ohne das *ich* besonders zu betonen.

»Weißt du«, Hannah drehte sich nach hinten, »ich finde es nur für Lina so schade.«

Ich kämpfte mit den Tränen. Da machte sich diese tapfere Halbwüchsige tatsächlich mehr Sorgen um ihre kleine Schwester als um sich selbst.

»Ich finde das auch alles wahnsinnig schade, glaub mir. Vielleicht hätte Mama einfach mal mit mir reden müssen, anstatt gleich mit ...« Mein Mund vollzog eine Vollbremsung und kam im letzten Moment zum Stehen. »Ist auch egal«, beendete ich unbeholfen meinen Satz.

»Mama will morgen oder übermorgen noch mal alles mit uns besprechen. Es gäbe da noch eine wichtige Neuigkeit, und Mama fände es schön, wenn alle dabei wären, auch du, Papa.«

»Mal schauen«, stöhnte ich, »im Moment ist es gerade nicht so einfach zwischen Mama und mir.«

Geht's noch? Tickte Heike noch ganz richtig? Glaubte sie wirklich, ich käme auf ein Glas Prosecco zum Anstoßen vorbei, wenn Joey als neuer Papa der Familie vorgestellt wurde?

Etwas später zückte ich mein Handy, schaltete es an und wählte die Nummer meiner Schwiegereltern. Nach dreißig Sekunden geballter Dauerbeschimpfung konnte ich endlich das Eintreffen der Kinder ankündigen. Sofort machte ich das Mobiltelefon wieder aus. Sicher hatten meine Schwiegereltern über den Tag hinweg die komplette Mailbox vollgeflucht.

Als wir in Kirch-Göns ankamen, tobte mein Schwiegervater schon wie ein Irrwisch durch den Vorgarten. Er sei kurz davor gewesen, die Polizei zu alarmieren, was ich mir denken würde, zeterte er über den akkurat gemähten Rasen.

Ich warf zaghaft ein, dass ich immerhin der Vater der Kinder sei und kein Monster. Ansonsten nahm ich alles wortlos hin, einen Verbalhieb nach dem anderen. Wie Sylvester Stallone in den Rocky-Filmen, der sich bis an den Rand des Komas prügeln ließ, sich dann einmal kurz schüttelte und schließlich mit einem finalen Megapunch den Gegner ein für alle Mal zum Schweigen brachte.

Mein finaler Punch war die Sache mit Joey, keine Frage. Das wäre für meinen Schwiegervater der sichere Knock-out gewesen, das hätte ihn stumpf auf die unkrautfreie Grasnarbe befördert. Obwohl es mir schwer fiel, verzichtete ich am Ende auf diese blutige Genugtuung im pittoresken Vorgarten meiner Schwiegereltern, hauptsächlich aus Gründen des Jugendschutzes. Für die Nachbarn, die schon dreist gaffend ob des lautstarken sonntäglichen Spektakels auf den Fenstersimsen lümmelten oder verklemmt, aber nicht minder sensationslüstern hinter blickdichten Gardinen lauerten, hätte ich es allerdings gerne getan.

Auf dem Rückweg nach Fauerbach skipte ich meine frisch gebrannte Achtziger-CD so lange durch, bis ich den passenden Song gefunden hatte. Ich drehte den Lautstärkeregler auf bis zum Anschlag, und schon fegte eines der bekanntesten Intros der Rock- und Filmgeschichte durch mein Auto. Erst die stakkato E-Gitarre, dann die hämmernden Schläge des Boxers, die ich anstatt meinem Schwiegervater nun meinem Lenkrad versetzte.

BAB BAB-BAB-BAB BAB BAB BAB BAB BAB BAAAAAA
Rising up, back on the street, did my time, took my chances
Went the distance, now I'm back on my feet
Just a man and his will to survive.

Als ich in Fauerbach ankam, hatte ich zwar überlebt, aber dennoch Tränen in den Augen. Nicht, weil mir die Hände vom Schlagen wehgetan hätten, sondern weil die Zufallswiedergabe des Players auf »Eye of the tiger« den Foreigner-Schmachtfetzen »I wanna know what love is« folgen ließ.

Die Tatsache, dass meine Mutter vor ihrem Haus mit einer aufgebrachten Frau Rübsamen diskutierte, holte mich jedoch aus verklärten Achtzigern in die schnöde Gegenwart zurück. Was bitte machte Mama denn schon wieder hier? Langsam stieg ich aus meinem Auto.

»Na, du hast Nerven, sag mal«, motzte mich meine Mutter an, wie sie es seit etwa dreißig Jahren nicht mehr getan hatte. »Voll retro«, hätte Hannah gesagt. »Wäre Frau Rübsamen nicht gleich rübergekommen, ich hätte glatt die Polizei gerufen. Hier sieht es aus, als hätte eine Bombe eingeschlagen.«

Okay, vielleicht hätte ich meine Eltern doch per SMS informieren sollen, dass ich kurzfristig ihr Haus belagerte. Aber konnte ich ahnen, dass ihre ausgiebige Fünftagesfahrt, wie Mama es nannte, auf eine kompakte Zweitagestour zusammenschrumpfen würde? Und wo war eigentlich mein Vater? Hatten sich meine Eltern jetzt auch spontan getrennt? Hatte meine Mutter Papa auf der Seniorenfahrt in flagranti mit der rüstigen Reingard Bolzheimer in der Etagendusche des Wilden Ochsen in Strutzenhausen erwischt?

»Sieh zu, dass du das Chaos wieder in Ordnung bringst«, sagte meine Mutter streng, und ich trottete wie ein ausgeschimpfter Neunjähriger mit gesenktem Haupt ins Haus. Mama bedankte sich bei Frau Rübsamen und folgte mir.

»Tut mir leid, Junge, dass ich gerade so streng war, aber alles andere hätte das Weltbild der Rübsamen völlig durcheinandergebracht. Ich bin mir sicher, sie hätte auch nichts gegen eine Tracht Prügel gehabt«, sagte Mama und drückte mich. Sie ahnte schon, dass ich nicht ohne Grund hier eingezogen war. Mütter eben.

Von irgendwoher blökte es. Jedenfalls erinnerte das Geräusch an eine Art Brunftschrei. Dann ein Stöhnen. Und noch mal das Blöken.

»Papa hat Magen-Darm«, erklärte Mama, »die Fahrt wurde abgebrochen. Über zehn Leute hat es erwischt.«

»Klingt übel.«

»Übel war vor allem die Rückfahrt. Acht Leute mit akutem Brechdurchfall, die sich eine einzige Bustoilette teilen.«

»Ach du Sch...«

»Genau. Aber jetzt zu dir, mein Junge. Was ist los? Ist was passiert?«

Ich berichtete meiner Mutter, dass es bei Heike und mir gerade ein paar Probleme gäbe, versuchte aber, den Beziehungsball eher flach zu halten, um sie nicht über die Maßen zu beunruhigen. Wie man das mit Eltern halt so macht.

Mein Vater bekam von alldem nicht viel mit. Er unterhielt sich lieber weiterhin recht lautstark mit den Keramik-Kollegen von Villeroy & Boch.

Ich zog mich mit meinem Krempel in mein Jugendzimmer zurück. Dort hatte ich zwar keinen Fernseher, aber immerhin funktionierte Nickis WLAN-Verbindung noch. Ich rief meine Mails ab. Neben dem üblichen Werbeschrott waren auch eine Nachricht von Nicki und eine von Katharina angekommen.

Hi. Wo bleibst du? Wir warten. Nicki

Hallo Jan, bist du noch im Rotweinkoma? Erinnerst du dich noch? Wir wollten doch um halb vier zum Ausnüchtern einen kleinen Kaffee zusammen trinken. Naja, ist auch nicht so wichtig, packe ich die gekauften Kekse wieder weg. Ich hoffe, deinem Bein geht es gut und … auch sonst … Ich weiß, wovon ich rede. Deswegen: Kopf hoch, kein Grund, sich einen Strick zu nehmen. Es sei denn, du willst was aus »Silver Shadows« nachspielen ;)

Ich war noch dabei, Katharinas Nachricht zu lesen, als eine neue Mail von Nicki ankam.

Hallo, sich verabreden und dann nicht kommen ist total ätzend. Das kenn ich noch von Papa. Hätte ich dir gar nicht zugetraut. Mama ist total sauer! Vielleicht, weil sie heute Vormittag noch extra eine total schwierige Torte gebacken hat. Und du? Kommst nicht und hast auch noch dein Handy aus. Mama hat dir auf die Mailbox gequatscht und dich Feigling genannt. Zum Schluss war sie so sauer, dass sie dir eine hübsche Blutvergiftung ans Bein wünscht und froh wäre, wenn du im Hotel Mama bald wieder ausziehen würdest. Sorry, ich zitiere sie nur. N.

Na ganz toll! Die Liste derer, die mich heute hassten, wurde immer länger. Aber die beiden waren zu Recht sauer auf mich. Ich hatte die Einladung zum Kaffee schlichtweg vergessen. Doch warum konnte Katharina mir das nicht direkt sagen und machte in ihrer Mail so gekünstelt auf »Schönwetter«? Ich schloss das Mailprogramm. Es war zwar erst halb neun, aber ich sah mich außerstande, noch zu antworten. Nicht heute, nicht nach diesem Tag.

Ich stöberte noch eine Weile durchs Netz und fand schließlich in einer öffentlich-rechtlichen Mediathek die Weihnachtsserie des ZDF aus dem Jahre 1979: »Timm Thaler oder das verkaufte Lachen«. Großartig! Das erste TV-Highlight meines Lebens. Wie habe ich diese Serie geliebt und gleichzeitig so viel Schiss gehabt vor dem gruseligen Horst Frank als Baron de Lefuet (ein Ananym für *Teufel,* was ich aber erst viel später verstand) und seinem Assistenten Anatol. Und mit Brigitte Horney als liebenswerte alte Nonne. Ich klickte die erste Folge an. Die düstere Synthesizer-Titelmelodie von Christian Bruhn wummerte durch die Lautsprecherboxen meines Laptops, und die unheimliche Vulkaninsel Aravanadi nahm mein Jugendzimmer in Besitz. Während der sechsten Folge musste ich eingeschlafen sein. Ich träumte von Nicki als Timm Thaler, meinem Schwiegervater als Baron Lefuet und einem Hollister-Store-Model im Nonnengewand, das sich von mir ein Lachen kaufen wollte und, als ich es ihr verweigerte, Pipi in ein Stuhllager machte.

Gegen halb neun saß ich völlig gerädert am Frühstückstisch, sicher mit deutlich mehr Falten im Gesicht als Brigitte Horney jemals hatte. Der Kaffee war für Mamas Verhältnisse eine Waffe, objektiv gesehen eher mittelstark. Während sich meine Mutter ihren halbvollen Becher mit heißem Wasser aufgoss, schlurfte mein Vater blass seinen Kamillentee, in guter Hoffnung, nicht gleich wieder die Keramikabteilung des Hauses aufsuchen zu müssen.

»Wo willst du hin? Nach Hause?« Natürlich hatte Mama mitbekommen, dass ich meine Sachen schon fertig gepackt hatte.

»Nein. Ich habe von Dienstag bis Freitag einen Job im La Vita. Ich kann da aber schon heute einchecken.«

Das war eine glatte Lüge. Noch wusste Ella nichts davon, dass ich schon heute bei ihr auf der Matte stehen würde.

»Du kannst gerne noch …«

»Nein, Mama. Danke. Ist besser so. Außerdem will ich mir keinen Brech-Durch-Seniorenvirus einfangen. Ich muss die nächsten Tage dicht halten.« Papa lächelte nur gequält.

»Aber das Hotel kostet dich doch was, Junge«, mutmaßte meine Mutter völlig richtig.

»Kann sein. Aber ich kriege sicher einen Sonderpreis. Lass das noch 80 oder 90 Euro kosten.«

Meine Mutter riss die Augen auf.

»Was? Pro Nacht? Wahnsinn! Werner, überleg doch mal, 80 Euro?«, rief sie empört. »Das sind ja 160 Mark.«

Ich rollte mit den Augen. Das schon wieder. »Äh, Mama, vielleicht hast du es ja nicht mitbekommen, aber die Mark gibt es seit ein paar Wochen nicht mehr. Wenn überhaupt, dann *waren* das mal 160 Mark.« Schon komisch, aber anscheinend brauchten ältere Menschen die gute alte Mark immer noch als Referenzgröße, mit der sie alles vergleichen konnten. Auch nach all den Euro-Jahren noch. Irgendwann muss es doch mal vorbei sein. Ich jedenfalls konnte mich nicht daran erinnern, dass meine Oma Mitte der Siebziger mal zu mir gesagt hätte: »Wahnsinn, Jan, 20 Pfennige, das sind ja 8000 Reichsmark.«

Bevor ich endgültig aufbrach, wollte ich noch schnell eine Mail an Oli schreiben wegen des Auftritts am kommenden Samstag in Gießen, musste aber feststellen, dass mein Laptop offline war. Aha. Nicki hatte das WLAN-Passwort geändert und mich internetmäßig vor die Tür gesetzt. Na gut, dann eben nicht.

Auf dem Weg ins La Vita nach Bad Nauheim wummerte mir »One night in Bangkok« um die Ohren, was mich – bei aller Wiederhörensfreude – zusätzlich auf die Idee brachte, Ella mit einem kleinen Präsent zu überraschen. Natürlich nicht ganz ohne Hintergedanken. Ich hoffte, dass sie mir nach einer Charmeoffensive die zusätzliche Übernachtung zumindest nicht komplett in Rechnung stellen würde. Ich hielt an einer Tankstelle, ging zielstrebig auf das riesige Regal mit den Zeitschriften zu und hielt Ausschau nach der aktuellen Ausgabe der »GEO Saison«, in dezenter Anspielung auf die Zeit, als wir ein Paar waren.

Von Mai 1989 bis April 1991 waren Ella und ich zusammen gewesen, wobei Ella bis heute steif und fest behauptete, es wäre schon im Februar, nach meinem Rosenmontagstechtelmechtel mit Steffi, Schluss gewesen. Ich konnte mich aber schon am Faschingsdienstag besagten Jahres weder an den Vorabend noch an irgendeine Steffi erinnern. Auf jeden Fall erinnerte ich mich nach den ersten bombastischen Tönen des Megahits von Murrey Head, dass Ellas Eltern diese Reisemagazine abonniert hatten. In denen blätterten wir liebend gerne, während wir auf dem Sofa kuschelten, und beamten uns von dort aus wahlweise nach Südafrika, in die USA, am allerliebsten aber eben nach Fernost. Die Realität jedoch sah so aus, dass Ella zu dieser Zeit eine Hotelfachschule in Oberfranken besuchte und ich in Bad Nauheim meinen Zivildienst absolvierte. Viel mehr Zeit zum Träumen als ein halber Samstag und der stets viel zu kurze Sonntag blieb da in der Regel nicht.

One night in Bangkok makes a hard man humble.
Not much between despair and ecstasy.

Zufall? Eine Vorahnung? Jedenfalls hätte ich die folgenden Tage und Nächte im Kurhotel La Vita auch im Nachhinein nicht besser beschreiben können. Nur dass Bad Nauheim vielleicht nicht ganz so schrill wie Bangkok war, mal von einer atemberaubenden Asiatin abgesehen.

Zielstrebig griff ich die aktuelle Ausgabe der »GEO Saison«, deren Aufmacher »Die 100 besten Wellnesshotels Deutschlands« lautete. Während ich noch ein wenig durch das reichhaltige Zeitschriftensortiment der Tankstelle stöberte, fiel mir auf, wie viele der Frauenmagazine weibliche Vornamen als Titel trugen. »Brigitte«, »Marie-Claire«, »Petra«, »Bella«, »Tina«. Ein Männermagazin mit dem Namen »Horst«, »Willi« oder »Rüdiger« fand ich nicht. Warum eigentlich?

Zum Schluss griff ich aus dem Bücherständer nebenan noch fix den ersten Band der »Silver Shadows«, dessen schlüpfrigen Einband ich rasch mit einer Maxipackung von Ellas Lieblingssüßigkeiten überdeckte. Verklemmt wie ein Teenager, der sich seine ersten Kondome kauft, ging ich mit pochendem Herzen zur Kasse und verzichtete aus Scham sogar auf die mir zustehenden Paybackpunkte.

Martha, meine Agentin, hatte recht. Das La Vita hatte sich in den letzten beiden Jahren massiv verändert. Die komplette Eingangshalle war neu gestaltet. Alles wirkte heller, großzügiger, moderner und noch edler als zuvor. Und obwohl mir alles fremd vorkam, hatte meine Ankunft dennoch etwas von nach Hause kommen. Dieses Hotel war mal der Mittelpunkt meines Lebens gewesen, zumindest beruflich gesehen. Das mit Ella war in der Zeit, als ich hier regelmäßig als Barpianist arbeitete, natürlich schon längst Geschichte gewesen, jeder von uns hatte mittlerweile eine intakte Beziehung. Ich mit Heike, Ella mit Peter.

Ich meldete mich an der Rezeption und hoffte, auf ein bekanntes Gesicht zu treffen. Vielleicht Nora, die damals hier die Empfangschefin gewesen war. Die platinblonde junge Dame mit den knallroten Strähnen, die mir vom Rezeptionstresen aus aufgesetzt zulächelte, kannte ich aber leider nicht.

Sie hieß Kathleen Dornow, wie mir ihr fesches, hellblaues Namensschildchen verriet, offenbar eine weitere Neuerung im La Vita.

»Herzlich Willkommen in der Parkresidenz La Vita. Wie kann ich Ihnen helfen?«, begrüßte sie mich in einem leicht gestelzten Tonfall, den ich zunächst überging.

»Jan Schubert. Wie der Komponist«, antwortete ich lächelnd.

»Entschuldigung?«, fragte Kathleen Dornow unterkühlt nach.

»Okay, falls sie es mit den Komponisten nicht so haben: wie der Schu ohne ›h‹ und der Bert ohne Ernie.« Diesen Standardspruch aus früheren Jahren hatte ich ewig nicht mehr eingesetzt. Ich war mir aber sicher, damit nun endgültig das Eis zwischen mir und dieser kühlen Kathleen gebrochen zu haben. Aber weit gefehlt.

»Herr Schubert. Schön, ich hoffe, Sie hatten eine gute Anreise. Was kann ich für Sie tun?«, fragte sie ohne jede Gemütsregung, dafür aber mit einem leichten sächsischen Akzent.

»Ich würde gerne zu Frau Rothenburg«, verkündete ich lächelnd.

»Haben Sie einen Termin?«

In Kathleen Dornows Stimme lag nicht nur abgezockte Unterkühlung, sondern auch eine gute Portion Arroganz. Merkwürdig, das wäre hier vor ein paar Jahren undenkbar gewesen. Bei allen Sternen, Auszeichnungen und internationalen Gästen wehte im La Vita seit jeher ein familiärer und herzlicher Wind durch das Gebäude. Ella und Peter war ein angenehmes und bodenständiges Hausklima immer wichtig gewesen. Es schien sich hier nicht nur baulich einiges verändert zu haben. Oder der sächsische Eisblock hatte einfach nur einen schlechten Tag erwischt. Ich jedenfalls versuchte es weiter auf die nette Tour.

»Einen Termin? Ja, natürlich. Eigentlich erst morgen, aber da wollen wir mal nicht päpstlicher sein als der Papst, was?«, sagte ich lachend und lehnte mich lässig auf den Rezeptionstresen. Ohne jegliche Gesichtsregung tippte Kathleen Dornow in atemberaubender Geschwindigkeit etwas in das Computersystem.

»Das kann nicht sein. Morgen hat Frau Rothenburg nur einen einzigen Termin. Und das ist ein ganztägiger«, erwiderte sie schroff.

»Ja. Ich weiß, das sind die Asiaten. Ich, äh ... ich gehöre sozusagen dazu«, sagte ich fast ein wenig stolz.

Frau Dornow runzelte die Stirn. »Zu den Asiaten oder zu den Bankern?«

»Weder noch, ich bin der Pianist. Also ab morgen. Da müsste auch ein Zimmer für mich gebucht sein.«

Wieder hackte sie auf die Tastatur ein. »Sicher?«

»Ganz sicher. Meine Agentin, Frau von Ahlbeck, hat das ...«

»Moment. Nein, es liegt keine Reservierung einer Frau von Ahlbeck vor.«

Ich kratzte mich irritiert am Kopf. »Das kann nicht sein. Ich bin hier engagiert von Dienstag bis einschließlich Donnerstag, und ich hatte Frau von Ahlbeck gebeten ...«

Kathleen Dornow schüttelte stumm den Kopf ohne mich anzusehen.

Ich schnaufte. Langsam nervte mich die Situation.

»Hören Sie, Kathleen. Ich darf doch Kathleen sagen, oder? Schließlich sind wir ja sozusagen Kollegen, jedenfalls ab morgen, nicht wahr?«

Kathleen Dornow blickte mich weiterhin völlig regungslos an und ließ mein Duz-Angebot eiskalt verhungern.

»Moment, ich hole mal den Vertrag.« Schwungvoll stellte ich meine Umhängetasche auf den Tresen und suchte nach dem Vertrag, den Martha mir zugefaxt hatte. Dort musste auch die Hotelreservierung vermerkt sein.

Ich wühlte tiefer und hektischer, bis schließlich der eben gekaufte Erotikbestseller aus meiner Tasche direkt in Kathleens Hände rutschte. Sicher käme gleich ein blöder Spruch von ihr dazu. Doch ich täuschte mich. Kommentarlos gab sie mir das Buch mit dem schlüpfrigen Coverfoto zurück.

Wo war denn bitte dieser blöde Vertrag? Ich holte tief Luft.

»Hör zu, Kathleen. Wir können das jetzt abkürzen. Lass mich kurz zu Ella, also zu Frau Rothenburg, dann klärt sich alles auf. Ruf sie an, sag ihr, der Janni sei da. Es täte mir leid, aber ich sei halt etwas früher gekommen. So etwas in der Art halt. Komm schon. Ein Anruf nur«, bettelte ich.

Ella war übrigens die Einzige, die mich Janni nennen durfte. Selbst ich nannte mich nie so.

Kathleen Dornow rümpfte zweimal nachdenklich ihre kleine gepuderte Nase und wählte dann schließlich doch.

»Entschuldigen Sie die Störung. Ich habe hier jemanden an der Rezeption. Ich soll Ihnen sagen: Der Janni ist da. Und er wäre etwas früh gekommen«, flötete sie affektiert in den Hörer, so dass meine netten Worte überaus lächerlich klangen. Was genau die Stimme am Telefon antwortete, konnte ich nicht hören, aber ich merkte, wie Kathleen ein Lachen unterdrücken musste, ehe sie auflegte.

»Einen Moment bitte, Herr Schubert, Frau Meier ist unterwegs.«

»Frau Meier?«, fuhr ich hoch. »Was will ich denn mit Frau Meier? Ich wollte zu Frau Rothenburg. Was will ich denn mit Nora? Das macht doch keinen Unterschied, ob Sie hier stehen oder Nora.«

»Tut mir leid«, sagte Kathleen schmallippig.

Ich merkte, wie ich in Rage geriet und es auch nicht mehr aufhalten konnte. Immer lauter redete ich auf diese spröde, dusselige Empfangstussi ein. »Kathleen, hören Sie, ich kenne Frau Rothenburg. Schon sehr, sehr lange sogar. Da haben Sie noch mit ihren Schwestern Mandy und Romy in Hagenow, Golzow, Rathenow oder Sonstwow am FKK-Strand in ostdeutsche Stoffwindeln gemacht, verstehen Sie? So lange kennen Ella und ich uns schon, da waren wir nämlich schon ein Paar!«, ereiferte ich mich.

»Und du bist dabei offensichtlich immer zu früh gekommen, was?«, sagte jemand hinter mir. Ich kannte die Stimme. Es war die von Nora. Ich drehte mich um, aber die Frau, die vor mir stand, sah gar nicht aus wie Nora. Oder doch?

»Lange nicht mehr gesehen, was, *Janni*?«, säuselte Nora meinen Spitznamen, der aus ihrem Mund reichlich deplatziert klang. Sie sah völlig verändert aus. Die Nora, die ich kannte, war schlank, hatte lange Haare, trug keine Brille und lebte in Empfangsdamenklamotten tagein, tagaus hinter dem Rezeptionstresen. Nun aber stand eine etwas mollige, kurzhaarige und dunkelblonde Businessfrau in Hosenanzug vor mir, mit einer modischen schwarzen Brille und einem Aktenordner in der Hand.

»Äh ... Hallo«, stotterte ich verwirrt.

Nora schob mich durch einen schmalen Gang in den Bürotrakt des Hotels und öffnete schließlich eine Milchglastür, auf der ein bedruckter Din-A5-Zettel klebte: *Nora Meier, Assistenz der Geschäftsleitung.*

»Wow! Nora! Assistenz der Geschäftsleitung, Respekt.« Es sollte gar nicht ironisch klingen, tat es aber wohl doch.

»Blödmann.«

Ich wunderte mich schon ein wenig über Noras Aufstieg. Keine Frage, Nora war am Empfang wirklich klasse. Redegewandt, hilfsbereit, immer einen flotten Spruch auf den Lippen. Sie wusste, wie man mit hochkarätigen Geschäftsleuten redete, aber auch, wie sie Außendienstvertreter nach einem mäßig erfolgreichen Tag mit ein paar launigen Bemerkungen zum Lachen bringen konnte. Sogar Online-»Paketis« begrüßte sie herzlich, also Wellness-Touristen, die über Internetportale wie »Spa-dich-dämlich.de« oder »Alles-haben-nix-bezahlen.com« buchten und hotelintern keinen besonders guten Ruf genossen, da sie in der Regel nicht bereit waren, auch nur einen zusätzlichen Euro im Hotel zu lassen. Schon gar nicht als Trinkgeld.

Aber Nora als Teil der Geschäftsleitung? Nein, das wollte nicht so richtig in meinen Kopf. Zumal Ella und Peter genau wussten, wo ihre Schwachstelle lag. Nora trank ab und an. Ich selbst hatte es erlebt, dass Nora hinterm Rezeptionstresen stand und mir eine strenge Alkoholfahne entgegenflatterte. Nach Dienstschluss war sie gelegentlich auch trinkfreudiger Gast in der Hotel-Bar. Meistens dann, wenn eine ihrer flüchtigen Beziehungen in die Brüche gegangen war.

»Sie ist einsam«, sagte Freddy, der Barkeeper, dann und beobachtete sie mit verklärtem Blick vom Tresen aus. Auch wenn sie, vom Wodka ermutigt, Kontakt zu den Hotelgästen aufnahm, mit nordhessischem Landadel Flaschendrehen spielte und mit russischen Oligarchen halbnackt Limbo tanzte. Unter Alkohol drehte Nora dermaßen auf, dass Freddy sie ab und an zu ihrem eigenen Schutz aus der Schusslinie nehmen und auf ein freies Belegschaftszimmer verfrachten musste.

»Das kriegste nicht auf die Reihe, was? Dass die lustige Schnapsdrossel Nora so einen Aufstieg gemacht hat.« Nora grinste triumphierend, als könne sie Gedanken lesen.

»Quatsch«, log ich.

»Hier hat sich viel getan, seit der Herr Schubert was Besseres gefunden hat als bei uns zu klimpern«, witzelte sie und ließ sich auf ihrem Schreibtischstuhl nieder.

»Besser würde ich nicht sagen. Aber aufregender. Und abwechslungsreicher.«

»Soso, aufregender und abwechslungsreicher«, echote sie, »klingt nach Tour-Groupies. In jeder Stadt eine andere, was?« Ihre Augen blitzten auf, und sie konnte sich ein frivoles Kichern nicht unterdrücken.

Ich überlegte ernsthaft, ob sie wieder getrunken hatte.

»Stimmt. In jeder Stadt eine andere neunundfünfzigjährige Oberstudienrätin, die ehrenamtlich den Kulturkreis leitet. Um Gottes willen! Außerdem bin ich ...«

»Jaja, ich weiß. Außerdem ist der brave Jan ja so was von glücklich verheiratet, ich weiß, ich weiß.«

»Hmm«, brummte ich und schaute betreten auf den Boden.

Nora räusperte sich, rollte mit ihrem Stuhl ein Stück auf mich zu und umarmte mich freundschaftlich. »Okay, lassen wir das. Schön, dich zu sehen, und toll, dass du aushilfst.«

»Gerne. Aber sag mal, ihr habt schwer umgebaut in den letzten Jahren?«

»Wie wahr«, seufzte Nora, »die komplette Eingangshalle, das Hauptrestaurant, der Wellnessanbau, auch die Lounge Bar wirst du kaum wiedererkennen.«

»Ich bin gespannt. Und seit wann hast du die Fronten gewechselt?«

»Im Prinzip kurz nach Ellas Zusammenbruch.« Nora stockte und biss sich auf die Zunge.

»Nach Ellas was?«, fragte ich besorgt und merkte, wie Nora sich innerlich beschimpfte.

»Ich sollte das eigentlich nicht ... Na gut, jetzt ist es eh zu spät. Ella hatte einen Mini-Schlaganfall vorletztes Weihnachten. Sie war einfach völlig fertig, total überarbeitet.«

Ich gebe zu, ich war einen Moment lang sprachlos. Ella war ein Jahr jünger als ich und die fitteste und toughste Frau, die ich kannte.

»Und ... Also, ich meine wie ...«, suchte ich nach Worten.

»Es geht ihr gut. Sie hat nichts zurückbehalten, gar nichts. Drei Wochen danach war sie schon wieder im Hotel unterwegs. Aber seitdem hat sich hier einiges verändert. Sie und

Peter haben die Verwaltung umgekrempelt, Aufgaben umverteilt, zusätzliches Personal eingestellt, vor allem, um Ella zu entlasten. Peter geht ja wenigstens ab und zu mal rüber 'ne Runde golfen, fährt mal ein paar Tage weg und besucht Freunde. Aber Ella ... Du kennst sie ja: Immer hundert Prozent. Immer volle Pulle für das Hotel, für die Familie.«

Ich nickte. Von klein auf war Ella in den elterlichen Hotelbetrieb eingebunden worden. Als sie vor gut neun Jahren den Betrieb übernahm, wollte sie natürlich allen zeigen, was sie gelernt hatte. Vor allem ihrem Vater, der zweifelte, ob seine Tochter stark genug sein würde, ein so großes Hotel erfolgreich zu führen. Er machte nie ein Hehl daraus, dass er lieber einen versierten Kaufmann an Ellas Seite gesehen hätte als einen verkappten Künstler. Aber Ella hatte es allen Zweiflern eindrucksvoll bewiesen. Noch nie stand das La Vita wirtschaftlich und optisch besser da als heute.

»Ich kann mir gut vorstellen, dass so ein Hotelbetrieb ganz schön an die Substanz geht«, sagte ich leise.

Nora nickte. »Aber Ella meint, der Zusammenbruch sei das Beste gewesen, was ihr passieren konnte. Ein Warnschuss, und den wollte sie ernst nehmen, als Chance. Ja. Und dann rief sie mich eines Tage ins Büro und bot mir diesen Job an. Sie wollte keine externe Kraft, sondern jemanden, der das Hotel genau wie sie in- und auswendig kennt.«

»Und was genau machst du jetzt?«, hakte ich nach.

»Naja, was halt anfällt. Ella den Rücken freihalten, sie vertreten, wenn sie sich frei nimmt, Koordination der einzelnen Hotelbereiche, die ganze Palette halt«, schilderte Nora und kaute dabei nervös auf ihrem Kugelschreiber herum. »Hauptsache nicht mehr vorne den Grüß-August machen.«

»Das hast du jetzt nicht wirklich gesagt, oder?«

»Was meinst du?«

»Na, den Grüß-August natürlich. Für so eine dämliche Formulierung gehörst du fristlos entlassen«, sagte ich lachend, aber Nora blieb merkwürdig ernst. Naja, Nora und ich lagen humormäßig noch nie auf einer Wellenlänge.

»Nun aber zu dir, mein Lieber. Was machst du denn heute schon hier?«

»Tja, nun, das ist etwas kompliziert«, wand ich mich.

»Oha. Ich hoffe, ich kann helfen. Ella ist heute jedenfalls nicht da. Sie hat sich freigenommen, bevor morgen der Asia-Tagungswahnsinn losgeht.«

»Gut. Also ...« Ich beugte mich ein wenig zu Nora hinüber. Martha hatte mir vor ein paar Jahren mal verraten, dass Nora auf mich stehen würde, und genau das wollte ich mir nun zunutze machen. Ich setzte also mein charmantestes Lächeln auf und legte so viel Liebreiz in meine Stimme, wie mir möglich war.

»Naja, es ist so ...«, säuselte ich und merkte, dass ich in Sachen Flirten reichlich aus der Übung war. »Liebste Nora, wäre es möglich, dass ich vielleicht schon heute bei euch einchecken kann? Das wäre wirklich super.«

»Nanu? Was ist los?«, wollte Nora wissen, ohne meinen Flirtversuch auch nur annähernd zu erwidern. »Ich habe mich eh schon gefragt, warum Martha dir überhaupt ein Zimmer bucht. Tse, tse, tse ... Stress zu Hause?«, fragte sie betont neugierig.

»Nein, nein«, wiegelte ich ab, »es ist nur, Heike und die Kinder sind zum Skifahren, und bei uns in der Wohnung wird renoviert. Naja, du weißt ja, wie das ist«, sagte ich das, was ich mir auf der Hinfahrt für diese Situation zurechtgelegt hatte. »Diese Kathleen an der Rezeption meinte, es sei gar kein Zimmer gebucht«, versuchte ich das Thema weg von Heike zu lenken.

»Das stimmt. Jedenfalls nicht im offiziellen Buchungssystem. Du läufst ja unter Belegschaft. Da haben nur Ella, Peter und ich Zugriff drauf«, tönte Nora stolz.

»Unter Belegschaft? Das ist auch neu, oder?«

Nora nickte. »Wir haben im Dachgeschoss des Altbaus einige Zimmer herrichten lassen. Unter anderem auch eines für Carlo, das er nutzen kann, wann immer er will.«

Meine Mundwinkel fielen ins Bodenlose. Ich hatte mich auf ein schönes, gepflegtes Einzelzimmer im Hoteltrakt gefreut. Mit einer Personal-Dachkaschemme, in der sonst ein fusseliger Barpianist hauste, hatte ich nicht gerechnet.

»Das Problem ist nur ...«

»Wie? Noch eines?«, fuhr ich dazwischen.

»Das Zimmer von Carlo ist noch nicht gemacht. Und für heute krieg ich da keinen Service mehr rein, sorry.«

»Das ist jetzt ein Witz, oder?«

»Lieber Jan, Witze haben zwischen uns noch nie funktioniert, schon vergessen?«

Aus purer Verzweiflung startete ich eine neuerliche Charmeoffensive. Das hatte bei Nora eigentlich immer funktioniert, wenn ich etwas von ihr wollte.

»Aber Nora-Häschen, schau mal«, versuchte ich sie einzulullen, »wenn Ella heute frei hat und Peter unterwegs ist, dann bist du doch die Chefin. Und dann könntest du doch sicher ...«, umgarnte ich sie, doch Nora schüttelte sofort energisch den Kopf.

»Nein, leider nicht. Das liegt daran, weil es jeden Tag ein neues Passwort für den internen Server gibt und Ella vergessen hat, es mir per SMS zu schicken«, erklärte Nora umständlich.

Okay, jetzt half nur noch eine Totaloffensive. Aus meiner Tasche zückte ich die eigentlich für Ella bestimmten Gummibärchen sowie die »GEO Saison«.

»Hier, junge Dame, extra für Sie. Na, vielleicht schauen Sie noch mal auf Ihrem Handy nach, ob nicht doch zufällig ein kleines Passwort eingetrudelt ist«, machte ich einen typischen Hotelgast nach, der mit charmantem Lächeln, frechem Augenzwinkern und einem kleinen Scheinchen versuchte, an der Rezeption ein besseres Zimmer zu bekommen. Statt des Geldscheines schob ich die Zeitschrift und die Süßigkeiten über den Schreibtisch.

Nora seufzte. »Ach Jan. Nur weil ich dich früher mal toll fand, heißt das noch lange nicht, dass ich dir auf ewig aus der Hand fresse.«

»Wie jetzt? Du hast mich mal toll gefunden?«, tat ich so ahnungslos, wie ich konnte.

»Blödmann, das weißt du ganz genau. Aber jetzt mal im Ernst. Ich kann dir nur im normalen Buchungssystem ein reguläres Doppelzimmer anbieten. Kostet aber 155 Kröten. Sonderpreis.«

»Puh. Dafür muss ein armer Barpianist aber oft ›As time goes by‹ spielen«, stöhnte ich desillusioniert. »Okay. Dann tu mir bitte einen Gefallen«, flehte ich Nora an. »Ruf Ella an und lass dir das Passwort geben. Oder besser noch, lass mich kurz mit ihr reden, ja?«

Nora schüttelte den Kopf. »No way. Sie hat *Frei Stufe 3*, keine Chance.«

»Was hat sie?«

»*Frei Stufe 3*. Das heißt, sie ist zwar nicht außer Haus, das wäre *Frei Stufe 4*, aber Handyanrufe nur, wenn es brennt.«

Ich ließ den Kopf hängen und winkte innerlich meinen davonschwimmenden Fellen nach.

»Aber soll ich dir was sagen, Jan?« Nun lehnte sich Nora mir entgegen und zwar so, dass ich in ihr hübsches Dekolleté blicken *musste*.

»Jaaaa«, sagte ich langgezogen und witterte Morgenluft.

»Wenn du mir nicht so dreist Sachen angeboten hättest, die eigentlich für Ella gedacht waren, hätte ich vielleicht mit mir reden lassen und es bei Peter auf dem Handy probiert«, behauptete Nora eingeschnappt.

»Ich, äh, wieso?«

»Na, die aktuelle ›GEO Saison‹ hat Ella nun schon mindestens zwanzig Mal geschenkt bekommen, was ja nicht verwundert, wenn man darin portraitiert wird. Und dass sie auf Haribo-Erdbeeren steht, das weiß ja sogar Kathleen, und die ist erst seit zwei Wochen bei uns.«

Ich ließ meinen Kopf frustriert auf die Schreibtischplatte knallen. Nora schenkte sich derweil ein Glas Wasser ein. Während sie trank, blätterte ich die Zeitschrift durch, bis ich Ella fand. Halbseitig, aber in Gänze schön. Erwachsen, erfahren und selbstbewusst stand sie auf der großen Terrasse vor dem La Vita und lächelte in die Abendsonne, die über dem Kurpark stand. »Ella, elle l'a« titelte das Magazin in Anlehnung an den Achtziger-Hit von France Gall.

»Das … gibt's ja nicht«, stammelte ich überrascht, aber Nora glaubte mir nicht die Bohne. »Ella. Ausgerechnet jetzt, in dieser Ausgabe. Was für ein Zufall.«

»Zufall? Jan, mit der Nummer kriegst du vielleicht bei

›Rote Rosen‹ Folge 4569 eine Nebenrolle, aber bei mir kein Zimmer. Tut mir leid.«

»Zufälle sind Gottes Art, anonym zu bleiben«, murmelte ich gedankenverloren vor mich hin. Das war damals eines unser Lieblingszitate gewesen.

»Ist das von Domian oder von Jürgen Fliege?« Nora lächelte abfällig.

»Albert Einstein.«

»So? Ich dachte, der war Mathematiker.«

»Eben.« Ich schlug das Reisemagazin zu und katapultierte mich schweren Herzens wieder zurück in die Jetztzeit. »Na gut. Dann buch mir halt das Doppelzimmer. In Gottes Namen.«

»Gut. Ich leite das in die Wege.« Nora stand auf und holte aus einem Schrank einen pinkfarbenen Plastikchip. »Hier ... Als kleiner Trost.«

»Was ist das?«, fragte ich irritiert.

»Na, heute ist doch Montag.«

»Und?«

»Schon vergessen? Montags hat der Wellnessbereich ausschließlich für die Belegschaft offen.«

Ich erinnerte mich. Ella und Peter hatten das vor ein paar Jahren als »Bonbon« für ihre Mitarbeiter eingeführt.

»Hiermit bist du einer von uns. Zwischen 16 und 22 Uhr geöffnet.«

Zehn Minuten später bezog ich mein Luxuszimmer, das mich die halbe Gage meines ersten Arbeitstages kostete. Hätte ich doch nur auf Mama gehört.

Aber gut, was soll's. Es war jetzt kurz nach halb zwei. Ich hatte ein schönes Zimmer im vierten Stock mit Blick in den Park, schnelles WLAN und einen Wellnessbereich, der im Untergeschoss auf mich wartete. Dort würde ich schön relaxen und ein wenig in »Silver Shadows« stöbern. Schließlich wollte ich mit Katharina ja das Mittelhessen-Pendant dazu schreiben. Zuvor befreite ich den dicken Sexschmöker aber noch von seinem verfänglichen Einband. Wäre ja zu peinlich, wenn ich damit im Saunabereich ...

Ich rief meine Mails ab. Es war auch eine von Nicki darunter.

Hi. Wollte nur kurz sagen, dass sich Mama vorhin mit HBMännchen zu einem Date verabredet hat. Selber schuld. Nicki

Ich musste mir eingestehen, dass mich Nickis Nachricht nicht unberührt ließ. Was, wenn Katharina sich vom smarten Banker um den Finger wickeln lassen und womöglich sogar mit ihm in irgendein Restaurant-Stuhllager verschwinden würde? Obwohl, war Katharina der Typ für so etwas? Außerdem war noch gar nicht klar, ob ich mit meinem Verdacht überhaupt richtig lag. Würde sich ein hochkarätiger Banker und zweifacher Familienvater wirklich in so einem Partnerportal derart offensiv herumtummeln? Zu gerne hätte ich mir das Foto auf nobel-partner.de noch einmal in Ruhe angesehen. Irgendwas an dem Bild hatte mich ja noch zweifeln lassen. Aber dazu hätte ich mich selbst dort anmelden müssen. Ganz offiziell, als »einsames Herz«. Nach gerade mal drei Tagen als Single? Nein, so verzweifelt war ich nun auch nicht.

Ich ging ans Fenster und genoss den grandiosen Blick über den Kurpark, dessen Bäume, Sträucher und Blumen nach den letzten, fast frühsommerlich warmen Tagen in voller Pracht erblüht waren und nun wie ein buntes Meer vor mir lagen. Rechts konnte ich einen Teil des Elvis-Presley-Denkmals erkennen. Entgegen anderslautenden Gerüchten war er also ganz offensichtlich doch tot. Warum sonst standen vor dem Gedenkstein Friedhofslichter und Blümchen?

Ich gehöre ja zu den wenigen Menschen, die Elvis Presley für total überschätzt halten. Das darf man natürlich nicht laut sagen, schon gar nicht in Bad Nauheim, brüstete sich die behäbige Rentner- und Kurmetropole doch gerne mit der Tatsache, dass *Der King* während seiner Zeit bei der US-Armee eineinhalb Jahre lang hier in Hessisch-Tennessee gelebt hatte. Jeden dritten Tag trat hier irgendwo ein selbsternannter Elvis-Imitator auf, auch wenn er meist nur in der Körperfülle (der späten Jahre) und mithilfe drittklassiger

Faschingskostüme und angeranzter Karaokemaschinen seinem Idol ähnelte. Elvis Presley ..., nein, jemand, der keinen einzigen seiner Songs selbst komponiert und getextet hat, kann nicht mein Idol sein. Immerhin schienen wenigstens die Bad Nauheimer Tauben meiner Meinung zu sein, denn sonst hätten sie das Elvis-Denkmal nicht so gnadenlos zugekackt. Okay, soweit würde ich persönlich dann doch nicht gehen.

8

Hoppelhase Hans

Kurz nach vier stand ich vor dem Eingang der komplett neu gestalteten Wellnesslandschaft. Unter dem Hotelbademantel war ich nackt und hatte nur das ebenfalls hüllenlose Schmuddelbuch sowie die aktuelle »GEO Saison« bei mir, da ich den Artikel über Ella natürlich auch lesen wollte. Bevor ich meinen pinken Chip in den Automatenschlitz steckte, ließ ich noch schnell einen jungen Mann das Drehkreuz aus der Gegenrichtung passieren, der mich irgendwie merkwürdig anschaute. Egal. Der Automat gab grünes Licht, und schon säuselte mir aus unsichtbaren Lautsprechern beruhigende Chillout-Musik entgegen. Ich betrat den palastartigen, marmorgetäfelten, gigantisch hohen Raum. Nora hatte nicht zu viel versprochen. Das La Vita Spa & Relax war wirklich um ein Vielfaches größer als alle Hotel-Wellnesbereiche, die ich kannte. Da ich aber zu den Menschen gehöre, denen eine stinknormale Sauna und eine kalte Dusche zum entspannten Saunieren völlig genügen, beeindruckte mich die üppige Wellnesslandschaft nicht wirklich. Im Gegenteil. Ich empfand es eher als aufdringlich, dass in jeder Ecke eine exotische Pflanze blühte oder ein pompöser asiatischer Skulpturbrunnen tiefenentspannt vor sich hin plätscherte. Ich brauche auch keinen nach Feng-Shui ausgerichteten Flusslauf quer durch den Raum oder diesen orientalischen Getränke-Altar, bestückt mit achtundneunzig meditativen Teemischungen und fünfunddreißig verschiedenen ayurvedischen Wassersorten.

Ich legte Zeitschrift und Buch in eines der an der Wand befestigten Regale aus edlem Mahagoniholz und schaute mich weiter um. Linker Hand befanden sich gefühlte neunundzwanzig Erlebnisduschen, die entweder einen tropischen Regenwaldguss, einen sibirischen Schneesturm, einen Emsländer Landregen, dichten Londoner Nebel oder eine mittelständische Offenbacher Autowaschanlage mehrfarbig simulierten.

Kurz bevor ich völlig die Orientierung verlor, entdeckte ich eine große Infotafel, auf der alle Saunaattraktionen des La Vita Spa & Relax aufgeführt waren. Ich hatte die Wahl zwischen der Erdsauna75, der Finnischen Rauchsauna, einer Schwitzhütte Inipi, der Klang-Kräuter-Duft-Oase, dem Event-Aufguss-Ofen, einer russischen Banja, einem türkischen Hamam, einem römischen Kaldarium, einem feuchtfröhlichen Sanarium und einem Wetterauer Kalendarium.

Alles schön und gut, aber wo bitte war hier die Sauna? Dieser simple, viereckige Holzkasten, in dem es einfach nur warm ist? Nicht so ein Event-Dings, in das zu jeder vollen Stunde ein muskelbepackter Handtuchwedler mit Dufteimer hereinprotzte und den hartgesottenen Kampfsaunisten kochendheiße Aufgüsse verpasste, deren Namen allein mir schon Angst machen: Minze-Bärlauch-Aufguss, Weizenbier-Vanille-Aufguss, Eistee-Wodka-Aufguss. Ganz gefährlich wurde es, wenn die Saunameister ein Extra dabeihatten, das die gierigen Saunafreaks dann per Kelle in die Hand geschüttet bekamen, um es zu essen oder sich damit zumindest ordentlich einzureiben. Grobgeschrotetes, linksdrehendes, osmanisches Heilsalz zum Beispiel. Das sorgt zwar für eine glatte Haut, brennt aber an den Stellen, die man extra für den Saunabesuch noch frisch rasiert hat, über Stunden wie die Sau.

Die große Tafel versprach für 17 Uhr einen Veggi-Aufguss à la Steffen mit einer Schöpfkelle voll veganer, gluten- und laktosefreier Zutaten. Sicher würde Saunameister Steffen an einem anderen Tag dann auch einen Anti-Veggi-Aufguss anbieten mit Hühnerfond im Eimer und einer Kelle Rinderaspik in die Hand. Zum Essen und zum Einreiben.

Zum Glück war es menschenleer hier unten, sonst wäre ich umgehend auf mein Zimmer geflüchtet. Ich entschied mich schließlich dazu, mit dem römischen Kaldarium zu beginnen, hängte meinen Bademantel an einen Haken und legte meine Brille daneben in ein kleines Holzfach. Langsam öffnete ich die schwere Glastür, und schon umhüllte mich eine wohlriechende, heiße Nebelwolke.

»Hallo«, sagte ich auf Verdacht, weil ich mir nicht sicher war, ob nicht doch noch jemand in einer nebligen Ecke saß. Aber niemand antwortete. Die Stille und die feuchte Wärme taten mir gut. Sehr gut sogar. Leider huschten fünf Minuten später zwei Gestalten hinein und hockten sich auf die andere Seite des Dampfbades. Frauen, wie ich trotz des Nebels und 3,5 Dioptrien schnell feststellte, denn die beiden Silhouetten begannen umgehend, sich halbleise zu unterhalten.

»Und, wie wird dieser Wellnessmontag von der Belegschaft angenommen? Ich meine, die Masse ist ja nicht los«, sagte die eine Gestalt.

»Das liegt an den Schichten. Es wird bestimmt gleich voller«, antwortete die andere. Und wie aufs Stichwort bemerkte ich durch die nebelnasse Tür, wie Bewegung in den Vorraum kam.

»Ist eine tolle Sache, dass man mal so völlig unter sich ist«, meinte die erste Frau.

Plötzlich erwachte mein vor sich hindunstendes Gehirn und meldete mir, dass ich diese Stimme kannte. Diesen leichten sächsischen Akzent hatte ich noch gut im Ohr. »Nein, bitte nicht«, schoss es mir durch den Kopf. »Lass das da jetzt nicht diese Kathleen sein.« Ihr wollte ich heute nicht unbedingt noch einmal begegnen. Schon gar nicht so!

»Naja. So ganz entspannt bin ich nicht. Wir hatten vor kurzem einen Mitarbeiter, der versuchte hier, junge Kolleginnen anzumachen, ihnen auf die Pelle zu rücken und so. Ich weiß nicht, ob du davon schon gehört hast, Kathleen?«

Sie war es! Nervös rutschte ich auf dem glitschigen Marmor hin und her.

»Hab ich, ja. Deswegen gibt es jetzt die zwei verschiedenen Chipfarben, nicht wahr?«

Mein Puls katapultierte sich innerhalb von Millisekunden in gefühlt vierstellige Regionen. Wie bitte? Welche zwei Chipfarben? Wovon redeten die da?

»Und der blaue Chip für die Männersauna geht auch wirklich nur bis 15.30 Uhr?«, wollte Kathleen wissen.

»Ja, das funktioniert einwandfrei«, berichtete die andere Frau, »mit dem pinken kommst du erst ab Punkt vier hier rein.«

Pinker Chip? Blauer Chip? Männer, Frauen? Jetzt endlich fiel bei mir der Chip beziehungsweise Groschen, langsam, aber dafür umso tiefer, bis hinunter in die Magengrube. Dort schlug er ein wie eine Bombe, und ich musste mich festhalten, um vor Schreck nicht die riesigen Marmorstufen hinunterzuglitschen.

O nein! Ich war in der Damensauna gelandet! Ich war wie paralysiert. Schockstarre. Draußen hingegen kam jetzt immer mehr Betrieb auf.

»Nora, dieses Miststück«, dachte ich so laut, dass ich befürchtete, es sei zu hören. Meine Starre löste sich und ging nahtlos in Panik über.

»Dieser Typ damals war so krass drauf«, fuhr die eine Stimme fort, »der hatte sich sogar einen pinken Chip besorgt und sich wieder und wieder hier hineingeschmuggelt.«

Scheiße, Scheiße, Scheiße. Mein Gehirn lief Amok.

»Das Schwein. Das ist ja krankhaft. Dem müsste man glatt die Eier abschneiden, oder?«, sagte Kathleen aufgebracht.

Ich spürte, dass dieser letzte Satz in meine Richtung abgefeuert worden war. Ich räusperte mich und fiepte ein kurzes »Hmm«, so hoch ich konnte.

»Naja. Der Typ ist weg, und jetzt traut sich das sowieso keiner mehr. So wie wir den damals fertiggemacht haben.«

Die beiden Frauen lachten hämisch, erhoben sich und verließen das Dampfbad. Für einen kurzen Moment stand die Tür offen, und ich konnte erkennen, dass sich im Vorraum mindestens zehn bis zwölf nackte oder nur mit einem Handtuch bekleidete Frauen tummelten.

Ich atmete tief und versuchte, meiner Panik Herr zu werden. Omm. Shanti, Shanti, Scheiße! Atmen half auch nicht wirklich. Okay, erst mal Kopf einschalten, Jan, Ruhe bewahren, befahl ich mir, doch die Gedanken schossen nun durch meinen Kopf wie ein aufgescheuchter Vogelschwarm. Aus purer Verzweiflung und mangels Alternative wiederholte ich Heikes Atemübung noch einmal. Mit einer Hand an der Schläfe spürte ich, wie sich mein Puls allmählich von 209 auf 188 beruhigte.

Es war jetzt etwa halb fünf. Würde ich es schaffen, über fünf Stunden hier auszuharren, um dann, kurz vor der Schließung, eins geworden mit dem Nebel, unbeobachtet auf mein Zimmer zu verdunsten? Klares Nein!

Gab es eine Möglichkeit, zumindest notdürftig bekleidet aus diesem Dampfbad in den Vorraum zu treten? Keine Chance! Hier drin gab es kein vergessenes Handtuch, keine hölzerne Kopfstütze, nicht einmal eine Schöpfkelle, die ich hätte »davorhalten« können. Und auch keinen Werkzeugkasten, der mir erlaubt hätte, spontan den Dampfbadmonteur zu mimen. Während ich bislang nur ganz normalen Schweiß abgesondert hatte, war es mittlerweile kondensierte Panik, die sturzbachartig von mir tropfte. Ich spürte, wie mir mein Gehirn eine gewisse Unterversorgung an Sauerstoff vermeldete. Ich musste handeln und zwar gleich. Schließlich kam ich zu dem Schluss, dass nur die nackte Flucht nach vorne half. Ich stellte mich an die Tür und versuchte, einen möglichst ruhigen Moment abzupassen. Dann trat ich vorsichtig nach draußen und hatte in allerletzter Sekunde dann doch noch eine Idee.

»Soooo«, rief ich laut, offensiv und splitterfasernackt in die Runde. Verschwommen erkannte ich, dass sich mindestens fünfzehn Frauen vor dem Dampfbad versammelt hatten.

»Ja, gut, dann will ich mich erst mal vorstellen. Ich bin der Jan. Ich vertrete heute den Steffen. Der kann leider nicht, der hat einen eingefußten Wichsnagel, äh, einen eingewachsenen Fußnagel. Ja, ich wünsch euch gute Erholung und würde mich freuen, wenn ihr um fünf zum nächsten Aufguss ins Terrarium kommt.«

Ich fand mich bis dahin gar nicht mal so schlecht als Aushilfssaunameister. Dummerweise hatte ich aber vergessen, was Steffen für 17 Uhr als Aufguss vorgesehen hatte und musste improvisieren.

»Ich hab für die Damen was ganz Leckeres vorbereitet. Einen schönen Anti-Cellulite-Aufguss mit einer Kelle voll Rhein-Kieselsteine zum Einreiben und reichlich Prosecco zum Schöntrinken der Beine.«

Ich tänzelte zur Seite, versuchte Brille und Bademantel zu schnappen, um mich dann so schnell wie möglich vom Acker zu machen.

»Hoffen wir mal, dass es dem Steffen bald besser geht«, überbrückte ich meine erfolglose Suche. Nervös griff ich ein ums andere Mal ins Leere. Wo verdammt noch mal war meine Brille und wo mein Bademantel?

»Ich glaub, mir geht es schon viel besser«, rief plötzlich eine tiefe Stimme von hinten. Steffen. Ich schluckte. Mein Puls tanzte unter der Schädeldecke Pogo. Irgendjemand reichte mir von der Seite meine Brille. Es war mucksmäuschenstill. Langsam hob ich meinen Kopf. Am liebsten hätte ich die Brille sofort wieder abgesetzt. Etwa fünfzehn bis zwanzig Augenpaare starrten mich an. Die dazugehörigen Frauen waren allesamt in Saunatücher eingeschlagen. Einige von ihnen kicherten, andere schüttelten einfach nur empört den Kopf. Eine ältere Frau hörte ich zetern: »Geht das jetzt schon wieder los?« Ihre Nachbarin rief vorwurfsvoll: »Was soll denn das?«

»Ich, ähhh, also, ich wusste das nicht mit der Damensauna, ehrlich.«

»Nicht wissen zählt nicht«, giftete eine dunkelhäutige Frau von der Seite, »dafür gibt es die unterschiedlichen Chips.«

»Und sich dann noch als Saunameister ausgeben, das ist widerlich«, schrie eine Dame von hinten, während mir ein saftiges »Spanner« von links um die Ohren flog. Mir wurde schwindelig. Wie in Gottes Namen kam ich aus dieser Nummer raus? Zumal ich hier noch drei Tage arbeiten musste. Mit Kollegen, denen es am liebsten wäre, ich würde in der 95-Grad-Sauna übernachten und sie könnten dort am nächsten Morgen meine Asche auffegen. Und was, wenn Ella davon Wind bekäme? Dann könnte ich gleich meine Sachen packen. Die ließe lieber eine Chris-de-Burgh-CD laufen, als einen hotelbekannten Spanner ans Klavier zu setzen.

»Nein, ich wollte doch nicht spannen oder so. Da … da bin ich nicht der Typ für, ehrlich«, erklärte ich verzweifelt und versuchte währenddessen, vertraute Gesichter zu entdecken. Menschen, die mich von früher kannten, die sagen würden, wir kennen den Jan, der macht so etwas nicht, das ist alles ein großes Missverständnis.

»Ach wirklich?«, keifte eine kleine Frau von rechts, »und was liest der Herr gerade so? Hm?« Sie hielt »Silver Shadows« hoch in die Luft. Ein Raunen ging durch den Raum. Ich schüttelte hektisch den Kopf.

»Das, das ist ein blöder Zufall, ich …«

»Zufall? In dem Buch geht es ja zufälligerweise auch ums Spannen«, zeterte die kleine Frau.

Plötzlich trat Kathleen Dornow vollkommen nackt aus einer der Erlebnisduschkabinen.

»Ach nee«, rief sie in die Stille. »Der Herr Schubert. Ohne ›Schuh‹, aber mit seinem Bert, wie ich sehe.« Jetzt erst bedeckte ich reflexartig meine Scham. »Der notorische Zu-früh-Kommer.«

Die Damen kicherten.

»Ähhh, ich habe den Chip, äh …«, verhaspelte ich mich und bemerkte im selben Augenblick, wie sich eine angezogene Frau ihren Weg durch die Saunameute bahnte. Nora. Sofort wurde es still.

»Darf ich vorstellen, Mädels. Das ist Jan. Carlos Backup für die nächsten drei Tage. Er ist ein guter Pianist, aber ein lausiger Schauspieler und noch viel schlechterer Flirter.«

Nora und Kathleen zwinkerten sich zu, dann klatschte Nora in die Hände. »So, meine Damen, Danke fürs Mitmachen. Ich denke, es ist Zeit, Jan willkommen zu heißen.«

Nun lachten alle. Nur ich nicht. Ich war völlig derangiert und hatte keinen blassen Schimmer, was hier abging.

»Das haben wir letztes Jahr neu eingeführt.« Nora grinste Kathleen zu.

»Was jetzt?« Ich rang nach Luft.

»Neue Mitarbeiter werden speziell begrüßt. Das ist mittlerweile ein Ritual«, sagte Nora und kicherte dabei.

»War bei mir auch so«, bestätigte Kathleen, »Steffen hat sich bei mir an der Rezeption am Telefon als Scheich ausgegeben, der sein Kamel mitbringen will. Der hat mich fertig gemacht.«

»Fertiger als das hier geht ja wohl nicht«, brummte ich verkniffen und schaute zu Kathleen. Ups. Schnell wandte ich meinen Blick wieder ab von ihr. Sie war immer noch vollkommen nackt. Dass sie eine fantastische Figur hatte, konnte ich aber auch in der Kürze des Moments feststellen.

»Kannst ruhig gucken. Bei uns im Osten ist das doch normal. Du weißt schon, FKK und so. In Hagenow und Rathenow laufen wir alle den ganzen Tag so herum.«

»Ich ... ich geh dann besser mal besser«, fiepte ich leise aus dem letzten Loch.

Nora lachte. »Jetzt mach dich mal locker, Jan.« Sie reichte mir meinen Bademantel und mein Buch. »Pack dich warm ein und erhol dich erst mal.«

»Am besten, du liest ein wenig in deinem Buch weiter«, empfahl Kathleen und verschwand.

Nora schob mich den Gang hinunter.

»Was soll das Nora? Wenn jetzt Damensauna ist, dann lass mich bitte hoch aufs Zimmer.«

Nora konnte gar nicht mehr mit dem Lachen aufhören und zerrte mich weiter in Richtung Ruheraum. »Das war doch nur Spaß. Es gibt keine zwei Chipfarben und auch keine Männer- und Damensaunazeiten. Jetzt sag nicht, du hast das erst jetzt kapiert?«

Sagte ich nicht, hatte ich aber.

Nora verfrachtete mich auf eine der Relaxliegen des Ruheraums, in dem tatsächlich auch zwei Männer lagen.

»Ich mach jetzt Feierabend. Wir sehen uns morgen, okay?«

Ich nickte. Es dauerte eine gute halbe Stunde, ehe sich mein Körper beruhigt hatte und sowohl Puls als auch Blutdruck sich wieder halbwegs normal anfühlten. Begrüßungsritual hin oder her, ich hatte mich, nicht zuletzt wegen der Saunameisternummer, zum absoluten Volldeppen gemacht. Sicher kursierte die Geschichte jetzt schon im ganzen Hotel. Wie bitte sollte ich denn hier nun bis Freitag leben und arbeiten, ohne von allen ständig aufgezogen zu werden?

»Nach drei Tagen ist das vorbei«, hatte Kathleen noch gesagt. Toll, das passte genau. Ich musste dringend auf andere Gedanken kommen. Trotzig griff ich zu meinem Buch und begann zu lesen.

Als ich wieder aufwachte, war es draußen schon fast dunkel und ich froh, dass die »Silver Shadows« auf meinem Bademantel unterhalb des Bauches lagen, so dass kaum auffiel, wie sehr mich das Buch im Traum beschäftigt hatte.

21.15 Uhr zeigte die Uhr im fast menschenleeren Ruheraum. Ich hatte bestimmt drei Stunden geschlafen. Mühsam raffte ich mich auf und beschloss, nun doch noch wenigstens einen richtigen Saunagang zu machen. Ich hockte mich in der 95-Grad-Sauna auf mein Handtuch, drehte die Sanduhr und genoss die trockene Hitze.

Nach ein paar Minuten ging die Tür auf und eine nackte Frau betrat die Sauna. »Entschuldigung, aber ab 16 Uhr ist nur für Frauen.«

Ich zuckte zusammen. Was? Jetzt doch? Ruckartig sprang ich auf und rammte meinen Kopf dabei gegen die heiße Holzdecke.

»Äh ja, tut mir leid«, ächzte ich unter Schmerzen, »ich, ich bin schon weg.«

Die Frau lachte auf, und jetzt erkannte ich sie. Es war Ella.

»War nur Spaß. Dein Auftritt als Saunameister macht schon die Runde durchs Hotel ...«

»Na super. Aber ich denke, du hast *Frei Stufe 3*?«, sagte ich und tastete dabei meinen Kopf ab, nicht dass ich eine offene Wunde hatte.

»Der Janni. Lange nicht mehr gesehen, schon gar nicht nackig.« Ella setzte sich neben mich. »Alles okay bei dir?«

»Hmm.«

Wie immer begrüßten Ella und ich uns mit einer kleinen Umarmung und zwei Küsschen auf die Wangen. Nackt in einer Sauna jedoch fühlte sich das reichlich ungewohnt an.

Ella erzählte ein wenig vom Hotelumbau, während ich ein paar Anekdoten aus dem Tourleben mit Oli zum Besten gab, ehe ich nach fünfzehn schweißtreibenden Minuten die Sauna verlassen musste. Ella folgte mir.

»Wenn wir noch einen Moment weiterquatschen wollen, müssen wir aber hoch. Hier macht Steffen gleich zu.«

»Hoch?«

»Ins Private Spa, meine ich. Das ist auch neu. Wir haben oben noch einen abgetrennten, exklusiven Spa-Bereich mit allem erdenklichen Schnickschnack, Sauna, Whirlpool, Hotstone-Liegen, Klangbad, Farbdusche, Ruheraum und Minibar«, erklärte Ella nicht ohne Stolz.

»Mit exklusiv meinst du, dass da nicht jeder rein kann.«

»Können schon. Du musst dafür aber eines der Luxus-Pakete buchen. Die beginnen bei 350 Euro.«

»Die Nacht?«

»Für drei Stunden. Aber inklusive verschiedener Massagen und Kosmetikbehandlungen.«

»Wow«, nickte ich anerkennend.

»Das geht dann hoch bis 850 Euro. Da ist aber auch die Übernachtung mit drin.«

Ich verzog das Gesicht. »Aber das bucht doch höchstens alle zwei Jahre mal ein russischer Oligarch, oder?«

»Denkst du. In der Regel ist das zwei Monate im Voraus ausgebucht. Wobei wir das mit dem Buchen besonders diskret handhaben, wenn du weißt, was ich meine.« Ella zog vielsagend die Augenbrauen hoch.

»Hotel-Codex.«

»Genau. Ich würde dir jetzt zum Beispiel nicht verraten,

wer von den Frankfurter Bankern das Private Spa ab morgen für die ganze Tagung durchgehend gebucht hat.«

»Sachen gibt's. Und was machst du dann hier unten, bei den Normalsterblichen?«, wollte ich wissen.

»Die Sauna oben geht nur bis 80 Grad, deswegen komme ich ab und an noch mal runter, aber nur, wenn wenig los ist.«

Wir wickelten uns in unsere Bademäntel und gingen hoch unter das Dach des Neubaus. Ella hatte nicht zu viel versprochen. Das Private Spa war Luxus pur, allerdings nicht so überfrachtet und kitsch-affin wie unten, insofern mir deutlich sympathischer. Ella ließ Wasser in den Whirlpool, legte wie selbstverständlich ihren Bademantel ab und duschte. Obwohl ich es wirklich versuchte, gelang es mir nicht, meinen Blick von ihr abzuwenden. Sie sah immer noch atemberaubend aus mit ihren langen dunklen Haaren, die ihr fast bis zum Po reichten. Ihr Busen war deutlich größer, als ich ihn in Erinnerung hatte, passte aber perfekt zu ihren anderen Rundungen. Selbst ohne nostalgische Verklärung: eine wunderschöne Frau im besten Alter.

»Und? Enttäuscht?«, drehte sich Ella plötzlich zu mir und weckte mich aus meiner Glotzstarre.

»Nein. Ganz ... ganz im Gegenteil.«

Ich legte meinen Bademantel ab, duschte ebenfalls. Währenddessen holte Ella aus dem kleinen Kühlschrank neben der Couch eine Flasche Sekt und zwei Gläser, die sie an den Beckenrand stellte. Dann ließ sie sich in den randvollen Whirlpool hineingleiten, der sofort sanft losprudelte. Ich trocknete mich verstohlen ab und war unsicher, was ich als nächstes tun sollte, was Ella natürlich sofort spürte.

»Jetzt komm endlich rein, Janni. Erzähl schon. Wie geht's dir? Wie ist das Tourleben? Was macht Heike? Wie geht's den Kindern?«

Ella öffnete die Flasche, und ich erzählte. Die gesamte Geschichte. Sie dauerte ziemlich genau eine Sektflasche lang. Mit jedem Schluck löste sich meine Zunge mehr, und irgendwann merkte ich, wie gut es tat, alles loszuwerden, völlig ungeschönt und ohne Rücksicht auf die Kinder oder den Blutdruck meiner Eltern.

»Jan, das tut mir leid«, sagte Ella schließlich, mehr nicht.

»Und bei euch?«

»Alles bestens. Das Hotel läuft gigantisch, und Peter und ich, naja, wir kommen gut klar.«

Ich verzog den Mund. »Ihr kommt gut klar? Klingt nicht besonders romantisch«, warf ich ein und leerte mein Glas.

»Dann definiere mal Romantik. Weißt du, das Hotel ist unsere Romantik. War es schon immer und in den Umbaujahren noch viel intensiver. Wenn du miterlebst, wie das, was du monatelang mit unendlich viel Energie und Liebe geplant hast, langsam wächst und so prächtig wird, das ist unbeschreiblich. Das ist *unsere* Romantik. Das Hotel ist unser Kind, und diesem Kind haben wir die Treue geschworen. Daran halten wir uns beide gewissenhaft. Und falls mal nicht, fordern wir es vom anderen wieder ein. Diese Treue ist uns beiden wichtiger als die zwischen uns, verstehst du?«

Ich nickte. Was für ein schöner Satz, dachte ich. Dem Kind, den Kindern die Treue schwören, unabhängig davon, was zwischen den Eltern passiert oder passiert ist.

Wir schwiegen einen Augenblick und schauten uns einfach nur an.

Was bitte war eigentlich in den letzten drei Tagen aus meinem beschaulichen, gemütlichen Leben geworden? Ich fühlte mich, als wäre ich im Schleudergang meiner Waschmaschine gelandet, als raste ich nun vollspeed durch ein mir fremdes Leben. Und eine Bremse, die den ganzen Wahnsinn aufhalten konnte, war weit und breit nicht in Sicht. Auch jetzt und hier nicht. Was ging eigentlich gerade ab, an diesem gewöhnlichen Montagabend?

Montags hatte Heike ihren FIT-MIX-Kurs. Seit Jahren schon. Somit war ich zuständig, die Kinder bettfertig zu machen und schlafen zu legen. Normalerweise hätte ich heute Abend mit Lina nach dem üblichen Stress beim Abendessen also noch viermal einen LEGO-Turm gebaut, bis er ihr endlich hoch genug war zum genussvollen Umschmeißen. Dann hätte sie sich wie immer mit Händen und Füßen geweigert, in die Dusche zu gehen. Dort hätte ich sie dann angebunden und ihr unter Hasstiraden die Haare gewaschen.

Nach dem Föhnen, dem Schlafanzug-Anziehen und dem Beten hätte sie, wenn es gut lief, mit dem Plärren aufgehört und sich zum achtundvierzigsten Mal die Geschichte mit dem bedruckten T-Shirt gewünscht, in der ein Junge seine Tanten bat, ihn nicht mehr ungefragt zu küssen. Dann hätte ich gesungen, bis sie eingeschlafen wäre. Und das konnte dauern, gerade montags, wenn noch der Wochenendmodus in ihr steckte. Jetzt, genau um diese Zeit, würde ich immer noch vor ihrem Bett hocken und mit tauben Beinen »La-Le-Lu« oder »Hoppelhase Hans« in Endlosschleife singen.

Wäre, hätte, Fahrradkette. Die Realität sah aber gerade ganz anders aus. Ich döste völlig entspannt in einer warmen Luxus-Wanne. Und ich wartete auch nicht im Jogginganzug halbwach auf dem Sofa auf meine verschwitzte Ehefrau, sondern lag nackt mit meiner Jugendliebe in einem Whirlpool. Und Ella trug alles andere als ein T-Shirt, auf dem *Nicht küssen* stand. Im Gegenteil, immer wieder schob sich ihr Busen durch den Auftrieb des Pools an die Wasseroberfläche und schaute mit den Brustspitzen frech heraus, was meinen Körper dazu veranlasste, einen prächtigen LEGO-Turm ohne Steine zu bauen. Schnell versuchte ich mich abzulenken und summte leise den »Hoppelhasen Hans«. Es half, der Turm zog sich zurück.

»Wollen wir nicht noch einen Saunagang dranhängen?«, fragte Ella. Sie stieg wie Venus aus der Wanne (oder Halle Berry aus dem Meer), und schon klebten meine Augen wieder an ihrem Körper. Ich zwang mich zum Wegsehen.

»Willst du Musik?«

»In der Sauna?«

»Ja. Hier sind überall kleine Lautsprecher, auch in der Sauna. Was darf es denn sein?«

»Hast du was aus den Achtzigern? Ich habe da gerade so ein Revivalflash.«

Ella tropfte zu einem kleinen Schränkchen. Mit nassen Fingern zog sie eine CD aus der Schublade und schob sie in einen CD-Spieler. Die ersten Takte von REMs »Radio song« aus ihrem Megaalbum »Out of time« erklangen.

»Na, wenn das kein Klassiker ist«, posaunte ich erfreut.

»Das ist noch original die CD, die du mir zum 21. Geburtstag geschenkt hast ... Die hat hier oben schon gute Dienste erwiesen.« Ella grinste mehrdeutig.

Ich zog die Augenbrauen hoch. »Du meinst als Popp-Musik?«

Ella lachte.

Wir schwitzten bis nach dem fünften Track, tanzten und sangen dann zu *unserem* »Shiny happy people« unter der Dusche, küssten uns das erste Mal nach über zwanzig Jahren zu »Belong« und liebten uns auf der Relaxcouch zum grandiosen »Half a word away«.

This could be the saddest dusk I've ever seen
Turn to a miracle. High alive
My mind is racing as it always will ...

Um kurz nach halb vier holte ich mir eine Flasche Bier aus der Minibar meines Hotelzimmers und legte mich aufs Bett. Keine Ahnung, ob ich in dieser Nacht noch ein Auge zudrücken konnte. Was in den letzten Stunden in der Wellness-Suite geschehen war, erschien mir um Welten unrealistischer als meine abwegigsten Träume. Aber es war tatsächlich passiert. Ich hatte mit Ella geschlafen. Zweimal sogar. Während das erste Mal auf der Couch nicht wirklich länger gedauert hatte als das drei Minuten und achtundzwanzig Sekunden lange Stück von REM, nahmen wir uns nach einer kleinen Stärkung beim zweiten Mal deutlich länger Zeit und taten Dinge, die für »Silver Shadows«-Ansprüche vielleicht harmlos, für mich aber außergewöhnlich waren. Und das nicht nur, weil permanent das Licht an war. Der Sex mit Ella war eine unglaublich anregende Mischung aus lustvollem Neuem und wohlig Vertrautem, aus prickelnder Realität und liebevollem Erinnern.

Reichlich zerknittert und verschlafen betrat ich gegen halb zehn die Brasserie La Vita. Normalsterbliche würden Frühstücksraum sagen. Es herrschte kaum Betrieb, die Businessleute waren schon lange außer Haus, nur ein paar ältere Herrschaften nippten an ihren Earl-Grey-Tässchen.

»Paketis« waren das aber keine, eher gutsituierte Senioren, die am Wochenende in den diversen Kliniken der Kurstadt Bekannte oder Verwandte besucht hatten.

Schon kam eine junge Servicekraft lautlos an meinen Tisch gehuscht und fragte, ob ich Kaffee oder Tee wünsche. Ihr grundloses Grinsen ließ mich schlussfolgern, dass sie bei der gestrigen öffentlichen Nacktbetrachtung des Aushilfspianisten anwesend gewesen sein musste. Nach dem Frühstück schlurfte ich zur Rezeption, um zu erfahren, wie es zimmertechnisch mit mir weitergehen würde. Kathleen tuschelte gerade mit Nora, und beide begannen zu kichern, als sie mich sahen.

»Guten Morgen, Jan. Wow, siehst du unausgeschlafen aus«, begrüßte mich Nora mit einem spöttischen Unterton.

»Danke. Hab schlecht geträumt. Ich war auf der Flucht vor einer radikalen Nudistengruppe.«

Kathleen lachte, und Nora kam ein Stück näher an mich ran. »Hast du einen Moment, Jan?«, raunte sie mir geheimnisvoll ins Ohr und zog mich ein paar Meter in Richtung der Aufzüge.

»Ist das deins?« Nora hielt mir ein Buch ohne Einband unter die Nase. Die »Silver Shadows«.

»Oh! Ja. Kann sein. Ich glaube, ich habe es vor lauter Schreck gestern im Spa vergessen.«

Ich nahm Nora das Buch aus der Hand und wollte gehen.

»Steffen hat es gefunden.«

»Gut, Danke.«

»Allerdings nicht unten im großen Spa, sondern oben im Private Spa.«

Ich begriff sofort die Ausmaße dieses Satzes. Natürlich wollte ich vermeiden, dass nun auch meine Nacht mit Ella im Hotel die Runde machte.

»Komisch, da war ich gar nicht. Vielleicht ist es doch nicht meins. Die sehen ja alle gleich aus.« Ich lachte affektiert. »Ich schau erst noch mal bei mir nach, okay?«

Nora rümpfte die Nase. »Und das lag da auch noch …« Aus ihrer Klemmmappe zückte sie nun die Ausgabe der »GEO Saison«.

119

»Ich ... äh ...« Ich japste nach Luft und schaute betreten nach unten.

Plötzlich rief Kathleen zu uns rüber: »Jan, übrigens, du kannst auf 302 bleiben. Frau Rothenburg hat das heute Morgen umgebucht.«

Nora schnalzte anerkennend mit der Zunge. »Ach so, verstehe, lief wohl ganz gut die Nacht, was?« Sie drückte mir die Reisezeitschrift in die Hand.

»Hm. Und ... Ich meine, wissen Steffen und Kathleen ...«

»Steffen ist die Diskretion in Person. Das versteht sich von selbst für einen Saunameister. Für Kathleen lag das Buch unten im Spa, ansonsten erfährt von mir keiner was, versprochen. Es sei denn, du vermasselst uns die Tagung«, sagte Nora schelmisch.

»Danke. Ist Ella im Büro?«

»Ja und nein. Sie wuselt schon seit sechs Uhr durchs Hotel. Keine Ahnung, wo sie jetzt gerade ist. Lass sie heute mal in Ruhe, du weißt ja, ab 17 Uhr tobt hier der chinesische Bär. Ich muss auch weiter.« Nora trabte davon.

Ich schaute auf die Uhr. Es war kurz vor elf. Ich trat durch die große Eingangstür nach draußen und rief von meinem Handy aus Heike an.

»Du kommst nicht, oder?«, fiel sie gleich mit der Tür ins Haus, ohne dass ich auch nur ein Wort sagen konnte.

»Hm, ja. Es geht noch nicht. Ich, ich kann noch nicht klar denken, ich brauche noch ein bisschen Zeit.«

»Okay.« Heike gelang es nicht, ihre Enttäuschung zu verbergen. »Wo bist du eigentlich?«

»Im La Vita.«

»Aha, verstehe, bei Ella«, raunte sie kaum hörbar.

»Ich spiele ab heute Abend hier, bis einschließlich Donnerstag. Vielleicht können wir ja dann mal reden.«

»Erst dann? Geht es nicht früher? Ich würde dir gerne noch in Ruhe ...«

»Ich weiß nicht. Mal schauen. Ich melde mich«, schnitt ich Heike das Wort ab und beendete das Gespräch.

Die warme Frühlingssonne schien mir direkt ins Gesicht, als wollte sie mich zu einem spontanen Spaziergang durch den Kurpark einladen. Ich atmete tief durch und nahm die Einladung an.

Auf den schmalen Gehwegen durch den Park ließ ich die Nacht noch einmal Revue passieren. Ellas Satz über die Treue zu ihrem Kind schwirrte mir durch den Kopf. Und die Frage, ob ich denn letzte Nacht eigentlich auch fremdgegangen war? Zählte das als Betrug? Oder hatten die wiedererwachten Gefühle für Ella mit Rache, Genugtuung oder Selbstbestätigung zu tun? Und immer wieder dieses quälende Gefühl, nicht annähernd zu wissen, wie mein Leben in Zukunft aussehen würde. Es gab Menschen, die genau diese Spannung in ihrem Leben vermissen. Ich zählte nicht zu ihnen. Zu keinem Zeitpunkt meines Lebens. Und genau das war das Problem. Oder jedenfalls eines davon: Ich war selbständiger Künstler, aber was mein Bedürfnis an Sicherheit, Konstanz und Routine anging, war ich gänzlich unkünstlerisch. Mike aus der Band hatte mal scherzhaft gesagt, ich wäre der einzige Beamte in Marthas Musiker-Pool.

Obwohl ich doch als Jugendlicher so ein »Windei« war, wie meine Mutter zu den Damen ihres Kaffeeschorlenkränzchens zu sagen pflegte und meine wilde Phase zwischen siebzehn und einundzwanzig rückwirkend bagatellisierte, wie es wahrscheinlich alle Mütter dieser Welt tun würden.

Mit Heike, der ersten gemeinsamen Wohnung und schließlich mit Hannahs Geburt wurde alles anders und vieles besser. Als Heike schwanger war, bastelte ich mir einen Plan, wie ich mit meinen Beruf so konstant wie möglich Geld nach Hause bringen konnte. Heraus kam ein dreibeiniges Konstrukt aus Pianobar, Showband und Klavierunterricht, das wunderbar funktionierte. Ich hatte nie sonderlich darunter gelitten, dass Heike als Lehrerin über das Jahr gesehen immer etwas mehr Geld verdiente als ich. Dafür konnte ich einen guten Teil der Kinderbetreuung und des Haushalts übernehmen. Heike fand, dass sich das ergänzte. Ich sah es auch so. Bis vor drei Tagen, als Joey in unserer Küche meine Frau ergänzte.

Ich rief Martha an und machte ihr klar, dass und warum ich nicht mehr in der Lage war, mit Joey gemeinsam auf einer Bühne zu stehen. Martha hörte sich alles an, schien aber wenig beeindruckt oder gar erstaunt.

»Soll ich Joey deswegen rausschmeißen? Okay, er hat Mist gebaut. Aber vielleicht renkt sich das schneller als du denkst wieder ein«, versuchte Martha die Sache herunterzuspielen.

»Joey ist jung und ziemlich sprunghaft. Ich weiß, wovon ich rede«, sagte Martha mit einem komischen Unterton.

»Wie jetzt?«

»Na, wie wohl?«

»Du und Joey?«

»Na, entschuldige bitte, so alt bin ich nun auch noch nicht«, tat Martha empört.

»Das äh, das wollte ich damit auch nicht sagen«, entschuldigte ich mich.

Am Ende des Gesprächs versprach mir Martha immerhin, für den Auftritt mit der Broadway Connection in der nächsten Woche einen Ersatz für Joey zu buchen.

»Damit ihr alle erst einmal zur Vernunft kommt«, sagte Martha verständnisvoll. »Kopf hoch, Jan. Und wenn es sich nicht mehr einrenkt, dann lass dich nicht hängen, okay? Such dir auch ein Abenteuer. Schau dich um im Hotel. Und wenn nichts geht, gibt es schließlich Partnerbörsen im Internet. Das ist ein riesiger Markt voller Möglichkeiten. Glaub einer ausgewiesenen Single-Fachfrau.«

»Ja, ja. Ist ja schon gut«, wehrte ich Martha ab.

»Okay, Jan. Ich versuche, Oli für nächsten Donnerstag zu bekommen, ansonsten rufe ich Kalli an, der spielt ja gerne bei euch.«

»Von mir aus. Ein stinkender Kalli ist mir immer noch lieber als dieser Stinkstiefel Joey.«

Martha lachte. »Manchmal frag ich mich, wer von euch beiden eigentlich der Comedian ist, du oder Oli?«

Ich ging zurück zum Hotel und versuchte verzweifelt, das Bild von Joey und Heike auf dem Küchenboden aus meiner Birne zu bekommen, als Katharina plötzlich dort auftauchte. Nicht in der Küche, auch nicht im Hotelfoyer, nein, in meinem Kopf natürlich. Ich erinnerte mich an die Mail von Nicki und an das bevorstehende Date seiner Mutter mit diesem ominösen *HBMännchen*. Eigentlich konnte es mir doch egal sein, ob sie sich mit einem windigen Portalcasanova einließ. Eigentlich. Uneigentlich war es mir aber nicht egal.

Im Hotelzimmer angekommen, stöberte ich eine Weile sinnlos im Internet herum, ehe ich auf einen interessanten Artikel zum Thema Partnerbörsen stieß.

Es ging um eine Studie, in der über zweitausend Probanden auf den Wahrheitsgehalt ihrer Profilangaben untersucht worden waren. Angeblich schummelten 43 Prozent beim Alter, 29 Prozent bei Größe und Gewicht und 27 Prozent beim Beruf. Immerhin 19 Prozent gaben zu, ein bearbeitetes Foto online gestellt zu haben, auf dem sie besser oder jünger aussahen.

Ich hielt inne. Das könnte erklären, warum *HBMännchen* nicht exakt so aussah, wie ich Dr. Juncker von den ganzen Broschüren der HESSENBANK in Erinnerung hatte. Vielleicht hatte er einfach nur ein gutes Bildbearbeitungsprogramm benutzt.

Und dann tat ich es doch. Ich meldete mich als *bestseller74* in diesem Partnerportal an und hielt mich bei den Profilangaben streng an die in der Studie aufgedeckte Masche des latenten Übertreibens.

Bestseller74 war Ende dreißig, 1,87 Meter groß, wog 81 Kilo, hatte sattes dunkles Haar und war von Beruf ein unter Pseudonym schreibender, erfolgreicher Buchautor. Unter diesem Deckmantel konnte ich auch locker zugeben, dass ich früher so schräg drauf war, dass ich sowohl Modern Talking als auch die Münchener Freiheit toll fand. Das würde ich heute, als veritabler, seriöser Musiker, in der Öffentlichkeit natürlich vehement abstreiten. Auch bei den Fragen des Persönlichkeitstests, den ich anschließend bewältigen musste, interpretierte ich meine Person recht frei und dehnte die Grenzen der Wahrheit wie einen ausgeleierten Haushaltsgummi. Als Profilbild lud ich eine hübsche Aufnahme von mir hoch, die Martha letztens erst gemacht hatte. Also letztens, als ihre neue Pool-Homepage an den Start ging. Das war neulich erst, im Mai 2001.

PENG! Das war der Haushaltsgummi.

9

Are you lonesome tonight?

»War das ›Human nature‹?« Ella stand plötzlich mit einem Glas Rotwein in der Hand neben mir am Flügel der La Vita Lounge Bar. Ich nickte anerkennend.

»Album, Jahr?«, forderte ich sie heraus.

»Thriller, 1982«, antwortete sie wie aus der berühmten Pistole geschossen. Ich kannte keine andere Frau, die sich in der Popmusik so gut auskannte wie Ella.

»Okay. War ja auch nicht so schwer.«

Ella organisierte mir ein Bier, und ich spielte nun ganz bewusst einen Song, bei dem ich locker in der Lage war, mich nebenher noch zu unterhalten. Meine Wahl fiel auf »Your song« von Elton John. Nicht ohne Hintergedanken. Ella liebte dieses Stück. Immer wieder sollte ich es damals für sie auf dem Flügel ihrer Eltern spielen und dabei Elton John parodieren.

Seit letzter Nacht hatten wir uns nur im Vorbeigehen gesehen und uns verstohlen angelächelt. Ich war mit dem Technikaufbau beschäftigt gewesen, sie hatte alle Hände voll zu tun, das Eintreffen der chinesischen Delegation und der Frankfurter Wirtschaftsbosse zu koordinieren. Nach deren Auftaktmeeting und dem anschließenden Gala-Dinner tummelten sich noch etwa vierzig bis fünfzig tapfere Asiaten in der Bar, die dem Jetlag den feuchtfröhlichen Kampf angesagt hatten.

It's a little bit funny, this feeling inside, begann ich Elton John zu parodieren und einige aufmerksame Gäste applaudierten leise. Ella lächelte und beugte sich zu mir hinunter.

»Das ist aus einem anderen Leben, oder?«, flüsterte sie.

Ich nickte.

»Freddy sagt, du hättest einige neue Stücke drauf.«

Ich lächelte hinüber zur Bar. Freddy Schrader kannte ich schon lange. Er war nach Nora Ellas dienstältester

Mitarbeiter. Wenn einer Aussagen über mein Repertoire machen konnte, dann der blonde Barkeeper. Wie oft er in seinem Leben wohl schon »Your song« hören musste? Dabei stand Freddy eher auf Freddy. Nicht auf Freddy Quinn, sondern auf Freddy von Queen, also Mercury. Zum vierzigsten Geburtstag des Barkeepers hatte ich ihn vor versammelter Belegschaft mit einer Klavierversion der »Bohemian Rhapsody« überrascht, samt Belegschafts-Background-Chor, was gerade bei diesem speziellen und doch recht komplexen Stück für viel Heiterkeit sorgte. Noch nie hatte ich einen Mann so weinen sehen. Vor Lachen, aber auch vor Rührung. Dass er seit Jahren heimlich in Nora verliebt war, wusste außer mir wohl kaum jemand. Bis heute hatte Freddy aber nicht den Mut aufgebracht, es ihr zu sagen oder auch nur anzudeuten.

»Man könnte ja fast meinen, es würde dir wieder Spaß machen.« Ella prostete mir mit ihrem Weinglas zu.

Ich merkte, wie die Anspannung des stressigen Tages langsam von ihr abfiel. Da ich zwei Takte Gesangspause hatte, drehte ich mich vom Mikrofon weg. »Liegt wahrscheinlich an der Chefin«, hörte ich mich sagen und erkannte mich dabei kaum wieder. Hatte ich da etwa geflirtet?

»Und? Was meinst du? Wann kommt der erste Chinese und fragt nach Kalaoke?« Ella kicherte leise.

»Wal schon einel da«, alberte ich wie ein Neunjähriger zurück. »Ich denke, ab 10 Uhr ist es vertretbar. Ich bin startklar für Gesangseinlagen jeglicher Qualität.«

Ella seufzte. »Okay, dann muss ich vorher den Absprung schaffen.«

»Du willst mich doch jetzt nicht alleine lassen?«, flüsterte ich ihr mit bettelndem Dackelblick zu, den Ella aber ignorierte.

»Mach nicht so lange, Jan. Elf reicht allemal. Ich sehe zu, dass ich ins Bett komme.«

»Hast wohl nicht so viel geschlafen letzte Nacht, was?«, raunte ich ihr am Mikrofon vorbei noch schnell ins Ohr, in der Hoffnung ich könnte sie doch noch zum Bleiben bewegen. Ella lächelte, strich mir sanft über den Arm und ging.

Enttäuscht schaute ich ihr hinterher und beendete Elton Johns Meisterwerk. *How wonderful life is, while you're in the world.*

Während einer kleinen Apfelschorlenpause bei Freddy am Tresen entdeckte ich *ihn*. Zunächst traute ich meinen Augen im loungigen Halbdunkel der Bar nicht. Dann aber war ich mir sicher. Ich erkannte nicht nur ihn, ich erkannte *beide.*

Hinten rechts in der Couchecke saß Dr. Juncker von der HESSENBANK, und neben ihm klebte die stuhllager-erprobte Businessschnitte aus dem Steigenberger.

Ich beobachtete die beiden so lange, bis mich Freddy an-stupste und zum Weitermachen aufforderte.

»Gleich«, zischte ich, ohne den Blick von den Bankern abzuwenden. Irgendwas stimmte da hinten nicht. Die bei-den schienen sich zu streiten. Schließlich stand die junge Frau auf und ging auf ihren hochhackigen Pumps in Rich-tung Ausgang, dicht gefolgt von Dr. Juncker.

Da der Banker so dicht an meinem Flügel vorbeiging, konnte ich die Aufschrift seines Schildchens am Revers lesen: *HB-Frankfurt, Dr. Juncker.*

HB stand für HESSENBANK. Natürlich! Meine letzten Zweifel waren beseitigt. Der in der Werbebroschüre der Bank als »liebevoller Familienvater« bezeichnete Dr. Jun-cker war *HBMännchen* und versuchte ganz offensichtlich nicht nur in seiner eigenen Firma, Damen flachzulegen (oder senkrecht, wie im Steigenberger-Stuhllager), son-dern trieb auch auf nobel-partner.de sein Unwesen. Das Schlimmste daran aber war, dass dieser Unsympathling ein Date mit Katharina hatte.

Eine gute Stunde später tanzte zwar nicht der Bär, dafür aber eine Handvoll halbvoller asiatischer und hessischer Geschäftsleute. Dr. Juncker sah ich an diesem Abend nicht mehr. Aber seine Stuhllagerliebschaft, die nun ziemlich auf-reizend um einen Frankfurter Großunternehmer herum-tänzelte und mich und die Lounge Bar zum Schluss noch mit einem talentfreien »I will survive«-Karaoke erzittern ließ. Immerhin trieb sie mit dieser Performance auch die trinkfestesten Gäste endlich in ihre Hotelbetten. Und somit auch mich.

Hallo Nicki. Ich bin's, Jan. Der Blödmann, der nicht zum Kaffeetrinken gekommen ist. Tut mir leid. Ich hätte wenigstens absagen können. Aber wie du vielleicht schon von deiner Mutter weißt, geht es bei mir gerade drunter und drüber. Den Sonntag habe ich mit meinen Kindern verbracht. Das Handy hatte ich aus weil … Ist auch egal. Im Moment sind einfach viele Leute auf mich sauer, du und deine Mutter sicher auch. Ich kann mich nur entschuldigen.
Was viel Wichtigeres: Ich hatte doch bei dem Foto von HBMännchen kurz gezögert, ob ich ihn kenne. Jetzt weiß ich, wer das ist. Und ich weiß auch, dass es besser wäre, wenn sich deine Mutter nicht mit dem treffen würde. Frag nicht warum, ich weiß es einfach. Meinst du, du kriegst es irgendwie hin, sie von diesem Date abzuhalten? Also ohne mich da mit reinzuziehen? Vielleicht kannst du dir irgendwas einfallen lassen, krank werden oder so?
Liebe Grüße Jan

Ich klickte den *Senden*-Button und wartete stoisch, ob Nicki mir vielleicht noch antworten würde. Wahrscheinlich war es dafür schon zu spät. Als der Bildschirmschoner mir dann plötzlich ein Bild auf den Desktop warf, auf dem Hannah gerade mal zwei oder drei Jahre alt war, bekam ich einen akuten Sehnsuchtsanfall nach meinen Kindern. Ich klickte *Eigene Dateien*, dann *Familie* und dort schließlich *Tagebuch meiner Töchter*. Seit Hannahs Geburt hatte ich es akribisch geführt, mitunter ausufernd jeden neuen Zahn, jedes neue Wort, jeden Meter Laufradfahren beschrieben. Als Lina auf die Welt kam, wurde es zeitlich immer schwerer, Tagebuch zu führen. Eine ganze Weile hielt ich noch tapfer durch, aber als ich nun sah, dass die letzte Aktualisierung fast zwei Jahre zurücklag, überkam mich eine riesige Woge schlechten Gewissens. Vor allem Lina gegenüber. Hannah hatte immerhin fast elf Jahre ihres Lebens von mir dokumentiert bekommen. Lina gerade mal lausige drei. Kreuz und quer stöberte ich durch die Zeilen, ließ Wochen und Monate scrollend an mir vorbeiziehen und blieb an einer Stelle hängen, als Hannah knappe drei Jahre alt war.

18. Juni 2005

Was für ein Tag. Heike hat bis 17 Uhr Schule und der Kindergarten kurzfristig wegen Läusen geschlossen. Den Vormittag verbringe ich mit Hannah auf einem Wasserspielplatz. Ich brauche fast eine Stunde um sie, mich und das Auto anschließend zu entsanden und trockenzulegen. Obwohl Hannah nach dem Spielplatzrummel fix und fertig ist, verweigert sie ihren Mittagsschlaf. Stattdessen zerrt sie über eine Stunde lang ihr großes Stoffpferd durch die Wohnung, das abwechselnd schnaubt, wiehert und nervige Galoppgeräusche von sich gibt. Wie verdammt lange Batterien doch halten können ... Sie singt dazu etwa 68 Mal: »Das sind Bibi und Tina auf Amadeus und Sabrina.« Ach, hätten Kinder doch Batterien zum Rausnehmen. Ich hänge gerade die Spielplatzklamotten auf, als ich einen ohrenbetäubenden Schrei aus dem Bad höre. Hannah will alleine Pipi machen, vergisst aber, den Klobrillenadapter einzulegen und hat sich nun zu gut zwei Dritteln im Klo versenkt. Ich springe ins Bad, sehe sie und überlege kurz, ob ich die Spülung betätigen soll, entscheide mich dann aber knapp dagegen.

Ich scrollte einige Jahre nach unten und fand einen Eintrag, als Lina zehn Monate alt war.

16. Juni 2009

Heute soll es für Lina ein Rindfleisch-Kartoffel-Fenchel-Breigläschen geben. Sowohl Farbe als auch Geruch erinnern aber eher an eine Mischung aus Torf, Rindenmulch und Tapetenkleister. Die Kleine weigert sich mit Händen und Füßen und presst zudem mit aller Kraft die Lippen aufeinander. Ich kann Lina gut verstehen, aber sie muss etwas essen. Entschlossen halte ich ihr mit einer Hand die Nase zu. Während ihrer kurzen, aber überlebensnotwendigen Schnappatmungen schaffe ich es tatsächlich, ihr etwas von der Klebepaste einzuverleiben. Nach dem vierten Löffel kommt

alles retour. Lina bricht mir schwungvoll mitten ins Gesicht.
Morgen werde ich es mit einem Gläschen Pastinaken-Pute
versuchen, was auch immer Pastinaken sind.

Ich wechselte beim Lesen zwischen Lachen und Weinen.
Die meiste Zeit aber tat ich beides gleichzeitig. Bis ich das
Signal für eine eingegangene Mail hörte.

> Hi Jan, warum soll sich Mama morgen Abend nicht mit dem tref-
> fen? Sie ist doch alt genug. Wenn das ein Blödmann ist, wird sie es
> schon merken. Kann dir doch egal sein. Außerdem bin ich gerade
> bei meinen Großeltern, ich sehe Mama erst Donnerstag wieder. Bis
> irgendwann mal. Nicki

Ich knetete meine Finger und überlegte, ob ich ihn doch
besser in Ruhe lassen sollte. Doch eine Frage hatte ich noch:

> Lieber Nicki, ich kann gut verstehen, dass du noch sauer bist. Eine
> Frage habe ich aber noch: Weißt du zufällig, wo sich deine Mutter
> mit diesem Gigolo trifft? Jan.

> Wo sie WAS trifft? Gigolo? Muss ich erst mal googeln ... Um neun
> in Bad Nauheim, glaube ich. Mama sagte was von so einem Green
> Irish Dingsbums. Nicki
> PS: Ach so, ich hab das mit dem Foto-Rauskopieren hinbekommen.
> Ich schick es dir aufs Handy. Dann siehst du wenigstens mal, mit
> was für einem gut aussehenden Typ Mama sich trifft ... N.

Ich sank in meinen Stuhl zurück und nickte vor mich hin.
Das passte. Mehr noch, das war nahezu perfekt geplant vom
Gigolo-Banker. Das Green Island lag nicht einmal hundert
Schritte vom La Vita entfernt in der angrenzenden Parkstraße. Er konnte problemlos nach dem Abendessen statt in
die Hotelbar ins Irish Pub gehen, Kati daten, abschleppen
und anschließend in seinem Hotelzimmer, im Stuhllager
oder ... Moment mal, vielleicht war es Dr. Juncker höchst-
persönlich, der Ellas Spa-Suite für seine potenziellen Erobe-
rungen durchgängig gemietet hatte.

Klar, objektiv betrachtet sah er nicht schlecht aus, versprühte wohl auch eine Art Businesscharme und war umgeben von einer Aura aus Macht und Geld. Sicher gab es jede Menge Frauen, die auf so etwas standen. Aber Katharina? War sie wirklich der Typ, der sich von so einem gelackten Banker beeindrucken und sogar abschleppen ließ?

Gebannt starrte ich auf mein Handydisplay, dann endlich trudelte Nickis MMS ein, die mir Gewissheit brachte. *HBMännchen* war eindeutig und zweifelsfrei der Frankfurter Top-Banker.

Noch eine halbe Stunde lang hockte ich wie paralysiert vor dem Monitor und begann sechs Mails an Katharina, die letzte speicherte ich zumindest unter *Entwürfe*, ehe ich den Computer endgültig ausmachte. Ich gönnte mir noch ein Bier aus der Minibar, dazu eine nächtliche Tierdoku auf einem regionalen ARD-Sender. Am nächsten Morgen konnte ich nicht mehr genau sagen, ob die Sendung »Panda, Erdmännchen und Co.«, »Eisbär, Affe und Co.« oder doch »Eisaffe, Bärmännchen und Cro.« hieß. Geträumt hatte ich aber auf jeden Fall von Joey als Tierpfleger mit Pandamaske.

Von Heike hatte ich auch geträumt. So intensiv, dass ich mich gegen halb zwölf ins Auto setzte und zu ihr fuhr. Ich spürte, dass der Zeitpunkt gekommen war, mich der Situation zu stellen, mit ihr zu reden. Zudem brauchte ich noch ein paar frische Klamotten. Von unterwegs rief ich Heike an, um nicht wieder ein Überraschungsdesaster zu erleben.

»Ist Joey bei dir?«, fragte ich, ohne Heike zu begrüßen.

»Nein, aber ...«

»Ich bin in zehn Minuten da, okay?«

»Ja, von mir aus, aber ...«

»Bis gleich.«

Als ich die Haustür aufschloss, hörte ich Stimmen aus dem Wohnzimmer. Heike war nicht allein.

»Hallo«, rief ich durch den Flur.

Meine Frau kam mir entgegen, im Schlepptau hatte sie Jule, die angehende Gemeindereferentin. Was machte denn die hier?

»Ihr kennt euch ja, oder?«

Ich nickte und reichte Jule die Hand. »Hallo.« Plötzlich erinnerte ich mich an den vergangenen Sonntag, als Jule im Foyer des Gemeindehauses nicht nur schlagfertigen Humor bewiesen hatte, sondern auch von Heikes Stadionbesuch in Mainz wusste. »Habt ihr das Kirchensponsoring besprochen?«, nahm ich den Faden vom Sonntag wieder auf. Ich war so irritiert, dass mir nichts Besseres einfiel.

Jule lächelte. »Ja, wir haben gerade Hostien in Form des Apple-Logos bestellt. Das stellt der Herr Pfarrer als App online. I-Abendmahl soll das heißen und die Jugendlichen erreichen«, witzelte Jule.

»Tja, kommt der Prophet nicht zum Berg ...«, erwiderte ich trocken.

Jule ging zur Tür und drehte sich dann noch einmal nach Heike um. »Also, wie gesagt. Ich kann es nur empfehlen.«

Heike nickte und schloss die Tür.

»Ich wusste gar nicht, dass ihr befreundet seid«, stellte ich fest, als wir ins Wohnzimmer gingen.

»Ich weiß«, entgegnete Heike merkwürdig mehrdeutig.

In den vergangenen Jahren hatten wir schon einige Trennungen befreundeter Paare miterlebt, miterleben müssen. War jetzt der Moment gekommen, unsere eigene zu besprechen? Es sah jedenfalls verdammt danach aus.

»Wie geht es den Kids?«, fragte ich unbeholfen.

»Gut. Die sind noch bis Freitag in Kirch-Göns.«

»Deine Eltern sind noch beleidigt wegen Sonntag, was?«

»Das war aber auch eine Scheißaktion, Jan. Dass du sauer auf mich bist, kann ich ja verstehen, aber die Kinder zu benutzen, um es mir heimzuzahlen und meine Eltern so in Angst und Schrecken zu versetzen, das war echt ätzend.«

»Tut mir leid«, hörte ich mich leise sagen.

Na super! Das Gespräch, das auf Heikes Seitensprung basierte, begann damit, dass ich mich entschuldigte.

Heike atmete tief. Sie war blass, wirkte müde und abgekämpft. Ich konnte ihr ansehen, dass es ihr nicht gut ging.

»Jan, das mit Freitagabend ...«, begann sie.

»Heike«, unterbrach ich sie, »keine Details bitte.«

Heike tat mir diesen Gefallen, jedenfalls in Bezug auf Joey. Umso detailgenauer schilderte sie aber, wie sie unsere Beziehung sah. Kurz zusammengefasst: Es waren die bittersten zwei Stunden meines Lebens. Vor allem, weil Heike mir auf brutale Art und Weise klarmachte, wie sehr sich ihr Blick auf unsere Ehe von meinem unterschied. Vielleicht auch, weil Heike kein bisschen emotional oder aus dem Affekt heraus argumentierte. Alles, was sie sagte, hatte Hand und Fuß. Jedes Indiz, an dem sie unsere Entfremdung festmachte, konnte sie mit Beispielen belegen. Besonders beschämend war es, zu merken, wie viele Gedanken sich Heike schon seit Monaten um unsere Beziehung machte und wie sie immer wieder vergeblich versucht hatte, mich darauf aufmerksam zu machen. Am wenigsten erwartet hatte ich aber, dass weder Joey noch irgendein anderer Mann in Heikes Ausführungen eine Rolle spielte. Außer mir natürlich.

Ich saß da wie ein versteinertes Häufchen Elend, schwieg und fühlte mich als Fremder in meiner eigenen Sofaecke. Und genau das war Heikes letzter Beleg zum Status unserer Beziehung: dass man mit mir nicht streiten konnte. Nicht einmal jetzt.

Ich stützte den Kopf auf meine Hände und nickte mit halboffenem Mund. Mehr als ein wenig warme Luft brachte ich aber nicht heraus. Was sollte ich auch sagen? Worüber sollte ich denn mit ihr streiten? Sie gab mir ja nicht den Hauch einer Angriffsfläche und vermied es, pauschal alle Schuld auf mich zu schieben. Sie nahm sich selbst mit in die Verantwortung, schilderte, wie sie sich seit Jahren an der alltäglichen Schularbeit aufrieb, wie schlecht das Klima unter den Kollegen sei, dass ihr die Leichtigkeit abhanden gekommen sei und sie derzeit genug mit sich zu kämpfen habe, als dass sie noch länger um uns kämpfen könnte.

Beschämt starrte ich auf den Wohnzimmertisch und versuchte mich zu erklären. Heraus kam dabei nur diffuses Gestammel.

All das, was ich mir für dieses Gespräch zurechtgelegt hatte, war irrelevant geworden, nahezu absurd. Dass ich bereit gewesen wäre, die Sache mit Joey irgendwie abzuhaken, lernen wollte, damit umzugehen. Dass ich alles daran gesetzt hätte, mit Heike und den Kindern das Familienleben fortzuführen. Sogar die Nacht mit Ella hätte ich auf den Tisch gelegt. Aber nun? Nun sagte ich nichts von all dem. Warum auch? Heike hatte mir klargemacht, dass außereheliche Affären bei Weitem nicht das größte Problem unserer Beziehung waren.

»Und weißt du, ab wann das losging, Jan?«, fragte sie mich. Wieder schwieg ich. »Als du vor zwei Jahren bei Oli angefangen hast.«

»Aber ich ...«, rang ich nach Worten.

»Das ist gar kein Vorwurf, Jan. Das hat dir gut getan, das weiß ich. Aber es hat uns nicht gut getan. Beides, auch meine zusätzliche Arbeit an der Schule nicht.«

Unruhig rutschte ich auf der Couch hin und her. »Es hat aber doch funktioniert. Ich meine, ich habe doch auch viel mit den Kindern ...«

»Das stimmt, du hast dich rührend um Lina gekümmert, als ich wieder zurück an die Schule bin. Aber mit Oli warst du oft drei oder vier Tage am Stück unterwegs, während ich mir hier einen Wolf organisiert habe, damit alles irgendwie funktioniert. Doch es geht nicht nur um die Kleine. Was ist mit Hannah? Wie nah bist du wirklich an ihrem Leben dran, Jan? Außer dass du ihr morgens Brote schmierst, sie zum Tanzen fährst und auf Facebook mit ihr befreundet bist? Sie ist dreizehn, Jan. Du denkst, sie ist aus dem Gröbsten raus, was? Nein, sie kommt gerade erst hinein.«

Wieder fiel mir ums Verrecken nichts ein, das ich hätte sagen können. Ich schluckte und rang nach Luft. Immer im Wechsel.

»Es war vielleicht ganz gut, das mit Freitag. Für mich zumindest. Ich sehe jetzt klarer und habe eine Entscheidung getroffen.«

Mein Handy klingelte. Ich schaute kurz auf das Display und sah, dass es Nora war. »Entschuldigung.« Ich ging ran, und Heike schüttelte genervt den Kopf.

»Hallo Nora, was gibt's?«

»Hi Jan, ich soll dir nur kurz von Ella ausrichten, dass es

der Herr Bürgermeister nun doch schön fände, wenn du nachher was von Elvis spielen würdest.«

Stille! Vakuum! Das Erste, was ich wieder denken konnte, war die Frage, wie sich eigentlich ein Herzinfarkt anfühlt. Wie in Trance starrte ich auf den Hörer.

»Jan? Bist du noch dran? Wo bist du eigentlich? Ich habe dich schon überall im Hotel gesucht.«

»Ich, äh, bin ...«

»Du weißt aber schon, dass es hier in vierzig Minuten losgeht, oder?«

»Was? Nee, klar. Natürlich, ich bin schon unterwegs.«

Auch das noch. Ich hatte völlig vergessen, dass ich heute schon um 15 Uhr im Kurtheater sein musste. Der Bad Nauheimer Bürgermeister hatte die chinesische Delegation zu einem Empfang eingeladen, den ich musikalisch umrahmen sollte. Hektisch sprang ich vom Sofa.

»Sorry, das ... das tut mir echt leid, ich habe was total verbummelt. Ich muss um drei im Kursaal sein und spielen.« Ich lief zum Kleiderschrank, griff mir ein paar frische Sachen und rannte zur Tür.

»Jan, ich wollte dir doch wenigstens noch sagen ...«

»Tut mir leid. Das ist total doof, ich weiß, aber es ist wirklich ein Notfall«, rief ich Heike noch zu und sprang in meinen Wagen.

Ich schaffte die Strecke Butzbach–Bad Nauheim in exakt sechzehn Minuten. Ob ich diese Rekordfahrt ein paar Tage später zusätzlich noch per Straßenrandfoto amtlich dokumentiert bekäme, konnte ich nur vermuten. Vielleicht war ich aber zu schnell für die Blitzer gewesen.

Hastig zog ich mich auf meinem Hotelzimmer um und sprintete durch die unterirdischen Gänge zum Bühneneingang des Kurtheaters. Dort standen schon drei Chinesen ohne Kontrabass, dafür aber mit dem Bad Nauheimer Bürgermeister. Neben ihm wippte Ella nervös von einem Bein auf das andere.

»Mein Gott, Jan. Du hast Nerven«, fuhr sie mich verärgert an und schien dennoch erleichtert zu sein, dass ich nun endlich da war.

»Und Sie spielen uns schön was von Elvis zwischen den Beiträgen, ja?«, kam der schwammige Bürgermeister auf mich zu und reichte mir seine fleischige rechte Pranke. Ich erwiderte den festen Händedruck und nickte brav.

Are you lonesome tonight stimmte der dralle Kurstadtvorsteher und Hobby-Elvis-Imitator nun beifallheischend an, klang dabei aber eher wie eine Mischung aus Elmar Gunsch und dem grippekranken Benjamin Blümchen. Da die Chinesen jedoch weder den tieflagigen Ex-Moderator noch den rammdösigen Trickfilmelefanten kannten, entschlossen sie sich unterwürfig, den dicken Mann lustig zu finden.

»Älwis, Älwis«, lächelten sie, und ich tat so, als lächelte ich auch.

»Toi, toi, toi«, wünschte Ella, drückte mich und spuckte mir über meine rechte Schulter.

»Wird schon«, antwortete ich abwesend.

Wie gut nur, dass ich die Elvis-Sachen schon hunderttausendmal gespielt hatte. Meine Finger spielten, ohne dabei auf größere Mengen meines Arbeitsspeichers zurückzugreifen. Der war voll damit ausgelastet, das Gespräch mit Heike datenmäßig zu verarbeiten. Souverän, aber lieblos spielte ich zwischen den Reden meine vier Stücke. Dass ich beim finalen »Suspicious minds« nur noch physisch auf der Bühne des Kurtheaters war und wie ein Blöder mit den Tränen kämpfte, konnte ich gut verbergen.

We're caught in a trap. I can't walk out.
Because I love you too much baby.

Gegen halb fünf war ich wieder auf meinem Hotelzimmer und hatte noch exakt vier Stunden Zeit bis zum Dienstbeginn in der Lounge Bar. Zwei davon brauchte ich, um das Gespräch mit Heike einigermaßen zu verdauen. Schließlich fuhr ich den Laptop hoch und schrieb ihr eine Mail, in der ich meinen überstürzten Abgang nochmals ausführlich erklärte.

Im Eingangsordner fand ich eine Nachricht von nobelpartner.de. Sicher die Mitgliedsbestätigung oder schon die unverschämt hohe Rechnung für die nächsten fünfzehn Jahre im Voraus.

Ich meldete mich mit meinem Passwort an – und tatsächlich: Drei Frauen hatten mir eine Nachricht gesendet. Ich klickte die erste an. Sie kam von einer Dame, die sich *Dirndlmausi* nannte.

Lieber Bestseller74, dein Profil gefällt mir escht suppär! Ich wohne auch in der schönen Wetterau und bin, genau wie du, großer Fan von achtziger Musik und höre auch heute noch die Münchener Freiheit gerne. Außerdem alles von PUR und von Antonia Hügel, weil von denen die Texte echt klasse sind und richtig Sinn haben. Übrigens, »Timm Thaler« fand ich auch immer toll. Viel besser als wie das, was heute so läuft. Wäre klasse, wenn du mir antworten würdest. Bussi, deine Dirndlmausi

Auch wenn ich die Sinnhaftigkeit mancher PUR-Texte ernsthaft anzweifele, klickte ich auf *Dirndlmausis* Profilangaben und erschrak. Ich schaute auf das Foto einer Frau, die nicht nur die Musik der Achtziger toll fand, sondern auch deren Frisuren und Outfits. Eine mollige Mittvierzigerin, die immer noch so aussehen wollte wie Nena mit achtzehn. Wahrscheinlich hatte sie auch Büschel unter den Achseln, und *geil* war immer noch ihr Lieblingswort. Als Lieblingsevent hatte sie die »Pohlheimer Wiesnsause« genannt.

Diese Veranstaltung war eine mehrtägige Festzelthölle im Gießener Umland. Selbstverständlich, wie es die Tradition des Münchener Originals ja vorgab, mitten im April. Dort versammelten sich über eine ganze Woche hinweg pro Abend an die dreitausend bedirndelte Frauen und betrachtete Männer und spielten volltrunken bajuwarisches Brauchtum nach. Oder das, was sich einfach strukturierte Mittelhessen darunter vorstellen: grölend auf Tischen tanzen, prollig die Maß Bier in die Höhe recken und von dort aus der Bedienung in das Holz vor der Hütten glotzen. Dazu traten Künstler auf, die sich ganz der historischen

Musikkultur des Freistaates verschrieben hatten: Micky Krause, Tim Toupet oder Markus Becker.

Man konnte vom Münchner Oktoberfest halten, was man wollte, aber es war immerhin das Original. Die bundesweit wie eine Epidemie grassierenden Wiesnfestdoubles auf irgendwelchen Hundekot-Grünflächen, EDEKA-Parkplätzen oder XXXXL-Möbelhäusern der Regionen ließen mich mehr und mehr an unserer Gesellschaft zweifeln. Bislang war dieser blauweiße Bierzeltterror wenigstens per Naturgesetz auf zwei, drei Wochen im Herbst beschränkt gewesen, jetzt setzte die Mittelhessenmetropole Pohlheim mit ihrem österlichen Oktoberfest die Jahreszeitenabfolge kurzerhand außer Kraft.

Da ich ernsthaft befürchtete, *Dirndlmausi* würde mich zu einem etwaigen Date auf die »Pohlheimer Wiesnsause« einladen, dort als eine der »Zehn nackten Frisösen« auf einem »roten Pferd« angeritten kommen und »Schatzi, schenk mir ein Foto« grölen, klickte ich entschlossen auf den Button *Kontakt ablehnen.*

Ich öffnete die zweite Nachricht. Sie kam von *Abgehtdie-Luzie,* und das Profilbild zeigte eine kultiviert aussehende, kurzhaarige Frau, etwa Mitte dreißig.

Lieber Bestseller74. Ich bin eine Cousine von Kim Wagner, mit der Sie ab und zu Musik machen. Deswegen kenne ich Sie vom Sehen. Sie kennen mich aber nicht. Vielleicht haben Sie Lust, dieses Ungleichgewicht zu beheben? Gruß, Abgehtdie Luzie
PS: Das mit der Autorentätigkeit war mir allerdings neu. Klingt spannend.

Dieses Mal klickte ich den Button *Kontakt beantworten.*

Liebe AbgehtdieLuzie. Eine Cousine von Kim? Das ist ja ein Zufall. Aber war »Ab geht die Luzie« nicht die große Schwester von »Holla, der Waldfee«, die in erster Ehe mit »Adam Riese« verheiratet war, ehe sie nebenbei den »flotten Otto« hatte, weil sie »spitz wie Nachbars Lumpi« war? Und war dann nicht dessen »Bruder Leichtfuß« Schwippschwager zu »Mein lieber Herr Gesangsverein« und großer

Onkel von »Pikus dem Waldspecht« und »Lieschen Müller«?
Spaß beiseite: Ich will ganz offen sein. Ich bin noch neu hier und
muss mich erst mal zurechtfinden. Ich melde mich aber sicher noch
mal bei Ihnen, und, wer weiß, vielleicht können wir uns ja mal
irgendwo auf einen Kaffee treffen. Vielleicht bei »Hempels unterm
Sofa«? Gruß, Bestseller74

Die dritte Nachricht trug den Absender *nussschneckschä007*
und kam von einer ganz putzigen Brünetten, sicher schon
um die Vierzig, aber mit einem mädchenhaften, sympathischen Lächeln.

Sehr geehrter Herr bestseller74. Das Programm hat Sie mir als mög-
liches Date vorgeschlagen. Nach dem Betrachten Ihres Profilbildes
weiß ich aber nicht, ob ich so weit gehen würde. Ich möchte Sie
darauf aufmerksam machen, dass User mit einem großen, gutauf-
lösenden Bildschirm (wie ich ihn habe) deutlich erkennen können,
dass auf Ihrem Foto im Hintergrund ein Kalender mit dem Jahr 2001
an der Wand hängt. Sie mögen vielleicht vor zwölf Jahren ganz an-
sehnlich ausgesehen haben, aber, mein Gott, da war ich auch noch
deutlich besser in Schuss. Insofern finde ich es nicht fair, so zu trick-
sen. Da haben Sie wirklich ein wenig über die Stränge geschlagen.
Wahrscheinlich sind sie auch nur 1,72 groß und wiegen 115 Kilo und
schreiben als »Autor« für das Sonntagmorgenblättchen. Ich fordere
Sie auf, das Bild zu aktualisieren, sonst sehe ich mich gezwungen,
diesen »Fall« bei nobel-partner.de zu melden. Mit freundlichem
Gruß, nussschneckschä007

Wie ein kleiner Junge, den man beim Schwindeln ertappt
hatte, klickte ich hastig auf meine Profileinstellungen und
lud ein anderes Foto hoch, auf dem ich allerdings deutlich
unvorteilhafter aussah als auf dem Foto, das Martha 2001
gemacht hatte.

Liebe nussschneckschä007 (oder muss es heißen liebes nuss-
schneckschä007?) Danke für Ihren Hinweis. Tja, so ist das, wenn
Freunde einem einen Streich spielen. Bis gestern wusste ich selbst
noch gar nicht, dass ich angemeldet bin. Beim Foto haben die es

Ich weiß, Schwindeln mit erneutem Schwindeln zu kaschieren ist nicht besonders erwachsen, aber auf die Schnelle schien mir diese Erklärung am einfachsten.

Anschließend versuchte ich, das Profil von *HBMännchen* alias Dr. Juncker aufzurufen, immerhin hatte ich mich ja deswegen angemeldet. Leider schlugen alle Versuche fehl. Dann endlich fand ich unter den FAQs die Information, dass man nur die Mitglieder näher begutachten konnte, die das Portal vorgeschlagen hatte oder bei denen beide Parteien ihre Zustimmung gegeben hatten. Mist. Mich aber mit einer zweiten, weiblichen Identität anzumelden, die auf der Suche nach gut situierten Herren war, kam nicht infrage. Schon allein aus Kostengründen.

Lieber bestseller74, das ging aber schnell. Okay, jetzt sind die Karten auf dem Tablett. Sie werden es nicht glauben, aber ich würde trotzdem gerne mehr von Ihnen erfahren. Vor allem auch, ob Sie jetzt jeden Tag so altern wie heute. Falls ja, wäre es mir lieb, wir würden uns recht bald treffen … Nicht dass sie dann am Ende so aussehen wie Jürgen Drews. Nussschneckschä007

»Dann müssen Sie mich erst einmal aus den alpinen Schlagerfängen von *dirndlmausi* retten«, hätte ich ihr fast geantwortet, sie anschließend auf ihre falsche Tablett-Redewendung hingewiesen und am Ende mit einem launigen *König von Bad Nauheim* unterschrieben. Wobei Letzteres Blödsinn gewesen wäre, denn das war ja Elvis.

10

Ein Bett im Kornfeld

Für Freddy musste es die Hölle sein. Ich klimperte einen abgedroschenen Barpianistengassenhauer nach dem anderen. Aber es ging nicht anders. Ich konnte doch keine Stücke spielen, bei denen ich auf die Tasten schauen musste.

Ich benötigte meine Augen an diesem Abend doch dafür, Dr. Juncker zu beobachten. Zunächst plauderte er entspannt mit vier Chinesen, dann unterhielt er sich ebenso locker mit einem Kollegen der Deutschen Bank. Als er aber seine Stuhllager-Affäre die Lounge Bar betreten sah, wurde der smarte Banker plötzlich unruhig. Zumal die blonde Bankerin schnurstracks auf ihn zumarschierte, ihn recht unsanft zur Seite nahm und vehement auf ihn einredete. Der Banker ließ den weiblichen Redeschwall weitgehend regungslos über sich ergehen. Dann aber wurde er plötzlich bestimmter und zeigte mit der Hand zur Tür. Die aufgebrachte Blondine drehte sich ruckartig um und verließ strammen Schrittes und sichtlich beleidigt die Bar. Dr. Juncker hingegen ignorierte ihren theatralischen Abgang und schaute stattdessen zum wiederholten Male auf seine silberne Armbanduhr.

Es fiel mir nicht schwer zu kombinieren, dass der schnittige Finanzhai soeben seinem allzu anhänglichen Wertpapierschätzchen endgültig den Laufpass gegeben hatte, um nun freie Bahn auf dem Singlebörsenparkett zu haben. Schließlich waren es nur noch achtzehn Minuten bis zum Blue-Chip-Date mit Katharina drüben im Irish Pub. Ich spielte gerade »She's always a woman to me« von Billy Joel, als mein Magen sich plötzlich anfühlte wie eine Umlaufrendite. Immer wieder durchzuckten mich Krämpfe, und ich rutschte von einer Pobacke auf die andere, um den Schmerzwogen irgendwie zu entkommen. Keine Chance. Verzweifelt schaute ich zu Freddy, der mir zunickte und zum Hörer griff. Zwölf vor neun.

Sekunden später stand Nora bei Freddy an der Bar, der ihr etwas ins Ohr flüsterte, bevor sie dann zu mir an den Flügel kam.

»Freddy sagt, dir geht es nicht gut. Was ist?«, fragte Nora besorgt.

Wieder durchtrieb mich eine Krampfwelle. »Höllische Magenkrämpfe«, wimmerte ich.

»Teufel auch.«

»Und du? Hast du nicht längst Feierabend?«, presste ich gequält hervor.

»Ich, ja, schon, aber ich hatte noch zu tun im Büro. Ella ist bei einem wichtigen Geschäftsessen in Wiesbaden. Einer muss ja die Stellung halten.«

Wieder durchzog eine gigantische Schmerzwelle meinen Bauch. Nora schaute prüfend durch die Lounge.

»Hast du etwa hier unten mitgegessen?«, fragte sie mit dicken Sorgenfalten auf der Stirn.

»Nein, nein«, gab ich stöhnend Entwarnung, und Nora atmete erleichtert auf.

»Gut. Nicht dass hier gleich halb China in die Knie geht. Das wäre für unser Haus eine Katastrophe. Komm mit.« Nora nahm meinen Arm und wollte mich hochziehen.

»Moment«, ächzte ich, drückte den mp3-Player an und zog den dazugehörigen Kanal am Mischpult hoch.

Bestimmt würden etliche Gäste den Umstieg von Livemusik auf Konserve nicht einmal bemerken. Diese bittere Erfahrung hatte ich in den letzten Jahren als Hotelpianist machen müssen. Hinzu kam, dass die Grenzen zwischen Barpianist und Alleinunterhalter mehr und mehr verwischten. Vor acht, neun Jahren hätte ich mich noch standhaft geweigert, eine Karaokemaschine oder einen Keyboardsequenzer im Gepäck zu haben. Heute war das Standard, denn die Hotels legten inzwischen mehr Wert auf bunte Effekte als auf gepflegtes Spiel. Zuletzt wurde Martha von Kunden immer öfter gefragt, was ich denn noch könne, außer *nur* Klavierspielen. Meine Agentin rettete sich dann mit der Anpreisung meines kümmerlichen Parodietalents. Elton John und Udo Jürgens konnte ich ganz passabel, dazu ein paar Songs von Peter Maffay sowie Chris de Burghs »Lady in red«. Viel mehr an Parodien war aus mir auch mit ganz viel Fantasie nicht rauszuholen. Martha sah das anderes und spornte mich stets an, mir neue Imitationen »draufzuschaffen«. Das würde sich unheimlich gut verkaufen. Es gipfelte darin, dass Martha einmal einem sehr solventen Kunden zusagte, dass ich einen zehnminütigen Helge-Schneider-Parodie-Block in die »Show« einbauen würde. Stinksauer übte ich widerwillig zwei Wochen lang und konnte am Ende den deutschen Musik-Comedian so gut nachmachen wie der Bad Nauheimer Bürgermeister Elvis Presley. Als diese peinliche Showeinlage aber sowohl beim Kunden als auch bei den Gästen super ankam, merkte ich, dass es nur zwei Möglichkeiten für mich gab: mit der Zeit zu gehen oder mit der Zeit zu gehen.

Leicht gebeugt und mit schmerzverzerrtem Gesicht verließ ich mit Nora die Lounge Bar, wobei es mir noch gelang, im Vorbeigehen Freddy kurz zuzuzwinkern, der mich versteckt anlächelte. Immerhin hatte bislang alles genau so funktioniert, wie wir es geplant hatten.

Nora brachte mich in den Belegschaftsraum hinter der Küche.

»Vielleicht das Sandwich heute Mittag von der Tanke. Als ich es so eilig hatte ...«, jammerte ich.

»Du Armer«, bemitleidete Nora mich, bugsierte mich auf eine Liege und öffnete dann die beiden Flügeltüren zum Arzneischrank.

»Lass mal, Nora. Ich brauch nichts. Gib mir einfach einen Moment, dann wird es sicher wieder gehen«, schlug ich vor.

Es war Zeit, Nora loszuwerden. Eigentlich sollte Freddy sie nur informieren, dass ich einen Moment Pause benötigte. Dass Nora aber gleich die mütterliche Oberschwester gab, war nicht vorgesehen.

»Warte.« Nora durchforstete mit scharfem Blick das Medikamentenarsenal des Hotels.

»Vielleicht muss ich einfach nur mal, naja, für große Jungs. Du weißt schon«, rief ich verzweifelt, doch Nora schien mich überhaupt nicht zu hören.

»Gleich hab ich's«, raunte sie. Besorgt schaute ich auf meine Uhr. Sieben vor neun. Keine Frage, ich musste nun direkter werden, sonst würde ich es nicht schaffen.

»Nora. Das ist ganz lieb von dir, aber ich muss nur mal aufs Klo. Und das würde ich lieber auf meinem Zimmer erledigen. Bestimmt bin ich in einer halben Stunde wieder fit.«

Erneut ignorierte Nora meine Worte und wühlte immer tiefer im Arzneischrank. »Da ist es«, jubelte sie schließlich und kam mit einem kleinen, dickbauchigen Fläschchen in der Hand zurück. »Ein uraltes Rezept meiner Oma. Schwedenkräuter. Wirkt Wunder gegen Bauchschmerzen.« Sie öffnete die Flasche und goss eine Portion in den umgedrehten Verschluss.

»Ich weiß nicht. Vielleicht sollte ich erst mal ...«, versuchte ich irgendwie aus der Nummer herauszukommen, doch Nora kannte kein Erbarmen.

»Hier!« Sie streckte mir den bis zum Rand gefüllten Deckel entgegen und ließ keinen Zweifel daran, dass ich dieses übel riechende ölige Gebräu trinken sollte. Ich gab nach, vor allem aus Zeitgründen.

»Na gut. Danach würde ich aber gerne einen Moment auf mein Zimmer«, sagte ich mit brüchiger Stimme und kippte das Zeugs in einem Schwung hinunter.

BOAH! Ach du heiliger Bimbam! Was war das denn? Eine Woge des Ekels überkam mich, und ich musste mich konzentrieren, das furchtbare Gesöff nicht umgehend wieder ans Tageslicht zu befördern. Hätte Martha mich so gesehen, sie hätte mich als J-Promi beim RTL-Dschungelcamp angeboten, so tapfer hielt ich meinen Mund verschlossen.

»Das ist ein aufgesetzter Kräuterschnaps nach einer uralten schwedischen Rezeptur«, sagte Nora fast ein wenig stolz, während ich immer noch nach Luft rang.

»Gibt's, päh!, gibt's das bei Ikea und heißt Kotzä?«, röchelte ich benommen.

»Stell dich nicht so an. Das hilft wirklich.«

Nora hatte recht. Das Zeugs hatte in der Tat geholfen. Nun musste ich meine fürchterlichen Magenkrämpfe wenigstens nicht mehr schauspielern.

»So. Und jetzt bring ich dich hoch in dein Zimmer.«

Ich zuckte zusammen. Auch das noch. »Ach, nein. Ist nicht nötig. Das krieg ich schon hin«, keuchte ich und versuchte aufzustehen. Nora hakte sich bei mir ein und zog mich in Richtung der Aufzüge.

»Armer Janni«, säuselte sie und strich mit ihrer Hand langsam über meinen Arm und Rücken. Mich beschlich das leise Gefühl, Nora wollte meine körperliche Unpässlichkeit für eine Art Annäherungsversuch nutzen. »Jetzt lege ich dich erst mal flach auf dein Bett, öffne deine Hose und entspann dich mal so richtig«, kicherte sie zweideutig, und mein leises Gefühl wurde ziemlich laut.

»Ich, also, naja ...«, wand ich mich, von echten Krämpfen geplagt.

»War doch nur ein Scherz, Jan. Keine Panik. Ein wehrloser Mann hat mich noch nie gereizt.« Ich atmete erleichtert auf. »Aber wenn es dir besser geht, dann ...« Nora zwinkerte mir zu, befeuchtete sich ungelenk mit der Zunge ihre Lippen und zupfte an ihrem Businessrock herum. Ich befürchtete, sie wollte lasziv wirken, was aber völlig in die Hose ging. Beziehungsweise an ihr vorbei, jedenfalls an meiner.

»Hör auf damit, das sieht Scheiße aus«, brüllte es in mir, aber ich ließ es nicht raus. Zum Glück kam der Aufzug.

»Danke. Ich denke, ich komme jetzt klar«, versuchte ich sie abzuwimmeln.

»Nix da. Ich bringe dich hoch. Ich will sehen, wie die Schwedenkräuter wirken.« Nora lachte aufreizend und griff mir dabei tatsächlich in den Schritt.

Vier vor neun. Ich musste sie loswerden und zwar jetzt!

»Sag mal, habt ihr in eurem Monsterarzneischrank nicht auch so ein Wärmesäckchen oder so was?«

Nora verzog das Gesicht. »Ein Wärmesäckchen, wie süß«, kicherte sie mehrdeutig. Wieder fuhr sie ihre Hand zielstrebig aus.

»Ja oder nein?«, hakte ich energisch nach und wehrte Noras Hand mit einer erneuten Krampfwehe ab.

»So schlimm? Du Armer. Ja, ich glaube schon, dass wir so was haben.«

»Kannst du mir das warm machen und hochbringen? Das wäre toll«, blieb ich am Ball. »Weißt du, Heike legt mir das immer direkt auf den nackten Bauch, das hilft. Danach wird es mir, aber auch *ihm,* sicher besser gehen«, säuselte ich, so gut ich konnte, griff mir wie Michael Jackson in den Schritt und zog vielversprechend, vielleicht sogar ein ganz klein wenig lasziv, die Augenbrauen hoch. O Gott, hoffentlich sind hier keine Überwachungskameras, die dieses erotische Trauerspiel aufnehmen, dachte ich.

»Gut. Von mir aus«, gab Nora endlich nach. »Ein Kornsäckchen kann nicht schaden. Ich mache es dir warm und bin in fünf Minuten oben bei dir im Zimmer, die 307, nicht wahr?«

Ich nickte, während Nora bedrohlich entschlossen »Ein Bett im Kornfeld« vor sich hin pfiff.

»Mach es aber richtig heiß. Lass es ruhig ein paar Minuten in der Mikrowelle. Nicht, dass es schon wieder kalt ist, wenn du oben bist«, versuchte ich ein wenig Vorsprung für mich rauszuschlagen.

»Geht klar«, sagte Nora etwas zögerlich.

»Und gib doch Freddy bitte kurz Bescheid, falls jemand in der Lounge nach mir fragt«, legte ich nach.

Nora schaute mich schief an. Ahnte sie etwas?

»Na gut, geht klar. Ich checke die Lage in der Bar und komme dann hoch.«

Die Lifttür schloss sich. Hastig drückte ich die »1«.

Durchs Treppenhaus und die Hintertür trat ich ins Freie. Mein Magen grummelte lautstark. Schnell lief ich über den Parkplatz rüber zum Irish Pub. Es begann leicht zu regnen. Zwei vor neun. Zum wiederholten Male stieß ich den fauligen, skandinavischen Hexentrank auf, ehe ich die Tür zum Green Island öffnete.

Ich sah sie hinten, an einem kleinen Fenstertisch sitzen. Alleine. *HBMännchen* war noch nicht in Sicht. Langsam ging ich auf Katharina zu.

»Jan? Was, äh, was machst du denn hier?«

Ich setzte mich ihr gegenüber an den Tisch.

»Ich muss mit dir reden«, sagte ich schmallippig, weil

ich mir sicher war, bestialisch aus dem Mund zu riechen. Per Handzeichen bestellte ich bei der Bedienung einen Espresso.

»Du, das ist jetzt schlecht. Ich bin verabredet und jeden Moment ...«

»Ich weiß. Darum geht es ja.«

Katharinas Gesichtszüge froren ein. »Bitte?«

»Es dauert höchstens zwei Minuten.«

»Du weißt von meiner Verabredung?«

Ich nickte. »Von Nicki.«

»Von Nicki?«, wiederholte Katharina ungläubig und richtete sich auf. »Ich glaube, du gehst jetzt besser, Jan. Ich meine, erst versetzt du uns, dann meldest du dich tagelang nicht, und jetzt platzt du hier einfach so rein. Und benutzt meinen Sohn um ... Nee, ehrlich, das geht so nicht.«

Ich wand mich auf meinem Stuhl hin und her. Teils aus Verlegenheit, teils wegen meiner stärker werdenden echten Magenkrämpfe.

»Es geht um dein Date mit *HBMännchen*. Ich ...«

»WAS? Das wird ja immer besser. Du weißt sogar, mit wem ich mich treffe? Ich fass es nicht.« Katharinas Ton wurde nicht nur schärfer, sondern auch lauter. Einige Blicke von den Nachbartischen hatten wir schon auf uns gezogen. Mein Espresso kam und ich kippte ihn runter, in der Hoffnung, er würde mir diesen schwefligen Geschmack im Mund nehmen.

»Du solltest da was wissen, Katharina, es ist nämlich so ...«

»Ich sollte da was wissen?«, äffte sie mich schnippisch nach, und ihre Augen wurden zu Schlitzen. »Jetzt sag nicht, dass du *HBMännchen* bist. Dass du dich da mit einem anderen Foto angemeldet hast, um so an mich ranzukommen?«, fauchte Katharina mich an.

»Nein, nein«, warf ich ein, aber Katharina war nicht mehr zu bremsen.

»Das, das ist ja echt das Letzte. Wie krank ist das denn? Wir hatten uns doch schon kennengelernt. Was soll dann dieser scheiß Umweg über das Portal?«

»Ich bin nicht *HBMännchen,* ehrlich«, versicherte ich energisch, und endlich hielt Katharina inne.

»Gut, von mir aus.« Sie nippte an ihrem Wasserglas und beruhigte sich ein wenig. »Ich kapiere aber trotzdem nicht, was du von mir willst. Und ganz ehrlich, ich will es auch gar nicht kapieren.«

»Ich weiß, wer das ist«, verkündete ich stolz.

»Aha, und?«, fragte sie betont gelangweilt.

»Das, das ist so ein stinkreicher, geschniegelter Bank-Heini.«

»Nicht das Schlechteste.«

»Der ist aber verheiratet, hat zwei Kinder und nebenbei einiges am Laufen. Auch mit so einer Yuppie-Schnecke aus seiner Bank«, redete ich auf sie ein.

»Vielleicht läuft es daheim bei ihm gerade nicht so gut. Soll ja vorkommen.«

»Haha, sehr witzig.« Ich beugte mich ein Stück näher zu ihr rüber, um nicht so laut reden zu müssen. »Glaub mir, das ist ein totaler Arsch, ein Blender, der will dich nur in die Kiste kriegen.«

»Na und? Was, wenn ich genau das gleiche will?« Katharina ging in Kampfposition.

Das Gewitter in meinem Magen war nun vollends über mich hineingebrochen. Eine Krampfwoge nach der anderen durchbohrte meinen Unterleib. Eines war klar, der heruntergekippte Espresso war eindeutig ein Fehler gewesen.

»Jetzt mal im Ernst. Was soll diese ganze Aktion hier? Bist du nebenbei Privatdetektiv, oder was? Woher weißt du das alles? Und überhaupt, warum hängst du dich da rein?«, fuhr Katharina mich an.

»Das ist der Typ aus dem Stuhllager vom Steigenberger, vielleicht erinnerst du dich, ich hatte dir davon erzählt an dem Abend, wo wir ... Egal, ich wollte doch nur, dass du das weißt ...«, beteuerte ich gequält.

Katharina bedachte mich mit einem abfälligen Blick. »Okay. Dann weiß ich es jetzt. Und gut. Aber geh jetzt bitte.«

Schweren Herzens stand ich auf, sackte aber vor Schmerz gleich wieder auf den Stuhl zurück.

»Alles klar?«, fragte Katharina, ohne aber wirklich Anteil an meiner Unpässlichkeit zu nehmen.

»Ja«, stieß ich mühsam hervor und stand erneut auf. In diesem Moment sah ich sie. Von außen an der Scheibe kleben, im mittlerweile strömenden Regen. Ihre Frisur war ruiniert, ihr Kostüm durchnässt, und ihr gehetzter, heißer Atem beschlug die Scheibe. Am meisten erschreckte mich aber ihr Blick, der mir gefährlicher schien als ein ausgewachsener Tsunami. Es war Nora!

»Die klebt schon seit einer Minute wie ein Saugknopf am Fenster«, warf Katharina ein.

Als Nora merkte, dass ich sie wahrgenommen hatte, begann sie wie wild zu schimpfen. Trotz Mehrfachverglasung und Barbetrieb konnten auch die Nachbartische Begriffe wie »Verarsche«, »Oberdepp« und »Schmierentheater« deutlich verstehen.

»Die hat ja wohl nicht mehr alle Latten am Zaun. Du kennst die doch nicht etwa, oder?«, wollte Katharina wissen, aber ich war nicht in der Lage zu antworten. Ich erhob mich und schwankte langsam in Richtung Ausgang. Mit leicht verschwommenem Blick nahm ich wahr, dass vorne am Tresen jemand Joeys Jacke anhatte, die Bedienung unserer Sängerin Kim Wagner ähnlich sah und dass mir schließlich ein platinblonder Guido-Cantz-Verschnitt die Tür aufhielt.

Langsam taumelte ich nach draußen, und Nora schlug mir entgegen wie eine gigantische Druckwelle.

»Tolle Show, Herr Schubert, Bravo, oscarverdächtig.« Nora klatschte hämisch Beifall.

»Äh, ich ...«

»Für wie dämlich hältst du mich eigentlich, hä? Machst einen auf sterbender Schwan, lässt dich bemitleiden, betütteln, schmeißt deinen Job, und alles nur, um diese Tussi zu treffen?«

»Aber ...« Ich musste erneut aufstoßen und hatte Sorge, dass es nicht bei heißer Luft bleiben könnte. Mir war mittlerweile so übel, dass ich kaum noch geradeaus denken konnte.

»Ich wusste schon am Lift, dass irgendwas faul ist. Ich

sollte so lange wie möglich wegbleiben, stimmt's? Und dann bist du auch so strutzedoof und drückst das erste Stockwerk. Blöd nur, dass das unten am Fahrstuhldisplay angezeigt wird«, keifte Nora.

»Ich kann dir das alles ...«

»Jetzt sag bloß nicht diesen beschissenen Rosamunde-Pilcher-Satz«, tobte sie, »du musst mir gar nichts erklären. Mir nicht. Aber Ella. Obwohl, nein, am besten Peter. Bei Ella stehst du ja seit eurer Orgie im Private Spa unter Denkmalschutz«, brüllte Nora so laut, dass sich einige Passanten nach uns umdrehten.

»Nora, bitte«, versuchte ich sie zu beruhigen, »können wir das nicht irgendwie anders ...«

Nora atmete tief durch, ruhiger war sie aber deswegen nicht. »Ach, schau. Dem kleinen Janni geht die Düse, was?«

Ich schwieg und kämpfte gegen den nächsten, mächtigen Aufstoßer.

»Da bleibt dir die Spucke weg, was?«, ätzte Nora, »jetzt sag schon was, Jan, krieg endlich den Mund auf.«

Und das bekam ich dann auch. Und wie. Ich kübelte Nora eine schleimige Mixtur aus Tankstellensandwich, Schwedenkräuterschnaps und Espresso auf Schuhe und Beine. Der Rest ging auf meinen Anzug.

»Iiiiieeee. Du Vollarsch!«, schrie Nora auf, sprang hektisch zur Seite, stolperte und landete mit ihrem schnittigen Kostümchen in einer Pfütze auf dem Bürgersteig.

Von irgendwoher hörte ich eine Kaufhaus-Durchsage: »Der kleine Jan möchte gerne aus diesem Film abgeholt werden.«

Nora und ich trotteten wortlos nebeneinander zurück ins La Vita. Er herrschte ein derart eisiges Schweigen, dass ich ernsthaft befürchtete, der Regen um uns herum könnte in Schnee übergehen. Vor dem Haupteingang standen einige rauchende Gestalten unter großen Regenschirmen, die bedruckt waren mit dem HESSENBANK-Emblem und dem Begriff »Rettungsschirm«. Humor hatten sie ja, diese Banker. Einer davon war Dr. Juncker, der schon wieder auf seine

Uhr schaute und dann zum Handy griff. Wahrscheinlich rief er Katharina an, um ihr zu sagen, dass er sich verspätete. In diesem Moment war mir völlig egal, was der gelackte Banker mit Katharina vorhatte. Ich hatte andere Sorgen. Ich hatte meinen Arbeitsplatz im Stich gelassen, meine Vorgesetzte verarscht und sie anschließend vollgekübelt.

»Sag nichts«, rief Nora Kathleen an der Rezeption genervt zu, als wir das Foyer betraten. Kathleen holte zwar Luft, verkniff sich dann aber zum Glück jegliche Bemerkung. Wir blieben stehen, und Nora fixierte mich.

»Hör zu, Jan, ich will, dass du in genau zehn Minuten wieder am Klavier sitzt, in welchen Klamotten auch immer, zur Not im Saunahandtuch«, zischte sie mir ins Ohr. Sie war immer noch auf hundertachtzig.

Ich war kurze Zeit später auf 307. Dort hängte ich meinen bekotzten Anzug über die Heizung im Bad und überlegte verzweifelt, wie ich das Klamottenproblem lösen sollte. Dafür hatte ich noch exakt sechs Minuten. Mit der Jeans, die noch blassrote Spuren meines Kampfes mit der Bushaltestelle aufwies? Dazu das zerknäulte, auf dem Bett liegende weiße Langarmshirt mit reichlich Sandwichflecken? Oder doch lieber das kurze T-Shirt mit dem Fotoaufdruck meiner beiden Mädels, das ich mir heute Mittag noch schnell aus dem Schrank gegriffen hatte? Mehr hatte ich nicht dabei, auch nicht im Auto.

Mir lief die Zeit weg. Knitterig-fleckig oder albern-rührselig? Beides war völlig daneben, Not gegen Elend, Dortmund gegen Schalke. Was tun?

Mein Blick fiel auf den weißen Hotelbademantel über dem Schreibtischstuhl, und ich wusste, was zu tun war.

Lady in red

Selten hatte ich einen so spektakulären Auftritt. Die geballte Aufmerksamkeit einer gut gefüllten Lounge Bar schlug mir entgegen. Ein Gefühl, das selbst die besten Hotelpianisten so gut wie nie erleben. Und ein spröder Begleitmusiker eines gut aussehenden und erfolgreichen Musik-Comedians schon gar nicht.

Noch vom Hotelzimmer aus hatte ich Freddy angerufen und gebeten, den Player zu stoppen und mich über Mikrofon anzukündigen. Unter Beifall betrat ich die La Vita Lounge Bar und setzte mich an den Miniflügel. Natürlich nicht ohne den theatralischen Habitus des österreichischen Sängers, der dafür berühmt war, die Zugaben in weißen Bademänteln zu absolvieren. Immer wieder hob ich das Hinterteil des Bademantels und ließ es wie den Schwanz eines edlen Fracks hinter die Klavierbank fallen. Den obligatorischen Schweiß des Schlagerstars hatte ich mir im Vorbeigehen von Freddy aufsprühen lassen.

»Merci, merci, merci für die Stunden, Chérie, Chérie«, stimmte ich an, und erneut brauste Applaus auf. Dass sich unter die anerkennende Zustimmung der deutschen Fraktion für meine Udo-Jürgens-Performance auch einige asiatische »Älvis, Älvis«-Rufe mischten, störte mich wenig.

Nach dem Grand-Prix-Song von 1966 ließ ich *mit sechsundsechzig Jahren* dann *griechischen Wein* in *ein ehrenwertes Haus* fließen, wodurch in der Lounge *immer, immer wieder die Sonne aufging.*

Plötzlich sah ich Nora in der Tür stehen, in einem viel zu knappen und deswegen mehr als prall gefüllten roten Cocktailkleid, dazu trug sie hochhackige rote Pumps. Sie hatte augenscheinlich viel Spaß an meiner Performance, jedenfalls lächelte sie mir nett zu, so dass ich berechtigte Hoffnungen hatte, sie mit meiner Udo-Show etwas versöhnlicher gestimmt zu haben. Als letzten Song spielte ich »Vielen Dank für die Blumen«, meinen absoluten Jürgens-Lieblingssong. Wenn ich diese Melodie höre oder spiele, sehe ich mich als kleinen Jungen vor der Glotze hocken und zuschauen, wie der dusslige Zeichentrickkater Tom die arme kleine Jerry-Maus erfolglos durchs Haus hetzt. Enger können Melodien mit Bildern nicht verknüpft sein.

Ein letztes Mal wischte ich mir theatralisch den Schweiß ab. »So, liebe Freunde, nun muss der Mann ohne Fagott aber aufs Hotelzimmer, die Groupies wollen ja auch noch was von mir haben«, kokettierte ich frivol und erntete dafür erneut Lacher. »Ich weiß aber, dass euer Karaoke DJ Jan noch weitere Songs von mir vorbereitet hat. Jetzt seid's ihr an der Reihe. Gute Nacht miteinand.«

Ich stand auf, verbeugte mich und ging winkend zu Freddy an die Bar, wo ich meinen Bademantel ablegte und mich blitzschnell in einen krakeelenden Karaokemoderator mit dreckigen Jeans und affigem Kinderfotoshirt verwandelte.

»Wuuhuuh«, plärrte ich durch die Lounge Bar, wie einst der dufte Wolfgang Lippert, als er in die »Wetten, dass ...«-Fußstapfen von Thomas Gottschalk trat und darin versank. »Seid ihr gut drauf?«, rief ich und klang nun nicht mehr nach Lippert, sondern eher wie ein drittklassiger Nachwuchscomedian. Aufgrund des leicht erhöhten Alkoholpegels antworten die Wirtschaftsheinis brav mit »Ja«. Also genauso, wie bei jedem anderen Kasperletheater auch. Und weil es so gut funktionierte, feuerte ich gleich die nächste Publikumsanimation hinterher.

»Den nächsten Udo-Song singt jemand von euch. Aber dafür brauch ich jemanden, der noch niemals in New York war. Arme hoch!« Nichts tat sich, kein einziger Arm ging hoch. Für die Asiaten übersetzte ich den letzten Satz noch auf Englisch, aber ebenfalls ohne Erfolg. Okay, Herr Mega-Entertainer, das hättest du dir bei den Bankern ja auch ausrechnen können. Natürlich waren die alle schon zigtausend Mal in den Staaten gewesen und hatten dort wahrscheinlich alle einen Viertwohnsitz.

»Ich! Ich war noch nie in New York«, rief eine weibliche Stimme von der Seite, und schon sah ich Noras Silhouette auf mich zutänzeln. Es gab nur zwei Erklärungsmöglichkeiten für ihren wackligen Gang, entweder der Regen hatte das La Vita so unterspült, dass es samt Lounge Bar schon im Kurparksee trieb, oder Nora hatte wieder getrunken. Da weder die Mainhatten-Banker noch die Asiaten irgendwelche Anzeichen einer Seekrankheit zeigten, schwante mir Böses. Zumal mir ihr Kleid, je näher sie kam, immer knapper und enger vorkam. Keine Ahnung, wie sie da hineingekommen war. War es überhaupt ihres? Ich vermutete eher, dass Nora sich das Kleid von der drahtigen Kathleen geliehen hatte und es nun einem extremen Elastizitätstest unterzog. Wahrscheinlich hatte sich Nora ihre Konfektionsgröße 40 auf Kathleens 36 schlichtweg heruntergesoffen.

»Ah, die Bankettchefin persönlich will den Anfang machen. Sie hat sich dazu auch extra verkleidet. Immer für eine Überraschung gut, das La Vita«, versuchte ich, Noras peinliches Outfit professionell zu überspielen. Um zusätzlich Zeit zu gewinnen, forderte ich für sie einen Applaus ein und begrüße Nora als »Lady in red« mit einer ausgedehnten Umarmung, um dicht an ihr Ohr heranzukommen.

»Nora bitte. Lass gut sein. Du hast getrunken«, flehte ich in ihr Ohr.

»Wie kommst du denn darauf, mein lieber Janni?«, zischte sie zurück, während mir im selben Moment eine stadiontaugliche Fahne entgegenwehte. Nora hatte während ihres regenbedingten Boxenstopps in ihrem Büro nicht nur die Klamotten gewechselt, sondern sich zudem, ganz im Stile eines Formel-1-Boliden, auch noch turbobetankt.

»Und außerdem«, trumpfte Nora auf, »bestimme ich jetzt die Spielregeln. Oder soll ich einen Aushang am Personalbrett machen? *Vorsicht! Der Aushilfspianist poppt erst die Chefin und lässt dann in der Lounge eine CD laufen, um die nächste Schnalle klarzumachen.*«

Voller Tatendrang griff sie nach dem Handmikrofon. »Jetzt starte schon das blöde Playback«, fauchte sie und orderte bei Freddy per Handzeichen zwei Gläser Prosecco.

»Bitte, Nora«, beschwor ich sie, als der Applaus abebbte und Nora sich in der Mitte der Lounge postierte.

»Musik ab, Herr Kapellmeister«, rief sie feierlich, und mir blieb keine andere Wahl, als den Knopf zu drücken.

Keine Frage, Nora machte das gut. In Nullkommanix hatte sie die rammdösige Businessmeute in Wallung gebracht. So verwunderte es mich auch nicht, dass nach dem Lied umgehend eine Zugabe eingefordert wurde. Doch zuvor kippte Nora noch bei Freddy einen Prosecco runter. Auf ihr Zeichen hin spielte ich »Aber bitte mit Sahne« ein. Die Lounge tobte. Ich sah das Unheil auf mich zukommen wie eine hochprozentig geladene Gewitterzelle, vor allem, weil Nora sich pro Song mit einem weiteren Prosecco belohnte.

Was folgte, war ein etwa fünfunddreißigminütiges und acht Proseccos lang andauerndes angetrunkenes Partyhit-Gesangsspektakel. Dann endlich kündigte die selbsternannte *Diva La Vita* ihren letzten Song an, mit dem verheißungsvollen Versprechen, dazu aber nicht zu singen. Ich atmete auf, wenigstens etwas.

»Hey Misstär dischäää«, brüllte mir Nora lallend zu, »leg mir den Cockärr-Schpaniell auf.«

O nein! Nicht doch! Hilfesuchend schaute ich zu Freddy, der aber alle Hände voll zu tun hatte, die Bar-Gäste auf einem ähnlichen Alkoholpegel zu halten wie die krakeelende Protagonistin.

»Mach schon!«, fuhr Nora mich an. Resignierend skipte ich die Karaokemaschine vor bis zu dem Titel, der dem Abend nun die Krone beziehungsweise den Hut aufsetzen sollte. Und schon waberte »You can leave your hat on«, der Strip-Song aus dem Erotikschinken »9 ½ Wochen«, durch die mittlerweile stickige Lounge Bar, und das Unheil nahm seinen Lauf. Denn leider beließ es Nora nicht dabei, eine grenzdebile Kim-Basinger-Variante zu geben, nein, ganz offenbar wollte sie parallel dazu noch einen anderen erotischen Filmklassiker zum Leben erwecken. Kurz nachdem sie unter bierseligem Gejohle der Loungegäste den Nackenreißverschluss ihres Kostüms geöffnet hatte, hievte sie sich ungelenk auf den Flügel und robbte auf dem Bauch liegend wie ein gestrandetes Walross auf mich zu. Kurzum, es sah so gar nicht aus wie Michelle Pfeiffer in »Die fabelhaften Baker Boys«, sondern eher, als hätte Cindy aus Marzahn vier Bandscheibenvorfälle.

Als sie, eher unfreiwillig, wieder vom Flügel glitt und zu einem Ausfallschritt ansetzte, passierte es. Ihr Cocktailkleid riss vertikal vom Saum bis zu den Hüften, und ein knallroter Stringtanga blitzte durch die Bar wie ein Radargerät am Straßenrand. Mit dem kleinen Unterschied, dass an einem Radargerät nach einer Millisekunde das rote Licht wieder erlischt. Noras Höschen hingegen erlosch nicht und strahlte durch die schummrige Lounge Bar wie eine knallige Blüte, die ums Verrecken alle möglichen Insekten anlocken will.

Rot wurden allerdings nur die Chinesen. Die teutonischen Bank-Alphamännchen hingegen sprangen grölend auf, machten eindeutig mehrdeutige Gesten und legten insgesamt ein Niveau an den Tag, wie es niedriger in keiner Bierbörse und Trinkhalle dieses Landes sein kann. Dieses Gebaren schien Nora nur noch mehr in Wallung zu bringen. Endlich sah Freddy zu mir hinüber.

»Jan, tu was, bitte!«, las ich von seinen Lippen ab.

»Was denn?«, gestikulierte ich zurück. Da bückte sich Freddy, und eine Sekunde später erstarb Joe Cocker jämmerlich. Es war zappenduster! Ich begriff sofort.

»Oh, wie schade«, brüllte ich den zahlreichen Unmutsäußerungen entgegen. »Wenn's am schönsten ist, spielt uns die Technik einen Streich.«

Ich erahnte, wie ein Schatten an mir vorbeihuschte, Nora packte und durch die Servicetür verschwand. Langsam tastete ich mich zum Tresen, schob die Sicherung wieder hinein und aktivierte an meinem Player die »Chillout-Playlist«.

Die Meute beruhigte sich, und ich folgte Freddy. Der Barkeeper hatte Nora derweil im Lagerraum auf einen leeren Wasserkasten gesetzt und ihr eine volle Flasche in die Hand gedrückt. Nora öffnete sie mit einem Ruck, und schon sprudelte ihr eine Ladung Selterswasser ins Gesicht.

»Sehr gut. Ein wenig Abkühlung tut dir ganz gut«, seufzte ich.

»Wohä willstu wissn, was miär guuut tttut«, lallte Nora, während Freddy mit der Rezeption telefonierte. Der Sprudel zerstöre nun auch noch Noras Make-up und ließ sie noch jämmerlicher aussehen.

»Die 105 ist frei.«

»Okay, bring sie hoch. Nora hat doch sicher irgendwo ihren Generalschlüssel.«

»Ihren was?«, fragte Freddy irritiert.

»Na, den Generalschlüssel«, wiederholte ich.

»Nee, aber ich habe einen hinterm Tresen, kein Problem.«

Als Freddy zurückkam, hatte ich Nora schon geschultert.

»Okay. Ich übernehme die Schnapsdrossel, und du sieh zu, dass du draußen abkassierst und Feierabend machst. Dein Trinkgeld hast du dir heute redlich verdient.«

»Abkassieren? Das geht doch alles auf diese Wirtschaftsvereinigung Rhein-Main. Da ist nichts mit Trinkgeld«, lamentierte Freddy und gab mir den Schlüssel.

»Naja, dann setz aber wenigstens die drei Proseccoflaschen mit drauf, die unsere Karaokeprinzessin vertilgt hat.«

»Zwei. Es waren ziemlich genau zwei. Schlimm genug.«

»Nur zwei? Ehrlich?«, tat ich gekünstelt. »Ich hätte schwören können, morgen früh stünden drei ausgetrunkene Flaschen hinterm Tresen.« Freddy verstand.

»Gerne. Nach der Aufregung kann ich einen guten Schluck gebrauchen. Aber nur, wenn du nach deinem Schwertransport noch runterkommst und mithilfst.«

»Na denn.« Schwer bepackt machte ich mich auf den Weg zur 105. Natürlich Backstage, ohne durchs Foyer zu müssen. Diese Demütigung wollte ich Nora und dem Hotel ersparen.

»Wow, iiisch wärd abschlääpptt, wie coool is dasdännn?«, giggelte Nora im Halbdelirium, während sie gummiartig kopfüber an mir herunterbaumelte.

»Su miär oda su diär, Süüßär?«

Um 23.40 Uhr kehrte ich in die Lounge Bar zurück. Während Nora auf 105 im Koma lag, war Freddy gerade dabei, Tische abzuräumen und hinterm Tresen klar Schiff zu machen.

»Wo ist unser Absacker?«, rief ich ihm zu.

»Noch nicht«, zischte Freddy und zeigte per Kopfnicken in die hintere Ecke der Bar, wo noch zwei Gestalten im schummrigen Halbdunkel an einem Tisch saßen.

»Ist doch egal. Mach schon auf das Ding«, forderte ich Freddy heraus. Nach diesem abgefahrenen Abend war ich nun wirklich überreif für einen Schluck Alkohol. Freddy gab nach und holte eine eiskalte Flasche Prosecco aus dem Kühlschrank.

»Auf Nora«, prostete ich Freddy zu.

»Auf dass sie sich morgen an nichts mehr erinnern kann und die Geschichte nicht im Hotel die Runde macht.«

Der Arme. Wie musste es sich anfühlen, seine Angebetete so abstürzen zu sehen?

»Du hast es ihr immer noch nicht gesagt, was?«

Freddy schüttelte den Kopf und begann, die letzten Gläser zu polieren. Ich nahm ein zweites Handtuch und half mit.

»Du musst das nicht machen, Jan.«

»Du aber, Freddy.«

»Was?«

»Na, es Nora sagen. Irgendwann musst du es tun, sonst gehst du kaputt.«

Freddy druckste herum.

»Naja, musst du wissen. Nimm den Rest der Flasche mit und mach jetzt Feierabend. Ich erledige das hier«, sagte ich und deutete nach hinten auf das Pärchen an Tisch 12.

»Aber ...«

»Nichts aber. Ich gebe den Turteltäubchen noch zehn Minuten, und dann fege ich sie mit dem Besen raus.«

Freddy hängte sein Trockenhandtuch über die Spüle. »Na gut, Danke«, sagte er lächelnd und ging. Die Flasche allerdings ließ er stehen. Typisch Freddy, immer vernünftig, immer korrekt.

Da mir etwas frisch war, zog ich mir meinen Bademantel wieder über, packte meinen Kram am Klavier zusammen und machte alles startklar für den nächsten Abend. Hinten an Tisch 12 tat sich nichts. Waren die eingeschlafen? Jedenfalls hingen die Silhouetten ganz eng aufeinander.

Es war nun kurz nach Mitternacht und Zeit, das Ganze zu beenden. Relativ unromantisch knipste ich vom Tresen aus das Arbeitslicht an. Als Entschädigung begann ich am Klavier noch ein letztes, theatralisches »My way« zu spielen.

And now, the end is near and so I face ...

»Ja doch!«, rief eine dunkle Stimme genervt von hinten. »Ganz so blöd sind wir auch nicht.«

Die beiden Gestalten erhoben sich und kamen auf mich zu. Ich erkannte, dass die kleinere Gestalt eine Asiatin war, die auch nach dem Aufstehen an der größeren Gestalt klebte wie ein Magnet. Der Mann an ihrer Seite war Dr. Juncker.

»Gute Nacht«, rief der frauenverschlingende Banker mir zu, als er mit seiner exotischen Eroberung vorbeistolzierte.

»Ach! *HBMännchen* hat sich kurzfristig für die Lotusblüte entschieden«, rutschte es mir heraus.

»Bitte?« Irritiert blieb er stehen und starrte mich an.

Ich bereute mein loses Mundwerk, zumal man mir die Lotusblüte durchaus als eine leicht rassistische Bemerkung auslegen konnte. Dabei wollte ich doch eher den hormongesteuerten Finanzhai beleidigen als diese Dame. Eines war jedoch klar: Es gab nun kein Zurück mehr.

»Ist echt 'ne miese Masche, die Sie da draufhaben. Und? Geht's jetzt noch ins Stuhllager?« Der Banker fixierte mich wortlos. »Die Dame aus dem Green Island ist sicher schon weg, mit 'nem flotten Dreier wird's also nichts mehr«, legte ich nach.

»Also dann«, versuchte Dr. Juncker seine exotische Begleitung zu verabschieden, die aber keinen Millimeter von ihm wich.

»Wir haben morgen alle einen wichtigen Tag. Gute Nacht.« Der Banker schob seine Begleitung mit Nachdruck in Richtung Foyer. Schließlich zog sie beleidigt davon.

»Und nun zu Ihnen«, giftete Dr. Juncker mich bedrohlich an und kam langsam auf mich zu. Seit meiner Jugendzeit hatte ich nicht mehr dieses untrügliche Gefühl, jetzt gleich furchtbar aufs Maul zu bekommen, so dass meinen blütenweißen Udo-Jürgens-Bademantel in sehr absehbarer Zeit ein paar ganz unschöne rote Blutspritzer zieren würden.

12

As long as you're drinking, then you've got the world in your hand

»Was soll der Scheiß?«, fuhr mich der Banker an und baute sich vor mir auf.

Auch wenn es uncool klingt, aber ich hatte echt Schiss. Vielleicht war ich doch einen Tick zu forsch an die Sache herangegangen.

»Wieso?«, fiepte ich kleinlaut und ergriff mangels Alternativen die Flucht nach vorne. »Ich sag doch nur die Wahrheit.«

Dr. Juncker durchlöcherte mich mit seinem Blick. »Ich kenne Sie von irgendwoher. Sie … Sie sind der Spanner aus dem Stuhllager im Steigenberger, nicht wahr?«

»Der Keyboarder der Broadway Connection«, verbesserte ich ihn, um vom Thema abzulenken.

»Bingo! Mein Personengedächtnis lässt mich nicht im Stich. Also noch mal, was sollte das Ganze gerade?«

»Ihr Personengedächtnis kann ja nicht so gut sein, wenn Sie eine Frau zu einem Date ins Green Island bestellen, um sie dann jämmerlich zu versetzen, während sie hier Miss Saigon klarmachen.«

Er verzog das Gesicht und spielte den Unschuldigen. »Hören Sie, Sie können mir das alles auch auf Chinesisch sagen. Auch wenn ich mich wiederhole, aber ich weiß nicht, wovon Sie reden.«

»Na von was wohl? Ich sage nur *HBMännchen*.«

Dr. Juncker schnaufte tief. »Okay, Sie Bademantelheini, Ihnen ist nicht zu helfen. Reden Sie doch wirres Zeug mit wem Sie wollen, ich jedenfalls gehe jetzt ins Bett. Und morgen werde ich mich bei Frau Rothenburg persönlich über Sie beschweren.« Der Banker drehte sich weg und wollte gehen. Schnell kramte ich mein Handy hervor und entriegelte es.

»Warten Sie. Sie wollen doch nicht ernsthaft abstreiten, dass Sie das sind?«

Ich stand auf und hielt Dr. Juncker sein Profil-Foto auf nobel-partner.de unter die Nase, das Nicki mir geschickt hatte.

»W … was zum …, das gibt's ja nicht.« Ich beobachtete den Banker ganz genau. Mit weit aufgerissenen Augen starrte er auf das Display meines Handys und versuchte einzuordnen, was er da sah: Ein Foto von sich, eingebettet in die Profilseite eines Partnerportals mit allen möglichen persönlichen Angaben und Vorlieben eines gewissen *HBMännchens*.

Obwohl es eigentlich nicht sein konnte und ich es auch nicht wollte, empfand ich Dr. Olaf Junckers Reaktion auf das, was er da vor sich sah, leider als ziemlich glaubhaft und echt. Oder war er nicht nur ein erfolgreicher Banker, sondern auch ein vortrefflicher Schauspieler?

»Nobel-partner.de«, las Dr. Juncker die Kopfzeile der Internetseite.

»Ein ziemlich bekanntes Internetpartnerportal«, ergänzte ich ruhig.

»Tse, hier steht, dass ich gerne um die Häuser ziehe, Dortmund-Fan bin und Guinness mag. Das ist kompletter Blödsinn. Ich hasse Guinness und noch viel mehr den BVB.«

»Na, da haben wir doch schon einmal etwas gemeinsam«, erwiderte ich, doch der Banker war noch in Gedanken und schlug sich dann mit der flachen Hand gegen die Stirn.

»Unfassbar! Ich meine, ich bin das nicht! Also, ich bin das schon, auf dem Bild. Aber ich bin bei keinem Partnerportal. Da … da bin ich nicht der Typ für«, stammelte er.

»Naja, ganz so kontaktscheu erschienen Sie mir im Steigenberger aber nicht gerade.«

»Sehr witzig«, tat Dr. Juncker meine Bemerkung ab, stand auf und schaute sich um. »Ist da noch was drin?« Er deutete in Richtung Tresen, auf dem die von Freddy zurückgelassene halbvolle Proseccoflasche stand. Ich nickte und reichte sie ihm. Der Banker setzte die Flasche an und kippte sie auf Ex.

»Bah! Wie eklig«, stöhnte er und wischte sich angewidert den Mund ab. »Gibt's hier auch was anderes als diese Puffbrause?«

Ich musste grinsen. Seine Augen suchten das Regal hinter dem Tresen ab.

»Ich bin hier nicht der Barkeeper, sondern nur der Musiker«, entgegnete ich knapp.

»Ich will mich aber betrinken und nicht besingen«, konterte der Banker und holte aus seiner Sakkotasche ein dickes Bündel Geldscheine, aus dem er lässig zwei Hundert-Euro-Scheine zog.

»Wow. Ich dachte das gibt's nur im Fernsehen.«

»Was?«

»Na, ich dachte, kein halbwegs vernünftiger Mensch läuft mit einem gerollten Bündel dicker Scheine in der Anzugjacke durchs Leben.«

Der Banker ignorierte meine Bemerkung, legte die grünen Scheine auf den Tresen und griff zielsicher eine fast volle Flasche besten Talisker-Scotch aus dem Regal. »Trinken Sie einen mit?«

»Gerne.«

Dr. Juncker griff sich zwei frischpolierte Proseccogläser und goss sie randvoll. Beeindruckt pfiff ich durch die Zähne.

»Ach so einen meinen Sie. Na gut, aber dann wirklich nur einen.«

Wir tranken und schwiegen. Keine Überraschung, schließlich waren wir ja Männer. Wir können das. Trinken und Schweigen gehören zu den ureigenen Merkmalen unserer Spezies. Zu unseren spezifischen Schwächen wiederum gehört, dass wir beides oft ausufern lassen. So auch an diesem Abend am Tresen der La Vita Lounge Bar. Jeder von uns nutzte diesen kleinen Moment der Lautlosigkeit zum Durchatmen. Wie im Fluge vergangene fünfundzwanzig stumme Minuten später goss der Banker kommentarlos die Proseccogläser zum zweiten Mal randvoll und erhob sein Glas.

»Olaf.«

»Jan.«

»Prost.«

»Hau weg die Scheiße.«

»Prostata.«

Ein Dialog wie ein Gedicht. So wenig Worte und doch so viel erzählt. Ein Moment vollkommener Harmonie. Echte Männer eben.

Nach gut 200 Millilitern bestem Scotch mit knapp 46 Umdrehungen kann es dann sogar passieren, dass die steife männliche Seele locker, nahezu ausgelassen wird, sich öffnet und sogar ins Plaudern gerät.

»Was geht dich das eigentlich alles an?«, fragte Olaf Juncker wie aus dem Nichts.

»Wie jetzt?«

»Na, ob ich in irgendeinem Partnerportal unterwegs bin oder nicht.«

Dass er so schnell zur Sache kam, machte mich nervös. Hätten wir nicht erst einmal, unserer Spezies getreu, über Fußball, Motorräder oder Flachbildschirme reden können?

»Phh … Naja, vielleicht, weil du dich für eine bestimmte Frau interessierst.«

Olaf Juncker seufzte schwer. »Wie oft soll ich es denn jetzt noch sagen, ich interessiere mich nicht für bestimmte Frauen.« Der vom Alkohol sichtlich gezeichnete Banker stand auf und wankte hinter den Tresen.

»Also nur für Asiatinnen«, frotzelte ich und merkte, wie schwer es mir fiel, geradeaus zu reden.

Olaf Juncker griff nach einer volle Flasche bestem Bourbon Whiskey. »Die hängt seit heute Morgen wie ein Saugknopf an mir.«

»Die Flasche?«

»Nein, Frau Chong natürlich, du Komiker.« Olaf goss unsere Proseccogläser erneut voll.

»Puhh, du willst es jetzt aber wissen, was?«, ächzte ich.

In diesem Moment löste mein steigender Alkoholpegel die erste Vorwarnstufe aus: *Jan, wenn du jetzt aufhörst zu trinken, schläfst du tief und traumfrei und brauchst morgen lediglich zwei starke Kaffee.*

Ich jedoch ignorierte die durchaus freundlich gemeinte Ansage meines Körpers, mehr noch, ich betäubte sie mit einem nächsten Glas Whiskey.

»Verdammt, wie gut«, röchelte der Banker nach einem ebenso kräftigen Schluck und lockerte nach Luft japsend seine Krawatte.

»Jetzt musst du aber noch mal so cool 'nen dicken Schein zücken«, sagte ich lachend.

»Das hat dir gefallen, was?« Olaf grinste ein wenig selbstgefällig.

»Ja, das hat so etwas Zuhältermäßiges.«

Der Banker verzog den Mund. »Ich weiß. Aber du glaubst ja nicht, was man alles bei diesen dusseligen Managementfortbildungen lernt.

»Hä?«

»Die Asiaten stehen auf so was.«

»Echt jetzt?«

»Yep. So ein Dicke-Hose-Getue ist für die total exotisch. Jedenfalls hat das eine US-Studie herausgefunden.«

»Naja, diese Studien finden ja so ziemlich alles heraus, was gerade benötigt wird«, fabulierte ich whiskeyselig.

»Es reicht schon aus, dass es stimmen *könnte*. Verstehst du? Hier geht es gerade um einen Milliarden-Deal. Da kommt es auf Nuancen an. Diese Tagung ist monatelang bis ins kleinste Detail vorbereitet worden, alles muss stimmen. Inhaltlich, aber auch das ganze Drumherum, die vielzitierte ›atmosphärische Stimmung‹, verstehst du? Die entscheidet am Ende, ob ein Deal zustande kommt, keine Vertragsdetails.«

»Verstehe.«

»Unser Chef sagt immer: Kriecht denen so weit in den Hintern, dass ihr ihnen von innen Honig ums Maul schmieren könnt.«

»Klingt ja appetitlich. Aber ich dachte, du bist der Chef?«

»Bin ich ja auch. Zumindest kommissarisch. Offiziell bekannt wird es aber erst in ein paar Tagen.«

Das Handy des Chefs gongte.

»SMS?«

»Hm.« Olaf Juncker sah genervt auf seinen Bildschirm, als ahnte er schon, wer ihm um halb zwei in der Nacht eine Kurznachricht sendete.

»Frau Chong?«, mutmaßte ich.

»Ja. Die 119 ist süßsauer«, brummte er.

»Was?«

»Sie ist immer noch beleidigt, dass ich sie vorhin abserviert habe. Trotzdem schickt sie mir sicherheitshalber aber mal ihre Zimmernummer.«

Ich nickte beeindruckt. »Wow. Selten eine so draufgängerische Dolmetscherin gesehen.«

Olaf Juncker winkte ab. »Was? Nein, Frau Chong ist keine Dolmetscherin. Dann ... dann wäre das sicherlich ihr letzter Arbeitstag in ihrem eigentlichen Beruf gewesen.«

»So? Was ist sie denn dann?«

»Sie ist die Tochter von Huang Che Chong.«

»Chinese im Karton«, vervollständigte ich albern.

»So ungefähr.« Olaf lachte. »Nur dass die keine Kartons produzieren, sondern einer der größten asiatischen Rohstoffexporteure sind. Noch nie was von *Che Chong Limited* gehört?«

»Jetzt, wo du's sagst ... äh, nein.«

»Quatschkopf. Die Sache ist leider ziemlich ernst. Mit *Che Chong Limited* steht und fällt unser Großprojekt im Gallusviertel.«

Ich schnalzte mit der Zunge. »Ahhh, ich glaube, so langsam kapiere ich das Ganze. Es geht um Papa Huang Che, der dummerweise Frau Töchterchen mitgebracht hat, weil er ihr mal die große weite Welt der westlichen Geldscheinwedler zeigen wollte. Und jetzt nervt und klettet die Kleine einfach nur rum.« Olaf verzog das Gesicht und trank sein Glas leer. »Dann solltet ihr euch schleunigst mal mit dem Herrn Papa auf einen grünen Tee zusammensetzen und ihm klarmachen, dass er seine kleine China-Maus zurückpfeifen soll.«

»Das geht nicht, der ist vor vier Wochen gestorben.«

»Ups. Das, äh, das heißt ...«

»Bingo! SIE ist die MIP, die most important person hier auf der Tagung. Sie ist die Alleinerbin und kommissarische Geschäftsführerin.«

»Und scharf auf dich.«

»Ja. Großer Mist, oder? Ich meine, okay, sie sieht ganz süß aus, aber ich kann doch nicht, ich meine, sie ist ...«, Olaf schüttelte verzweifelt den Kopf.

»Sie ist noch nicht volljährig?«

»Nein, das ist es nicht. Ich, hey, ich bin verheiratet, ich habe Kinder.«

Ich stutzte. »Aber letztens im Steigenberger warst du auch schon verheiratet«, stellte ich vorsichtig fest.

Olaf stöhnte auf. »Jetzt komm nicht wieder damit. Das ... das war, ich meine ...«

»Du meinst, du bist nahezu vergewaltigt worden von dem kleinen Bank-Luder«, blödelte ich, aber Olaf blieb völlig ernst.

»Ja, so in etwa. Aber eher so pschhsyschisch«, lallte er.

Es klang einfach zu komisch. »Tut mir leid junger Mann«, tönte ich im Stile eines Anwaltes, »aber damit werden Sie vor Gericht nicht durchkommen.«

»Stella, also meine Assistentin, hat ... Naja, du musst das so sehen. Ich bin ja der designierte neue erste Mann der HESSENBANK. Leider weiß Stella aber etwas, von dem es ziemlich doof wäre, wenn es vor meiner Beförderung auf den Tisch käme.«

Mein Lächeln erstarb. »Aber dasisja Erpressenungg.« Ich merkte, wie meine Zunge so langsam ihrem Feierabend entgegenlallte.

Olaf nickte. Diesmal füllte ich das Glas nach, goss aber sicher gut die Hälfte daneben. Mein Pegelwarnsystem löste die zweite Stufe aus: *Mach Schluss Jan! Noch weißt du, wie du auf dein Zimmer kommst, und morgen würden drei oder vier Migränetabletten ausreichen, um einigermaßen menschenwürdig zu existieren.*

»Sitzen zwei hohe Banker an der Bar, sagt der eine: Unsere Bank ist so reich, dass wir die ganze Welt kaufen könnten. Sagt der andere: Aber wir wollen sie nicht verkaufen.«

Ich schlug mir vor Lachen auf die Schenkel, obwohl ich mir nicht sicher war, den Witz auch wirklich richtig verstanden zu haben. »Das ist ja fast phiso ... philosophiosch. Eins musst du mir aber mal erklären. Im Stuhllager, das, äh, das hat aber schon ganz gut funk ... funksioniert, dafür dass du das gar nicht wolltest, oder?«

»Was?«

»Na *er*.« Ich deutete auf seine Hose. »Ich meine *ihn*.«

Olaf verzog den Mund. »Tja. Das ist ja das Skurrile an der Sache. *Ich* wollte nicht, aber *er* war voll dabei. Jedenfalls bis zu dem Punkt, als es begann, aus der Decke vier Grad kaltes Wasser zu regnen.«

»Das war übrigens ich«, rutschte es mir raus. Ich hielt die Luft an. Wie würde der eigentlich ganz nette Banker reagieren?

»Ich versteh nicht, was meinst du?«

Ich gestand, dass ein Zug an meiner Zigarette die Stuhllager-Erlebnisdusche ausgelöst hatte. Olaf starrte mich mit versteinerter Miene an, ehe er plötzlich schallend lachte.

»Du bist echt der komischste Kauz, dem ich seit Langem begegnet bin«, rief er und erhob sein Glas. »Und das war durchaus ein Kompliment.«

Wir lachten und prosteten uns zu.

»As long as you're drinking, then you've got the world in your hand«, zitierte ich aus einem meiner Lieblingssongs.

»Das ist aus ›Barstool‹, stimmt's?«

»Wow. Respekt. Von?«

»Gary Jules.«

»Album?«, fragte ich und war mir sicher, dass der Banker nun passen würde.

»Greetings from the side.«

Mir fiel die Kinnlade runter. Gut, dass ich schon geschluckt hatte.

»Welches Jahr?«, schoss er frech hinterher. Ich erhob mein Glas und prostete dem Banker anerkennend zu. Dann stand ich auf, aktivierte das Mischpult, holte aus meiner kleinen Ledertasche die Speicherkarte mit der Aufschrift *JS* und schob sie in den Audioplayer. Auf dieser kleinen Karte waren exakt hundert Songs gespeichert, die mir besonders am Herz lagen. Lieder, die ich zu jeder Zeit immer und immer wieder hören konnte und mochte. Diese Karte hatte ich stets bei mir , falls mich irgendwann mal jemand auf den Mond schießen würde. Dort könnte ich dann den Außerirdischen zeigen, welch tolle Musik es unten auf der Erde gibt. Für den Fall, dass die Aliens keinen kompatiblen Kartenslot besäßen, hatte ich die hundert Songs zusätzlich auf eine für Außerirdische leicht zu erreichende Cloud hochgeladen. Ich skipte auf den Buchstaben J und spielte den famosen Jules-Song ab. Anschließend drückte ich noch auf »Zufallswiedergabe« und hievte mich dreivierteltrunken wieder auf meinen »Barstool«.

»Jetzt kommen nur geile Songs«, versprach ich dem Wirtschaftsdoktor.

Nach der Bar-Ballade folgten mit Rio Reisers »Junimond« und Adeles »Someone like you« zwei weitere, eher schwermütige Balladen. Olaf seufzte auf.

»Boa, Jan, was Tränendrücker, aso entweder du hat 'ne ausgewachsene Midlife Crisis, oder dich hat deine Frau verlassen.«

»Wahrscheinlich beides«, sagte ich, und mir war klar, dass nun ich dran war zu erzählen. Da mir das Reden aber schon extrem schwer fiel, beschränkte ich mich auf eine Kurzversion. Olaf war ein guter Zuhörer, und am Ende der zweiten Whiskeyflasche taten wir das, was Männer unter starkem Alkoholeinfluss am besten können, also nach Schweigen meine ich: Jammern.

Ich über Joey, Heike und beschissene Barpianistenjobs, er über erpresserische Stuhllager-Schlampen und stalkende Lotusblüten in Führungspositionen. Zwischen drei und vier Uhr fachsimpelten wir dann noch über Fußball und freuten uns wie zwei kleine Kinder, mit der Frankfurter Eintracht den gleichen Lieblingsverein zu haben. Wir erinnerten uns haargenau daran, wer wo und wie am 28. Mai 1988 den Sieg im Pokalendspiel gegen den VFL Bochum erlebt und gefeiert hatte. Ich gebe zu, dass Olaf diesbezüglich eine bessere Story zu bieten hatte als ich, der nur mit einem aus Jubel verschütteten Glas Cola aufwarten konnte.

Er erzählte in einem noch wirklich erstaunlich flüssigem Deutsch, dass er die Tage vor dem Finale in Berlin auf Schulabschlussfahrt gewesen und in der Jugendherberge direkt am Stadion untergebracht war. Wo jetzt Hightech-Verpflegungsstationen und VIP-Lounges sind, gab es damals tatsächlich eine stinknormale Jugendherberge mit allem, was stinknormale Jugendherbergen so zu bieten hatten in den

späten Achtzigern: dickbäuchige, übellaunige Herbergs-
väter, die so viel Väterliches an sich hatten wie sterilisierte
Mönche, karge Zehnbettzimmer mit zugigen Fenstern,
durchgelegene Matratzen, ungeheizte Frühstücksräume
mit Blechkannen voller unbeheiztem Früchtetee. Dafür
aber einen fulminanten Gratisblick von oben auf das satte
Grün des Olympiastadions. Mit leuchtenden Augen erzählte er, wie er sich auf dieser Klassenfahrt in Sabine verliebt hatte, einem Mädchen aus seiner Klasse, die mit ihrem
unaufgeregten T-Shirt-Look und unspektakulären kurzen, blonden Haaren so ganz anders war als die anderen
durchgestylten Poppermädels mit ihren bombenresisten-
ten Betonfrisuren, deren Haarsprayvorräte locker gereicht
hätten, das gesamte Olympiastadion in Nebelschwaden verschwinden zu lassen. Mädels, die aussahen wie eine verun-
glückte Mischung aus Limahl und Boy George, den beiden
geschlechtsneutralen Kultfiguren dieser Zeit. Sabine hatte
sich mit ihm zusammen das Zweitliga-Stadtderby zwischen
Hertha und Blau-Weiß vom Oberrang aus angesehen, anstatt mit der Poppermädchengruppe in eine wavige Szene-
Kneipe zu gehen. Und am Tag der Abreise war sein Vater
gekommen und hatte ihn auf dem Busparkplatz mit zwei
Endspielkarten in der Hand überrascht. Unter dem neidi-
schen Gejohle seiner Klassenkameraden und den traurigen
Blicken Sabines war Olaf aus dem Bus gestiegen und konnte
eines der bedeutendsten Spiele seines Vereines im Olympiastadion live sehen. Und dann dieser magische Moment
in der achtzigsten Minute, als Lajos Detari gefoult wurde
und anschließend den Freistoß zum 1 : 0-Siegtreffer ins Tor-
dreieck zirkelte.

»Was ist schon eine flüchtige Jugendliebe gegen so was«,
sagte ich beseelt und schon im Halbschlaf.

»Flüchtig … Naja, wie man es nimmt. Sabine ist heute
meine Frau und die Mutter meiner Kinder.«

Das Letzte, an das ich mich in dieser Nacht erinnern
kann, war, dass Olaf und ich gegen 3 Uhr in der Lounge Bar
gemeinsam die Eintracht-Hymne »Im Herzen von Europa«
sangen.

Ich glaube, etwas später klemmte Olaf noch einen weiteren Hunderter unter das Tablett hinterm Tresen und griff sich zwei Flaschen Rotwein.

Die dritte, ultimative Alkoholpegelwarnstufe musste ich irgendwie verpasst haben. Eigentlich funktionierte die immer: *Wenn du jetzt noch einen Schluck mehr trinkst, wirst du auf der Stelle ohnmächtig und in einen komatösen Unruheschlaf fallen. Die folgenden 36 Stunden wird jeglicher Versuch, in die Vertikale zu gelangen, jämmerlich misslingen. HÖR AUF!*

Meine ersten, verschwommenen und von einem stechenden Kopfschmerz geprägten Gedanken, als ich langsam zu mir kam: »Was blitzt hier so? Woher kommt das Plätschern?«

13

Wake up in the morning, where's my little China girl

Noch bevor ich die Augen öffnete, merkte ich, dass mir nicht nur der Kopf weh tat. Die Rückenschmerzen waren viel heftiger. Vorsichtig versuchte ich mich ein wenig zu bewegen, was mir nur rudimentär gelang. Was an mir funktionierte eigentlich noch einigermaßen? Es schmerzte jedenfalls fast alles. Außerdem war mir schweinekalt. Irgendjemand redete, keine Ahnung, ob mit mir oder mit jemand anderem. Vorsichtig versuchte ich zu schlucken, um anschließend etwas zu sagen, aber keine Chance, mein Mund war so trocken wie ein Sack Mehl.

Die Stimme wurde lauter. Zu allem Überfluss klatschte die Person nun auch noch so heftig in die Hände, dass ich meine sämtlichen Trommelfelle davonschwimmen sah.

»Ich gebe euch genau fünf Minuten, dann schicke ich eine neugierige, äußerst geschwätzige Putzkolonne hier rein. Die sind sicher schon ganz heiß darauf, euch hier so vorzufinden«, schepperte es tinitusverdächtig in meinen Ohren.

Vorsichtig öffnete ich meine Augen und betrachtete mich. Bis auf ein weißes Saunahandtuch um die Lenden war ich splitterfasernackt. Ich blickte nach oben und sah Nora hämisch auf mich herabgrinsen. Ihre Stimme hatte ich schon längst erkannt. Dass sie aber topgestylt im adretten Hosenanzug über mir thronte, ohne auch nur ein einziges erkennbares Anzeichen ihres vorabendlichen Totalabsturzes aufzuweisen, verwunderte mich schon. Ganz offensichtlich war ihr Absturz dann doch glimpflicher ausgegangen als meiner.

Mit großen Augen schwieg mich Nora vorwurfsvoll an.

»Wieso *euch*?«, brummte ich mit verklebten Lippen. War noch jemand hier?

Ich wischte mir über meine klebrigen Augen und riskierte einen vorsichtigen Panoramaschwenk durch den Raum. Das, was ich sah, kam mir merkwürdig bekannt vor. Einen ähnlichen Kameraschwenk hatte ich letztens erst auf der Website des La Vita gesehen, als ich mich über den Spa-Bereich des Hotels informierte. Und tatsächlich. Es war wirklich der marmorgetäfelte »Marktplatz« des Wellnessbereiches, auf dem ich gerade aus dem Koma erwacht war. Und doch hatten sich einige marginale Abweichungen zum Originalfilmschwenk des Homepagevideos eingeschlichen. Aus dem asiatischen Skulpturenbrunnen sprudelte kein Feng-Shui-Elixier, sondern eine zartrosagelb-gefärbte Mischung aus Heilwasser und französischem Rotwein. Obenauf machte ein schwarzer String-Tanga gerade sein Seepferdchen. Das zum Wein gehörende Leergut steckte links daneben kopfüber in einem exotischen Pflanzkübel. Am Rande des kleinen Flusslaufs, der den Raum durchquerte, gedieh kein tiefenentspannter exotischer Farn, sondern schnarchte ein mir nicht unbekannter Banker in weißer Feinrippunterhose, aus der ein Bündel Geldscheine hervorschaute. Als wäre das alles nicht schon schlimm genug, entdeckte ich links neben Olaf, zwischen zwei völlig derangierten Farnkübeln, eine junge asiatische Millionenerbin, die splitterfasernackt auf einer gelben Relaxliege kauerte. Keine Ahnung, ob sie noch am Leben war. Ich erkannte meinen weißen Udo-Jürgens-Bademantel, der in einem Aufgusseimer vor sich hin quoll. Meine Augen zogen weiter und entdeckten Olafs Designer-Anzug gelangweilt in einer der Erlebnisduschen baumeln. Sein weißes Oberhemd wiederum klebte zwei Meter weiter, slim-fit-passgenau über einer fernöstlichen Meditations-Statue, die, so bekleidet, nun eine gewisse Ähnlichkeit zu Jogi Löw nicht leugnen konnte.

Zum krönenden Abschluss meines Horrorschwenks durch den verwüsteten Wellnessbereich sah ich plötzlich ein aufgerissenes, leeres Päckchen Kondome zwischen Olaf und der Asiatin auf dem Boden liegen. Ich betete, dass alles nur ein hochprozentiger Suff-Alptraum war, wie der, in dem ich letztens für die Kanzlerin gesungen hatte. Leider vergeblich.

Plötzlich grunzte Olaf laut und richtete sich behäbig auf. Auch die leichenblasse, nackte Chinesin kam zu sich. Sie lebte, wenigstens etwas. Nora half ihr auf die Beine. Reflexartig schnappte ich mir die Kondomverpackung, vergrub sie in meiner Faust und hoffte inständig, dass Nora sie noch nicht bemerkt hatte.

»Also, wenn ich dann bitten dürfte«, forderte sie uns streng auf, endlich Land zu gewinnen, damit die von Steffen georderten beiden Putztrupps das Katastrophengebiet wieder in eine Wohlfühloase verwandeln konnten. Wir schlüpften in die frischen Bademäntel, die uns Nora bereitgelegt hatte und folgten ihr wie in Trance durch diverse Service- und Nebengänge, vorbei an unzähligen glotzenden und grinsenden Mitarbeitergesichtern, ehe wir endlich den Flur zum Treppenhaus erreichten. Schweigend stiegen wir die Treppen hinauf. Nur die Asiatin zog es vor, durch den Hinterausgang an die frische Luft zu gehen. Ich schleppte mich auf mein Zimmer. Obwohl ich sicher einen guten Teil meines Mageninhaltes im Wellnessbereich gelassen hatte, war mir immer noch kotzübel. Dazu fraß sich ein Pressluft-hammer durch meinen Kopf und ließ meine Schädeldecke beben. Ich warf zwei Migränetabletten ein und legte die leere Kondompackung auf den Nachttisch.

Leider blieb mir erlösender Schlaf verwehrt. Meine Gedanken tanzten mit dem schweren Baustellengerät Pogo. Kein schöner Zustand, aus dem sich zu allem Überfluss recht merkwürdige Gedanken entwickelten. Einer davon veranlasste mich, ins Badezimmer zu wanken. Dort inspizierte ich meinen »lieben Freund und Kupferstecher«. Waren da irgendwelche Indizien, die darauf hindeuteten, dass ich während der letzten drei oder vier Stunden ein Kondom getragen hatte? Womöglich sogar Sex hatte? Zum Glück fand ich keinerlei Hinweise. Einigermaßen beruhigt stellte ich mich unter die Dusche und ließ mich zwanzig Minuten lang berieseln. Als ich aus dem nebligen Bad wieder ins Zimmer trat, fand ich ein akkurat zusammengelegtes Wäschepaket auf meinem Bett. Mein Anzug. Frisch gereinigt. Dazu mein Auftrittshemd, gewaschen und perfekt aufgebügelt. Alles verpackt in einer durchsichtigen Plastikfolie, an der ein Zettel klebte: *Wir müssen reden. Um 13 Uhr bei mir im Büro. Nora*

Ich ließ mich auf mein Bett fallen und starrte im Halbschlaf auf die Hotelzimmerdecke. Da deren Beschaffenheit aber nicht viel hergab, schlüpfte ich schließlich in meinen frisch gereinigten Anzug, steckte die leere Kondompackung in meine Hosentasche und trank gegen zehn bei Gina in der Brasserie einen doppelten Espresso doppio. Die Erinnerungen an das Ende der letzten Nacht ließen aber trotz des vierfach-Koffeinschocks weiter auf sich warten. Ebenso das Ende meiner Kopfschmerzen, so dass ich noch eine dritte Tablette nachschob. Eines aber war mir bei aller Bematschtheit klar: Ich musste mit Olaf reden. Tagung hin oder her.

Zudem interessierte mich, in welchem körperlichen Zustand Olaf den entscheidenden Verhandlungen mit der China-Delegation beiwohnte, und ebenso, wie die millionenschwere Frau Chong mit der absurden Situation umging. Immerhin hatte sie ja ihr Ziel erreicht und den designierten HESSENBANK-Chef flachgelegt. Oder mich? Oder gar uns beide?

Mein Handy verkündete mir den Eingang einer Blue-
tooth-Nachricht und einer SMS mit dem Absender einer mir
unbekannten Nummer. Ich öffnete zunächst die Musikdatei
und es ertönte der Tote-Hosen-Kultklassiker »Eisgekühlter
Bommerlunder«. Dann las ich die SMS.

Das Letzte, an das ich mich erinnern kann ... Olaf.

Ich erinnere mich nicht einmal mehr, dass ich dir meine Handynum-
mer gegeben habe. Und: Was macht eigentlich ... Jan

Ich schickte meine Antwort und den Bowie-Song »China
girl« an Olaf. Seine Antwort kam noch vor meinem zweiten
Mehrfach-Espresso.

Frau Chong sitzt drei Stühle neben mir und tut so, als sei nichts
gewesen. Die hat Nerven. Zumal ich ... Jan, wir müssen reden! Ich
habe um halb 11 eine kurze Kaffeepause. Bist du in der Nähe? Olaf

Ich schickte mein Okay an den Mann, den ich vor zwölf
Stunden noch für ein testosterondurchflutetes *HBMännchen* gehalten hatte. Jetzt fühlte es sich eher an, als hätte ich
mich mit einem Kumpel verabredet.

Ich schlurfte nach draußen zum Kiosk an der Ecke, direkt
neben dem Irisch Pub, und kaufte mir die »Butzbacher Zeitung«, obwohl ich wusste, dass zu Hause wie immer ein Ex-
emplar auf mich wartete. Nur leider war das Zuhause nicht
mehr wie immer.

Auf einer Parkbank begann ich zu lesen. Die heimat-
liche Tageszeitung gehörte für mich zu einem Morgen einfach dazu. Wie ein helles Brötchen oder ein Toast: nicht
besonders gehaltvoll, aber dennoch unentbehrlich. Zudem
war die Zeitung neben einem passablen Sportteil gut für ein
paar unfreiwillige, manchmal auch freiwillige Schmunzler.
Auch an diesem Morgen.

Zeit drängt: Nur noch ein Urnengrab frei in Oberkleen, las
ich im Regionalteil der an sich schon ziemlich regionalen
Zeitung und hoffte, dass sich meine sechsundachtzigjährige

Großtante aus besagtem Ortsteil nicht tatsächlich damit beeilte, sich aus dem Staub beziehungsweise sich zu Staub zu machen. Ansonsten gab es nicht viel Neues: Ein *gut besuchtes* Schlachtfest in Nieder-Weisel samt Foto, auf dem vier Rentner gelangweilt an einer Bierzeltgarnitur hockten, außerdem die üblichen unscharfen Bilder von als Osterwanderungen getarnten Vereinsbesäufnissen und die halbseitige Geburtsanzeige eines Münzenberger Jungen, der ab sofort auf den geschmeidigen, landestypischen Vornamen Damon-Jérome hören musste und mit Nachnamen Holzmüller hieß.

Eine SMS von Ella trudelte ein, sie müsse mit mir reden, teilte sie mir mit.

Na super, dachte ich, das wird ein richtig kommunikativer Morgen. Eine Unterredung nach der anderen. Vermutlich hatte Ella schon längst von meiner Eskapade erfahren und musste mir als Chefin des Hauses gehörig den Kopf waschen. Per SMS verabredete ich mich mit Ella um halb zwölf. Fehlten eigentlich nur noch Katharina und Nicki. Ich öffnete das Mailprogramm meines Handys. Natürlich.

Hallo Jan. Bist du wieder bei Verstand? Was sollte das gestern? Falls du dir wirklich Sorgen um mich machst: Nein, ich liege nicht vom HBMännchen aufgeschlitzt und vergewaltigt im Kurpark. »Warum gerate ich immer an so schräge Typen?«, würden meine Hobby-Autorinnen wohl schreiben. Naja, was soll's, Schwamm drüber. Wann beginnen wir eigentlich mit unserem Buch? Oder hast du das schon vergessen? Lass uns bei Gelegenheit drüber quatschen. Ach ja: Mein Date ist übrigens nicht mehr gekommen. Liebe Grüße. Kati

War ja klar, dass auch Katharina noch Redebedarf hatte, zudem wusste sie noch nicht, dass meine *HBMännchen*-Theorie ein Griff ins Klo war. Na gut.

Gedanklich ging ich den Terminplan durch. Erst Olaf, dann Ella und um eins Nora. Katharina würde ich am Nachmittag anrufen.

Kurz vor halb elf saß ich dann im Foyer und wartete auf meinen ersten Gesprächstermin mit Olaf. Gerade hatte ich meine Augen für einen Moment geschlossen, als ich plötzlich eine vertraute Stimme nach mir rufen hörte.

»Jan? Na, das ist ja mal praktisch, dass ich dich gleich hier finde.«

Ich drehte mich um und sah Heike durch die Eingangstür kommen. Noch ehe ich etwas sagen konnte, ließ sie sich in dem Sessel gegenüber nieder.

»Wir müssen reden.«

»Äh ja, natürlich«, stammelte ich überrumpelt. Anscheinend mussten irgendwie alle reden heute Morgen. Aber doch bitte nicht auf einmal. Das geht beim Elternsprechtag auch nicht. Besorgt blickte ich auf meine Armbanduhr. Olaf konnte jeden Moment kommen und würde sicher nicht viel Zeit haben.

»Äh, du, im Moment ist es gerade schlecht, können wir das vielleicht ...«

Heike schnaubte. »Nein, Jan, das können wir nicht. Du bist erst gestern davongelaufen. Das geht so nicht. Ich muss dir noch was Dringendes sagen.«

»Gut. Okay, fünf Minuten habe ich«, entgegnete ich.

»Fünf Minuten?«, vergewisserte sie sich, und ihre Nasenflügel bebten. Kein gutes Zeichen, wie ich in den vergangenen fünfzehn Jahren gelernt hatte. Aber, mein Gott, was gab es denn noch groß zu sagen?

»Okay, vielleicht sieben«, schlug ich ihr großzügig vor.

Heike schüttelte konsterniert den Kopf und schwieg.

»Na komm schon, leg los«, forderte ich sie auf, »sag mir halt, dass du dich für Joey entschieden hast und gegen uns. Dann ist es endlich offiziell, und alles Weitere können wir später klären. Ich habe gleich einen Termin«, ging ich patzig in die Offensive.

Heike richtete sich auf und nahm mich ins Visier. »Okay, Jan, wie du willst. Dann halt die Kurzfassung. Ich mache ein Sabbat-Jahr. Das habe ich schon vor einer ganzen Weile beim Schulamt beantragt, jetzt ist es durch. Ich gehe für ein Jahr nach Gomera. In das Waisenhaus, in dem auch Jule Fischer gearbeitet hat. Die Praktikantin im Gemeindebüro, du kennst sie ja. Kümmere dich bitte um die Kinder. Ich denke, du bekommst das hin. Hannah und Lina wissen Bescheid, deine und meine Eltern auch, die sind bereit, dich, wo es geht, zu unterstützen. Also bis auf meinen Vater.«

»Natürlich«, antwortete mein Mund reflexartig. Mein Verstand jedoch hatte noch nicht annähernd begriffen, was Heike mir da gerade sagte.

»Und falls dich das interessieren sollte, Jochen kommt nicht mit.«

»Was für ein Jochen?«

»Na, Joey halt.«

»Joey heißt Jochen? Echt jetzt?« Bei aller Fassungslosigkeit musste ich lachen. Ich kannte Joey schon seit über zehn Jahren, den Jochen in ihm aber bislang noch nicht.

»Krass.«

Heike blickte zur großen goldenen Standuhr neben den Fahrstühlen und stand auf. »Okay, ich denke, das waren knapp drei Minuten. Recht so?«

»Äh, also ...« Plötzlich stand Olaf neben uns.

»Hallo. Ich bin Olaf Juncker von der HESSENBANK«, stellte er sich Heike vor, wie es Herr Kaiser von der Hamburg-Mannheimer im TV-Spot nicht besser hätte sagen können. Olaf hatte nicht den Hauch einer Ahnung, in was er gerade hineinplatzte.

»Aha. Ja, Heike Schubert«, antworte meine Noch-Ehefrau irritiert.

»Ach so! Sie sind Jans Frau. Ich habe schon viel von Ihnen gehört.« Olaf lächelte und streckte Heike die Hand entgegen.

»Olaf, bitte«, bremste ich ihn und gab ihm mit einem Blick zu verstehen, dass er störte.

»Schon gut. Ihr braucht noch einen Moment, ja? Kein Problem. Ich warte drüben in der Brasserie.«

»Nicht nötig«, fiel Heike ihm ins Wort. »Meine Zeit ist sowieso abgelaufen«, wiegelte sie mehrdeutig ab, stand auf und schritt zackig in Richtung Ausgang.

»Obwohl ...« Heike hielt plötzlich inne und machte auf dem Absatz kehrt. »Um meine letzte Minute noch effektiv auszunutzen: Ich fliege übermorgen. Wäre schön, wenn du mich zum Flughafen bringen könntest. Ich weiß, ich weiß, du hast da mit Oli einen Auftritt in Gießen, aber bis dahin schaffst du das locker«, rief sie mir zu und schwang durch die große gläserne Drehtür nach draußen.

Ich stützte meinen betonschweren Kopf auf die Hände und versuchte mich zu sortieren. Hatte Heike das eben wirklich gesagt? Hatte sie mich an diesem trüben Gründonnerstagmorgen mal eben so im Vorbeigehen zum alleinerziehenden Vater ernannt? Wie stellte sie sich das vor? Wie sollte ich das hinbekommen? Also rein logistisch. Schließlich war ich ständig zu Auftritten unterwegs.

»Ähh ... tut mir leid, wenn ich da ...«, stammelte Olaf verlegen und setzte sich neben mich.

»Du kannst ja nichts dafür«, entgegnete ich leise und erzählte ihm kurz von Heikes absurden Plänen. Ich hoffte, dass sie mir durch das reine Aussprechen etwas begreiflicher wurden. Ein frommer Wunsch. Zudem merkte ich, dass Olaf nicht wirklich zuhörte, sondern nervös auf seine Uhr schaute.

»Sorry, Jan, dass ich so schnell das Thema wechsel, aber ich habe nicht viel Zeit. Eine Frage, hast du dir eventuell letzte Nacht Geld von mir geborgt? Kannst du dich da an irgendetwas erinnern?«

»Was? Ich? Nein. Du hattest doch gesagt, dass du mich einlädst.«

»Hm. Okay.« Olaf kratzte sich am Kinn. »Jetzt bitte nicht missverstehen, aber ich glaube, ich bin heute Nacht beklaut worden.«

»Du bist was? Aber du denkst doch nicht ...«

»Nein, nein, das wollte ich damit nicht sagen. So schätze ich dich wirklich nicht ein.«

»Will ich auch hoffen«, brummte ich leicht beleidigt.

»Trotzdem. Das Restgeld aus meiner Anzugtasche fehlt. Du weißt schon.«

»Das Angeberbündel.«

»Genau. Und ...« Olaf stockte und beugte sich zu mir nach vorne.

»Was *und*?«, fragte ich neugierig.

»Meine Kreditkarte«, flüsterte Olaf kaum verständlich.

»Du hattest da auch deine ...«, rief ich aufgebracht.

»Hey«, beschwichtigte mich Olaf, »nicht so laut. Müssen ja nicht alle gleich mitbekommen.«

Ich schaute den Banker entgeistert an. »Das ist jetzt nicht dein Ernst? Niemand ist so blöd und ...«

»Ja, ja, ich weiß«, fuhr Olaf dazwischen. »Das war dumm. Ich, ich wollte halt bei den Asiaten auf dicke Hose machen«, druckste er verlegen herum.

»An was genau kannst du dich noch erinnern?«

»Ich weiß, dass ich ein paar große Scheine am Tresen gelassen habe. Das ist auch dort angekommen, habe ich schon gecheckt. Aber von da ab fehlen etwa 250 Euro, die Karte und jegliche Erinnerung. Ich hatte gehofft, du wüsstest mehr.«

Ich schüttelte den Kopf. »Keine Chance. Tut mir leid.«

»Hast du wenigstens eine ungefähre Ahnung, ab wann genau Frau Chong wieder mit von der Partie war?«

Ich überlegte.

Er fuhr fort: »Ich kann mich nur dunkel erinnern, dass wir die Schlüssel des Barkeepers gefunden haben und dann rüber in den Wellnessbereich sind. Und plötzlich war sie irgendwie da.«

»Dann weißt du mehr als ich. Als ich vorhin die nackte Chinesin zwischen uns liegen sah, hoffte ich noch, dass das ein angenehmer Promilletraum wäre. Bis ich ...« Ich kramte in meiner Hosentasche nach der leeren Kondomverpackung und vergrub sie in meiner Faust. »Bis ich das hier auf dem Fußboden gefunden habe, direkt neben deiner Liege.«

Ich streckte Olaf meine geballte Faust entgegen und öffnete vorsichtig einen kleinen Spalt.

»Nee, oder?« Olaf schnappte nach Luft. »O Himmel, Arsch und Zwirn«, zischte er und ließ sich in den Sessel zurücksacken. »Ich?«, fragte er vorsichtig.

Ich nickte stumm.

»Und du bist dir sicher, dass nicht doch du ...?«

»Zu 99 Prozent. Zudem war die Lotusblüte doch schon den ganzen Abend scharf auf dich.«

Olaf sackte in sich zusammen. »Na ganz toll. Fuck.«

»Genau«, ergänzte ich.

Olaf haute so fest auf die Sessellehne, dass daraus eine kleine Staubwolke emporstieg.

»Und die Kohle kann wirklich nur in dieser Zeitspanne weggekommen sein?«, hakte ich nach.

»Ja. Definitiv. Was ist mit diesem Saunameister oder der Karaoke-Frau?«

»Nee, niemals. Keiner von den beiden riskiert dafür seinen Job.«

»Bleibt also nur Frau Chong, diese ... diese blöde ...« Olaf rang nach einem Schimpfwort, gab dann aber schließlich auf.

»Ich weiß nicht«, wiegte ich den Kopf hin und her, »hat sie das nötig? Also gut, den Sex vielleicht, aber das Geld?«

»Haha. Wie lustig.« Olaf hob seinen Kopf, und ich bemerkte, wie er schlagartig blass wurde. Ich drehte mich um und sah Frau Chong mit kleinen, aber entschlossenen Schritten direkt auf uns zukommen, gefolgt von einer großen Blondine.

»Wer ist die andere Frau?«, fragte ich schnell.

»Die Dolmetscherin«, antwortete Olaf blitzartig, während er nervös auf seinen Fingernägeln kaute. »Himmel Herrgott, Jan, was soll ich denn machen?«

»Es bleibt dir wohl nichts anderes übrig, als Sie darauf anzusprechen. Vielleicht war sie auch so knülle, dass sie das Geld und die Karte, äh, was weiß ich, versehentlich mitgenommen hat?«

Frau Chong war nun fast bei uns angekommen.

»Ahh, Misde Junga. Cän wi doag?«

»Yes, of course«, antwortete Olaf ohne zu zögern, sprang auf, zupfte sich seinen Anzug gerade und deutet auf die Loungeecke am anderen Ende des Foyers. »Vielleicht da.«

Frau Chong nickte und brabbelte sogleich los, so dass die adrette Dolmetscherin kaum mit dem Übersetzen hinterherkam.

»Frau Che Chong möchte sich für gestern Abend entschuldigen.« Dann waren sie außer Hörweite. Leider.

Gebannt beobachtete ich von meinem Platz aus, wie die

drei sich drüben in den Luxussesseln niederließen und ihre Köpfe zusammensteckten. Ich sah, wie sich die Dolmetscherin abwechselnd der Asiatin und ihm zuwandte. In immer kürzeren Abständen. Das Gespräch wurde augenscheinlich lebhafter. Sogar aus fünfzehn Metern Entfernung konnte ich erkennen, wie Frau Chongs Kopf immer röter wurde. Nun wartete ich gespannt auf das erste Anzeichen einer Aussöhnung, eine freundschaftliche Geste oder ähnliches. Schließlich wollte ich ja nicht, dass Olafs Investitionsdeal platzte oder, noch schlimmer, der peinliche Asia-Softporno der letzten Nacht dazu führte, dass Olafs Inthronisierung auf dem Chefposten in letzter Sekunde den Main hinunterging.

Doch dann passierte es. Frau Chong stand auf, ging einen Schritt auf Olaf zu und verpasste ihm eine Ohrfeige, deren saftiger Knall auch am anderen Ende des Foyers deutlich zu hören war und mich zusammenzucken ließ. Wütend stapfte Frau Chong in Richtung der Tagungsräume davon, gefolgt von der ausnahmsweise mal sprachlosen Dolmetscherin. Diese Watschn brauchte sie nicht zu übersetzen, die war international. Olaf stand benommen auf und taumelte zu mir.

»Was war das denn?« Die getroffene Backe leuchtete tieforange, der Rest seines Gesichts bestach durch Farblosigkeit.

»Scheibenkleister. Das … das war's dann wohl«, stammelte der gestandene Banker und wirkte dabei wie eine dieser Südsee-Boxluschen, die man den Klitschkos immer zum Prügelfraß vorwarf.

Mein Handy surrte in der Hosentasche. Ohne meinen Blick von Olaf zu wenden, drückte ich den Anruf weg.

»Nun sag schon«, forderte ich ihn ungeduldig auf und hätte dem angeschlagenen Boxer am liebsten ein wenig frische Luft zugewedelt und Wasser ins Gesicht gespritzt.

»Sie streitet alles ab. Nicht einmal im Wellnessbereich will sie gewesen sein.«

»Sehr witzig.«

»Ich glaube, sie hat den größten Filmriss von uns allen. Als ich sie vorsichtig auf das Geld und die Karte angesprochen habe, ist sie ausgetickt.«

»Das gibt's doch nicht. Was gibt es da abzustreiten? Und was sagt sie zu dem Kondom?«

»So weit war ich zum Glück noch gar nicht. Wahrscheinlich hätte sie mich mit ihrem Samurai-Säbel geviertelt, frittiert und ihren asiatischen Kollegen zum Mittag gereicht.«

»Und jetzt?«

Olaf seufzte. »Ich glaube nicht, dass Che Chong noch in unser Projekt investiert.«

»Ach nee? Das ist doch eine Privatsache und hat mit eurem Deal nichts zu tun«, entgegnete der Wirtschaftslaie.

Olaf lächelte sarkastisch. »Du hast ja keine Ahnung. Was glaubst du, warum wir hier den ganzen Zauber machen? Einen fünfstelligen Betrag in diese Tagung investieren? Die Eckdaten des Deals sind doch lange klar.«

»Atmosphärische Stimmungen, ich erinnere mich dunkel. Und wenn Frau Chong atmosphärisch verstimmt ist, dann sind das ihre Gefolgsleute auch.«

»Du lernst schnell, Jan. Könntest fast als Praktikant bei mir anfangen.« Olaf lächelte mit Leidensmiene.

»Und ... hat das auch Auswirkungen auf deine Beförderung?«, fragte ich vorsichtig.

Olaf lachte auf, dieses Mal aber zynisch. »Nein, Jan, überhaupt nicht, wo denkst du hin? Die HESSENBANK hat gerne jemanden an der Spitze, der auf einer bedeutenden Tagung die wichtigste Geschäftspartnerin des Rumvögelns und des Diebstahls bezichtigt hat.«

Wir schwiegen einen Moment. Dann pustete Olaf entschlossen Luft durch die Backen und stand auf.

»Ich muss los. Wir haben jetzt erst einmal interne Sitzungen, die Asiaten für sich und wir für uns. Vielleicht kann man ja den Deal doch noch retten.«

»So? Wie denn?«

»Vielleicht ist Frau Chongs Ehre wiederhergestellt, wenn sie weiß, dass sie mit mir in Zukunft nichts mehr zu tun haben wird.«

Ich wusste sofort, worauf Olaf hinauswollte. »Du willst doch nicht etwa ...«

»Es bleibt mir nichts anderes übrig. Mit einem Rück-zug aus persönlichen Gründen hätte ich zumindest noch Möglichkeiten, woanders unterzukommen. Mal abgesehen davon, dass Sabine ohnehin dagegen ist, dass ich ... Naja, egal, ist nicht dein Problem.«

Ich seufzte. »O Mann, tut mir echt leid, dass der Abend so gelaufen ist.«

»Du hast deine Probleme, ich meine«, sagte Olaf lapidar, »vielleicht tauschen wir uns demnächst mal aus, was aus ihnen geworden ist.« Er lächelte gequält und reichte mir die Hand.

»Ja, lass uns das mal machen«, erwiderte ich aufrichtig.

»Mach's gut.« Olaf stand auf und ging.

Ich zückte mein Handy und hörte mit dem letzten Rest meines Akkus ab, was mir Martha vor einigen Minuten auf meine Mailbox gesprochen hatte.

Hallo Jan. Ich bin's. Wichtig: Oli muss den Gig übermorgen in Gießen absagen. Sein Schwiegervater hatte einen Infarkt. Er fährt heute Nachmittag mit Steffi nach Bremen. Es sieht gar nicht gut aus. Ich habe den Veranstalter schon informiert. Der ist zwar ziemlich sauer, aber, mein Gott, es gibt halt Wichtigeres. Wenn du magst, ruf doch Oli selbst mal an. Er ist ziemlich neben der Spur. Bis die Tage. Bussi. Martha

Gedankenverloren starrte ich auf mein Display. Nur noch fünf Prozent Akku. Irgendetwas störte mich an Marthas Nachricht. Dass Oli einen Comedy-Auftritt absagte, kam äußerst selten vor. Vielleicht waren es zwei oder drei in den letzten vier Jahren. Einmal war Olis Wagen auf dem Mün-chener Ring verreckt, so dass es unmöglich war, rechtzeitig zum Auftritt in Heilbronn zu sein. Ein anderes Mal hatte Oli 41 Grad Fieber und wurde von seiner Frau Steffi am Bett fest-gebunden, um nicht doch zum Auftritt nach Bad Hersfeld zu fahren.

Klar wäre der Oli, den ich kannte, mit seiner Frau sofort nach Bremen gefahren, hätte sich dann aber Samstagmor-gen ins Auto gesetzt, um rechtzeitig zum Auftritt in Gießen zu sein. Steffi hätte zwar geschimpft, aber daran war Oli gewöhnt.

»Absagen ist mega doof. Die Leute freuen sich auf den Abend, haben sich vielleicht extra einen Babysitter organisiert und dann kommen sie hin und Pustekuchen«, hatte Oli immer gesagt.

Martha tickte ähnlich. Ehe sie einem Veranstalter absagte, setzte sie Gott und die Welt in Bewegung. Also in dem Sinne, dass sie Gott war und ihre Welt die zahllosen Musikerkontakte im Rhein-Main-Gebiet. Für jeden magendarmschwächelnden Musiker hatte Martha in Windeseile etliche Backup-Optionen, auf die sie aber nur im absoluten Notfall zurückkommen wollte. »Lieber eine fiebrige Erstbesetzung als eine fitte Zweitbesetzung«, zitierten wir Martha gerne. Und so schickte sie dem Kränkelnden endlose Listen voller Hausmittelchen und Arztempfehlungen. Sogar bei Trauerfällen konnte sie pietätlos tough sein. »Keine Beerdigung geht bis 20 Uhr, es sei denn, es ist deine eigene«, hatte sie mal unserem sensiblen Gitarristen Mark vor den Latz geknallt, als der sie bat, für ihn einen Ersatzmann zu besorgen. Und so hetzte der eingeschüchterte Mark dann tatsächlich vom kargen Leichenschmaus des plötzlich herztoten Patenonkels direkt rüber zum Luxusdinner beim Herbstball der Kardiologen.

Vor diesem Hintergrund klang Marthas lapidares »es gibt halt Wichtigeres« so gar nicht nach ihr. Egal. Der Gig fiel aus. Punkt. Da ich an diesem Samstag ohnehin Heikes Fluchtwagen zum Flughafen steuern sollte, kam mir die Absage gar nicht mal so ungelegen. Oli anzurufen verschob ich auf später. Jetzt musste ich erst einmal meine eigene Großbaustelle in den Griff bekommen, die so plötzlich entstanden war wie eine spontane Fahrbahnabsenkung auf der A5.

14

I want your sex

Ella stand leicht gebeugt mit einem Aktenordner in der Hand vor einem großen massiven Holzschrank und sah dabei atemberaubend aus. Ein langes Strickkleid schmeichelte ihren faszinierenden Rundungen und reichte fast bis zum oberen Ende ihrer hohen, glänzendbraunen Lederstiefel. Über ihrem Dekolleté baumelte an einer langen Kette ein bronzefarbenes Medaillon, als würde es gerade über dem Grand Canyon bungeejumpen. Obwohl ich sonst ein ausgewiesener Adventure-Feigling bin, in dieses imposante Tal hätte ich mich zu gerne noch einmal kopfüber hineingestürzt

»Nimm Platz, setz dich, Jan«, begann Ella ungewohnt förmlich, legte den Ordner zur Seite und setzte sich an ihren Schreibtisch. Ihr strenger Unterton versprach nicht viel Gutes und vertrieb meine unzüchtigen Gedanken im Nu.

»Deine Nächte hier bei uns waren bislang ziemlich unruhig, was?«, sagte Ella mit ruhiger Stimme, und ich deutete das leise Lächeln, das ihre Mundwinkel umspielte, als Andeutung auf unsere gemeinsame Nacht im Private Spa. Das war Ella! Niemals fiel sie mit der Tür ins Haus. Mit ihrer charmanten Mehrdeutigkeit öffnete sie mir erst einmal ein kleines Fenster, damit ich mich akklimatisieren konnte. Ich ließ mir ein paar Sekunden Zeit für meine Antwort.

»Glaub mir, die Nächte davor waren auch nicht viel ruhiger. Aber immerhin musste man mich bei euch nicht aus einer Plexiglasscheibe herausschneiden.«

Ella lächelte kurz.

»Es ist schwer ruhig zu bleiben, wenn um einen herum alles aus den Fugen gerät«, setzte ich zu einer Entschuldigung an, doch Ella ging sofort dazwischen.

»Aber es gibt Grenzen, Jan.«

»Ja, verstehe. Logisch«, flüsterte ich schuldbewusst. »Nora hat dir alles schon brühwarm berichtet, was?«

»Nora? Nein. Ich weiß nur von Steffen, dass es im Wellnessbereich, naja, sagen wir mal, heiß hergegangen sein muss.« Ich runzelte die Stirn, und Ella fuhr fort. »Mir ist egal, was du warum und mit wem letzte Nacht gemacht hast. Freddy hat mir erzählt, wie du Nora aus der Schusslinie geholt und den Abend gerettet hast. Das war nett von dir. Danke. Außerdem habe ich heute Morgen sowohl von asiatischer Seite als auch von den Rhein-Main-Leuten gehört, dass der gestrige Abend einer der lustigsten war, den sie je auf einer Tagung erlebt haben. Und wenn die Dolmetscherin es richtig übersetzt hat, möchte Frau Chong ab sofort nur noch hier residieren, wenn sie im Rhein-Main Gebiet ist.«

»Das muss aber vor der Backpfeife gewesen sein«, sagte ich leise vor mich hin.

»Was?«

»Ach, nichts.« Wie schön Ella war, dachte ich. War ich mutig genug, sie zu fragen, ob wir uns in Zukunft wieder regelmäßig sehen konnten, womöglich sogar, ohne dass sie mich dafür als Pianist engagieren musste?

»Eigentlich wollte ich dich sehen, um mich bei dir zu entschuldigen.«

Begriffsstutzig zog ich die Augenbrauen hoch. »Du? Du dich entschuldigen?«

»Ja. Du bist im Moment wegen der Sache mit Heike völlig durch den Wind, und ich habe das vorgestern ausgenutzt. Das war ziemlich egoistisch von mir.«

»Äh, hallo? Ich kann mich nicht daran erinnern, dass du mich gefesselt, geknebelt und dann vergewaltigt hättest.«

Ella lächelte. »Das gibt's doch nur in Schmuddelbüchern. Nein, du weißt schon, was ich meine. Eher so mental.«

»Mental?«, echote ich. Diesen Begriff hatte ich nicht mehr gehört, seit Boris Becker versucht hatte, damit seine Tennismatches zu erläutern. Nein, Ella und meine Nacht im Private Spa waren alles andere als mental gewesen.

»Ich habe deine emotionale Situation ausgenutzt. Nicht, dass ich es bereue, um Gottes willen. Der Abend mit dir war wunderschön. Aber ...«, Ella hielt kurz inne, »aber es ist nicht mein Stil, verstehst du?«

»Ich bin nicht dein Stil?« Leicht beleidigt verzog ich das Gesicht.

»Nicht du. *Es* war nicht mein Stil. Diese ganze Aktion. Ich möchte nicht so sein, verstehst du? Nur weil Peter ...« Ella biss sich auf ihre schönen, vollen Lippen. »Naja, ist ja auch egal, warum sollst du es nicht wissen. Peter ist die ganze Woche schon bei einer anderen Frau. Wir haben uns ja schon immer Freiheiten gelassen. Aber dieses Mal ist es anders. Weißt du, gerade in dieser Woche mit der großen Tagung hätte ich Peter hier schon gut gebrauchen können, um es mal vorsichtig zu formulieren. Aber seit er diese Frau in Frankfurt hat, ist vieles anders. Wahrscheinlich ist die fünfundzwanzig Jahre jünger und zwanzig Kilo knackiger als ich. Ganz ehrlich, diese Vorstellung macht mir schon zu schaffen. Offene Beziehung hin oder her. Früher hätte Peter das Hotel wegen einer Affäre nie so lange alleine gelassen.«

»Euer gemeinsames Kind.«

»Ja. Das Hotel leidet darunter. Und wenn das Hotel leidet, leide ich auch. Und ich bin wütend. Und wenn ich wütend bin, mache ich Dinge, die ich sonst so nicht von mir kenne.«

»Mit dem Nächstbesten in die Kiste steigen, zum Beispiel«, ergänzte ich enttäuscht.

»Du bist nicht der Nächstbeste, Jan, das weißt du ganz genau. Aber du kamst gerade recht. Wir waren beide neben der Spur und suchten nach Zuwendung. Unterm Strich war aber ich es, die es forciert hat, und das tut mir leid.«

»Mir nicht«, erwiderte ich trotzig. Ich konnte nicht verhehlen, dass ich ein wenig sauer war, schließlich wurde ich hier gerade abserviert. Also als Affäre zumindest.

»Du bist süß. Aber du hast doch nicht ernsthaft geglaubt, dass du und ich ...«

»Neeeeiiin«, log ich, wie in jeder guten Groschenroman-Verfilmung.

»Außerdem solltest du dringend mit Heike reden. Ihr habt Kinder, also echte, das ist noch mal was ganz anderes. Rede mit ihr, setzt euch zusammen. Ihr wart für mich das Traumpaar schlechthin. Und wenn sich Gott und die Welt trennen, Jan und Heike nie, habe ich oft zu Peter gesagt.«

»Haben sich Gott und die Welt nicht schon längst getrennt?«, philosophierte ich drauflos.

»Du musst nicht wieder alles ins Alberne ziehen, Jan. Hör mir zu: Bau in der Lounge deine Anlage ab und fahr nach Hause. Heute Abend kann auch mal eine CD laufen, okay? Ich will nicht mit der Grund dafür sein, dass eure Ehe den Bach runtergeht. Jetzt seid ihr ja sozusagen quitt und könnt euch neu sortieren. Also, tu mir den Gefallen, kümmere dich um deine Familie. Ich kümmere mich hier um meine, sprich um das Hotel, okay?« Ella schaute mich mit festem Blick an.

»Gut, dann fahre ich nach Hause und helfe Heike beim Packen«, sagte ich wie ein patziges Kind.

»Ach so, verstehe, das wusste ich nicht.« Ella seufzte und rollte mit den Augen. »Na gut, dann lass sie halt für drei Tage zu ihrer Mutter fahren. Danach wird sie bestimmt wieder ...«

»Ihre Mutter wohnt aber nicht auf Gomera, sondern in Kirch-Göns. Das ist zwar auch ab vom Schuss, aber immerhin mit dem Auto zu erreichen«, erwiderte ich und erzählte Ella von Heikes Sabbat-Jahr-Plänen und meinem Status als alleinerziehender Vater in spe.

»O Mann, Jan, das, das tut mir echt leid.«

»Ja, ich weiß. Deswegen, Ella«, griff ich flehend nach ihren Händen, »schick mich bitte noch nicht nach Hause, ja? Ich brauche die paar Stunden noch, um mich zu sortieren.«

Wie nicht anders zu erwarten war, lächelte mich Ella warmherzig an und nickte. »Wie du willst. Ich wollte nur klarmachen, dass das mit uns ...«

»Schon klar«, winkte ich betont verständnisvoll ab, konnte meine Enttäuschung aber sicher nicht gänzlich verbergen. »Ich muss dann auch mal langsam.« Ich stand auf und hatte die Tür schon in der Hand, als ich mich noch einmal umdrehte. »Und du bist wirklich nicht sauer über das Chaos von heute Morgen, als uns Nora im Wellnessbereich gefunden hat?«

Ella horchte auf. »Nora hat euch gefunden? Das wusste ich gar nicht. Mich hatte Steffen informiert, aber ohne Namen zu nennen. Er sagte nur, dass einer der Banker, ein Mitarbeiter und eben unsere spezielle Freundin wohl ein wenig ...«

»Eure spezielle Freundin?«, fragte ich irritiert dazwischen.

»Ja. Unsere Panda-Maus, wie wir sie nennen. Die hat seit drei Monaten offiziell Hausverbot. Deswegen musste ich das auch ans Ordnungsamt melden.«

»Langsam, langsam. Ich stehe grade auf dem Schlauch«, versuchte ich Ella zu bremsen.

»Keine Ahnung, wie die wirklich heißt«, fuhr sie fort, »für ihre Kunden ist sie nur ›Panda-Maus‹.«

»Panda-Maus? Hausverbot? Hä?«

»Komm, jetzt stell dich nicht dämlicher, als du bist. Sie wird ja ein paar Scheinchen von euch zugesteckt bekommen haben, wohin auch immer«, sagte Ella frivol.

Mein Mund stand immer noch weiter offen als jedes baufällige mittelhessische Scheunentor. Ganz langsam jedoch begannen sich in meinem Kopf kleine Einzelteile zusammenzufügen.

»Sie ist Bad Nauheims bekannteste Edel-Nutte. Gebürtige Koreanerin mit deutschem Pass, wahrscheinlich heißt sie in Wirklichkeit Ursula oder Karola, keine Ahnung. Eine echte Plage, das sag ich dir. Die hat sich wieder und wieder hier eingeschlichen und Tagungsleute abgegriffen. Gott sei Dank konnten wir ihr nun per einstweiliger Verfügung ein Hausverbot aussprechen. Aber wie du siehst, hält es sie trotzdem nicht ab.«

Ich stand wie versteinert in der offenen Bürotür. Ella kam ein paar Schritte auf mich zu.

»Alles klar bei dir, Jan? Du bist ja kreidebleich. Hey, mach dich locker. Du bist mir keinerlei Rechenschaft schuldig.«

Und mit einem Mal hatte sich das letzte, entscheidende Puzzleteil in meinem Kopf an die richtige Stelle gesetzt. Und im selben Moment schossen mir Olafs Worte durch den Kopf, dass er vorhatte, seine Kollegen über die Nacht mit Frau Chong zu unterrichten und in einem Aufwasch seinen Rückzug aus dem Milliarden-Projekt, womöglich sogar seinen Rücktritt als designierter Vorstandschef der HESSEN-BANK bekanntzugeben.

»Ich muss los, sorry«, rief ich Ella zu und hechtete aus der Tür.

»Ich wollte dir aber noch was zu Nora sagen«, rief mir Ella hinterher, was mich in diesem Moment aber reichlich wenig juckte.

Es war also diese Panda-Maus, die am Morgen dort nackt auf der Liege gekauert hatte. Insofern gab es überhaupt keinen Grund für Olaf, seine Kollegen zu informieren, schon gar nicht, von irgendwas zurückzutreten. Keiner musste wissen, wie und wo und mit wem er die Nacht verbracht hatte. Sicher könnte man Frau Chong mit ein paar freundlichen Worten wieder versöhnen und den Diebstahlverdacht als riesengroßes Missverständnis entschuldigen. Hektisch griff ich nach meinem Handy, um Olaf eine SMS zu schreiben, doch egal wo ich auch drückte und herumfingerte, es blieb dunkel. Mausetot. Aus die Panda-Maus.

»Fuck«, fluchte ich und sprintete ins Foyer.

»Wo tagen die Rhein-Main Banker gerade?«, rief ich Kathleen an der Rezeption zu. Ohne aufzuschauen deutete sie auf die große goldene Tafel in der Mitte des Foyers, der ich entnahm, dass Olaf vermutlich in »Wiesbaden 1 und 2« sein musste. Keuchend kam ich vor der Tür zu »Wiesbaden 1« an. Was sollte ich tun? Einfach reinplatzen und Olaf herauszitieren? Aber unter welchem Vorwand? Ich konnte ihm doch nicht quer durch den Saal zurufen, dass die Chinesin doch nicht Frau Chong war, sondern eine stadtbekannte Prostituierte. Oder war es sowieso zu spät? Was, wenn er jetzt gerade hinter dieser dicken Tür tief Luft holte, um seinen Rücktritt bekanntzugeben?

Ich sah nur eine einzige Möglichkeit, die Sitzung zu stoppen und mit Olaf alleine zu reden. Und diese Möglichkeit war direkt gegenüber an der Wand befestigt. Der Feuermeldeknopf. Von einem vollen Servierwagen, der kaffeepausenbereit neben mir stand, griff ich eine Tasse, schloss sie fest in meine Hand und trat vor das kleine, verglaste Kästchen mit dem roten Knopf. Ich atmete tief durch, baute Körperspannung auf und holte aus. In diesem Moment wurde die Tür zum Tagungsraum von innen aufgerissen, und die ersten Banker stürmten hinaus auf den Gang. Exakt fünf Millimeter vor der Scheibe kam meine Tassenfaust zum Stillstand.

Innerhalb weniger Sekunden wuselte es im Gang nur so von Anzugträgern mit Namensschildchen, so dass ich große Mühe hatte, Olaf in dem Getümmel auszumachen. Irgendwie sahen diese Banker alle gleich aus, dabei waren sie gar keine Chinesen. Langsam kämpfte ich mich gegen den Krawattenträgerstrom in den Seminarraum hinein, und dann endlich sah ich ihn. Auf einer kleinen, podestartigen Bühne saß er alleine und in Gedanken versunken an einem großen Tisch, vor ihm ein kleines Tischmikrofon und ein Namensschild. Olaf kam mir vor wie ein Bundesligatrainer, der gerade in einer Pressekonferenz seinen Rücktritt bekanntgegeben hat. Mist, ich war zu spät.

»Mensch, Olaf, ich wollte dir noch eine SMS schicken, aber mein Akku ist leer«, keuchte ich, als ich vor ihm stand.

»Was machst du denn hier?«, fragte Olaf mich mit ruhiger Stimme, während ich aufgeregt röchelte wie eine verkalkte Kaffeemaschine.

»Die ... die Chinesin, das war gar nicht deine Frau Chong, sondern eine Bad Nauheimer Prostituierte. Verstehst du? Kommando zurück, alles in Ordnung. Kein Skandal, nur ein kleines Missverständnis wegen des Geldes, das kann man sicher geradebügeln«, plapperte ich aufgeregt auf ihn ein.

Olaf schaute mich an und schwieg.

»Ich bin zu spät, sag schon, du hast es schon bekanntgegeben, nicht wahr?« Olaf schüttelte den Kopf. »Nein.«

Ich atmete erleichtert aus. »Boah, zum Glück. Da bin ich aber ...«, schnaufte ich.

Olaf hingegen zeigte wenig Symptome einer Erleichterung oder gar Freude.

»Hey, was ist los? Wegen der Kohle? Die paar hundert Euro. Deine Kreditkarte liegt irgendwo bei der Polizei, und falls nicht, bekommst du von deiner Bank sicher eine neue«, versuchte ich die Situation aufzulockern.

Über Olafs Gesicht ging ein müdes Lächeln, dann stand er auf. »Sei mir nicht böse, aber ich muss einen Moment allein sein und nachdenken. Danke aber für deine Hilfe.«

»Aber freust du dich denn kein bisschen? Ich meine, hey, wir sind noch mal mit einem blauen Auge davongekommen«, versuchte ich weiter, ihn aufzumuntern, prallte damit aber ab wie ein Squashball von einer Betonwand. Olaf gab weiter den nüchternen Banker und hatte nur noch wenig von dem Mann, mit dem ich die letzte Nacht verbracht hatte.

»Weißt du, Jan, es macht die Sache nicht viel besser, dass es keine Top-Managerin, sondern eine Provinz-Nutte war, mit der man auf der wichtigsten Tagung seiner Karriere im Vollsuff gepoppt hat.«

Ich zog überrascht die Augenbrauen hoch.

»Was die Investitionsbereitschaft der Chinesen angeht aber schon, oder?«

»Okay, ja, für die Bank ist es sicher besser so«, murmelte er vor sich hin, und mich überkam erneut eine Woge des schlechten Gewissens. Schließlich hatte ich mit meiner absurden *HBMännchen*-Verschwörungstheorie die ganze Situation mehr oder weniger heraufbeschworen.

»Ich wollte nur noch mal sagen …«, setzte ich an, doch Olaf unterbrach mich.

»Lass gut sein, Jan, sieh zu, dass du das mit deiner Heike wieder hinbekommst. Und denkt vor allem an eure Kinder.« Dann klopfte er mir auf die Schulter und verschwand im Banker-Gewusel.

Mit leerem Blick starrte ich auf das unbesetzte Plenum von »Wiesbaden 1 und 2«, bis mich ein graumelierter Herr im Anzug ansprach. »Wenn Sie so nett wären und die Klimaanlage aktivieren würden. Es ist unglaublich stickig hier drin. Und außerdem sind die Mikrofone zu leise eingestellt, wenn Sie das bitte bis Punkt 13 Uhr korrigieren möchten, Danke.«

»Natürlich«, antwortete Hausmeister Jan und sah auf seine Uhr. Noch fünf Minuten bis zum nächsten Elternsprechtermin. Das Problemkind: Nora.

»Darf ich das bei dir reinstecken?«, fragte ich Nora ohne Hintergedanken, als ich etwas später ihr Büro betrat.

»Du darfst alles bei mir reinstecken, lieber Janni«, antwortete sie mit einem frivolen Unterton, so dass mir sofort Böses schwante. Wie war die denn schon wieder drauf? Es war doch gerade mal Mittagszeit. Leicht irritiert schloss ich mein Ladekabel an eine Bürosteckdose und legte mein Handy zum Aufladen auf einen kleinen Schrank.

»Witzig«, kicherte Nora affektiert, »zufälligerweise liegt mein Handy hier auch schon bereit, willst du mal schauen?« Langsam näherte ich mich ihr. Dass sie getrunken hatte, war augen- und nasenscheinlich. Dann schaute ich auf den kleinen Handybildschirm, den Nora mir hinhielt, und für einen kurzen Moment blieb mein Herz stehen. Nora wischte ein Bild weiter, was die Sache nicht besser machte.

»Schau mal, hier seid ihr sogar alle drei drauf, schön, nicht wahr?«

Ich schluckte. Das waren also die Blitze gewesen, die ich heute Morgen beim Aufwachen im Wellnessbereich wahrgenommen hatte. Nora hatte das ganze Elend per Handykamera festgehalten, inklusive der aufgerissenen Kondompackung, die nahezu perfekt drapiert zwischen diesen armseligen, schlafenden Kreaturen lag.

»Nora, was soll das?«, stammelte ich. »Was willst du?« Mir war sofort klar, dass Nora mir diese Bilder nicht ohne Hintergedanken zeigte. Sie tat nie etwas ohne Hintergedanken, außer vielleicht, betrunken Karaoke zu singen.

»Dich, Janni, dich. Das weißt du doch.« Nora rieb mir zärtlich über den Arm, so dass ich eine Gänsehaut bekam. Langsam wurde sie mir wirklich unheimlich.

»Nora, ich, ich bin …«

»Schau, Janni, ich darf dich doch so nennen, oder?«, säuselte sie mir ins Ohr. »Jetzt, wo deine Ehe am Arsch ist und du – was man sich so erzählt – der einen oder anderen kleinen, Affäre nicht abgeneigt bist, da dachte ich, dass …«

»Nora, bitte, lass uns wie zwei vernünftige Erwachsene …«, setzte ich an, wurde aber sofort unterbrochen.

»Hör auf mit den SAT1-Sprüchen, Janni, das passt so gar nicht zu dir«, fuhr Nora mich streng an.

»Dann sag du mir endlich, was du von mir willst«, antwortete ich patzig.

»Hab ich doch gesagt: dich!«

»Aber du kannst so etwas nicht erzwingen«, versuchte ich Nora zu erklären, die nun aufstand und auf mich zukam.

»Liebe nicht, Janni. Aber Sex. Ich möchte, dass du mit mir eine Nacht verbringst. Hier im Hotel und zwar exakt so, wie du sie mit Ella verbracht hast.«

»Tse, du spinnst ja komplett.«

»Wenn du meinst. Aber wundere dich nicht, wenn diese hübschen Fotos heute Nachmittag, ich sag mal, ein wenig die Runde machen. Schau mal hier. Ich habe alles schon vorbereitet.« Nora tippte auf ihrem Handy und zeigte mir einen Mailverteiler mit den Adressen von Heike, Ella, Peter, der HESSENBANK und der BILD-Frankfurt Redaktion.

»Aber ... aber, das ist ja«, rang ich nach Luft und konnte nicht fassen, was Nora da abzog.

»Spar dir das. Es ist, was es ist. Du hast Mist gebaut und musst dafür bezahlen. Alles andere wäre ja absurd.« Sie lachte affektiert. »Dabei kannst du doch noch froh sein, ich werde dir das ›Bezahlen‹ oben im Private Spa äußerst angenehm gestalten, keine Sorge. Danach überlasse ich dir das Handy. Ich brauche sowieso ein neues.«

So langsam bekam ich es mit der Angst zu tun, denn Nora klang nun endgültig wie eine Psychopatin aus einem »Tatort«.

»Aber du hast dich gestern Abend auch nicht gerade mit Ruhm bekleckert, Nora ... «, versuchte ich es mit einer Gegenoffensive.

»Und? Hast du es mit dem Handy aufgenommen? Das kannst du gerne den Bankern schicken, die werden sich freuen. Heute Morgen haben schon sechs von ihnen bei Ella angerufen und sich für den extrem lustigen Abend bedankt.«

Okay, dachte ich, und mir war klar, dass ich schwerere Geschütze auffahren musste. »Trotzdem wird Ella nicht begeistert sein, wenn ich ihr schildere, wie hackedicht du gestern Abend mal wieder warst. Und auch jetzt bist du schon wieder angetrunken.«

Ich hoffte, mein Frontalangriff würde Wirkung zeigen, doch Nora lächelte nur gelangweilt.

»Ach Janni. Weißt du, das ist mir egal. Ella weiß, was sie an mir hat. Und außerdem gehe ich ab morgen erst mal drei Wochen in Urlaub, bis dahin haben sich die Wogen geglättet.«

Ich muss gestehen, ich war ratlos und komplett überfordert mit dieser ziemlich surrealen Situation, wie Hugh Grant in »Notting Hill« sagen würde.

»Also Janni, wie schaut's aus mit uns beiden Süßen heute Nacht? Nach Dienstschluss, hm? Ich habe extra das Private Spa für uns reserviert.«

... und George Michaels »I want your sex« schon in den CD-Player gelegt, hätte ich am liebsten sarkastisch ergänzt und merkte, wie mir erste Schweißperlen über die Stirn kullerten.

»Gibst du mir bitte ein wenig Bedenkzeit, ja?«, schlug ich Nora vor.

Ich musste einfach Zeit gewinnen, um überhaupt einen einigermaßen klaren Gedanken fassen zu können. Natürlich wollte ich nicht, dass Nora diese Fotos durch die Weltgeschichte schickte. Weniger wegen Heike, viel mehr wegen Ella, vor allen Dingen aber wegen Olaf. Das wäre sein berufliches Ende gewesen, denn die ganze Sache hätte locker drei Tage die Titelseite der BILD-Frankfurt gefüllt. Aber wollte ich mich wirklich in die Fänge dieser Irren begeben? Wer weiß, was sie alles mit mir vorhatte? Und war es danach wirklich zu Ende? In jedem normalen »Tatort« war es das nämlich nie. Es ging immer weiter, immer weiter, bis die Psychopatin schließlich ...

»Von mir aus«, platzte Nora in meine Überlegungen, »sag mir bis 16 Uhr Bescheid, dann heize ich die Sauna schon mal hoch. Heute musst du ja nicht so lange arbeiten, stimmt's?«

Zwei Minuten später ließ ich mich in die Sitzgruppe des Foyers fallen. Gott im Himmel, was für ein Tag! Hätte ich doch diese verdammte Zigarette im Steigenberger nicht geraucht, alles wäre anders gekommen. Heike würde weiter ohne mein Wissen Joey poppen, und alles wäre gut. Ich erinnerte mich plötzlich an Marthas Worte, schaltete mein Handy ein und wählte Olis Nummer. Ich hoffte, mit den in Noras Büro aufgeladenen sieben Prozent Akku hinzukommen.

Weitere zehn Minuten später hockte ich auf einer Bank neben dem Elvis-Presley-Denkmal und dachte zum ersten Mal in meinem Leben an Selbstmord. Wenn auch nur für einen winzigen Moment und auch nur ganz flüchtig.

Mir würde sicher keiner ein Denkmal setzen, soviel war klar. Insofern brauchte ich mir auch keine Sorgen zu machen, dass mich gemästete Bad Nauheimer Kur-Tauben bekackten. Immerhin etwas.

15

Away from home

Wenn du denkst, es geht nicht mehr, kommt die nächste Katastrophe hinterher. Und die hieß Oli.

Seinem Schwiegervater ging es wirklich bedauernswert schlecht, wie er mir während seiner Fahrt nach Bremen vom Beifahrersitz aus schilderte.

Ich merkte schnell, dass ich mit meinem Bauchgefühl richtig lag und hinter Olis Absage noch mehr steckte. Noch viel mehr. Ich mache es kurz, Oli teilte mir mit, dass er aufhören wollte. Mit den Comedyauftritten und mit dem Tourleben. Auch ohne den aktuellen Infarkt des Schwiegervaters hatte er sich seit Wochen mit dem Gedanken getragen, Steffis unermüdlichem Drängen nachzugeben, zu deren Eltern nach Bremen zu ziehen und dort dann »spießiger Schlagzeuglehrer« an einer Musikschule zu werden, wie er es selbstironisch formulierte.

»Tut mir wirklich leid, Jan, bei allem Erfolg, bei allem Spaß, aber ich habe in den letzten Wochen gemerkt, dass diese ganze Tourerei, die vielen Auftritte an den Wochenenden, dass das alles auf Kosten der Familie geht. Da möchte ich lieber die Reißleine ziehen, bevor es zu spät ist.«

»So wie bei mir«, hätte ich am liebsten ergänzt, aber dieses Fass wollte ich jetzt nicht aufmachen.

»Ich weiß, dass du das wahrscheinlich total ätzend findest, gerade jetzt, wo es so gut läuft, aber ich hoffe, du wirst es irgendwann verstehen, auch wenn du vielleicht erst mal stinksauer auf mich bist«, ergänzte mein zukünftiger Ex-Kollege.

»Eher auf Steffi. Die war doch von Anfang an gegen die Comedyauftritte und eigentlich auch gegen die ganzen anderen Mukker-Jobs.« Auch diese Bemerkung verkniff ich mir. Eigentlich sagte ich gar nichts, außer vielleicht mal »musst du wissen« oder »wir sind ja nicht verheiratet«. Wobei es sich, wenn ich ganz ehrlich bin, dennoch irgendwie so anfühlte, als liefen bei mir gerade zwei Scheidungen parallel.

»Und was ist mit den Gigs, die schon feststehen?«, fragte ich Oli, als ich mich wieder einigermaßen gefangen hatte.

»Da finden wir schon eine Lösung und setzen uns mal mit Martha zusammen, die habe ich informiert. Bis zum Sommer spielen wir noch alles ganz normal runter und auch die Herbstgigs, die schon fix eingetütet sind.«

»Es sei denn, Papa ...«, hörte ich Steffi reinrufen und anschließend schluchzen.

»Also, Jan, wie gesagt, tut mir leid, aber ich musste da jetzt eine Entscheidung treffen.« Ein Funkloch zwischen Siegen und Lüdenscheid trennte uns.

Doppelte Scheidung, drohende Arbeitslosigkeit, ein Sexskandal, eine Erpressung, dazu von oben noch ein Taubenschiss direkt auf den Ärmel meines Shirts. Irgendwie lief es nicht wirklich rund bei mir. Wenn ich ehrlich bin, wollte ich eigentlich nur noch nach Hause, wusste allerdings nicht, wo das gerade war. Am ehesten bei meinen Kindern, am wenigsten in diesem Hotel da drüben, schon gar nicht, wenn ich an die durchgeknallte Nora dachte. Dennoch wurde mir schnell klar, dass ich auf Noras Deal eingehen musste.

Wenn sie tatsächlich diese Fotos in Umlauf brachte, würde mich womöglich sogar die Musikschule Butzbach vor die Tür setzen, die mir bis dato sehr gewogen und soeben zu einem für mich sehr wichtigen Brötchengeber aufgestiegen war. Wenn ich Glück hatte, konnte ich dort vielleicht meine Stundenzahl so erhöhen, dass ich auch ohne die Auftritte mit Oli in der Lage wäre, mich und meine Töchter über Wasser zu halten.

Als ich ins Foyer des Hotels zurückkehrte, war gerade großes Banker-Check-Out, Kathleen und ihre Kollegin hatten alle Hände voll zu tun. Die Chinesen blieben noch für eine letzte Nacht und würden am Karfreitag den Rückflug gen Osten antreten.

Ich versuchte erst gar nicht, nach Olaf Ausschau zu halten, sondern stiefelte schnurstracks in Ellas Büro.

»Hast du noch mal zwei Minuten für mich?«, fragte ich vorsichtig.

»Jan, bitte, mach es doch nicht komplizierter, als es ist.«

»Ich möchte auf dein Angebot zurückkommen beziehungsweise dir einen Kompromiss vorschlagen. Ich spiele noch bis neun in der Bar, bau dann ab und bin weg. Einverstanden?«

Ella lächelte. »Wie gesagt, Jan, du kannst auch gleich fahren.«

»Nein, das geht nicht, ich habe hier heute Abend noch etwas zu erledigen«, brummte ich in Gedanken und stellte mir vor, wie die dralle Psychopatin schon das Wasser in die Luxus-Badewanne des Private Spas einließ.

»Wie du möchtest, Jan, die Gage bekommst du so oder so.«

»Darum geht es nicht. Ich muss noch mit Nora ... äh, reden.«

Ella stand auf und kam auf mich zu. »Du weißt also Bescheid? Gut, umso besser.«

»Wie Bescheid?«, fragte ich irritiert.

»Naja, über ihren Zustand«, sagte Ella vorsichtig.

»Gut ausgedrückt«, lachte ich verkniffen. »Du, Ella, ich will mich da jetzt gar nicht in eure Angelegenheiten einmischen, aber es hat mich schon gewundert, dass sie hier zur Assistentin der Geschäftsleitung aufgestiegen ist. Ich halte sie für eine tickende Zeitbombe. Kann sich euer Hotel das leisten?«

Ella seufzte. »Du weißt also *nicht* Bescheid. Ich dachte, Freddy hätte es dir gesagt.«

»Was gesagt?«

»Nora ist krank.«

»Yep, das würde ich jetzt mal glatt so unterschreiben«, sagte ich staubtrocken.

Ellas Blick verfinsterte sich. »Hör auf, alles zu veralbern, Jan, du bist keine neunzehn mehr. Nora ist nicht meine Assistentin. Sie ist hier gar nichts. Sie hat weder Zugang zum PC-System noch sonst irgendetwas zu sagen. Nora hat schon seit Jahren ein massives Alkoholproblem, war schon mehrfach in diversen Kliniken. Morgen geht sie übrigens wieder für drei Wochen in eine.«

Ich schluckte. »Aber das Büro, ihr Outfit, was ... was macht sie dann noch hier?«

Ella setzte sich wieder hin. »Sie hat sonst niemanden. Das Hotel ist ihre Familie. Ich, Peter, Freddy, Gina und all die anderen. Wir alle haben gemeinsam beschlossen, dass sie hier bleiben kann, solange es geht. Seit Peter und ich sie ›befördert‹ haben, hat sich vieles gebessert, sie ist auf einem guten Weg, verstehst du? Wir lassen sie einfach machen, einfach mitlaufen. Solange sie dem Haus nicht schadet. Der gestrige Abend war natürlich grenzwertig, aber, wie gesagt, die Resonanzen waren super. Auf deine Udo-Jürgens-Show übrigens auch. Machst du das auch, wenn du mit diesem Oli auf der Bühne stehst?«

»Nein«, antwortete ich mechanisch, ohne wirklich zugehört zu haben. »Deswegen hatte sie auch keinen Generalschlüssel bei sich«, kombinierte ich leise vor mich hin, »deswegen konnte sie bei meiner Ankunft auch nicht ins Buchungssystem und gab vor, dass du vergessen hättest, ihr das täglich wechselnde Passwort zu geben.«

»Ja, das ist Nora. Ein bisschen wie Pipi Langstrumpf: Sie macht sich ihre Welt, so wie es ihr gefällt.«

»Wie es ihr gefällt«, echote ich Ellas Satz und stand auf.

»Du hast vorhin gesagt, Steffen hätte dich über die Nacht im Wellnessbereich informiert, richtig?«

»Ja. Ich habe ihm dann sofort Nora als Verstärkung zum Saubermachen geschickt, der reguläre Putztrupp war ja gerade erst im Personalraum eingetroffen.«

Ich dachte einen Moment lang nach. »So wie es ihr gefällt«, wiederholte ich erneut. »Kannst du bitte Steffen kurz anrufen«, bat ich Ella, die mich verwundert ansah, dann aber wählte.

»Na, Aushilfssaunameister, wieder einigermaßen fit?«, flötete Steffen vergnügt durchs Telefon, doch ich blieb ernst.

»Ganz kurz nur. Du warst das, der uns heute Morgen im Wellnessbereich gefunden hat, ja?«, fragte ich zaghaft.

»Ja. Kein schöner Anblick, das kann ich dir sagen. Aber du brauchst nichts zu befürchten, ich kann schweigen wie ein Grab. Außerdem stehst du ja unter Artenschutz«, flachste Steffen. »Äh, Ella hört doch nicht mit, oder?«, schob er unsicher hinterher, während die schon mit den Augen rollte.

»Doch, du Blödmann«, rief sie lachend von der Seite ins Telefon rein.

»Ups, sorry, Chefin«, gab Steffen kleinlaut zurück.

»Eine Frage, Steffen, als du uns gefunden hast, lag da irgendwo ...«, ich zögerte einen Moment, nahm dann aber meinen ganzen Mut zusammen, »lag da irgendwo ein offenes Päckchen Kondome herum?«

Ella starrte mich mit großen Augen an.

»Na, du bist mir ja einer!« Steffen lachte kurz auf. »Lass mich mal überlegen, nein, ich glaube nicht. Das wäre mir bestimmt aufgefallen. Es war ja nichts weiter passiert, außer dass ihr euch eure Bademäntel eingesaut hattet.«

»Du vergisst die leeren Flaschen im Pflanzkübel, den Rotwein im Springbrunnen und den baumelnden Tanga«, ergänzte ich schuldbewusst.

»Bitte? Rotwein im Springbrunnen? Nein. Und die Flaschen standen eigentlich ganz ordentlich neben den Liegen. Als Nora kam, bin ich dann erst mal in Richtung Personalraum und habe einen zusätzlichen Putztrupp abkommandiert.«

»Bingo! Hab ich es mir doch gedacht. Danke, Steffen, du hast mir sehr weitergeholfen«, rief ich erleichtert ins Telefon und gab Ella das Handy zurück, deren tadellos gepflegte Augenbrauen knapp unter ihrem Haaransatz klebten.

»Jan, kannst du mir bitte erklären, was in aller Welt da unten im Spa los war?«

Ich holte tief Luft und berichtete Ella, dass und wie mich Nora gerade erpresste. Ella schüttelte immer wieder ungläubig den Kopf.

»Ich wusste ja, dass sie ein Auge auf dich geworfen hat, aber dass sie so weit gehen würde ... Lass mich das mit Nora klären, okay?«, schlug Ella vor. Ich werde ihr klarmachen, dass sie die Bilder umgehend löschen und sich bei dir entschuldigen muss. Am besten auch bei diesem Banker.«

»Nein, Ella. Das Bilderlöschen genügt. Ich bin nicht wahnsinnig scharf darauf, Nora noch mal zu begegnen. Ich hoffe nur für sie, und für euch natürlich auch, dass sie sich wieder berappelt in den drei Wochen.«

Ella nickte. »Ja, das hoffe ich auch. Also gut, dann pack du deine Sachen, okay?«

»Soll ich nicht noch bis neun spielen, und du setzt dich ein wenig zu mir?«, fragte ich vorsichtig. Es war mein allerletzter Versuch, vielleicht doch noch ein wenig Zeit mit ihr verbringen zu können. »Für dich würde ich auch ›Lady in red‹ spielen«, sagte ich mit Dackelblick.

Ella kam auf mich zu und umarmte mich. Etwas länger als notwendig, aber leider kurz genug, dass ich nicht auf dumme Gedanken kam.

»Lass gut sein, Jan«, flüsterte sie mir ins Ohr.

»Okay. Ich geh dann mal. Grüß Peter von mir. Das wird sich sicher alles wieder einrenken.«

»Sicher. Dir viel Glück als Alleinerziehender.«

»Hmm.«

»Alles wird gut, Janni«, sagte Ella zum Schluss noch liebevoll, ahnte aber zu diesem Zeitpunkt nicht, wie viel »alles« bei mir gerade war.

In Windeseile packte ich meinen Musikkram in der Bar zusammen, nicht ohne mich von Freddy zu verabschieden, der gerade seinen Dienst antrat.

»Na, Jan, euch hat die halbe Flasche Prosecco nicht ganz gereicht, was?«

»Nicht ganz«, gab ich zu. »Hast du mal überschlagen, ob das kohlemäßig so gepasst hat oder ob sogar ein bisschen was für dich abgefallen ist?«, wollte ich noch wissen.

»Naja«, druckste Freddy herum, »der Abend war schon ein wenig überbezahlt. So etwa um 95 Euro, grob gerechnet.«

»Wow, na da hat sich der Herr Banker doch ganz schön verkalkuliert«, grinste ich.

»Du verpfeifst mich doch nicht, oder? Du weißt ja, dass wir in solchen Fällen eigentlich zu Ella kommen sollen.«

»Quatsch. Olaf, also der Banker ist ja selbst schuld, wenn er so mit seinen dicken Scheinen umgeht. Versprich mir lieber, dass du mit Nora sprichst. Bitte! Sie braucht jetzt jemanden wie dich.«

Freddy druckste herum. »Mal schauen, jetzt ist sie erst mal wieder drei Wochen weg, und dann sehen wir weiter.«

»Sie ist aber nicht weit weg diesmal. Nur drüben in Bad Salzhausen in der Geiß-Park-Klinik. Besuchszeiten ab der zweiten Woche täglich zwischen 10 und 16 Uhr«, rasselte ich herunter. Diese Information hatte ich vorhin noch Ella abgerungen, die nichts von Freddys Liebe zu Nora wusste.

Freddy nickte. »Das ist ja bei mir um die Ecke.«

»Eben«, zwinkerte ich dem netten Barkeeper zu und verabschiedete mich.

Nachdem ich mein Equipment ins Auto geladen und meine spärlichen privaten Dinge aus meinem Hotelzimmer geholt hatte, gab ich schließlich bei Kathleen an der Rezeption meinen Schlüssel ab.

»Meine Eltern waren Mitte der Sechziger totale Udo-Jürgens-Fans«, sagte sie völlig unvermittelt. »Daher kenne ich all diese Lieder. Du machst das wirklich gut, bist ein echtes Showtalent. Auch als Ersatzaufgussmeister übrigens.«

Ich lächelte verlegen. Was war denn mit Kathleen los? Sie sprühte ja förmlich vor Charme.

»Erinnere mich bitte nicht daran«, winkte ich grinsend ab. Ohne dass ich es wollte, projizierte mein Gehirn das Bild von Kathleen vor mein inneres Auge, als sie Montagabend splitterfasernackt aus der Erlebnisdusche gestiegen war.

»Hier ist noch dein Chip zur Ausfahrt aus der Tiefgarage.«
Sie schob mir eine silberne Münze über den Tresen, während ich krampfhaft versuchte, sie in Gedanken wieder anzuziehen.

»Aha, diesmal nicht in Pink. Das heißt, er ist für männliche *und* für weibliche Autos, stimmt's?«

Kathleen lachte. Ich nahm den Chip, griff nach meiner Tasche und lief in Richtung der Treppe zur Tiefgarage.

»Das Zweite ist übrigens das Beste von den dreien«, rief sie mir noch durch die fast menschenleere Hotellobby nach.

Ich blieb stehen und drehte mich fragend um.

»Die Silber-Schatten-Bücher meine ich«, ergänzte Kathleen mit einem breitem Lächeln und winkte mir nach.

Ich sag's ja, die Ost-Frauen ...

Begleitet vom singenden Zahnarzt Dr. Alban erreichte ich
»Away from home« gegen 17 Uhr mein Elternhaus. Mein Plan war es, dort noch einmal für zwei Nächte zu bleiben, weil ich schlichtweg keine Lust hatte mit anzusehen, wie Heike alles für ihren großen Abgang zusammenpackte.

Auch ihre Bitte, sie am Samstag zum Flughafen zu fahren, trieb mich mehr um, als ich mir zunächst eingestehen wollte. Die Vorstellung, sich irgendwo zwischen Duty-Free-Shops und Coffee-to-go-Bars von einem Teil seines Lebens zu verabschieden, erschien mir völlig absurd. Trotzdem schickte ich Heike eine SMS, in der ich mich für Samstag um 12 Uhr bei ihr ankündigte. Bis dahin, so ergänzte ich durchaus spöttisch, würde ich aber mein verantwortungsloses Künstler-Singleleben noch ausnutzen.

Ich schloss die Haustüre auf und rief ein unaufgeregtes »Hallo« in den Flur.

Dass Heike meine Eltern schon über alles in Kenntnis gesetzt hatte, empfand ich eher als Vorteil und hoffte, dass der obligatorische elterliche Redekelch an diesem Gründonnerstag-Abend an mir vorbeigehen würde. Leider unternahm meine Mutter dann aber doch etwa hundertsechsundfünfzig umständliche Versuche, mit mir noch mal »über alles« zu reden. Papa hingegen wollte bloß Fernsehschauen und bat mich lediglich, beim kleinen Getränkehandel um die Ecke einen Kasten Leichtbier zu besorgen, schließlich hätte ich ja den letzten Kasten auf dem Gewissen. Ich tat ihm und seinem Herz diesen Gefallen gerne, wobei ich die Gelegenheit nutzte, mir selbst ein paar Flaschen echtes Bier mitzubringen. Das war es, was mein Herz brauchte, vor allem aber mein Verstand. Ich legte mir die Bierflaschen auf Eis, holte noch eines meiner alten Keyboards vom Dachboden, schmierte mir ein paar Brötchen und zog mich in mein Jugendzimmer zurück.

Während ich die Brötchen samt dem ersten, noch lauwarmen Bier vertilgte, ließ ich die letzten Tage in aller Ruhe Revue passieren. Ich wunderte mich, wie wenig wütend ich auf Heike war, die doch einfach so die Brocken hinwarf und abhauen wollte. War ich vielleicht sogar ein kleines bisschen neidisch auf sie? Auf ihren Mut? Auf ihre Stärke?

Womöglich hatten Ella und Olaf recht, vielleicht würde sich tatsächlich alles wieder einrenken. Vielleicht stünde Heike schon zwei Wochen später tränenüberflutet wieder vor der Haustür? Im besten Falle sogar vor meiner und nicht vor Joeys. Oder würde am Samstag auf den letzten Drücker ihre Idee des Totalausstieges verwerfen und, statt zum Flughafen, mit mir zum Italiener nach Friedberg fahren? Diese Variante hielt ich nicht mal für so unwahrscheinlich. Die Frage, ob ich sie mir wünschte, konnte ich mir an diesem Abend jedoch nicht schlüssig beantworten.

Mit den letzten Brötchenresten in den Zähnen und Kopfhörern auf den Ohren klimperte ich auf meinem alten Yamaha-Keyboard herum, als mir plötzlich eine kleine Melodie zuflog, die ich einfing, hegte und pflegte und der ich, als sie groß und stattlich geworden war, ein hübsches Textkleidchen zum Thema »Schlussmachen« überzog, so dass ich am Ende richtig stolz auf ihre Gesamterscheinung war.

Wie gewohnt nahm ich eine erste Rohversion des Songs mit meinem Handy auf, um ihn dann sofort an Oli zu schicken. Drei Sekunden nachdem die Mail rausgegangen war fiel es mir wieder ein – der hatte ja auch schlussgemacht. Egal, nun war der Song raus, zurückholen ging nicht.

Ich speicherte die Aufnahme unter »Notizen« und hatte keinen blassen Schimmer, ob und wenn ja wofür ich den Song jemals noch brauchen würde.

Als ich spät in der Nacht meinen Laptop aufbaute, loggte dieser sich automatisch und mühelos wieder in Nickis WLAN ein. Ich schrieb ihm:

> Hi Nicki, ich bin noch mal für zwei Nächte bei meinen Eltern. Danke, dass du das WLAN wieder freigegeben hast. So viel schon mal vorab: vergiss HBMännchen, ich hatte mich da in was verrannt. Tut mir leid. Demnächst mehr, gute Nacht.
> PS: Sag deiner Mutter, dass ich mich morgen mal bei ihr melden werde. Also heute meine ich ;)

Anschließend durchforstete ich noch meine Mails, lauter abstruse Nachrichten. Schenkte man denen allen Glauben, so war ich in den letzten vier Tagen per Gewinnbenachrichtigungsmail sechsmal Millionär geworden, hatte mir zwölf äußerst aussichtsreiche Investitionsangebote eines extrem seriös wirkenden Dr. Mutabe Timbotou aus Fränkisch-Polynesien durch die Lappen gehen lassen, ließ über ein Dutzend Dates mit »sexy Frauen in meiner Nähe« sowie drei kostengünstige Penisverlängerungen ungenutzt verstreichen und war zudem der zweifachen Bitte meiner Hausbank nicht nachgekommen, zum Abgleich kurz meine Onlinebanking-Daten und Passwörter zuzusenden, die wahrscheinlich ein schusseliger Bank-Azubi verschlampt hatte. Kein Spam war allerdings die neue Nachricht der süßen *nussschneckschäoo7*.

> Lieber bestseller74, lange nichts mehr von Ihnen gehört! Wie sieht es aus, wollen wir uns mal treffen? Ich versichere Ihnen auch Stein auf Beil, dass es mir mittlerweile egal ist, ob Sie zehn Jahre älter oder jünger aussehen als auf dem Profilbild. Der heutige Abend hat gezeigt, dass ein gut aussehender Mann auch nichts wert ist, wenn er nicht kommt. Bitte entschuldigen Sie, dass ich so forsch zu Werke gehe, aber über die Ostertage brauche ich einfach noch irgendein Highlight, auf das ich mich freuen kann, sonst werde ich rammdösig.

Deswegen, wie wäre es mit einem Treffen am Ostermontag, so gegen 16 Uhr auf einen Kaffee und ein Stück Kuchen im Restaurant Johannisberg oberhalb von Bad Nauheim? Kennen Sie das? Ich würde mich jedenfalls sehr freuen, Sie kennenzulernen, wer weiß, womöglich sind wir beide ja aus einem Pulver geschnitzt.

Ich freue mich auf Ihre Antwort, Ihr nussschneckschä007

Noch einmal schaute ich mir das Profilbild der Nussschnecke an – und sagte zu. Keine Ahnung, ob es am dritten Bier lag oder an der Tatsache, dass das Restaurant Johannisberg nur einen Katzensprung vom La Vita, sprich von Ella entfernt lag. Vielleicht waren es auch nur die lustigen Redewendungs-Verballhornungen, die nussschneckschä007 fabrizierte. Am ehesten aber hatte ich mich wohl dafür entschieden, weil mir die kommenden Osterfeiertage ebenfalls gehörigen Respekt einflößten. Rein familiär gesehen. Eine kleine, fest terminierte Abwechslung am ohnehin überflüssigen Ostermontag konnte da nicht schaden.

Kurz vor dem Wegnicken stolperte ich im Netz noch über einen Artikel, der von einer Wahl zur »Miss Meerjungfrau« in Schorndorf bei Stuttgart berichtete. Laut Angaben des Veranstalters mussten die flossigen Anwärterinnen »nicht nur hübsch aussehen und ein wenig posieren« können, sondern auch besser als ihre Konkurrentinnen mit ihrem Meerjungfrauen-Schwanz tauchen und schwimmen. Wie mochten die Teilnehmerinnen wohl dort hinkommen? Besagtes Schorndorf liegt weder an Ost- noch Nordsee und auch sonst an keinem nennenswerten Gewässer, sieht man vom Flüsschen Rems ab. Können Meerjungfrauen, ging es mir durch den Kopf, überhaupt in Flüssen schwimmen oder geht ihnen das dann doch gehörig auf die Kiemen? Über so belangvollen Fragen schlief ich ein und träumte in der Nacht zum Karfreitag davon, dass ich im kompletten Rhein-Main-Rems-Gebiet als Veranstalter von Contests zur »Miss Geschick«, »Miss Lungen« und »Miss Geburt« unterwegs war und große Erfolge feierte. Dass Heike beim Wettbewerb »Miss Verständnis« auf dem obersten Podiumsplatz stand, habe ich allerdings nicht geträumt, sondern mir nur ausgedacht.

16

Time, time, time,
see what's become of me

Karfreitag war in unserem Hause seit jeher fleisch- und wurstfrei. Als rebellierender Jugendlicher hatte ich meine Mutter ein ums andere Mal mit theologischen Grundsatzdiskussionen ob der Sinnhaftigkeit eines solchen oktroyierten Vegetariertages zur Weißglut gebracht. An diesem Morgen beließ ich es aber aus Müdigkeit bei einigen halbgaren Spitzfindigkeiten, darunter dem Vorwurf an meinen Vater, wie er es wagen konnte, zum Karfreitagsfrühstück schon eine Fleischtomate zu verzehren. »Scherzkeks, dann dürften Veganer ja auch kein Bärlauch oder Löwenzahn essen«, konterte mein alter Herr und rang mir ein respektvolles Lächeln ab. Meine Mutter hingegen reagierte gar nicht. Bei ihr durfte am Karfreitag nicht nur kein Fleisch gegessen oder Alkohol getrunken werden, auch Lachen, Spaß oder Freude waren vierundzwanzig Stunden lang verpönt. Eigentlich wie Rosenmontag, nur andersrum. Nein, bei Schuberts war am Karfreitag seit jeher angemessen getrauert worden – bis 15 Uhr zu Hause und anschließend in der schier endlosen Karfreitagsandacht mit den kniebrecherischen »Großen Fürbitten«. Die hatten sich für uns Kinder kaugummiartig hingezogen wie sechs Stunden Mathe. Jedes Mal, wenn der Diakon befahl, Entschuldigung, sang: »Beuget die Knie«, machten sich alle in den Bänken auf den Weg nach unten, warteten, bis auch der letzte unrüstige Rentner dort angekommen war und Gott kurz dafür dankte, dass seine morschen Knochen noch heil waren, ehe das Kommando »erhebet euch« ertönte und sich alle wieder behäbig in die Senkrechte wuchteten. Diese Prozedur galt es, ganze zehn Mal zu bewältigen. Spätestens ab der sechsten Fürbitte floss all unsere Fürsprache jedoch in Richtung der Senioren, die nur noch laut schnaufend und stöhnend aus der Kniebeuge heraus wieder nach oben kamen. Da war Jesus nun so nett und hatte für uns Menschen all das Leid dieser Welt auf sich genommen, die »Großen Fürbitten« hatte er aber ganz offensichtlich vergessen.

An diesem Karfreitag sollte ich jedoch um die katholischen Gebetsmühlen herumkommen. Exakt um 10.15 Uhr nahte die Erlösung.

»Jan, da steht was Langhaariges vor der Tür«, rief mein Vater, so wie er es immer getan hatte, wenn eine meiner Freundinnen bei uns klingelte, egal ob kurz- oder langhaarig. Zugegeben, der Heiland war drei Tage zu früh dran, aber wenn er schon mal da war, musste man auch bereit sein. Erst recht, wenn er auf so entzückende Weise Katharina ähnlich sah.

»Wollen wir 'ne Runde laufen?« Katharinas Gesicht war kaum zu sehen, so dick eingemummelt war sie. Ich schaute an ihr vorbei und sah, wie die Wolken vom Wind angetrieben über den ansonsten blauen Himmel hetzten.

Ich nickte.

»Dich schickt der Himmel, ich hasse Karfreitage«, rief ich gegen den böigen Wind an, als wir strammen Schrittes hinter dem Sportplatz auf einen Feldweg einbogen.

»Warum sollte mich der Himmel schicken, wenn du Karfreitage hasst? Das ist unlogisch«, erwiderte Katharina frech. »Ich mag Karfreitage. Es gibt kaum einen anderen Tag, an dem alle so wenig zu tun haben. Es ist ein bisschen so, als ob die Welt stillstehen würde.«

»Genau das ist das Problem. Nicht mal frische Brötchen gibt es. Die Stadt ist völlig ausgestorben, sogar McDonald's hat zu, das macht mich irgendwie nervös. Alles wirkt so, als stehe gleich eine riesige Naturkatastrophe bevor, dabei sind es nur die ›Großen Fürbitten‹.«

»Die was?«

»Ach nix. Wohin gehen wir eigentlich?«, fragte ich dann am Ortsausgang.

Katharina nickte in Richtung Hausberg, auf dem der vor ein paar Jahren wieder neu errichtete Hausbergturm thronte.

»Das ist nicht dein Ernst, oder? Du willst jetzt nicht da hochlaufen?«

»Okay, wir könnten auch die Schleife über den Hubertus machen, wenn du magst, das wäre aber noch mal eine gute Stunde mehr«, meinte Katharina.

Da die ganz große Wanderlust in mir nicht aufkommen wollte, versuchte ich es nun auf die katholische Tour, um die agile Katharina ein wenig zu bremsen.

»Aber, ich meine, heute ist doch Karfreitag. Wandern an so einem hochheiligen ...«

»Mach dich locker«, fuhr Katharina mir in die Parade, ohne ihren forschen Schritt zu verlangsamen. »Wir wandern ja nicht, wir ... wir pilgern.«

»Pilgern. Aha.«

»Ja. Pilgern. Pilgern beinhaltet übrigens auch eine innere Reinigung, und ich dachte, du hättest das Bedürfnis, mir einiges zu erklären. Vor allem, wie es nach deiner eher unappetitlichen *inneren Reinigung* vor dem Irish Pub auf das Kostüm dieser Furie weiterging.«

Die Erinnerung an diesen Abend schlug mir unsanft in die Magengrube. »O nee, muss das sein?«

»Ja. Genau deswegen habe ich dich ja abgeholt.«

Wir liefen den Fauerbach rinnsalaufwärts entlang bis Münster, unserem hübschen, aber ähnlich verschlafenen Nachbardorf, und wanderten, Entschuldigung, pilgerten weiter über matschige Feldwege in Richtung Hoch-Weisler Grillhütte, einem der beiden möglichen Einstiege in die Hausbergwand, wo wir eine Weile verschnauften. Das heißt, Katharina schnaufte kein bisschen, während ich von der Kombination aus durchgängigem Anreden gegen Wind und Wetter und dem sportlichen Pilgertempo, das Katharina vorlegte, schon ziemlich kaputt war. Und das, obwohl die serpentinenartigen, steilen Spitzkehren des sagenumwobenen und von Hobby-Nordic-Walkern gefürchteten Taunusausläufers noch in Gänze vor mir lagen.

Bis auf meine Wellnessnacht mit Ella und Heikes Entschluss, Hals über Kopf nach Gomera abzuhauen, hatte ich Katharina all das erzählt, was sich in meinem bis dato beschaulichen Leben in den letzten vier Tagen an Ereignissen mehrfach überschlagen hatte. Besonders interessiert und aufmerksam war sie, als es um *HBMännchen*, beziehungsweise um Olaf ging.

»Mir ist weiterhin nicht klar, warum du verhindern wolltest, dass ich diesen Typen date«, sagte Katharina, als wir die vorletzte Serpentinenrampe in Richtung Bergankunft gemeistert hatten.

Ich weiß nicht, ob es an der zunehmend dünner werdenden Luft lag, aber irgendwie geriet ich ins Stammeln. »Ich ... also, es ist so, ich wollte ...«

»Vorsicht!«, rief Katharina, und um ein Haar wäre ich vor lauter Erzählen in eine knietiefe Pfütze gestiefelt.

»Genau deswegen«, antworte ich keuchend.

»Hä?«

»Na, ich dachte, der Typ ist eine sumpfige Pfütze, und wollte vermeiden, dass du reintrampelst.«

Katharina verzog das Gesicht. »Naja. Ich weiß ja nicht, ob man das miteinander ...«

»Doch«, schob ich energisch hinterher, »ich wollte nur nett sein, genau wie du eben. Das ist genau das Gleiche.«

Die letzten kräftezehrenden Höhenmeter absolvierten wir unangeseilt und schweigend, bis wir endlich das für Mittelhessen alpine Plateau des 486 Meter hohen Hausberges erreicht hatten. Obwohl es Karfreitag war, erwartete uns dort aber kein Gipfelkreuz, sondern der prächtige Hausbergturm mit seinen uns noch einmal alles abverlangenden neunzehn Höhenmetern, verteilt auf sechsundneunzig zermürbende Stufen bis zur Aussichtsplattform. Wie auf Zuruf schoben sich einige weiß-graue Wolken auseinander, und die Frühlingssonne schien uns von Süden her mitten ins Gesicht. Schweigend ließen wir unsere Blicke schweifen. Als ich in Richtung Nordosten die Häuser des Kirch-Gönser Stauzert ausmachen konnte, verspürte ich mit einem Mal eine unbändige Sehnsucht nach Hannah und Lina, die dort gerade bei Heikes Eltern einer ungewissen familiären Zukunft entgegensahen. Natürlich war es heutzutage nichts Außergewöhnliches mehr, dass sich Eltern trennten, und natürlich war ich nicht der erste und einzige alleinerziehende Vater auf diesem Planeten, aber ich hätte in diesem

Moment alles dafür gegeben, den beiden Mädchen diesen ganzen Schlamassel zu ersparen. Und Heike? Mein Blick wanderte ein wenig ostwärts. Die suchte dort hinterm Schrenzerberg wahrscheinlich gerade ihre sieben Sachen zusammen, um sich ab morgen selbst zu finden. Aber was, wenn sie dabei nicht nur sich selbst, sondern auch einen anderen Mann finden würde? Käme Sie dann nur noch einmal kurz zurück, zum Scheidungstermin?

Am allermeisten quälte mich aber die Frage, wie ich es anstellen sollte, Heike im Familien- und Freundeskreis und gegenüber Hannah und Lina nicht zum Sündenbock zu machen. Ich konnte doch nicht sagen: »Sie ist fremdgegangen und verpisst sich nun nach Gomera.« Aber wollte ich Sätze sagen wie »Naja, zum Fremdgehen gehören immer zwei?« oder »An einer Trennung ist nie jemand alleine Schuld«.

Katharina schien meine innere Unruhe zu spüren.

»Atme«, rief sie mir gegen den eisigen Wind zu, und ich wusste, dass sie einen ähnlichen Entspannungskurs belegt haben musste wie Heike. Die Bewegungen dazu waren mir allerdings neu. Katharina holte mit einer kreisenden Armbewegung tief Luft, um sie dann mit zusammengefalteten Händen wieder ganz langsam durch ihre angespitzten Lippen abzulassen. Dieses Ritual wiederholte sie dreimal. Ich zog irritiert die Augenbrauen hoch, traute mich aber nicht, irgendetwas zu sagen.

Atmen ... Tse, als könne man alle Probleme dieser Welt wegatmen.

»Vom Eise befreit sind Strom und Bäche, durch des Frühlings holden, belebenden Blick, im Tale grünet Hoffnungsglück; der alte Winter, in seiner Schwäche, zog sich in raue Berge zurück«, sprudelte es plötzlich aus Katharina heraus.

»Na super«, rief ich fassungslos. »Ich erzähle dir eineinhalb Stunden lang, wie ich mich zum Volltrottel gemacht habe, und du kommst mit einem dahingeatmeten Gedicht von Schiller. Du bist echt komisch drauf manchmal.«

Katharina schwieg einen Moment und schaute mich dabei länger und intensiver an als notwendig.

»Ich mag deinen Humor«, sagte sie kaum hörbar.

»Wie meinst du das?«, fragte ich ebenso leise, und Katharina lachte. »Und *HBMännchen* hat sich seitdem nicht mehr bei dir gemeldet?«, wollte ich wissen, als wir uns an den falllinienartigen Abstieg machten.

»Nein. Er kam am Abend nicht, und auch danach habe ich nichts mehr von ihm gehört. Als ich ihn gestern aus Neugier noch mal im Portal suchte, bekam ich die Meldung, dass sich *HBMännchen* aus dem Portal verabschiedet hätte.«

»Merkwürdig ...«

»Ja. Der ganze Abend war irgendwie merkwürdig. Erst du mit dieser Irren an der Scheibe, und dann noch dieses arme Würstchen, das sich ungefragt mit zwei Guinness in der Hand an meinen Tisch setzte. Der muss geahnt haben, dass ich gerade versetzt worden war, wahrscheinlich stand es mir in riesengroßen Buchstaben auf der Stirn geschrieben.«

»Hättest dich ja mit dem trösten können ...«, feixte ich.

»Ja, das wäre ein Leichtes gewesen, der Typ war voll auf One-Night-Stand gepolt, ich weiß nicht, ob ich jemals so offensiv und dummdreist angebaggert worden bin. Weißt du, der hatte solche Sprüche drauf, die oft auf diesen bedruckten T-Shirts stehen, so in der Liga: ›Ich bin zwar kein Gynäkologe, aber ich kann's mir ja mal ansehen‹.«

Ich musste grinsen.

»Jetzt sag nicht, dass du das witzig findest. Und falls du selbst solche Shirts besitzt, kannst du gleich alleine weiterpilgern.«

»Mein Cousin hatte mal ein Shirt an, da stand drauf: ›Steter Tropfen höhlt die Leber‹«, sagte ich glucksend.

»Alles Schlampen außer Mutti«, warf Katharina ein.

»Vögeln muss man dreimal täglich ... Wasser geben«, prustete ich.

»Igitt, Jan, hör auf, du machst mir Angst.« Katharina lachte Tränen.

»Jetzt habe ich allerdings ein Problem«, seufzte ich, als wir gegen 14 Uhr wieder vor dem Haus meiner Eltern standen.

»Verstehe. Du hast Angst, dass dich deine Eltern ausschimpfen, weil du so lange weg warst.«

»Das auch. Nein, vielleicht hätten wir doch noch über Wiesental laufen sollen, jetzt kann ich ja theoretisch noch mit meinen Eltern in die Karfreitagsandacht«, sagte ich nicht ganz ohne Hintergedanken. »Meine Mutter meinte heute Morgen, dass es mir gut tun würde, in meinem jetzigen Zustand. Innere Reinigung, du weißt schon.«

Katharina durchschaute mich sofort. »Du brauchst mich als Alibi, oder?«

»Hmm«, gab ich zu und klimperte übertrieben mit den Augenlidern. »Büüüüüüüte«, machte ich Lina nach.

Katharina lachte. »Na gut, auf eine Tasse Kaffee und ein Stück Kuchen, von mir aus. Danach muss ich aber noch mal an den Schreibtisch.«

Ich legte den Finger auf meine Lippen. »Pst, sag das nicht so laut. Das sind ja gleich zwei Todsünden auf einmal.«

»Bitte?«

»Na, Kuchen *und* Arbeiten an einem Karfreitag«, sagte ich lachend, während wir ein Haus weiter gingen.

»Und? Wie bei Muttern, oder?«, kokettierte Katharina albern, als ich mit ihr am Kaffeetisch saß.

»Der Kaffee ist ein Segen, aber der Kuchen ... naja, ich sag mal ausbaufähig«, scherzte ich.

»Du bist so undankbar, Jan Schubert, weißt du das?«, antwortete Katharina gespielt beleidigt. »Für diesen Kuchen habe ich gestern stundenlang ...«

»Beim Bäcker Mc am Drive-In angestanden«, ergänzte Nicki, der in diesem Moment zur Wohnzimmertür hereinkam. Prompt traf ihn ein zusammengeknäultes Geschirrhandtuch am Kopf, das Katharina auf ihn abgefeuert hatte. »Blödmann!«

»Selber«, erwiderte Nicki kichernd und pfefferte das Knäul in Richtung seiner Mutter zurück.

»Ach wie reizend«, schnaufte ich theatralisch, »so ein intaktes Familienleben ist schon was Tolles ...«

»Übrigens, Mama, Sabrina hat angerufen. Ich kann nächste Woche nicht zu ihr, wenn du weg bist. Sie muss ein paar Tage ins Krankenhaus. Nichts Schlimmes, der Blinddarm muss raus«, sagte Nicki, ohne dabei eine besondere Gefühlsregung zu zeigen. Ganz im Gegensatz zu seiner Mutter.

»Na das hat ja gerade noch gefehlt. Und jetzt?«, fragte sie Nicki, der mit den Augen rollte, während er herzhaft in sein Stück Apfelkuchen biss. Ich merkte sofort, dass es um mehr ging als um den Wurmfortsatz dieser Sabrina.

»Ich hab doch schon tausendmal gesagt, dass ich die zwei Tage locker alleine bleiben kann«, sagte Nicki mampfend, »das ist überhaupt kein Ding, das läuft, entspann dich Mama, ich bin dreizehn!«

Katharina stand auf, ging unruhig im Wohnzimmer auf und ab und wirkte alles andere als entspannt.

»Wenn ..., also wenn ich irgendwie äh ... helfen kann ...«, stammelte ich aus purer Verlegenheit.

Nicki schüttelte stumm den Kopf und schob sich den letzten Rest des Kuchenstücks in den Rachen.

»Ich möchte dich aber nicht alleine lassen, Nicki, das weißt du ganz genau«, sagte Katharina streng.

»Bleibt dir aber nix anderes übrig. Tante Sabrina war ja schon der Notfallplan, oder?«

»Und während ich weg bin, meldest du mich dann wieder bei irgendwelchen Partnerportalen an, nee, mein Lieber, da nehme ich dich eher mit.«

Nicki verschluckte sich oder tat jedenfalls so.

»WAS? Hallo? Was soll ich denn zwei Tage lang auf so einer dämlichen Tagung in ..., wie hieß das noch mal? Burg Schreckenstein? Vergiss es!«

»Bodenstein«, verbesserte Katharina.

»Oder so. Ich habe das mal gegoogelt, das liegt wirklich am Arsch der Welt, dagegen ist hier ja Großstadt. Mama, echt jetzt, lass mich hier! Vielleicht ... vielleicht können ja Schuberts ab und zu nach mir sehen, oder?« Nicki schaute erwartungsvoll zu mir.

»Äh ... ich weiß nicht ganz, worum es überhaupt geht, aber am Osterdienstag fahren meine Eltern zu meinem Onkel ins Saarland.«

»Bingo«, sagte Katharina leise. Anscheinend hatte sie Nickis Vorschlag tatsächlich in Erwägung gezogen.

»Ja, aber … aber …«, suchte Nicki verzweifelt nach einer Lösung, »Jan könnte doch ab und zu mal reinschauen. Oder? Ich meine, jetzt, wo er …«

»Nicki, lass gut sein«, unterbrach ihn Katharina barsch, »uns wird schon noch etwas einfallen, zur Not sage ich die Tagung ab.«

»Außerdem«, ergänzte ich mit ruhiger Stimme, »muss ich mich ab morgen um meine eigenen Kinder kümmern, Nicki. Weißt du, die haben mich fast eine Woche nicht gesehen und jetzt, wo ihre Mutter …« In diesem Moment fiel mir ein, dass ich Katharina von Heikes bevorstehendem Abgang noch gar nichts erzählt hatte.

»Aber du könnest doch wieder bei deinen Eltern einhüten, also mit deinen Kindern …«, ließ Nicki nicht locker.

»Noch einmal, Nicki, lass Jan da raus, okay?«, zischte Katharina ihren Sohn in einem Tonfall an, der mir an ihr noch gänzlich fremd war.

Nicki schnaubte, stand auf und verließ das Wohnzimmer, wobei er die Tür demonstrativ heftig zuknallte.

»Tut mir leid, Jan, aber ich glaube …«

»… es ist besser, wenn ich jetzt gehe?«, mutmaßte ich, und Katharina nickte.

»Ich muss Dienstag für zwei Tage auf eine Verlagstagung nach Thüringen und muss wohl noch ein paar Telefonate führen, damit ich Nicki irgendwo unterkriege.«

»Und sein …«, setzte ich an.

»Jans Vater? Vier Wochen Südafrika mit irgendeiner Janina oder Jenny, die kaum älter ist als Nicki.«

»Oh …«

»War wirklich eine schöne Wanderung heute«, sagte Katharina leise, als wir in der Tür standen.

»Du meinst Pilgerreise. So oder so, auf jeden Fall der lustigste Karfreitag, an den ich mich erinnern kann.«

»Na, dann …«, seufzte Katharina und kaute auf ihrer Unterlippe.

»Ja …«

Wir standen verklemmt in der Tür, keiner von uns schien zu wissen, wie wir uns verabschieden sollten. Per Handschlag? Nein! Mit affektierten Bussi-Bussi-Küssen neben den Hals, als wären wir gerade in Düsseldorf auf der Kö shoppen gewesen? Nee. Sollte ich sie vielleicht freundschaftlich-aufbauend am Oberarm reiben, als hätte ich ihr gerade einen Kondolenzbesuch abgestattet? Auch nicht. Aber wie? Die Stille dauerte schon viel zu lange. Außerdem hatte keiner von uns Anstalten gemacht, zu klären, ob und – wenn ja – wann wir uns wiedersehen würden.

»Ich drück dir die Daumen, dass das bei dir zu Hause alles wieder in Ordnung kommt«, sagte Katharina dann endlich.

»Ja. Danke. Schöne Ostern dann auch …«, erwiderte ich und ohrfeigte mich innerlich für diesen selten dämlichen Satz.

»Ach so, ja stimmt. Dir, also deiner Familie auch.«

»Mach's gut.«

Kaum hörte ich die Tür ins Schloss fallen, vermeldete mein Handy eine eingehende Kurznachricht.

Hi, Jan. Bitte vergiss nicht, mich morgen um 13:45 abzuholen und zum Flughafen zu bringen. Du brauchst den Wagen nicht leerzuräumen, ich werde meine großen Koffer heute Abend schon aufgeben. Meine Eltern erwarten dich gegen 15.30 Uhr zum Abholen der Kinder. Ich bin morgen um 10 Uhr noch mal in Kirch-Göns, um mich von allen zu verabschieden. Ich glaube nicht, dass du da dabei sein willst, würde mich aber freuen, falls doch. Heike

»Ja doch! Ich vergesse schon nicht, dir den Fluchtwagen zum Flughafen zu steuern, keine Angst«, rief ich innerlich. Meine Lust auf diese Aktion hielt sich allerdings in Grenzen. Ich malte mir aus, wie wir die fünfunddreißig Minuten Fahrt schweigend nebeneinander saßen und uns schließlich im Auto vor dem Flughafen nach fünfzehn Jahren Ehe per Handschlag verabschiedeten. Oder aber wir würden uns über die fünfzig Kilometer hinweg gegenseitig alle offenen und verstecken Vorwürfe der letzten Jahre um die Ohren hauen und uns am Flughafenparkplatz noch die schlimmsten Schimpfworte mit auf den weiteren Lebensweg brüllen.

Irgendwo dazwischen würde die bittere Realität liegen. Keine schönen Aussichten.

Ebenso mau sah es aus, als ich den Kühlschrank meiner Eltern öffnete, die immer noch dabei waren, drüben in der Kirche ihre Knie zu beugen und wieder knacksend geradezurichten. Trotz des leckeren Stücks Apfelkuchen hatte ich Kohldampf ohne Ende. Kein Wunder, nach dem karfreitagsmageren Frühstück und den vier Stunden Höhenwanderung. Ein kurzer Rundumblick genügte, und mir war klar, dass der Kühlschrank und ich heute keine Freunde mehr werden würden.

Ich griff meinen Autoschlüssel und fuhr los in Richtung Butzbach. Mein Zufalls-CD-Spieler rieb mir interpretationsfertig »Another lonely night in New York« vom Bee-Gee-Bruder Robin Gibb unter die Nase. Die einsame Nacht in der US-Metropole war für mich schon immer eines der Lieder gewesen, bei denen ich jederzeit und überall spontan losheulen konnte beziehungsweise musste. In der jetzigen Situation natürlich erst recht, was mir das sichere Steuern meines Auto ziemlich erschwerte. Da half es auch nichts, die Scheibenwischer auf hektischen Dauerbetrieb zu stellen. Dass ich nicht völlig überschwemmt auf dem Viehmarktparkplatz in Butzbach ankam, hatte ich dem eher unsentimentalen Folgesong »Hazy shade of winter« von den Bangles zu verdanken.

Karfreitag, 16 Uhr in Butzbach, auf der Suche nach einer warmen, fleischhaltigen Mahlzeit. Einen größeren Widerspruch innerhalb eines Satzes kann es gar nicht geben.

»Das nennt man Oxymoron«, hatte mir Heike mal dieses Konstrukt erklärt, das im Deutschunterricht irgendwie an mir vorübergegangen sein muss. »Jan, ein Oxymoron ist, wenn ein Wort oder ein Begriff sich in sich selbst widerspricht. Beispiele sind: Hassliebe, eingefleischter Vegetarier oder schwarzer Schimmel.«

»Eheglück«, murmelte ich vor mich hin, als ich nach drei geschlossenen Pizzerien bei der Döner-Bude am Bahnhof essenstechnisch endlich fündig wurde. Ich esse recht selten dieses »gefüllte Weizenbrot mit Migrationshintergrund«, wie es Oli in seinem Comedy-Programm nennt, aber wenn, läuft bei mir die Bestellung immer gleich ab, egal wo.

Döner-Mann: »Mit alles?«

Ich: »Ja.«

Döner-Mann (fängt mit dem Belegen an): »Mit Zwiebeln?«

Ich: »Ja.«

Döner-Mann: »Mit Soße?«

Ich: »Ja.«

Döner-Mann: »Scharf?«

Ich: »Mittel.«

Dies sind übrigens die gleichen Antworten in exakter Reihenfolge, wie ich sie jedes Mal bei unserem REWE-Getränkehändler gebe, bevor ich endlich zahlen darf:

»Paybackkarte?«

»Ja.«

»Rabatt-Taler?«

»Ja.«

»Aufkleber fürs Disney-Sammelheft?«

»Ja.«

»Vier Kisten Hotzbachtaler. Sprudel oder Medium?«

»Mittel.«

Zwei Stunden später lag ich auf meinem alten Jugendbett, stieß den fettigen Döner sauer auf und surfte via Nicki-WLAN ein wenig in der Gegend herum. Meine Eltern hatten die großen Fürbitten ohne nennenswerte orthopädische Schäden überstanden und riefen mich zum asketischen Abendbrot, das ich freundlich, aber bestimmt ablehnte, da ich einfach zu erfüllt vom Karfreitagsgedanken sei. Dass es in Wahrheit der mächtige Döner war, der mir noch ziemlich quer im Magen lag, musste meine Mutter ja nicht wissen. Wie alt war ich? Vierzehn? Schon irre, wie man regrediert, wenn man mal ein paar Tage bei den Eltern wohnt.

Irgendwann brannten mir die Augen so sehr, dass ich meine schmerzenden Beine nicht mehr spürte, mich ächzend aufs Bett legte und leise »Another lonely night in Fauerbach« vor mich hin summte.

17

Eintracht vom Main

In der folgenden Nacht hatte ich wieder einen absolut abgefahrenen Traum. Ich träumte, dass mir Olaf am nächsten Morgen sowohl eine Textnachricht als auch einen Song aufs Handy schicken würde, dessen Melodie ich sofort erkannte. Es war »Sirius« von Alan Parsons Project, der Song, der bei Heimspielen der Frankfurter Eintracht beim Einlaufen der Mannschaften durch die riesigen Lautsprecherwürfel des Stadions dröhnte und der mich wie eine Art Schlüsselreiz sofort mit Adrenalin durchflutete. Hektisch las ich den Text der Nachricht.

> Hallo Jan. Wie spontan bist du? Ich habe eine Karte über für heute Mittag gegen die Bayern! Gib mir bis spätestens 11 Uhr Bescheid, ob du kommst. Alles weitere dann. Gruß Olaf

Wie gemein können Träume eigentlich sein? Als es noch Karten gab, stand der Auftritt mit Oli im Kalender, und nun, nachdem mir Oli beziehungsweise sein herzkranker Schwiegervater kurzfristig einen freien Abend beschert hatte, hätte ich sogar eine VIP-Karte kriegen können. *Isn't it ironic* hätte Alanis Morissette geplärrt.

Irgendetwas an diesem Traum war aber merkwürdig, denn als ich gegen halb zehn aufwachte, zeigte mir mein Handy tatsächlich zwei Nachrichteneingänge, eine Audiodatei und eine SMS. Glaubte ich meinem Handydisplay, so hatte ich beide Dateien auch schon geöffnet.

Ich rieb mir die Augen und richtete mich auf. Ich hatte nicht geträumt, Olaf hatte diese Nachricht tatsächlich geschrieben und ich sie vorhin im Halbschlaf geöffnet. Ich sprang mit einem Satz aus meinem Bett. Das bedeutete ... ja, verdammt, das hieß, ich würde heute Nachmittag das Spiel des Jahres live im Stadion verfolgen können. Wie geil ist das denn?, dachte ich für einen kurzen Moment, ehe mein in Wallung gekommenes Adrenalin mit einem Schlag in den Keller sackte.

»Verdammt«, rief ich, obwohl mich niemand hören konnte. Ich musste ja um halb zwei Heike zum Flughafen fahren und danach die Kinder abholen. Nicht auszudenken, wenn ich beide Termine platzen ließe. Frustriert ließ ich mich auf das Bett zurückfallen und starrte gedankenverloren auf den nervös blinkenden Cursor, ehe ich Olaf dann endlich antwortete.

Hi, Olaf. Das ist ja DER Hammer, klar bin ich dabei! So etwas lass ich mir doch nicht entgehen. Sag mir einfach, wann ich wo sein soll. Danke, dass du an mich gedacht hast. LG Jan

Nachdem ich auf *Senden* gedrückt hatte, zog ich mich an und setzte mich zu meinen Eltern an den Frühstückstisch, die schon beim Zeitunglesen waren, was traditionell ihr Frühstück beendete.

»Sag mal, Mama, was machst du eigentlich heute Nachmittag?«

Meine Mutter schaute auf und seufzte, wie es nur Mütter können, die sich Tag für Tag, völlig ohne Not, einen Haufen von Arbeit aufhalsen.

»Naja, ich muss noch die Osterbrote backen, um elf mit Frau Rübsamen im Gemeindehaus das Osterfrühstück eindecken und dann schon mal das Essen für Ostermontag vorbereiten, wenn du mit den Mädchen kommst. Papa und ich haben die beiden ja ewig nicht gesehen.«

»Hmm«, sagte ich nachdenklich und wusste, dass ich schon fast gewonnen hatte. »Hast du vielleicht Lust, die Mädchen noch vorher zu sehen? Hannah und Lina würden so gerne heute Nachmittag ins Schwimmbad, vielleicht so gegen vier? Du weißt ja, ich muss Heike zum Flughafen fahren. Bis die eingecheckt hat, das dauert. Außerdem muss ich dann sehen, wie lange ich für den Rückweg brauche, heute spielt die Eintracht gegen Bayern, da ist rund ums Frankfurter Kreuz die Hölle los. Und rasen will ich auch nicht …«

Sofort hob meine Mutter empört die Hände. »Um Gottes willen, nein. Das kommt nicht in die Tüte. Nein, fahr du mal ganz vorsichtig und mach dir keinen Stress, nicht dass du noch einen Unfall baust. Nein, das klappt schon, ich gehe mit den beiden Mäusen in der Zeit ins Schwimmbad. Soll ich sie in Kirch-Göns abholen? Anschließend fahre ich sie dann zu dir, ja? Das kann aber sicher acht, halb neun werden, die beiden werden mich bestimmt wieder breitschlagen, anschließend noch zu McDonald's zu gehen.«

»Das ist schon okay. Es sind ja Ferien, da kommt es auf eine halbe Stunde nicht an«, sagte ich großzügig und ballte unter dem Essenstisch eine Faust. Bingo! Auf meine Mutter war einfach Verlass.

Nach einer ausgiebigen Dusche schickte ich meiner Schwiegermutter eine SMS, in der ich meine Mutter zum Abholen der Kinder um vier Uhr ankündigte, anschließend bestellte ich ein Taxi für 13.30 Uhr zu unserem Haus. In diesem Moment antwortete Olaf.

Ja, super! Freut mich. Am besten, du nimmst den Sonderzug. Der kommt aus Gießen und fährt in Butzbach um 13.18 Uhr ab. Ich warte am Stadionbahnhof auf dich, dann gehen wir gemeinsam hoch zur Arena. Dort treffe ich noch ein paar Vorstandskollegen, keine Sorge, die sind alle sehr nett. Sieh zu, dass dein Handy geladen ist, falls wir uns in dem Trubel nicht finden sollten.

Leicht irritiert antwortete ich im Eiltempo.

Ich wollte eigentlich mit dem Auto kommen und dann von der Isenburger Schneise rüberlaufen.

Olafs Antwort ließ nicht lange auf sich warten:

Mein lieber Jan, nicht nur der Eintritt ist inklusive, auch die Verköstigung vor und nach dem Spiel. Du weißt schon... Da ist selbst fahren eher ungünstig, du brauchst deinen Führerschein doch, oder? Wir von der Bank nutzen einen Shuttleservice. Der fährt allerdings in Richtung Norden nur bis Königstein und Oberursel. VG Olaf

Okay, dann machen wir das so. Ich melde mich dann per Handy. Bis später. Ich freu mich drauf. Hoffen wir mal, dass wir die doofen Bayern endlich mal wieder schlagen können … LG Jan

Ich packte meine Sachen zusammen und verabschiedete mich von meinen Eltern. Bevor ich nach Hause fuhr, kaufte ich noch ein paar Lebensmittel für die nächsten Tage ein und besorgte für Hannah und Lina Kinogutscheine sowie eine Ladung Süßigkeiten für den Ostersonntag. Auch wenn sich durch Heikes Abgang unser Familienleben radikal verändern würde, sollten die Mädchen nicht auf das morgendliche Ostereiersuchen im Garten verzichten müssen.

Als ich gegen halb zwölf zu Hause die verschlossene Wohnungstür öffnete, wusste ich sofort, dass Heike noch bei ihren Eltern in Kirch-Göns war. Im Flur hatte sie ihr Handgepäck schön griffbereit zurechtgelegt, so dass ich davon ausging, dass sie erst kurz vor der geplanten Abfahrt in Richtung Flughafen eintrudeln würde. Ich knallte meine Tasche in die Ecke und sah mich um. Durch die geöffnete Küchentür erkannte ich, dass auf dem Herd zwei Töpfe standen. Ich betrat den Ort des Schreckens und entdeckte auf dem Küchentisch einen Zettel, daneben eine Packung Spätzle.

Topf 1: Gulasch, Topf 2: gesalzenes Wasser für die Nudeln
Ostersonntag: 12.30 Uhr, Kirch-Göns zum Essen
Ostermontag: 12 Uhr, Fauerbach zum Essen
Am Kühlschrankkalender findest du alle wöchentlichen Termine der Kids sowie alle Schul- und Kitazeiten und sonstigen fixen Termine. Alles Wichtige an Dokumenten, auch die Krankenkassenkarten der Kinder, ist im gelben Familienordner. Was im Kühlschrank ist, sollte bis Dienstag reichen. Für den Ostermorgen: Siehe Schlafzimmerkommode hinter den Handtüchern. Den Rest können wir ja auf der Fahrt zum Flughafen noch besprechen. H.

Ich lief ins Schlafzimmer. Wie beschrieben fand ich hinter dem Stapel Geschirrhandtücher zwei große Osterkörbchen voll mit Süßigkeiten und kleinen, liebevoll verpackten

Geschenken, beschriftet mit den Namen Hannah und Lina. Beeindruckt hockte ich mich auf das Bett, das ich bis vor wenigen Tagen noch als unser Ehebett bezeichnet hätte. Heike hatte die letzten Tage ganz offensichtlich nicht nur gepackt, sondern auch akribisch dafür gesorgt, dass zumindest über die Ostertage nicht gleich das familiäre Haushaltschaos ausbrechen würde. Aber wie schon die Tage zuvor versuchte ich, alle aufkommende Rührseligkeit im Keim zu ersticken und rief mir auch jetzt die Bilder von Heike und Joey auf dem Küchenboden ins Gedächtnis.

Nachdem ich meine eigenen Einkäufe und Ostergeschenke verstaut hatte, begann ich mich auf meinen Trip nach Frankfurt vorzubereiten. Mir war klar, dass ich mich ein wenig in Schale werfen musste, schließlich wollte ich in der VIP-Lounge der Commerzbank-Arena unter Olafs Bankkollegen klamottenmäßig nicht allzu negativ auffallen. Ich entschied mich für einen meiner dunklen Anzüge und eine schwarz-rote Krawatte, die, rein farblich gesehen, auch aus einem Eintracht-Fanshop hätte stammen können. Darüber zog ich meinen leichten Übergangsmantel. Ich holte meine noch fast unbenutzte, modische, schwarze Umhängetasche aus dem Schrank, die mir Heike zu Weihnachten geschenkt hatte, weil sie der Meinung war, ich sei mit fast vierzig nun langsam aus dem Rucksackalter heraus, und packte mir ein paar Müsliriegel, eine kleine Flasche Wasser, einen Mini-Regenschirm sowie ein paar Päckchen Taschentücher ein. Kurz bevor ich das Haus verließ, betrachtete ich mich im großen Flurspiegel. Schon verrückt, kein Mensch würde auf die Idee kommen, dass ich auf dem Weg ins Fußballstadion war. Sonst hatte ich immer ein Eintracht-Trikot an und im Winter einen schwarzroten Schal um den Hals. Aber gut, heute war ja auch nicht Kleckern, sondern Klotzen angesagt. Heute würde ich nicht auf einem der billigen Plätze in einer Kurve unterm Stadiondach hocken, sondern von einem der Balkons des VIP-Bereiches mittig und erhaben auf das Spielfeld blicken, gestärkt durch einige Schlückchen Champagner und leckere Lachshäppchen.

Gänzlich neu war für mich auch die Erfahrung, mit der

Eisenbahn zum Stadion nach Frankfurt zu fahren. Spätestens in dem Moment, als ich um 13.18 Uhr die Zugtür öffnete und von einer Horde sich warm grölender Fußballfans in ein übervolles Abteil geschoben wurde, wusste ich auch, was Olaf mit »Sonderzug« meinte. Neben den bis unter die Haarwurzeln mit Eintracht-Utensilien dekorierten Hardcore-Fans befanden sich aber auch einige normal ausgestattete Fußballanhänger im Abteil, die nicht anders aussahen als ich sonst auch. Auffällig war jedoch, dass selbst diese »Normalos« alle eine Flasche oder Dose Bier in der Hand hatten und es ganz offensichtlich schon auf dem Hinweg massiv ausnutzen wollten, dass sie an diesem Tag kein Auto steuern mussten.

Ich hingegen kam mir in meinem frisch gereinigten Anzug und den glänzend polierten Schuhen vor wie damals, als ich als Elfjähriger völlig überraschend auf die Geburtstagsfeier des coolsten Jungen aus meiner Klasse eingeladen wurde und, wie ich später feststellte, lediglich auf meiner Einladung von einer »Kostümparty« die Rede war. Ich hatte an diesem Nachmittag als Robin Hood in mintgrünen Strumpfhosen – im Gegensatz zu allen anderen – nicht viel zu lachen. Vielen Dank auch, sehr lustig!

Nach dem Halt in Friedberg schien das Abteil endgültig aus allen Nähten zu platzen. Immer dichter stapelten sich Eintracht-Anhänger, Bayern-Fans, Bierflaschen und ein sich unwohl fühlender, einsamer Schlipsträger. Immer lauter wurden die Fangesänge, und immer mehr Bierdosen quollen aus den kleinen, überfüllten Abteilmülleimern.

Mein auf stumm geschaltetes Handy in meiner Hosentasche surrte im Minutentakt. Heike. Klar. Exakt jetzt sollte ich sie eigentlich zu Hause abholen.

Ich war heilfroh, als der Sonderzug am Bahnhof »Stadion« ankam und ich mit der Meute aus dem Abteil gespült wurde. Ein Blick auf mein Handy verriet mir, dass Heike insgesamt dreizehnmal angerufen hatte. Sechsmal davon hatte sie auf die Mailbox gesprochen. Zum Abhören hatte ich aber keine Zeit, da ich mich am Bahnsteig erst einmal orientieren musste und nach Olaf Ausschau hielt. Als ich ihn nirgends ausmachen konnte, beschloss ich, erst einmal stehen zu bleiben und all meine fröhlichen Zugbegleiter an die Bier- und Würstchenstände stürmen zu lassen. Schließlich hatten viele von ihnen schon seit Bad Vilbel nichts mehr getrunken. Nicht, dass sie noch wieder nüchtern werden würden bis zum Stadion ...

Aber auch als sich das Chaos am Bahnsteig etwas gelichtet hatte, konnte ich Olaf nicht ausmachen. Ich zückte mein Handy und wählte seine Nummer. Schon nach dem zweiten Rufton meldete er sich.

»Wo zum Teufel bist du? Dein Zug ist doch eben angekommen, oder?«, fragte Olaf, ehe ich irgendetwas sagen konnte.

»Ja. Ich bin da. Wie abgemacht, am Bahnsteig. Dreißig Meter vor einem riesigen Bier- und Würstchenstand«, sagte ich etwas genervt, weil ich mir hundert Prozent sicher war, dass ich im Gegensatz zu ihm am vereinbarten Ort war.

»Das kann nicht sein, genau links neben diesem Stand stehe ich gerade mit zwei meiner Kollegen«, meinte Olaf.

»Links neben ...«, wiederholte ich.

»Wenn du noch am Gleis stehst, dann von dir aus rechts ...«, konkretisierte Olaf.

»Nee, da stehen nur drei Eintracht-Ultras mit 'nem Becher Bier in der Hand ...«, sagte ich wahrheitsgemäß.

»Und ich sehe nur einen leicht desorientierten Versicherungsvertreter mit Tchibo-Umhängetasche, der im falschen Zug gelandet ist ...«, erwiderte Olaf.

»Das ... äh ... das bin ich«, sagte ich leise, und in diesem Moment winkte mir auch schon einer der Eintracht-Beflaggten am Bierstand zu. Ich lief los. Jetzt erst erkannte ich Olaf.

»Oh, verstehe, du spielst heute Abend noch. Ich dachte eigentlich, wir könnten nach dem Spiel noch was trinken gehen«, begrüßte er mich, während einer der beiden anderen mir schon einen vollen Becher Bier hinhielt. Ich trank einen Schluck auf den Schreck, ohne meinen Blick von Olaf abzuwenden. Wie bitte sah der denn aus? Er, der kommende erste Mann der HESSENBANK.

Ich versuchte in Windeseile, die Situation zu erfassen und entsprechend zu reagieren.

»Stimmt. Ich soll nachher noch auf dem Fünfzigsten meines Cousins ein wenig klimpern. In der Jagdstube des Wilden Hirschen in Karben-Kloppenheim«, log ich unverblümt ins Blaue hinein.

»O Gott, das klingt übel. Du Armer«, bedauerte mich Olaf.

»Tja, der feiert halt so, wie er selbst ist: mittelgut-bürgerlich. Ich habe ihm aber vor ein paar Wochen im Halbsuff versprochen, ein bisschen Musik zu machen. Bock habe ich keinen«, log ich weiter und klang dabei ziemlich authentisch, wie ich fand. Mein Cousin wurde zwar keine fünfzig, aber ich mochte ihn und seine Familie nicht.

»Übrigens, das sind meine Kollegen von der HESSEN-BANK, eventuell hast du sie ja schon im La Vita oder im Steigenberger gesehen«, sagte Olaf.

»Hi, ich bin Thomas«, begrüßte mich der kleinere von beiden freundlich.

»Genannt *Icke,* du weißt schon, wegen Thomas Häßler«, rief Olaf ausgelassen dazwischen und deutete mit der Hand feixend die Größe eines Kleinwüchsigen an.

»Coole Bademantel-Show übrigens, ich habe dich als Udo Jürgens schon für die HESSENBANK-Weihnachtsfeier auf dem Zettel«, sagte Icke und reichte mir die Hand.

»Das könnt ihr euch nicht leisten«, scherzte ich aus purer Verlegenheit zurück und trank noch einen Schluck.

»Und ich bin Lothar Matthäus«, sagte der lange Schlacks rechts neben Olaf.

»Klar, und ich bin Andi Brehme«, ergänzte ich kopfnickend und musste aufstoßen. »Sorry, Spaß beiseite, also, ich bin Jan und du?« Ich streckte dem Langen meine Hand entgegen, der im Gegensatz zu Olaf und Icke bierernst schaute und ganz offensichtlich nicht wusste, was er sagen sollte.

»Du heißt jetzt nicht echt so?«, vergewisserte ich mich.

Olaf und sein Kollege Icke prusteten los.

»Knaller, oder?«, blökte Olaf ausgelassen. Sicher hatten er und seine Kollegen schon den einen oder anderen Becher Bier intus.

»Doch«, erwiderte der lange Lothar dann endlich, »allerdings mit *eu* hinten.«

»Mein lieber Scholli«, entfuhr es mir. »Und das als Frankfurt-Fan. Das ist ja die Höchststrafe.«

»Ich weiß. Aber ich hatte ja schon ein paar Jahre Zeit, mich daran zu gewöhnen«, sagte Lothar achselzuckend.

Kopfschüttelnd trank ich einen weiteren Schluck des eiskalten Bieres. Eines war klar, ich musste so schnell wie möglich wenigstens einigermaßen auf das Alkohollevel der kostümierten Banker kommen, sonst würde der Nachmittag anstrengend werden, zumal ich ernsthaft befürchtete, die drei könnten mir nachher in der Lounge noch weitere Spieler der WM-Mannschaft von 1990 vorstellen. Oder gar den HESSENBANK-Kaiser. Ich trank noch einen Schluck Bier.

»Gehen wir«, schlug Olaf plötzlich vor, warf seinen leeren Becher lässig und treffsicher in eine etwa drei Meter entfernte offene Mülltonne und marschierte strammen Schrittes los. Lothar und Icke folgten ihm. Unter Druck gesetzt, schleuderte ich kurzerhand meinen noch nicht ganz leeren Becher mindestens ebenso lässig in Richtung besagter Mülltonne. Mein Becher allerdings verschwand nicht so geschmeidig darin, sondern schlug an der Kante des Eimers auf und verspritze das Restbier von hinten auf zwei in der Nähe stehende, hünenhafte Eintracht-Ultras, die sich prompt in den Nacken fassten und grimmig umdrehten. Schnell vergrub ich meine Hände in den Manteltaschen und schaute so unschuldig ich konnte rechts neben mich, wo zwei adipöse Bayernfans stoisch an einer »Brezn« kauten oder dem, was Mittelhessen dafür hielten und als solche verkauften. Der weitere Fortgang der Szene war absehbar: hessische Beschuldigungen meets bayrische Kraftausdrücke, das Ganze vor dem Hintergrund des bevorstehenden Fußballspiels, das hier in Mittelhessen traditionell auch als eine Art Klassenkampf gesehen wurde. Die arroganten, schnöseligen Münchner besaßen also tatsächlich die Frechheit, die sympathischen Underdogs aus der Arbeiterstadt Frankfurt mit Bier zu bespritzen. Und das auf fremdem Grund und Boden.

Innerhalb von zwei Sekunden entwickelte sich ein respektables Handgemenge inklusive einer sich rasch ausbreitenden Rudelbildung, was mich dazu veranlasste, rasch die

Verfolgung von Olaf und seinen beiden WM-Helden aufzunehmen. Fünfzig Meter vor dem Eingangstor zum Stadion sah ich Icke an einem Würstchenstand nach mir winken. Olaf und Lothar kauten bereits an ihren Bratwürsten.

»Auch eine?«, rief mir Icke zu, und ich schüttelte den Kopf. Ich wollte mir doch jetzt nicht eine schnöde Bratwurst reinziehen, wenn es gleich im VIP-Bereich Lachshäppchen und andere hochkarätige Köstlichkeiten gab.

»Hier ist sie fünfzig Cent günstiger als zwanzig Meter weiter, hinter dem Eingang. Außerdem sind die Brötchen viel leckerer«, erläuterte Icke und strahlte wie meine Mutter, wenn sie beim Bäcker gerade noch so das letzte Brot vom Vortag ergatterte. Sieh mal einer an, die Banker. Dick fünfstellig im Monat verdienen, aber bei der Bratwurst ein Schnäppchen machen wollen. Oder waren das noch Nachwehen der Finanzkrise? So nach dem Motto: Wer das Brötchen nicht ehrt, ist die Bratwurst nicht wert?

Nachdem alle außer mir ein Würstchen vertilgt hatten, gab Lothar noch eine Runde Becherbier aus, das Olaf erneut in einem irren Tempo runterkippte. Mit den Tickets in der Hand lotste er uns aufs Gelände des Waldstadions, das heute zwar nicht mehr so heißt, es aber für alle Eintracht-Fans immer bleiben wird. Dass ich mir in meinem schwarzen Mantel zwischen all den schwarz-roten und rot-weißen Gestalten ziemlich dämlich vorkam und mehr als einmal schräg angeschaut wurde, liegt auf der Hand. Die VIP-Gäste wurden ja für gewöhnlich kurz vor Spielbeginn in abgedunkelten Limousinen vorgefahren. Die sah man sonst nie auf dem Gelände vor Block E und G. Aber gut, wir hatten es nicht mehr weit bis zur Haupttribüne, wo sich die VIP-Logen befanden. Wie schön, dachte ich, dort würde ich als Allererstes ganz entspannt eine VIP-Toilette aufsuchen.

»Sagen wir den anderen noch kurz Hallo«?, fragte Lothar, als Olaf auf den VIP-Eingang zusteuerte.

»Ja«, rief Olaf, ohne sich umzudrehen, zeigte dem Security-Mann irgendeinen Ausweis und führte uns in die Lounge des HESSENBANK-VIP-Bereiches. Ich entspannte mich, denn ich war mit einem Schlag unter meinesgleichen.

Jedenfalls outfitmäßig. Nun waren Olaf, Lothar und Icke die Klamotten-Aliens und wurden auch dementsprechend lauthals von einigen ihrer Bankkollegen begrüßt.

»Na, ihr zieht das wirklich durch, was?«, rief uns ein graumelierter Schlipsträger freundlich entgegen, dessen Gesicht ich von der Veranstaltung im Steigenberger kannte. Ein anderer, nicht ganz so freundlich dreinschauender Banker kam hinzu und musterte uns mit hämischem Blick.

»Sieh an, der Herr Juncker, volksnah wie eh und je.«

Einige der Banker um uns herum grinsten.

»Wer ist das?«, zischte ich Icke zu, der neben mir stand.

»Dr. Harald Michel. Der kann Olaf nicht leiden, wie du vielleicht schon gemerkt hast«, raunte Icke.

Ehe Olaf etwas sagen konnte, legte Harald Michel nach in einer Lautstärke, dass es alle im Raum hören mussten: »Volksnähe haben Sie ja diese Woche in Bad Nauheim schon des Öfteren bewiesen. Wenn das also die neue Ausrichtung der HESSENBANK ist, na, ich weiß nicht. Vergessen sie aber bei aller Volksnähe bitte nicht, geschätzter Kollege Juncker, Niveau ist keine Creme und Stil kein Teil des Besens.«

Ich konnte beobachten, wie sich einige der Banker genervt wegdrehten und nur wenige unverhohlen lachten.

»Was soll das denn bitte?«, flüsterte ich Icke zu.

»Das ist Olafs Gegenkandidat um den Posten des Vorstandschefs. Einfach ignorieren«, erklärte Icke knapp.

In diesem Moment entdeckte ich hinten links ein wunderbares Buffet voller kleiner und größerer Köstlichkeiten. Allen voran natürlich die heiß ersehnten Lachshäppchen, daneben Carpaccio- und Tomaten-Mozzarella-Platten, kleine, gefüllte Wraps und andere Finger-Food-Leckereien, dazu noch vier beheizte Behälter, aus denen es ganz wunderbar duftete. Ich beglückwünschte mich zu der Entscheidung, die Bratwurst vor den Toren des Stadions abgelehnt zu haben, zog meinen Mantel aus und suchte nach dem Toilettenschild.

»Was hast du vor?«, wollte Icke wissen.

»Ist ziemlich warm hier …«, antwortete ich.

In diesem Moment erhob Olaf seine Stimme. »Also, liebe Kollegen, wir ziehen dann weiter. Viel Spaß wünsche ich uns allen und natürlich mindestens einen Punkt. Wer anschließend noch mit nach Sachsenhausen kommt, trifft sich um 18 Uhr, vorne an Shuttle 3.«

Ehe ich begreifen konnte, was Olafs Worte zu bedeuten hatten, zog er mich auch schon wieder mit nach draußen. Lothar und Icke verschwanden in Richtung einer gegenüberliegenden Fanutensilienbude, und ich stand mit Olaf einen Moment lang alleine vor der VIP-Lounge.

»Nix wie raus hier, was? Das will ich dir wirklich nicht länger zumuten.«

»Och...«, druckste ich rum mit immer noch erhöhtem Speichelfluss ob des Anblickes des Buffets.

»Ein, zwei Mal im Jahr mache ich das auch, aber nur, wenn es ein uninteressantes Spiel ist. Dann stell ich mich da auch mal auf den Balkon, schlürfe Schampus und futtere mich durch Schweinefilets, Kalbsmedaillons und Pasta an Salbei-Trüffelsoße. Fußball ist dann Nebensache. Aber doch nicht, wenn ich beim Top-Spiel der Saison dabei sein kann. Außerdem, stell dir vor, ich würde dich nötigen, das Spiel mit solchen Schönwetterfans zu schauen, die bei einem Tor nicht mal ihr Champagnerglas wegstellen.«

»Nee, klar, das wäre ja echt ...« Ich versuchte, meine maßlose Enttäuschung so gut es ging zu verbergen. Plötzlich merkte ich, wie mir von hinten jemand etwas um den Hals legte. Lothar und Icke waren zurück und hatten mich kurzerhand in einen Eintracht-Schal gehüllt.

»Ist nur zu deiner eigenen Sicherheit«, feixte Lothar.

»Gute Idee«, entgegnete Olaf, »in der Westkurve sind sie manchmal etwas penibel, was das Outfit angeht.«

»In der Westkurve?«, rief ich entrüsteter, als ich es eigentlich wollte.

»Ja, wenn schon, denn schon.« Icke lachte aus vollem Hals.

Mein Unterleib meldetet sich mit Breaking-News. Ich brauchte dringend eine Toilette. Eisiges Bier kombiniert mit der kalten Angst vor der Westkurve hatten meinen Pegelstand sturmflutartig in die Höhe getrieben.

Als ich am Eingang zur Westkurve dann ein Toilettenhaus erspähte und sah, wie sich vorm Herreneingang etwa fünfzig bis hundert Hardcorefans türmten, verwandelte sich meine Angst in pure Panik. Machen wir es kurz: Ich kann nicht, wenn jemand neben mir steht. Also pinkeln, meine ich. Nichts. Null, keinen Tropfen, selbst wenn meine Blase zum Bersten gefüllt ist. Wie, wenn eine riesige Springflut vergeblich gegen eine Deichmauer wütet und keiner in der Lage ist, die rettenden Fluttore zu öffnen. Bis der Deich irgendwann bricht ...

»Ich geh kurz noch mal pinkeln«, rief Icke und steuerte auf die wartende Horde zu, Lothar schloss sich an.

Und schon gar, gar, gar nicht, wenn jemand neben mir steht, den ich kenne!

Meine Bandkollegen wussten das längst und wunderten sich nicht, wenn ich an Autobahnraststätten stets in die Kabinen verschwand oder an kleineren Parkplätzen in den tiefen, finsteren Wald stiefelte. Ein zuschauendes, unscheues Reh oder ein voyeuristisches Wildschwein hätte mir beim Pinkeln sicher weniger ausgemacht als ein mich begleitender Bandkollege am Nachbarbusch.

Natürlich hatte ich mich schon x-mal gefragt, woher das kam und was tiefenpsychologisch womöglich dahinter steckte. Es war nicht die Sorge, womöglich einen zu kleinen Penis zu haben, das hatte ich durch frühpubertäre Messungen und einen Abgleich mit den wöchentlich in der »BRAVO« veröffentlichen Durchschnittslängen schon früh ausgeschlossen. Es war einfach diese fürchterliche Drucksituation, wenn man nebeneinander stand und jeder erwartet, dass es auch bei dir gleich plätschert.

Noch fünfzig Minuten bis Spielbeginn. Jetzt eine muskelentspannende Atemübung und das Fiasko wäre perfekt. Also, was tun? Mal kurz in den Wald verschwinden ging auch nicht, denn das Gelände war besser eingezäunt als die ehemalige DDR. Klar war auch, dass ich mich in diesem »Zustand« erst gar nicht in den Block begeben konnte, aus dem es dann bis zur Halbzeit kein Entrinnen mehr gab. Als Icke und Lothar schon fast das Innere des Klohäuschens erreicht hatten, entschied ich mich mangels Alternatividee dazu, es mal wieder zu versuchen. Wer weiß, eventuell hatte sich »mein Problem« ja verzogen und erledigt. Schließlich verändern sich Menschen über die Jahre hinweg auch in anderen Bereichen.

»Ich glaube, ich gehe auch noch mal«, sagte ich schließlich und bewegte mich ungelenken Schrittes auf die Schlange zu. In diesem Moment fiel mir ein, dass Fußballstadien wohl einer der wenigen Plätze dieser Welt waren, an denen es sich vor Männertoiletten staute, während das Damenklo nahezu verwaist sein musste. Das brachte mich auf eine Idee. Also gut, dann eben so, dachte ich. Als ich einige Sekunden den vereinsamten Dameneingang beobachtet hatte, bog ich ab und verschwand blitzschnell in einer der Kabinen. Welch eine Erlösung!

Die Frau, die ich anschließend draußen beim Händewaschen traf, war zum Glück betrunken genug, mich geschlechtsmäßig nicht zuordnen zu können, so dass ich ohne jegliche Sanktionen und komplett erleichtert noch lange vor Icke und Lothar zu Olaf zurückkehrte, der mich amüsiert ansah.

»Du bist ja ein cooler Hund«, sagte er anerkennend.

»Tja, wer muss, der muss halt …«

Zehn Minuten später stand ich mit einem dritten, diesmal von Icke spendierten Becher Bier zum ersten Mal in meinem Leben dichtgedrängt im schwarz-roten Hardcore-Fanblock, zum Glück aber etwas am Rande des absoluten Siedepunktes. Noch fünfundzwanzig Minuten bis Spielbeginn, und obwohl ich es zunächst komplett ignorieren wollte, ließen die Signale, die meine Blase schon wieder sandte, nicht nach, so dass ich beschloss, ab sofort nur noch am Bier zu nippen, um nicht noch unnötig Benzin ins Feuer zu pinkeln. Oder so ähnlich.

Als um 15. 27 Uhr die Mannschaften den Platz betraten, wäre ich im Normalfall eigentlich gerne noch mal schnell zur Toilette gegangen, was aber aufgrund des dichten Gedränges im Block für die nächsten siebenundvierzig Minuten völlig ausgeschlossen war. Bedingt durch diese beängstigende, fast klaustrophobisch anmutende Tatsache, erhöhte sich mein Pipipegel nun fast im Minutentakt.

»Trink mal aus, sonst gibt's gleich 'ne Riesensauerei«, forderte mich Lothar auf, der schon zweimal mit dem Ellenbogen meinen noch fast vollen Becher gefährlich touchiert hatte. Schweren Herzens kam ich seiner Aufforderung nach.

Fünfzehnte Minute, Ecke Bayern, direkt vor unserem Tor, meine Schmährufe gegen Arjen Robben, der die Ecke ins Aus bugsierte, hielten sich in Grenzen. Nur nicht zu viel bewegen. Als Pirmin Schwegler in der neununddzwanzigsten Minute eine völlig überzogene gelbe Karte sah, hätte ich mir beim Beschimpfen des Schiedsrichters fast in die Hose gemacht.

Die letzten Minuten vor der Pause zählte ich die Sekunden rückwärts, als wäre es das DFB-Pokal-Endspiel und wir würden 1:0 führen. Dann endlich, der Halbzeitpfiff.

»Puh, jetzt muss ich aber für kleine Banker«, schnaufte Olaf. »Noch jemand?« Mir trieb es den Schweiß auf die Stirn. Nein, bitte nicht. Wir sind doch keine Frauen, die gemeinsam auf Klo gehen müssen. Icke und Lothar winkten ab. Ich zuckte mit den Schultern.

»Mal schauen. Ich komm mal mit«, sagte ich verkniffen.

Als wir das für uns zuständige Klo erreichten, stapelten sich nun auch vor dem Dameneingang die Massen. Das Geschlecht war völlig egal, nur ein Bayern-Fan durfte man in dieser Region des Stadions nicht sein. Olaf stellte sich an.

»Ich glaube, ich geh lieber am Ende der Pause, das ist effektiver. Ich lauf ein paar Meter, okay, wir sehen uns im Block«, quetschte ich unter Höllenschmerzen aus mir raus.

»Alles okay mit dir, Jan?«

»Ja, nee, alles gut, mir ist nur ein Bein eingeschlafen.«

»Ach so, ich hab mich schon gewundert, warum du so komisch läufst. Ja, gut, dann bis nachher.«

Ganz langsam ging ich ein paar Meter in Richtung der Gegentribüne, nicht ohne alle erdenklichen Muskeln im Po-, Becken- und Hüftbereich auf Vollspannung zu halten. Zehn Minuten noch durchhalten, dachte ich, dann würde ich sicher in einem relativ leeren Klohäuschen eine freie Kabine finden und alles wäre gut. Aber auch zwei Minuten vor Wiederanpfiff standen die Fußballfans immer noch in langen Schlangen vor den Türen der Toiletten.

Es war kaum noch auszuhalten. Ich lehnte an einem Betonpfeiler, zwei Blöcke weit entfernt von der Fankurve. Von drinnen ertönte Jubel, die Mannschaften kamen zurück, und der Schiedsrichter pfiff wieder an. Ich schleppte mich zum Ende der Schlange und stellte mich an. Sicher würden Olaf, Icke und Lothar schon nach mir Ausschau halten. Quälend langsam ging es voran. Ich versuchte, die Geräusche aus dem Inneren des Stadions zu deuten. Es klang, als hätten wir gerade eine große Chance vergeben. Auch im Inneren der Toilette konnte man die Reaktionen der Zuschauer noch gut hören. Noch immer standen mindestens dreißig Männer vor mir, die sich langsam auf das breite Urinal zuschoben, manche davon mit der Hand schon am Abzug beziehungsweise am Reißverschluss. Links von mir entdeckte ich die Kabinen und ordnete mich via Reißverschlussverfahren (nirgendwo passte dieser Begriff besser als hier) in diese Richtung ein. Plötzlich ein erboster Aufschrei aus dem Stadion, irgendetwas war passiert, was die unter Urindruck stehende Männerhorde nun noch unruhiger werden ließ.

»Macht hin da vorne«, schrie einer von ihnen plötzlich, worauf von vorne jemand antwortete: »Geht nicht, ich fühl mich so beobachtet.«

Ein Bruder im Geiste? Unfassbar! Noch erstaunlicher war aber, dass man meinen Leidensgenossen nach seinem spontanen »Coming out« weder auslachte noch verprügelte. War ich womöglich doch nicht der einzige Mann auf dem Planeten mit diesem »Problem«?

Egal, auf jeden Fall hatte dieser unbekannte Urin-Soldat durch sein mutiges und heldenhaftes Geständnis dazu beigetragen, dass ich eine Minute später bei offener Kabine in ein Klo pinkeln konnte. Nicht einmal abschütteln musste ich selbst, das übernahm die wie aus heiterem Himmel bebende Tribüne über mir, und ein unfassbarer Jubel brach los. Ein Tor. Und bei der Lautstärke musste es für uns gewesen sein.

»Scheiße«, rief der Typ in der Nebenkabine frustriert, »1 : 0 für uns.«

»Nein«, rief ich hinüber, »Scheiße ist erst, wenn der Furz Gewicht hat.«

Das Stadion tobte, es war unmöglich, zu Olaf und den anderen beiden zu kommen, so dass ich mich einfach irgendwo ganz oben an den Rand stellte, von wo aus ich zwar nicht viel sah, aber Olaf immerhin eine SMS schreiben konnte.

Ich bin ganz hinten im Block und komme nicht mehr durch. Ich warte nachher beim VIP-Bereich vor Shuttle 3.

Als wegen einer verletzungsbedingten Unterbrechung der Lärmpegel im Stadion für einen Moment absank, hörte ich ein Flugzeuggeräusch über mir und blickte auf zum Himmel. Wie so häufig war auf dem benachbarten Airport eine Maschine gestartet und stieg mit einer kurvenähnlichen Flugbahn über dem Stadion in den Himmel. 16.56 Uhr verriet der überdimensionale Stadionwürfel. Der Flug nach Ibiza war für 16.52 Uhr angesetzt gewesen. Das war Heike. Keine Frage. Ich starrte dem Flugzeug hinterher, so lange ich konnte. Jetzt war sie wirklich weg. Oder doch nicht? Was, wenn sie doch noch auf den letzten Metern kalte Füße bekommen oder das Taxiunternehmen meine Bestellung verbummelt hatte? Top-Spiel oder historischer Sieg, sei's drum. Ich verließ den Block, ging runter auf den Vorplatz zu den verwaisten Bier- und Wurstbuden und zückte mein Handy, als aus dem Stadion ein gedämpfter Jubelaufschrei ertönte. Der Ausgleich.

Sechzehn unbeantwortete Anrufe von Heike, acht Nachrichten von ihr auf der Mailbox. Ich beschloss, mir nur die letzte anzuhören.

Pieeeep – Okay, lassen wir das, ich habe keine Lust mehr zu schimpfen, bringt ja eh nichts. Wo auch immer du bist, ich bin jetzt am Flughafen, Gate 53. Ich hätte mich gerne anders von dir verabschiedet ... Ich bitte dich nur um eines: Kümmere dich um Hannah und Lina. Alles Organisatorische, was ich mit dir noch auf der Fahrt besprechen wollte, schicke ich dir per Mail, wenn ich mich auf Gomera eingerichtet habe. So, mein Flug wird aufgerufen. Ich muss los ... Eins noch, auch wenn es dir total gaga vorkommt ... aber ... ich liebe dich. Anders als früher, aber ich liebe dich. Mach's gut

Ohne dass ich es aufhalten konnte, musste ich weinen. Ich glaube, erst jetzt wurde mir so richtig bewusst, dass ein nicht unbedeutend langer Abschnitt meines Lebens soeben zu Ende gegangen war und ich mich einem neuen nicht länger entziehen konnte. In immer kürzeren Abständen wischte ich mir die Tränen weg und lief ziellos vor Block E und G auf und ab. Dabei merkte ich, wie mich eine ältere Würstchenverkäuferin im Visier hatte. Beim vierten Vorbeilaufen sprach sie mich an.

»Mit aaahm Pünktschär könn'mer doch lockär lebbe, da muss man doch net traurisch soin.«

»Also, ich komm da immer noch nicht drüber hinweg«, schüttelte Olaf den Kopf, als wir gegen 18.20 Uhr in Sachsenhausen aus dem Mercedes-Sprinter stiegen. »Da holen wir seit Jahren mal wieder gegen die Bayern einen Punkt, und du verpasst das Wichtigste, weil du auf dem Klo bist. Also echt, das darfst du keinem erzählen.«

Ich nickte stumm.

»Ab in die Klappergass«, rief Lothar das Motto aus, und Icke stimmte mit ein.

»Der Punkt muss gefeiert werden.«

»Was ist mit dir, Jan, du kommst doch noch mit, oder?«, wollte Olaf wissen.

»Ehrlich gesagt hätte ich eher Lust, einen Happen zu essen. Und dann muss ich ja irgendwann nach Karben zu meinem Cousin«, antwortete ich halb wahrheitsgemäß.

»Auch gut. Lothar, Icke, geht ihr doch schon mal vor. Ich gehe mit Jan noch kurz etwas essen und komme dann nach.«

Da wir durch den Shuttleservice einen guten Vorsprung gegenüber der sicher feierlaunigen Fanmeute hatten, fanden wir problemlos einen ruhigen Platz in einem kleinen Bistro und bestellten Pasta mit grünem Pesto.

»Was ist denn los? Du wirkst, als hätten wir 5:0 verloren«, fragte Olaf, nachdem uns zwei Apfelschorlen gereicht worden waren. »Ist es wegen Heike?«

Ohne Umschweife brachte ich Olaf in Sachen Heike auf den neuesten Stand.

»Respekt.« Olaf nickte anerkennend und gleichzeitig ironisch. »Du kommst mit zur Eintracht, statt deine Frau zum Flughafen zu fahren. Das nenn ich mal Prioritäten setzen. Hey, Jan. Natürlich war das ein Fehler. Ein ziemlich großer sogar. Aber glaub mir, von dieser Art Fehler habe ich in den letzten Jahren Unmengen produziert. Sabine war schon oft kurz davor, die Koffer zu packen.«

»Mit dem Unterschied, dass sie es nicht getan hat.«

»Stimmt«, gab Olaf zu, »bis jetzt jedenfalls. Im Moment kann ich nicht einschätzen, wie und wann sich daran etwas ändert. Derzeit stehen sie gepackt im Flur bereit. Also im übertragenen Sinne natürlich.«

»Ich glaube aber, dass das bei euch anders ist, jedenfalls habe ich es so rausgehört. Ich glaube, ihr redet einfach viel mehr miteinander, als Heike und ich es getan haben, tauscht euch mehr aus, das ist schon mal ein Riesenvorteil«, warf ich ein.

»Sabine würde dir da vehement widersprechen und sagen, dass das Reden allein einen feuchten Kehricht wert ist. Wie oft habe ich schon von ihr gehört: Olaf, wir reden, reden und reden, aber es ändert sich nichts.«

»Was konkret soll sich denn Sabines Ansicht nach ändern?«, wollte ich wissen. Olaf stocherte in seiner Pasta herum. »Kurz nach Julians Geburt habe ich ihr gesagt, dass ich es karrieremäßig nun gut sein lasse. Ich … ich habe ihr sogar vor einigen Monaten in die Hand versprochen, mich nicht um den Posten des Vorstandschefs zu bewerben.«

»Oh. Das ist natürlich …« Ich zog die Augenbrauen hoch.

»Ja, ich weiß. Das war ziemlich dämlich.« Olaf biss sich auf die Lippen, und ich nippte nachdenklich an meiner Schorle.

»Die Frage ist aber doch, was du willst, Olaf.«

»Ich?« Olaf hielt inne, aber ich hatte nicht den Eindruck, dass er über diese Frage noch nicht nachgedacht hatte. »Alles. Wie wir Banker halt so sind.« Er grinste schief. »Spaß beiseite. Natürlich will ich Sabine und die Kinder auf keinen Fall verlieren. Auf der anderen Seite weiß ich, dass ich den Job kann und auch verdient hätte. Ich habe jahrelang darauf hingearbeitet. Klar, es wäre auch eine Position, die mir schmeicheln würde und finanziell sehr lukrativ ist, da mache ich gar keinen Hehl draus. Vor allen Dingen möchte ich aber nicht, dass dieser schmierige Vollpfosten Dr. Michel den Job bekommt«, sagte Olaf gespielt trotzig. »Weißt du, unter ihm im gleichen Haus zu arbeiten, wäre für mich deutlich stressiger als über ihm, verstehst du?«

»Ja, ich weiß, was du meinst.« So langsam trudelten im Bistro die ersten singenden Fans ein und es wurde ungemütlich laut. »Olaf, ich will ganz ehrlich sein. Ich muss nicht zur Feier meines Cousins. Ich möchte jetzt meine Kids abholen. Das ist ... überfällig.«

Olaf nickte verständnisvoll.

»Ich setze mich jetzt in eine S-Bahn und mache mich auf den Heimweg, okay?«

»Okay. Kann ich gut verstehen.«

Ich stand auf und griff nach meinem Portemonnaie.

»Lass gut sein, Jan, ich mach das schon. Als Entschädigung dafür, dass ich dir die leckeren Häppchen verwehrt habe. Ich dachte, dass du es stadionmäßig kerniger und nicht so gelackt magst.«

»Schon gut. Danke, dass du an mich gedacht hast. Grüß Icke und Lothar von mir und sag Ihnen, das nächste Mal zahle ich das Bier.«

Ich stand auf und zog mir den Mantel über.

»Ich richte es aus. Eines noch, hat sich das mit diesem Internetportal-Typen aufgeklärt, für den du mich gehalten hast?«

»Nein, bisher noch nicht. Das wird wohl für immer ein Rätsel bleiben.«

»Falls sich da noch etwas ergeben sollte, sag mir bitte Bescheid. Mich würde es schon interessieren, wer da mit meinem Foto Schindluder getrieben hat.«

»Tja, keine Ahnung, aber ich informiere dich, falls ich etwas Neues weiß. Und bei dir? Wann ist der große Tag deiner Wahl?«

Olaf stöhnte auf und winkte ab. »Ach, schwieriges Thema. Die Entscheidung fällt Freitag. Ich bin aber nicht sicher, ob der Tag wirklich so gut für mich wird ... Michel hat durch die Vorkommnisse während der Tagung und meine etwas halbherzigen Erklärungen bankintern an Boden gutgemacht.«

»Tut mir leid ...«

»Nein, ist schon okay, immerhin haben wir uns dadurch kennengelernt, und ich sehe seitdem auch so manches etwas anders.«

»Das heißt, du überlegst, ob du deine Kandidatur zurückziehst?«

Olaf zuckte mit den Schultern. »Derzeit ändere ich etwa sechs Mal am Tag meine Meinung dazu.«

»Gib mir doch kurz Beschied, wie du dich entschieden hast und wie es Freitag gelaufen ist. Würde mich ja doch schon interessieren.«

»Mach ich. Weißt du, ich habe gerade so das Gefühl einer Loose-Loose-Situation. Aber gut, da muss ich durch. Ich sag dir Bescheid, ob Not oder Elend gewonnen hat.«

Es war offensichtlich, dass Olaf gerne noch länger geredet hätte, aber ich wollte den nächsten Zug in Richtung Butzbach nicht verpassen.

»Hm«, zuckte ich etwas hilflos mit den Schultern, »wie heißt es so schön: Die besten Dinge im Leben beginnen selten mit einer vernünftigen Entscheidung.«

»Von welchem Abreißkalender ist das denn?« Olaf lachte mir gequält hinterher.

»Ist das nicht das Motto eurer Wertpapierhändler?«, rief ich zurück und verließ das Lokal.

Die Rückfahrt nach Butzbach verlangte mir noch einmal alles ab, da ich wieder mit Unmengen von Fußballfans unterwegs war, die alle noch betrunkener waren als auf der Hinfahrt. Immerhin erwischte ich diesmal einen Sitzplatz, auf dem ich mich hinter mein Smartphone verkroch und mir online die verpassten Tore ansah. Ich stolperte auch noch über eine Meldung, dass es im Vorfeld des Spieles am Bahnsteig des S-Bahnhofes »Stadion« zu Fanausschreitungen gekommen sei, bei denen jeweils zwei Anhänger der verschiedenen Fanlager festgenommen worden waren. Ups ...

18

Stups, der kleine Osterhase

Als ich um halb neun zu Hause eintraf, warteten drei Frauen auf mich, die völlig unterschiedlich auf meine Ankunft reagierten. Während mir Lina freudig in die Arme sprang und mich lange und ausgiebig knutschte, beließ es Hannah bei einer eher distanzierten Umarmung, verbunden mit der eiligen Frage, ob sie heute Abend bei ihrer Freundin Luisa übernachten dürfe. Ich setzte Lina ab und gab Hannah zu bedenken, dass es doch schön wäre, nach so vielen Tagen bei Opa und Oma den Abend nun gemeinsam zu verbringen.

Hannah zog die Augenbrauen zu Gewitterwolken zusammen und schnaubte.

»Außerdem ist morgen ja auch Ostersonntag ...«, schob ich erklärend hinterher.

»Ja und«, polterte Hannah los, »an den Osterhasen glaub ich schon lange nicht mehr, falls dir das entgangen ist.«

»Bitte ...«, wiegelte ich ab, weil unmittelbar neben ihr die kleine, osterhasengläubige Lina stand.

»Aber Hauptsache, du hattest heute deinen Spaß, was?«, giftete mich Hannah an und beendete unser Wiedersehen, indem sie auf ihr Zimmer verschwand, wobei sie klischeepubertär die Türe zuknallte.

Während mir Hannahs theatralisches Beleidigtsein nicht gänzlich neu war, irritierte mich das Verhalten meiner Mutter umso mehr. Sie sagte nämlich erst mal gar nichts, sondern starrte mich nur mit einem unsagbar vorwurfsvollen Blick an. Ein Gesichtsausdruck, den in dieser angsteinflößenden Form nur Mütter draufhaben.

»Ist was?«, fragte ich rhetorisch.

Natürlich war was. Nur was genau, war mir noch nicht klar. Meine Mutter schwieg.

»War alles okay im Schwimmbad?«, versuchte ich es erneut vergeblich und beschloss, nun erst einmal abzulegen.

Anschließend hockte ich mich aufs Sofa. Schweigen konnte ich auch.

»Schäm dich!«, stieß meine Mutter nach einer gefühlten Ewigkeit endlich hervor.

Viel schlauer war ich jedoch nun auch nicht. »Ich äh ... ich weiß grade nicht ...«

»Du weißt ganz genau, warum«, fuhr sie energisch dazwischen. So aufgebracht hatte ich sie nicht mehr erlebt, seit ich mir als Dreizehnjähriger mal das frisierte Mofa eines älteren Nachbarsjungen geborgt hatte.

»Von wegen, du musst Heike nach Frankfurt fahren, der ganze Verkehr und du willst ja auch nicht rasen ...«

»Ich, also, aber ... woher ...?«, stammelte ich.

»Heike hat hier angerufen und nach dir gefragt. Du warst ja wie vom Erdboden verschluckt, bist nicht ans Handy gegangen. Und dann hat dich Papa im Fernsehen gesehen ...«

»Bitte?«

»Ja, in der Sportschau. Nach dem 1:1 Ausgleichstreffer konnte man dich kurz tieftraurig vor einer Würstchenbude stehen sehen. In Anzug, Mantel und Fanschal. Er hat mich dann gleich auf dem Handy angerufen, wir waren gerade bei McDonald's. Immerhin wussten wir dann, wo du bist.«

O nein! Die Wahrscheinlichkeit, dass die Sportschaukameraleute ausgerechnet mich filmten, lag bei schlappen 1:51000. Wobei, immerhin zwanzigmal wahrscheinlicher als ein Sechser im Lotto.

»Tut mir leid«, sagte ich schuldbewusst und fühlte mich genauso elend wie damals, als ich das geschrottete Mofa nach meiner Spritztour zurück nach Hause geschoben hatte.

Meine Mutter nahm ihre Handtasche, öffnete zielstrebig die Haustür und hielt dann doch noch einmal inne. »Ich weiß ja, dass du gerade eine Menge durchmachst, Junge. Aber mich so anzulügen, das muss nun wirklich nicht sein. Wir sehen uns Ostermontag wie geplant zum Mittagessen? Oder hast du da auch etwas anderes vor?«

»Nein.«

»Na, dann bis dahin«, sagte meine Mutter unterkühlt und schloss die Tür.

»Ob Mama schon in Gomero angekommen ist?«, fragte mich Lina, als ich eine Stunde und acht Gute-Nacht-Geschichten später mit ihr in ihrem Bett lag.

»Bestimmt. Ich bin mir sicher, dass sie uns morgen anrufen wird. Immerhin ist morgen ja Ostern.«

»Ist Mama zu Weihnachten wirklich zurück?«, fragte die Kleine.

»Hat sie das gesagt?«

»Sie hat gesagt, dass sie wiederkommt, wenn sie nicht mehr krank ist.«

»Dann wollen wir hoffen, dass das ganz bald der Fall ist.«

»Hmm ...« Lina gähnte.

»Und jetzt schlaf schön.« Ich stand auf, ging hinüber zu Hannahs Zimmer und klopfte an, ohne wirklich damit zu rechnen, noch mit ihr reden zu können.

»Komm rein«, ertönte es völlig überraschend von innen. Offenbar hatte Hannah schon auf mich gewartet. Als wäre vorhin nichts gewesen, redeten wir völlig offen und, was Hannah betraf, auch gänzlich unpubertär über Heikes Auszeit und das, was nun kommen würde. Entwaffnend direkt fragte Hannah mich, ob es denn jetzt so »chaotisch« weitergehen werde. Ob sie und Lina nun permanent von einer Oma zur anderen verschoben werden würden und ich mich weiter einen feuchten Dreck für sie interessieren würde, so wie in den letzten Tagen.

»Und komm ja nicht auf die Idee, uns morgen eine neue Mutter zu präsentieren«, ergänze Hannah ihre Ausführungen, ohne dabei auch nur ansatzweise patzig zu sein.

»Ich äh ..., nein, wie kommst du denn ...«

»Ach komm«, winkte Hannah ab, »irgendwas muss doch gewesen sein, sonst wäre Mama nicht Hals über Kopf weg.«

Aha. Heike hatte sich zwar von den Mädels verabschiedet, das Wichtigste aber offenbar vergessen, nämlich zumindest Hannah davon in Kenntnis zu setzen, was das Beziehungsfass letztlich zum Überlaufen gebracht hatte. Vielen Dank auch.

»Vielleicht ist es ja Mama, die jemand anderen hat ...«, versuchte ich mich heranzutasten.

»Quatsch. Mama doch nicht. Außerdem ist sie alleine geflogen, das weiß ich.«

»Darf ich?« Hannah nickte und ich schlüpfte zu ihr unter die Bettdecke. Ich holte tief Luft und erzählte ihr in einer einigermaßen jugendfreien Version, was vor ein paar Tagen in der Küche passiert war, als ich verfrüht von einem Auftritt zurückgekommen war.

»Nee, oder?«, japste Hannah immer wieder nach Luft. »Krass.«

»Ja, das sehe ich ähnlich«, bestätigte ich.

»Mama und Joey ... echt jetzt? Der ist doch viel jünger als sie«, murmelte sie vor sich hin.

»Du kennst ihn?«

»Das ist doch der Schlagzeuger aus deiner Band, oder? Der war ein oder zwei Mal hier, als ich von der Schule nach Hause gekommen bin. Einmal hieß es, du hättest aus Versehen einen Koffer mit seinen Mikrofonen mitgenommen, das andere Mal ..., weiß nicht, auch irgend so etwas.«

»Ist ja interessant«, sagte ich leise, ehe Hannah den Arm um mich legte.

»Armer Papsi ...«

Ich schluckte einen aufkommenden Tränenschub hinunter. »Das ... das hast du lange nicht mehr zu mir gesagt ...«

»Hmm.«

»Naja, Dinge ändern sich einfach manchmal«, seufzte ich schließlich und stand auf.

»Aber bitte nicht, dass der Osterhase morgen kommt und jede Menge Süßigkeiten bringt«, sagte Hannah keck, als ich in der Tür stand und mich noch einmal umdrehte.

»Hilfst du mir, für Lina die Sachen zu verstecken?«

»Geht's noch?«, rief Hannah aufgebracht. »Ich will selber suchen. Das muss der Osterhase schon alleine hinkriegen.«

Wir drückten uns noch einmal.

»Schlaf gut, Große.«

»Du auch ... und sei nicht sauer auf Mama. Wer weiß, Jessis Eltern sind auch nach zwei Jahren wieder zusammengekommen.«

Nun war ich es, der nichts weiter als »hmm« sagen konnte.

Als ich runterkam, sah ich den gelben Aktenordner sofort. Natürlich hatte er vorhin schon dort gelegen, aber ich hatte ihn nicht zur Kenntnis genommen. Es war der Ordner, in dem Heike und ich unsere Bankunterlagen aufbewahrten. Dass er nicht wie sonst im Regal ihres Arbeitszimmers stand, sondern demonstrativ mitten auf dem Esszimmertisch lang, war natürlich kein Zufall. Ich schlug den Deckel zurück und fand obenauf eine zweiseitige, durchkalkulierte Aufstellung, wie sich Heike ihr Sabbat-Jahr finanziell vorstellte. Bis ins kleinste Detail hatte sie berechnet, wie diese zwölf Monate auch mit ihren deutlich reduzierten Bezügen einigermaßen zu stemmen waren. Vor allem für mich und die Kinder. Sie selbst hatte sich nur einen monatlichen Betrag von 350 Euro eingerechnet, den Rest wollte sie sich gegebenenfalls vor Ort dazuverdienen. Ich entnahm ihrer Auflistung, dass sie schon seit zwei Jahren monatlich 250 Euro auf ein Extra-Sparkonto abgezweigt hatte, wovon nun zwölf Monate lang – per bereits eingerichtetem Dauerauftrag – 500 Euro zurück auf unser Girokonto fließen würden. Zudem hatte Heike mittels einer letzten großen Sondertilgung (Vermerk: »Geld von meinem Vater«) unseren Hauskredit abgelöst. Die nun wegfallenden Hausraten, die 500 Euro vom Extrasparkonto, dazu die gute Auftragslage, vor allem durch die gebuchten Jobs an der Seite von Oli, ließen Heike zu der festen Überzeugung kommen, dass ihre Zeit auf Gomera keine finanziellen Krater in unsere Familienkasse reißen würde. »Sollte funktionieren. Wenn das Jahr rum ist, sehen wir weiter«, so Heikes handschriftlich notiertes Fazit.

Mehr als beeindruckt schlug ich den Ordner zu. Sie hatte wirklich an alles gedacht. Wahrscheinlich lag auch irgendwo im Haus noch eine Vorschlagsliste, welche Frauen ich nun als frischgebackener Single eventuell daten könnte. Vermutlich auf dem Nachttisch.

Plötzlich riss mich das Läuten der Haustür aus meinen Gedanken. Samstagabend, halb zehn? Was ..., was, wenn es Heike war? Blitzschnell entspann sich vor meinem inneren Auge ein absurder Kurzfilm. Ich sah, wie Heike, zweifelnd und an der Unterlippe kauend, alleine am Abflug-Gate stand, während alle anderen Passagiere die Maschine schon betreten hatten. Ich konnte ganz genau erkennen, wie sie immer wieder abwechselnd nach mir Ausschau hielt und hadernd auf ihre Bordkarte starrte. »Letzter Aufruf Passagier Schubert nach Teneriffa«, hörte ich es nasal durch das Terminal schallen. Dann sah ich, wie sie ihre Bordkarte mit der linken Hand zerknäulte, entschlossen auf den Boden warf, mit wehendem Haar durch das Terminal raus zum Taxistand lief und sich in einen der zahnbelaggelben Wagen warf. »Wo soll's hingehen, junge Frau«, fragte der – in meinem Film ausnahmsweise mal nicht indisch aussehende – Taxifahrer. »Nach Hause«, schniefte Heike tränenüberflutet. »Gerne«, antwortete der Fahrer kaugummikauend und nickte Heike aufmunternd zu, ehe er so schneidig anfuhr wie Tom Selleck als Magnum in seinem knallroten Ferrari, der anschließend dafür von Grundstücksverwalter Higgins gerügt wird.

Filmriss! Das zweite Klingeln katapultierte mich zurück in die Jetztzeit.

Was für ein Schwachsinn! Nein, das konnte nie und nimmer Heike sein. Schließlich hatte sie dem Taxifahrer unsere Adresse gar nicht genannt. Ich ging zur Tür.

»Was machst du denn hier?«, rief ich überrascht.

»Ich, naja, ich war gerade …, also ich hatte in Bad Nauheim zu tun und ich dachte, ich komme lieber persönlich vorbei. Jan, wir müssen reden. Dringend!«

Martha schob sich an mir vorbei, schleuderte ihren Mantel über einen Esszimmerstuhl und saß schon auf dem Sofa, noch ehe ich verdutzt die Haustür wieder geschlossen hatte.

Martha sah umwerfend aus. Sie trug eine weiße, locker sitzende Bluse, die tiefe Einblicke gewährte, dazu einen engen, kurzen Stoffrock, darunter dunkelbraune, hohe Stiefel mit Absätzen, die ihre 1,70 Meter sicher noch einmal um gut zehn Zentimeter aufstockten. Ebenso wie ihre Klamotten saß auch ihr Make-up wie immer perfekt. Nur der Lippenstift war knalliger, sprich offensiver als sonst. Keine Ahnung, was das für ein Geschäftstermin in Bad Nauheim gewesen sein mochte, aber er war mit großer Wahrscheinlichkeit eher männlich geprägt. Ich kannte keine andere Frau, die es besser verstand als Martha, sich in Vorgesprächen mit potenziellen Gala-Kunden äußerlich, aber auch vom Habitus her so angemessen zu präsentieren, dass es stets der Sache, sprich dem Geschäft zuträglich war. Für einen Termin mit der HESSENBANK wäre Marthas Outfit einen Tick zu sexy gewesen, für ein Sondierungsgespräch mit dem freudlos-konservativen Veranstaltungsbeauftragten der Bad Nauheimer Bäder- und Kurbetriebe schlichtweg ein Skandal. Nein, ich tippte eher auf einen großen Bad Nauheimer Autoteilezulieferer, dessen stets leicht anzüglicher Endfünfziger-Chef die Broadway Connection schon einige Male für Jubiläums- oder Weihnachtsfeiern engagiert hatte und im Rahmen dieser Events Martha den Hof gemacht hatte.

»Aha, in Bad Nauheim zu tun«, echote ich süffisant, »hast du dem Potzer wieder eine Veranstaltung aus den Rippen geleiert, was? Tu mir nur einen Gefallen, sag ihm bitte irgendwann mal, dass du nicht mit ihm in die Kiste gehen wirst. Der dreht sonst noch durch, wenn du immer so aufreizend vor ihm herumturnst, nur um einen Gig auszumachen.«

»Aha, du findest mich also sexy, ja?« Martha nahm den Ball entgegen und lenkte gleichermaßen vom Thema ab. Sie beugte sich leicht nach vorne, so dass ihre erstaunlich festen Brüste fast aus der Bluse purzelten. Dazu leckte sie sich albern lasziv über ihren Lippenstiftmund.

»Was will ich denn mit Potzer, dem alten Knacker? Der Vamp hat eher Lust auf ein wenig Frischfleisch«, stöhnte sie, dabei aber durch und durch ironisch grinsend. Was Hannah von der Treppe aus, wo sie urplötzlich stand, allerdings nicht sehen konnte.

»Na, ganz toll, hat ja lange gedauert ...«, rief sie patzig.

Ich zuckte zusammen. »Äh, Hannah, das ist ... du kennst doch Martha. Sie macht die Gigs aus für die Showbands ...«

»Es sah aber eben nach was ganz anderem aus«, keifte meine Tochter zurück.

»Hannah bitte«, maßregelte ich sie, ehe ich Martha schnell ein »Tut mir leid« zuraunte. »Wir besprechen etwas

Geschäftliches, wir ... wir müssen da was aufarbeiten«, versuchte ich zu erklären, ohne wirklich zu wissen, was Martha eigentlich hier wollte. Hannah musterte sie skeptisch, was Martha nicht entging.

»Entspann dich, Schatz«, seufzte Martha plötzlich, »keine Sorge, die gute Martha wird sicher nicht deine neue Mama.«

»Na, wenn, dann ja wohl mal eher Oma. Aber davon habe ich schon zwei, das reicht völlig«, motzte Hannah zurück.

»Jetzt reicht es aber, Fräulein«, wies ich meine reichlich unverschämte Tochter zurecht. Einen Moment lang war es mucksmäuschenstill. Dann lief Hannah die Treppe hinunter, an uns vorbei in Richtung Flur. »Ich gehe jetzt in die Küche, mir was zu trinken holen. Oder müsst ihr da auf dem Küchenboden auch noch was aufarbeiten?«

Mir blieb die Spucke weg, ich war kurz davor zu explodieren.

»Alles ganz normal, Jan. Das ist die Pubertät. Das liegt am Gehirn. Die können nicht anders«, sagte Martha, als Hannah wieder in ihrem Zimmer verschwunden war.

»Trotzdem, tut mir leid, dass sie dich da so ...«

»Pah, ich hab 'ne dicke Haut«, lächelte sie versöhnlich. »Aber einen trockenen Mund.«

»Rotwein?«, fragte ich rhetorisch und machte mich auf den Weg, ohne auf eine Antwort zu warten.

»Ein Glas, ja, mehr aber nicht. Und dazu ein Wasser bitte. Ich muss ja noch fahren. Ich glaube, es wäre von Vorteil, wenn mich deine Süße morgen früh hier nicht schnarchend auf dem Sofa vorfindet«, rief Martha mir nach.

»Du hast recht. Wobei, ich sage einfach, dass du der Osterhase bist ...«, antwortete ich von der Küche aus.

»Tse, ganz falsch. Jan, du musst noch viel lernen. Ironie und Pubertät, das geht gar nicht, Vorsicht.« Ich kam mit der offenen Flasche zurück ins Wohnzimmer und goss zwei Gläser randvoll.

»Oli macht Schluss«, sagte Martha völlig unvermittelt und setzte sogleich das Glas an, um einen großen Schluck Wein zu trinken.

»Äh, ja, das weiß ich schon. Darüber hatten wir gesprochen. Du wirst mir jetzt aber nicht dement, oder?«, frotzelte ich.

Martha stieg diesmal nicht auf meine Albernheiten ein. »Nein. Ich weiß. Aber ...«

»Was aber?«, hakte ich nach.

»Jetzt, ich meine, also, gleich, ab sofort.« Martha fiel es offensichtlich schwer, Worte zu finden.

»Bitte? Nee, Martha, das kann nicht sein. Mir hat Oli gesagt, dass du keine neuen Gigs mehr ausmachen sollst, er die bestehenden aber logischerweise noch abwickelt.«

»Das war der Stand bis heute Mittag«, seufzte Martha. »Olis Schwiegervater wird ein Schwerstpflegefall bleiben und braucht von jetzt auf gleich Betreuung rund um die Uhr.«

Ich atmete tief. »Ja, das ist furchtbar, aber, mein Gott, es gibt mittlerweile sehr gute Heime für so etwas.«

»Jan, bitte, du weißt, wie Steffi das sieht.«

»Stimmt aber trotzdem«, sagte ich fast so trotzig wie Hannah eben gerade.

»Dazu kommt, dass seine Schwiegermutter heute Morgen einen leichten Herzinfarkt hatte. Die ganze Aufregung um ihren Mann und so ...« Martha senkte den Kopf. »Ich mache es kurz, Jan. Olaf hat mir mitgeteilt, dass er keine Shows mehr spielen wird, auch nicht die, die feststehen«, ließ Martha die Katze nun endlich aus dem Sack.

»WAS?«, rief ich aufgebacht und sprang auf. »Das ist ein Scherz, oder?«

»Ich wünschte, es wäre so, aber nein, kein Scherz«, sagte Martha mit fester Stimme.

»Aber, aber, das ... das kann er doch nicht machen. Ich meine, es gibt doch Verträge mit den Veranstaltern, Konventionalstrafen und den ganzen Kram.« Aufgebracht tigerte ich durchs Wohnzimmer. »Das kann er mir, ich meine, dass kann er uns doch nicht antun. Für dich fallen doch auch etliche Provisionen weg. Und ich ...« Mir wurde schwindelig. Heikes akkurat aufgelistete Einnahmenseite ihrer Jahresberechnung war hinfällig. Jedenfalls ein großer Teil davon. Langsam geriet ich in Rage. »Nee, ganz ehrlich, Martha, so geht das nicht! Es muss doch möglich sein, noch diese paar

Gigs zu spielen, Bremen ist ja nicht Bagdad. Er kann doch nicht einfach alles hinschmeißen, nur weil Steffi ihn total unter der Fuchtel hat.«

»Jan, beruhig dich.«

»Mich beruhigen? Ich? Und warum bitte? Meine Frau poppt einen anderen, verpisst sich dann für ein Jahr zur Selbstfindung nach Gomera, und mein Beruf geht gerade holterdiepolter den Bach runter. Klar beruhige ich mich, ist ja alles ganz easy. Ommm.« Ich äffte mit den Armen eine dusselige Atemübung nach.

»Jan, bitte, setz dich doch wenigstens wieder zu mir«, bat Martha verzweifelt.

Ich folgte ihrer Aufforderung schließlich, aber nur, um mein Glas Wein auf Ex zu leeren.

»Ich verstehe das nicht«, schüttelte ich den Kopf, »überleg doch mal, was ihm da an Gagen durch die Lappen geht. Oder hat Steffis Familie in Bremen einen geldkackenden Esel? Ach nee, sorry, das ist ja das falsche Märchen«, legte ich sarkastisch nach.

»Genau darüber habe ich mit ihm vorhin fast zwei Stunden lang am Telefon gesprochen.«

»Na toll! Mit mir direkt sprechen wollte der Herr Comedian wohl nicht.«

»Nein.«

»So, und warum nicht, hä?«, rief ich aufgebracht.

»Na, warum wohl nicht, du Scherzkeks? Weil er sich nicht traut. Er hat ein fruchtbar schlechtes Gewissen, vor allem dir gegenüber. Du kennst Oli doch.«

»Mir kommen die Tränen. Mitleid, auch das noch. Nee, Martha, ich werde unsere schriftlichen Vereinbarungen checken lassen, zur Not muss ich da auf Regress gehen.«

»Jan, hör mir doch nur noch einen Moment zu«, flehte mich Martha an.

»Aber warum«, fuhr ich dazwischen, »es ist doch alles gesagt. Oli schert sich einen Dreck um andere, so sieht es aus. Krass, hätte ich nicht gedacht von ihm. Nur weil sein Herr Schwiegerpapa kränkelt und Steffi einen Retro-Heimatflash hat. Und? Hast du schon bei Veranstaltern angerufen? Die werden sich bestimmt richtig gefreut haben. Was ist, wenn die Ausfallzahlungen einfordern? Zahlt Oli das? Aber, mein Gott, was ist schon Geld. Das scheint er ja in Bremen irgendwie nicht zu brauchen.«

Martha schwieg, während ich verbal auf sie einpolterte. Eigentlich unfair, schließlich war sie selbst Leidtragende und bekam nun das ab, was eigentlich Oli verdient hatte. Irgendwann hielt ich inne und schaute sie an.

»Was ist? Warum sagst du nichts?«

»Wir haben da eine Idee«, sagte Martha leise.

»Wer *wir*?«

»Oli und ich. Eine Option, bei der wir die meisten der Gigs vielleicht nicht absagen müssen.«

Ich stutzte. »Oha. Ich bin gespannt«, sagte ich und goss mir ein zweites Glas Rotwein ein.

»Du machst die Gigs«, hauchte Martha vorsichtig.

»Okay«, sagte ich langgezogen. »Verstehe, ihr habt für Oli einen Ersatz gefunden. Na, ich weiß nicht. Das gibt aber jede Menge Probenarbeit. Ein Kollege? Aus der Szene? Ich meine, kennen ihn die Veranstalter, oder ist es ein Newcomer? Sei mir nicht böse, aber so einen blutjungen Zotenheini möchte ich nicht auf der Bühne begleiten.«

»Musst du auch nicht. Du begleitest dich selbst«, ließ Martha die Bombe platzen, die aber im Gegensatz zu ihren militärischen Artgenossen eine fulminante Stille mit sich brachte.

Da Hannah mal wieder alle Türen hatte offen stehen lassen, hörte ich die Küchenuhr ticken. Tik, Tak. So langsam und zäh, wie meine Gedanken gerade flossen. Ich hatte das Gefühl, mein Gehirn würde mir gerade meine Lieblingscomputermeldung aufrufen: *Keine Rückmeldung.*

»Ich, sorry, ich versteh nicht so ganz, wie du das meinst«, sagte ich schließlich nach gefühlten Stunden erkenntnisloser Stille.

»Es ist doch ganz einfach«, erläuterte Martha, »die meisten Songs sind eh von dir. Und den Rest kriegen wir auch noch hin. Oli hat mir noch von einigen unfertigen Texten erzählt und einige deiner neuen Demos gemailt. Da sind tolle

Sachen dabei, diese Schlussgemacht-Nummer zum Beispiel ist toll.« Martha beugte sich zu mir und sah mir fest in die Augen. »Jan, ich trau dir das zu, ehrlich.«

»Du traust mir *was* zu?«, hörte ich mich fragen.

»Die Show ohne Oli zu machen. Nur du.«

In diesem Moment löste sich meine Starre, und ich lachte herzhaft auf. »Sehr gut, wirklich, ein Riesenbrüller. Ihr habt ja echt 'nen Lattenschuss, ihr beide. Hallo? Seid ihr noch zu retten? Ich meine, ich kann noch nicht mal in Ansätzen trommeln und so wie Oli schon gar nicht.«

»Du sollst ja auch nicht trommeln«, ging Martha dazwischen.

»Ach nein? Die Show heißt aber nicht ganz umsonst ›Mit allem Drum und Drums‹.«

»Natürlich würdest du deine eigene Show machen. Deine Lieder, deine Texte. Die besten aus den Programmen mit Oli und ein paar neue, dazwischen einige nette Moderationen und Textnummern.«

»Leute, echt jetzt. Verscheißern kann ich mich alleine«, rief ich und stand auf, um wieder hektisch auf und ab zu laufen. Martha hingegen war weiterhin die Ruhe selbst.

»Ich habe heute Nachmittag schon mal bei zwei Veranstaltern den Ballon steigen lassen. Kai Michael aus Herborn und Holger Stanzel aus Gersheim. Die kennen dich ja vom letzten Programm mit Oli und sind dir sehr gewogen. Beide wären bereit, den Termin aufrechtzuerhalten. Wir bräuchten nur relativ schnell einen Titel und neues Werbematerial. Ich bin mir sicher, ich kriege auch noch einige der anderen Veranstalter rum. Kann gut sein, dass ich hier und da die Gage neu verhandeln muss, aber das lass mal mein Problem sein«, redete meine Agentin fast mantrisch auf mich ein.

»Du meinst das tatsächlich ernst, oder?«, fragte ich ungläubig.

»Natürlich. Lieber Jan, wie lange kennen wir uns? Du weißt doch, ich bin Geschäftsfrau. Wenn ich nicht überzeugt davon wäre, dass das mit dir funktioniert, würde ich jetzt nicht hier sitzen.« Martha schaute auf die Uhr. »Oh. Ich muss langsam wieder.« Sie schnappte sich ihre Handtasche und schwang sich in ihren Mantel. »Überleg dir das über die Feiertage in Ruhe.«

»Hmm«, brummte ich und ließ auch Marthas übliche Bussi-Bussi-Verabschiedungsorgie regungslos über mich ergehen, ehe sie eilig in Richtung Flur stakste.

»Ich bring dich noch raus«, rief ich ihr roboterartig hinterher und folgte ihr.

»Nicht nötig, Jan, ich kenne den Weg«, wiegelte Martha ab und zog das Tempo an. Als ich die Haustür erreichte, war Martha schon auf dem Sprung in ihren Wagen, allerdings stieg sie auf der Beifahrerseite ein, was mich irritierte. Im Energiesparlicht der Straßenlampe erkannte ich eine männliche Gestalt am Steuer. Aha, Martha hatte sich ein Spielzeug fürs lange Wochenende besorgt. Als Martha die Tür öffnete und im Wagen für einen kurzen Moment das Licht anging, erkannte ich ihn. Peter. Ellas Mann. Es war also keine jüngere Blondine, sondern eine ältere Brünette, die den Geschäftsführer des La Vita so in Anspruch nahm.

Ohne eine Idee, wie ich mit dieser neuen Information umgehen sollte, tapste ich ins Haus zurück, ließ mich aufs Sofa fallen, legte mir ein großes Kissen auf meinen Kopf und versuchte, meine Gedanken zu sortieren. Mein vor wenigen Wochen noch akkurat gepflasterter Lebensweg bestand nur noch aus Kratern und Baustellen, und stündlich schlug eine neue Bombe ein. Die von eben hatte mir das letzte fest asphaltierte Plätzchen weggerissen, nämlich meine finanzielle Sicherheit. Und was Martha da von mir erwartete, erschien mir so abwegig, dass ich es auch mit meiner ganzen, geballten Vorstellungskraft nicht einmal denken konnte.

Für einen winzig kleinen Moment glaubte ich, dass vieles einfacher wäre, wenn jemand käme und mir das Kissen für zwei Minuten noch fester aufs Gesicht drücken würde. Dann allerdings, so überlegte ich mit dem Restsauerstoff in meinem Gehirn, würde der leckere Rotwein in die Erbmasse einfließen und wegen meiner noch nicht alkoholtauglichen Kinder womöglich vom Tatortreiniger achtlos entsorgt oder, noch schlimmer, von ihm selbst getrunken werden. Das wollte ich dann aber auch nicht und hievte mich zurück ins Leben, mit dem festen Entschluss, zunächst einmal die Flasche Wein zu killen. Weiter wollte ich erst einmal nicht in die Zukunft schauen. Zwei Gläser später vermeldete mein Handy den Eingang einer SMS von Katharina.

Hi Jan. Und? Muskelkater vom Wandern? Sag mal, wäre es eventuell doch möglich, dass du Dienstag und Mittwoch einmal kurz nach Nicki schaust? Vielleicht bist du ja mal zum Blumengießen in Fauerbach. Meine letzten Betreuungsoptionen sind geplatzt; meine Freundin ist selbständige Visagistin und kann kurzfristig bei einem Tatort-Dreh einspringen. Wäre wirklich super, wenn du mir helfen könntest. Was machst du bzw. ihr an den Feiertagen? Gruß Kati

Da ich mich rotweinbedingt nicht in der Lage fühlte, einigermaßen geradeaus zu tippen, versuchte ich, mithilfe der Spracheingabe Kati zu antworten. Leider korrespondierte mein weingetränktes Genuschel nicht ausreichend mit der Spracherkennung des Handys, so dass ich mich trotz meines benebelten Blickes doch fürs Tippen entscheiden musste.

Hi. Ja. Muskulatur hab ich ganz Ordentliches. Aber eber mental. Nee, tut mir leicht, ich kann Di und Mi nicht in Auerbach sein. Lässt Nicki doch einfach hier. Das geht schön. Osten? Ich fteue mich schon so sehr: Zwei Mittagessen im Kreises meiner lieben Schwierigkeiten und Eltern. Welcher Smiley ist für beißende Ironie? Sogar meine Mutter hasst mich jetzt, das will schon was heißen. Laughing not loud out. Januar

Katharinas Antwort ließ nicht lange auf sich warten.

Jaja … So eine Wortergänzungsfunktion ist schon eine diffizile Sache, was? ;))) Bist du in Eile? Du schreibst ja, als wärst du besoffen. Oder geht es dir nicht gut? Was Nicki betrifft, okay, ich werde mit ihm reden, mal schauen. Wann ist das Essen bei deinen »schwierigen« Eltern? Wir könnten ja zwischendurch eventuell ein Stündchen Eiersuchen gehen ;) Apropos Anzüglichkeiten, Jan, wir müssen unbedingt an unserer Romanidee weiterarbeiten, meine Chefin will ein aussagekräftiges Exposé mit Plot. LG Katholisch

Ich legte das Handy zur Seite und zog mir die Couchdecke bis zum Hals. Der Weg hoch ins Schlafzimmer war eindeutig zu weit. Außerdem war es dort kalt und ... leer. Mit einem letzten Schluck leerte ich auch noch Marthas halbvolles Glas, als abermals ein akustisches Signal aus meinem Handy ertönte, dieses Mal für eine eingehende Mail. Absender: »nobel-partner.de – User: nussssschnäckschäo07«.

Lieber bestseller74, denken Sie noch an unser Date am Montag, ja? Sie versetzen mich doch nicht, oder? Warum auch immer, habe ich weiter das komische Gefühl, Sie könnten tatsächlich mein Märchenprinz sein. Also, bis Montag um halb vier, ich freue mich schon darauf wie ein Schneekaiser, bis dann. Ihr nussschnäckschä007

Nussschnäckschäs vermeintlicher Traumprinz namens Schneekaiser griff sich an sein Rotweinkäppchen, schloss seine Augen und sank in einen hundertjährigen tiefen, tiefen Schlaf. Dabei träumte er von der Klofrau Gretel, die ihm beim Durchwischen der königlichen Keramikgemächer ständig auf seinen Hänsel schaute und ihn fortwährend aufforderte, sein Rumpelstilzchen herunterzulassen und zu entleeren. Als der König erklärte, dass er seine Notdurft lieber alleine verrichten wollte, versuchte ihn seine königliche Beraterin Martha von Hohenschuh davon zu überzeugen, dass er aus seinem »kleinen Problem« am besten eine lustige Gauklernummer machen sollte, um damit endlich den bösen Drachen »Pipistau« in die Flucht zu schlagen. Und da der Schneekaiser während des Traumes nicht gestorben war, fand er es ziemlich ätzend, als keine sieben Zwergenstunden später eine fünfjährige Jungfrau auf ihm ritt und »Bibi und Tina« spielte, während er selbst das Pferd »Amadeus« war.

»Lina, bitte«, stöhnte ich auf und merkte sofort, dass ein knapper Liter verarbeiteter Rotwein mehr als dringend zur Toilette gebracht werden musste.

»Los, Amadeus, spring«, hüpfte Lina fröhlich weiter, und ich befürchtete einen petziballgroßen Blasensprung.

Nach dem Frühstück und dem traditionellen Ostersonntags-Eiersuchen verbrachten wir den Rest des Vormittages damit, den von Heike vorbereiteten Familienplaner weiter auszuarbeiten und anzupassen. Das damit verbundene Umverteilen einiger Aufgaben im Haushalt stieß bei Hannah und Lina zwar auf wenig Begeisterung, wurde aber durch die vorab verabreichten Geschenke und Süßigkeiten nahezu motzfrei hingenommen. Außerdem versprach ich den beiden, in den verbleibenden Ferientagen noch zwei oder drei gemeinsame Ausflüge mit ihnen zu unternehmen.

Gegen zwölf saßen wir im Auto und näherten uns dem Haus meiner Schwiegereltern. Während Lina hinten leise im Kindersitz »Stups, der kleine Osterhase« vor sich hin trällerte, hatte Hannah neben mir längst gemerkt, dass ich dem bevorstehenden Mittagessen mit ziemlich ungemischten Gefühlen entgegensah. Ich musste nämlich davon ausgehen, dass meine Schwiegereltern wegen meiner Shoppingtour von letzter Woche und der gestrigen Fußballaktion immer noch stinksauer auf mich waren. Ich brütete gerade gedanklich über einem Ausstiegsplan, als mich Hannah mal wieder eiskalt erwischte.

»Du kommst aber schon mit rein, oder? Nicht dass du uns einfach rauslässt und irgendwann wieder abholst, nur weil Opa sauer auf dich ist.«

Ich schluckte. »Nee, wie kommst du denn auf so was? Da hab ich keine Sekunde lang dran gedacht«, log ich unverhohlen und verwarf den Gedanken, statt in der Höhle des zornigen Löwen lieber alleine friedlich im Gasthaus Zum Löwen im benachbarten Münzenberg zu Mittag zu essen. »Das wäre ja noch schöner.« Ich lächelte gekünstelt.

Mit den von Heike noch vorbereiteten kleinen Osterpräsenten in der Hand und einem deutlich erhöhtem Pulsschlag am Hals klingelte ich an der Tür.

Meine Schwiegermutter öffnete.

»Frohe Ostern, ihr beiden Süßen. Na, dann wollen wir doch gleich mal sehen, ob der Osterhase auch hier für euch etwas dagelassen hat.«

Eine Millisekunde später waren die drei verschwunden und ließen mich alleine in der Tür stehen.

»Hallo Jan, frohe Ostern«, murmelte ich ins kühle Nichts

des Hausflures und empfand das ignorante Verhalten meiner Schwiegermutter als Steilvorlage, mich doch noch schnell zu verkrümeln. Ich müsste ja nicht mal nach Münzenberg fahren, ich könnte auch zu Fuß rüber ins Le Crabe gehen, dessen Küche einen weitaus besseren Ruf hatte als die meiner Schwiegermutter. Aber dann dachte ich an Hannah und Lina. Konnte ich ihnen das antun? Schon wieder davonzulaufen? Am Ostersonntag? Es mag ein wenig pathetisch klingen, aber just in dem Moment, als ich so verlassen zwischen Tür und Angel im Hausflur stand, spürte ich zum ersten Mal seit Langem wieder so etwas wie ... ja, nennen wir es ruhig »Verantwortung«. Begriffe wie »Rückgrat zeigen«, »Vorbildfunktion« und eine gute Portion »Jetzt erst recht« schossen mir durch den Kopf.

Mein Start als alleinerziehender Vater war nicht gerade glücklich verlaufen oder gar gelungen, aber jeder Richter dieser Welt würde bei mir mildernde Umstände aufgrund eines nachhaltigen Küchenboden-Schocks gelten lassen. Außerdem stand es meinen Schwiegereltern nicht zu, sich zu Familienrichtern aufzuspielen. Wenn überhaupt, durften nur Hannah und Lina diese Rolle einnehmen.

Ich atmete ganz viel frische Luft, schloss die Tür hinter mir und betrat das Wohnzimmer. Am festlich eingedeckten Tisch saßen nur zwei Personen, eine davon hatte ich nun ganz und gar nicht an diesem Ostersonntag dort erwartet.

»Heinz und Ingrid meinten, es wäre ratsam, das wir uns alle gemeinsam zusammensetzen und schauen, wie es nun weitergeht.« Mein Vater stand auf und wünschte mir mit einem ungelenken Gebaren, irgendwo zwischen Händedruck und Umarmung, ein frohes Osterfest.

Durch das große Wohnzimmerfenster sah ich meine Mutter, wie sie draußen gemeinsam mit meiner Schwiegermutter die Mädchen beim fröhlichen Eiersuchen beobachtete. Na toll! Da wäre ich auch gerne dabei gewesen, Danke auch. Angemessen angefressen schaute ich mich um.

»Immerhin ist für mich eingedeckt«, murmelte ich trotzig.

»Natürlich«, erwiderte mein Schwiegervater emotionslos, »du gehörst ja trotzdem noch irgendwie zur Familie.«

»Trotz was?«, fragte ich nun schon etwas patziger, bekam aber keine Antwort, weil mein Schwiegervater sich dringend die Nase putzen musste. Lina kam hereingestürmt und zeigte mir ihren hochvollen Korb mit Süßigkeiten und Geschenken. Eines davon hatte sie schon ausgepackt und wedelte damit wild hüpfend vor meiner Nase herum.

»Schau mal, ein neues Spiel für meinen Moby Go, das ist von Oma Ingrid und Opa Heinz«, rief sie begeistert.

»Das ist aber toll«, beugte ich mich zu ihr runter, »da kannst du aber froh sein, dass du immer noch zur Familie gehörst.«

»Hä?« Lina zischte wieder ab.

»Hör auf damit«, ermahnte mich mein Vater. Noch ehe ich irgendetwas antworten konnte, rief Ingrid alle zu Tisch. Meine Mutter kam ins Wohnzimmer und drückte mich. »Frohe Ostern, Junge.«

»Dir auch. Tut mir leid wegen gestern«, flüsterte ich ihr schnell ins Ohr.

»Ich weiß.«

Während des Essens beschränkte sich die Tischkommunikation auf das Wesentlichste des Belanglosen, ein Potpourri der bekanntesten familiären Feiertagsfloskeln.

»Heinz, du musst noch das Bild machen«, fiel meiner Schwiegermutter plötzlich ein, als die Teller schon halbleer waren. Seit jeher wurde im Hause Fuchs an den Feiertagen ein Selbstauslöserfoto von allen an der festlichen Tafel Versammelten gemacht.

»Bringt doch nichts, wir sind doch nicht komplett«, brummte Schwiegervater Heinz mit halbvollem Mund, aber dennoch hörbar angepisst.

»Du kannst deine Tochter ja mit Photoshop reinkopieren«, entgegnete ich etwas spöttisch und ahnte nicht, was ich damit in Gang setzte.

Heinz legte sein Besteck ab und putzte sich in aller Ruhe mit der Häschenserviette den Mund ab. »Du solltest langsam mal überlegen, warum Heike heute nicht hier sitzt, mein Lieber.«

»Genau«, pflichtete ihm seine Frau bei.

Ich merkte, wie mein Vater betreten auf seinen Teller starrte, während meine Mutter mal wieder äußerst pragmatisch reagierte. Wenn sie ein Gewitter aufkommen sah, war es Zeit, die Wäsche reinzuholen.

»Lina, wenn du fertig bist, kannst du sicher schon raus spielen, oder?«

Meine Schwiegereltern nickten, und Lina sprang davon. Auch ich hatte aufgehört zu essen, zumal es keine Soße mehr gab, um den furztrockenen Rinderbratenrest noch einigermaßen geschmeidig herunterzubekommen.

»Vielleicht ist sie einfach nur mutiger als du«, giftete ich zurück und bezog Kampfstellung.

»Wie meinst du das?«, fragte Heinz mit bebenden Lippen und zugekniffenen Augen.

»Besser, als sein ganzes Leben lang stumpf nebeneinander her zu leben.«

Meinem Vater fiel das Besteck aus der Hand, während sich meine Mutter heftig verschluckte.

Ich muss zugeben, das war schon ein recht offensiver Schlag, zu dem ich mich da hatte verleiten lassen. Heike hatte mir vor ein paar Jahren im Vertrauen erzählt, dass ihr Vater einmal eine kurze Affäre gehabt hatte und die Ehe zwischen ihren Eltern für ein paar Wochen heftig auf der Kippe stand, ehe er sich dann doch für den sicheren Heimathafen entschied, während Ingrid alles klaglos über sich ergehen ließ und das Leben so nahm, wie Heinz es ihr vorgab.

Mein Schwiegervater lief rot an und ballte seine Hände zu klobigen Fäusten. »Du hast mir nicht zu sagen, wie man eine Ehe führt, du nicht, mein Lieber«, brüllte er mich an und haute dabei so fest auf den Tisch, dass meine Mutter ihr stürzendes Weinglas gerade noch auffangen konnte.

»Genau«, wiederholte Ingrid den für sie heute wohl vorgesehenen Standardtext.

»Ingrid und ich sind seit neunddreißig Jahren glücklich verheiratet, da lass ich mir von so einem Versager wie dir nicht ans Bein pinkeln, hörst du?«

Ich wette, wenn Heinz nicht am anderen Ende des Tisches gesessen hätte, wäre er mir an die Gurgel gesprungen, so sehr hatte ihn mein Angriff getroffen. Ich will ehrlich sein, ich genoss es regelrecht, ihn so außer sich zu sehen.

»Ich kann gar nicht pinkeln, wenn jemand neben mir steht«, gab ich trocken zurück. Ich dachte mir, wenn wir schon mal beim Reinen-Tisch-Machen sind, dann wollte ich mich in Sachen »Outing« auch nicht lumpen lassen. Wie zu erwarten war, brachte ihn diese frotzelnde, völlig irrelevante Bemerkung nur noch mehr in Rage. Nun ging er dazu über, mit spöttischer, arroganter Häme zurückzuschlagen.

»Du jämmerlicher Tastenfuzzi, du! Du hast doch eine so herzensgute und anständige Frau wie Heike gar nicht verdient. Das habe ich ihr schon tausendmal gesagt, aber nein, sie lebt jahrelang treu und brav an der Seite eines Trottels.«

Meine Mutter holte Luft, doch Hannah kam ihr zuvor.

»Mama hat einen anderen Typen gevögelt, bei uns zu Hause in der Küche. Papa hat die beiden erwischt. Fast so wie bei dir damals, Opa.«

Aha. So hörte sich also ein Vakuum an, jede fallende Stecknadel wäre eine Lärmbelästigung gewesen. Langsam drehte ich meinen Kopf nach rechts. Ich hatte völlig vergessen, dass Hannah noch am Tisch saß. Nun aber stand sie auf und ging zu Lina in den Garten, die schon neugierig durchs Fenster schaute, um zu sehen, woher der Krach kam. Hannahs Worte hinterließen eine volle Minute gespenstischer Stille am Essenstisch. Als hätten wir alle den Leibhaftigen gesehen, was wiederum ja gar nicht so weit weg vom österlichen Gedanken war. Nur Heinz hörte man leise nach Luft ringen. Wenn das eben ein Vakuum war, klang dann so ein Herzinfarkt?

Schließlich war es Ingrid, die als Erste die Fassung verlor, aufstand und in Richtung Schlafzimmer flüchtete. Meine Eltern schauten sich kurz an und beschlossen aufzubrechen.

»Ich komme mit«, sagte ich knapp. »Ich brauche frische Luft. Ich hole die Kinder in einer halben Stunde ab«, erklärte ich meinem Schwiegervater so emotionslos es ging.

Ich begleitete meine Eltern noch zu ihrem Auto. Als eher konfliktscheue und harmoniebedürftige Menschen standen sie nach dieser Eskalation regelrecht unter Schock.

»Ich ... ich wusste gar nicht, dass Heinz ...«, japste meine Mutter immer noch nach Luft.

»Und ich wusste nicht, dass Hannah das weiß«, entgegnete ich, bevor ich meinen Vater bat, das Auto zu fahren. Er schien mir immer noch der Gefasstere von beiden zu sein.

»Bis morgen«, sagte meine Mutter mechanisch, »ihr ... ihr kommt doch trotzdem, oder?«

Ich lächelte. »Natürlich. Es sei denn, du lädst spontan noch Ingrid und Heinz ein, dann würde ich doch lieber verzichten. Was gibt es eigentlich?«

Meine Mutter lächelte.

»Saftigen Partyschinken. Mit genügend Soße, versprochen.«

19

Ich bin der Märchenprinz

Den Rest des Sonntags spielte ich mit den beiden Mädchen Mau-Mau und Mensch-ärgere-dich-nicht. »Kinderkram«, den Hannah erstaunlich tapfer über sich ergehen ließ, sie verschonte ihre kleine Schwester sogar von der einen oder anderen Sieben oder einem Rauswurf kurz vor dem Haus. Am Abend verlas ich dann noch Heikes Nachricht, die auf meinem Handy aufgelaufen war.

Bin gut angekommen. Ich werde mich nun eine Weile nicht melden, bis ich mich eingefunden habe. Gib den Mädchen einen dicken Kuss von mir. Heike

»Woher wusstest du das mit Opa?«, fragte ich Hannah, nachdem ich Lina ausnahmsweise zu mir ins Doppelbett gelegt hatte.

»Purer Zufall, als Mama mal telefoniert hat. Ich dachte erst, es sei eine Freundin von mir dran.«

»Du weißt aber schon, dass das ewig her ist, oder?«

»Ja, aber das ändert doch nichts. Es gibt ihm nicht das Recht, so auf dir rumzuhacken und auf moralisch zu machen, von wegen seine Frau vernachlässigen und so.«

Ich wiegte den Kopf hin und her und wusste selbst nicht, wie ich Hannahs Verhalten moralisch einordnen sollte.

»Naja, schon, aber eigentlich ist das eine Sache zwischen Oma und Opa, weißt du, wir sollten da jetzt nicht ...«, setzte ich zu einer längeren Erklärung an, zu der es aber nicht kam.

»Hauptsache, die wissen jetzt, was Sache ist«, fuhr Hannah dazwischen, »und hören auf, Mama zu einer Heiligen zu erklären.«

Ich seufzte. »Du bist süß.«

Eine Harry-Potter-DVD später kroch ich auf Zehenspitzen ins Bett, kuschelte mich an Lina und schlief tief, fest und traumlos, bis ich es gegen halb neun von unten aus der Küche klappern hörte.

»Was machst du denn da, Süße?«, rief ich schon von der Treppe aus Lina zu, die eifrig in der Küche herumwerkelte.

»Frühstück. Kaffee ist gleich fertig. Du musst nur das Brot schneiden, das darf ich noch nicht, hat Mama gesagt.« Ansonsten stand aber alles auf dem Tisch, was bei uns zu einem Frühstück dazugehörte.

»Wow, Lina, du bist ja echt klasse«, lobte ich die kleine Hausfrau.

»Mama hat gesagt, dass ich jetzt mehr Verwortung nehmen muss, weil ich ja schon ein großes Mädchen bin.«

Dass Lina für Heike mit eingedeckt hatte, überging ich kommentarlos, auch deswegen, weil es mir schlichtweg die Kehle zuschnürte.

Das Mittagessen bei meinen Eltern in Fauerbach verlief deutlich friedlicher als das am Vortag, nicht zuletzt deshalb, weil meine Mutter schon gleich bei der Begrüßung die Losung des Tages ausgerufen hatte. »Heute machen wir uns einen richtig schönen Mittag, nicht wahr?« Gepaart mit ihrem bedeutungsschwangeren Blick in meine Richtung hieß das nichts anderes als: »Lass uns das Thema Heike heute komplett aussparen.«

Der Partyschinken einer heimischen Metzgerei schmeckte großartig, und für ihr Kartoffelgratin war meine Mutter ohnehin stadtbekannt.

»Was haltet ihr davon, das schöne Wetter zu nutzen und einen Ausflug zum Minigolf nach Bad Nauheim zu machen«, flötete meine Mutter frühlingshaft in den Nachtisch hinein.

»Minigolf!«, riefen Hannah und Lina nahezu synchron. Während Lina aber dabei mit der Stimme vor Freude einen Purzelbaum schlug, verzog Hanna das Gesicht, als hätte man sie zur Karfreitagsandacht verdonnert. Noch ehe ich etwas dazu sagen konnte, legte meine Mutter nach.

»Und danach gibt's einen großen Eisbecher in der leckeren Eisdiele in der Parkstraße, okay?«

Nun war es Lina, die eine Schnute zog, während Hannah sich zu einem nahezu enthusiastischen »Na gut, von mir aus« hinreißen ließ.

»Kann ich auch was anderes?«, fragte Lina und imitierte dabei ungewollt – oder schon erstaunlich gekonnt – Hannahs dauergenervten Pubertätstonfall sowie die grassierende Unsitte Jugendlicher, in Sätzen immer häufiger die Verben wegzulassen.

Lina war wirklich das einzige Kind, das ich kannte, das kein Eis aß. Nicht wegen irgendeiner Milchallergie oder einer anderen Zutatenunverträglichkeit. Nein, sie mochte es einfach nicht. Und zwar nicht nur die von Hause aus ekligen Sorten wie Waldmeister, Zitrone, Schlumpf-Eis oder die mehr als waghalsigen Neukreationen so mancher ambitionierten Eisdiele, wie Mango-Meerrettich, Sahne-Brathering oder Fenchel-Tofu. Nein, Lina mochte gar kein Eis, nicht mal Vanille oder Schoko.

»Sicher, mein Schatz, du bekommst eine Waffel mit Kirschen, okay?«, bot meine Mutter sofort an.

»Und eine Runde Tretbootfahren«, verhandelte Lina weiter, die von jeher ein untrügliches Gespür dafür hatte, wann sie noch mehr aus einer Situation herausholen konnte.

»Linchen, bitte«, versuchte ich sie zu bremsen.

»Na gut«, sagte meine Mutter, »ich kann dir aber nicht versprechen, dass die Tretbootsaison schon begonnen und der Verleih schon offen hat.«

»Oh, nee, echt jetzt, nicht noch Bootchenfahren«, maulte Hannah auf, ließ sich aber durch das Versprechen einer zusätzlichen Cola in der Eisdiele schnell beruhigen.

Gegen halb drei steuerten wir auf die mittelhessische Kurstadt zu, als meine Achtziger-CD mal wieder meinte, sich in mein Leben einmischen zu müssen, in dem sie »Ich bin der Märchenprinz« von der Ersten Allgemeinen Verunsicherung spielte. Ich war mir sicher, hätte die Zufallswiedergabe nicht diesen, sondern irgendeinen anderen Titel ausgewählt, ich hätte nie und nimmer mehr an das etwas voreilig ausgemachte Date mit dieser ominösen »Nussschnäckschä007« gedacht. Und zufälligerweise sollte dieses Date nur wenige hundert Meter von dem Ort stattfinden, den meine Mutter spontan zum heutigen Ausflugsziel auserkoren hatte. Ein launiger Wink des Schicksals, das mich zu diesem Date lotsen wollte?

Zeitlich würde es jedenfalls machbar sein. Nach einer Runde Minigolf könnte ich gut auf das Bootchenfahren, bei dem mir sowieso immer schlecht wurde, aber auch auf das Eisessen verzichten. Ich merkte, wie die Neugier auf dieses obskure Date in mir mehr und mehr wuchs.

Zwischen Loch 5 und 7 des Minigolfplatzes erläuterte ich den anderen, dass es unabdingbar und beruflich extrem wichtig für mich sei, mich kurz am anderen Ende des Kurparks mit der Chefin des Hotels La Vita zu treffen.

»Da könnten einige Jobs für mich rausspringen«, erklärte ich glaubhaft und überlegte noch während ich sprach, ob es nicht wirklich sinnvoller wäre, mich anstatt mit dieser Fremden aus dem Portal mit Ella zu treffen. Nach Olis Harakiri-Entscheidung war ich nun ja sicher wieder gezwungen, Engagements als Barpianist anzunehmen, wofür das La Vita logistisch gesehen perfekt war, weil ich nachts immer wieder nach Hause fahren und mich tagsüber um die Mädchen kümmern konnte. Womöglich hätte ich auch kurz mit ihr über Peter und Martha reden können. Obwohl, stand mir das überhaupt zu?

Meine Eltern und meine Kinder gaben mir exakt neunzig Minuten. Nicht viel, wenn man bedenkt, dass das vereinbarte Aussichtscafé Johannisberg knapp einen Kilometer außerhalb, genauer gesagt, oberhalb der Kurstadt lag.

Je näher ich dem Café kam, desto mehr zweifelte ich am Sinn meines Tuns. Auch wenn diese Frau gut aussah, so war ich mir doch relativ sicher, nicht der Märchenprinz eines gerollten Hefeteilchens zu sein. Und so empfand ich die wunderbare Aussicht über die mir zu Füßen liegende Kurstadt bis weit in die Wetterau als eigentliche Belohnung meines Osterspazierganges.

Mit tiefen Zügen pumpte ich frische Frühlingsluft in meine Lungen und betrat das Café. Schon während ich meine Jacke auszog, ließ ich meinen Blick durchs voll besetzte Lokal schweifen. In diesem Moment wurde mir bewusst, dass das Bild, das ich von nussschnäckschäoo7 durch ihr kleines und nicht besonders hoch auflösendes Profilbild gewonnen hatte, niemals ausreichen würde, um sie in diesem Getümmel zu identifizieren. Folgerichtig blieb ich unsicher im Eingangsbereich stehen. Wieder und wieder durchscannte mein Blick den Raum. Nirgendwo konnte ich eine passabel aussehende Frau meines Alters entdecken, die alleine, auf ihren Märchenprinz wartend, an einem Tisch saß. Ich konnte eigentlich unter den Gästen auf den ersten Blick gar niemanden unter fünfundsechzig ausmachen. War sie vielleicht noch gar nicht da? Hatte sie das Date gar vergessen? Beides schloss ich eigentlich aus, dazu schien mir die Dame zu aufgeräumt und zielstrebig. Oder lag es schlichtweg an meiner immer noch leicht beschlagenen Brille? Warum zum Donner hatten wir kein Zeichen vereinbart, schoss es mir durch den Kopf. Früher, in grauer Vorzeit, als Menschen sich per Inserat verabredeten, hatte man als Mann doch mindestens ein farbiges Tuch in der Reverstasche seines Sakkos, eine einzelne Rose im Knopfloch oder einen kleinen Strauß als Erkennungszeichen in der Hand gehabt. Also, kein Tierbaby, Blumen, meine ich. Reflexartig schaute ich auf meine Handy, vielleicht gab es ja eine neue Nachricht von Nussschnäckschä, so in der Liga: *Ich sitze direkt vor Ihnen, Sie Volltrottel.* Eine etwa mittelgroße Kellnerin mittleren Alters im üblichen Pinguinoutfit und mit einem – wie ich fand – etwas zu jugendlichen Pferdeschwanz, kam auf mich zu.

»Haben Sie reserviert«, fragte sie mich unvermittelt und mit einen recht kühlen Unterton.

»Äh, ich? Nein, also ich bin verabredet«, antwortete ich, während ich den letzten Rest Frühlingsnebel auf meiner Brille mit einem Taschentuch beseitigte.

»Soso«, musterte die Kellnerin mich ausgiebig.

»Ja, das Problem ist nur, naja ...«, zupfte ich nervös an meinem Hemdkragen.

»Aha. Verstehe. Sie sind mit einer Frau verabredet, von der Sie gar nicht wissen, wie sie aussieht.«

»Zahlen bitte«, rief eine durch und durch beigefarbene Rentnerin vom Tisch hinter uns.

»Die Kollegin kommt gleich«, antwortete die Kellnerin überfreundlich, ehe sie sich wieder mir zuwandte und ihre Stimme schlagartig an Wärme verlor.

»Sie erwarten jetzt aber nicht, dass ich für Sie alle Tische abklappere und nach der Dame suche, oder?«, fragte sie schnippisch.

»Nein, um Gottes willen«, hob ich entschuldigend meine Hände. Die Sache fing an, unangenehm zu werden, und ich beschloss, dass es besser war, den geordneten Rückzug anzutreten. Schließlich hatte das Nussschnäckschä seinerseits ja lange genug Zeit gehabt, mich hilflosen Möchtegern-Gigolo zu erkennen. Immerhin wusste ich ja, dass es meine beiden Profilfotos äußerst detailgenau beäugt hatte.

»Ich denke, sie ist noch nicht da. Ich warte besser draußen«, sagte ich, zog mir die Jacke wieder über und drehte mich in Richtung Ausgang.

»Na, Sie geben ja leicht auf«, meinte die Kellnerin trocken, »wer wird denn da gleich die Segel ins Korn werfen.«

Ich zuckte zusammen. Was hatte sie da eben gesagt? Die

Segel ins Korn werfen? Ich drehte mich zu ihr um und betrachtete sie genauer. Ach du lieber Himmel. Ja, das könnte sie sein, durchfuhr es mich, und ich versuchte, mir mein Gegenüber mit offenen Haaren und anderen Klamotten vorzustellen.

»Verdammt«, entfuhr es mir.

Nussschnäckschä grinste breit. »Na endlich! Müssen Sie denn das Klischee des trotteligen, verpeilten Schriftstellers so dermaßen erfüllen? Ich hatte ein wenig gehofft, Sie kämen hier irgendwie traumprinzmäßiger hereinspaziert«, sagte Nussschnäckschä und legte ihr weißes Schürzchen ab.

»Ich habe mein Pferd draußen festgebunden«, nuschelte ich gequält, woraufhin sie für meinen Geschmack etwas zu affektiert auflachte.

»Bondt«, streckte mir Nussschnäckschä ihre kleine Hand entgegen. »Katja Bondt, wie der Agent nur mit ›t‹ hinten.«

»Ah, deswegen auch die 007. Jan Schubert. Schu ohne ›h‹ und der Bert ohne Ernie.«

Katja giggelte so laut auf, dass sich einige Cafégäste nach uns umdrehten und ich spontan beschloss, diesen Spruch nun endgültig in Rente zu schicken.

»Na, Sie sind ja ein lustiger Vogel!« Sie kicherte, ganz offenbar aufrichtig belustigt von meinem Uralt-Spruch, und führte mich quer durchs Café in einen Nebenraum, wo an einem kleinen runden Tisch schon zwei Kaffeegedecke auf uns warteten.

»Geben Sie mir zwei Minuten, meine Kollegin bringt Ihnen gerne schon mal einen Kaffee oder was auch immer Sie möchten. Geht übrigens aufs Haus, ich habe da Beziehungen …« Katja verschwand im Kücheneingang, während sich von hinten schon eine andere Kellnerin näherte.

»Was darf es sein für Sie?«, fragte eine sympathische, äußerst gepflegte Endfünfzigerin mit Brille, die man eher hinter dem Tresen eines schmucken Buchladens vermutet hätte als in einem Café als Bedienung.

»Einen Cappuccino bitte«, sagte ich, immer noch leicht verunsichert ob der skurrilen Situation, in der ich mich gerade befand.

»Mit Milch oder Sahne?«

»Mit Milch.«

Allein diese Frage sprach schon Bände über die Alters-
struktur der Besucher dieses Cafés. Nur Kurgäste jenseits
der Fünfundsiebzig tranken noch Cappuccino mit gesüßter
Schlagsahne samt grobgeschroteter Schokostreusel obenauf, um – gepaart mit dem einem oder anderen Stück üppiger
Torte aus der großen Vitrine – all die Kalorien, die sie die Woche über in den diversen Herz- und Diätkliniken der Stadt
mühsam eingespart hatten, genussvoll wieder reinzuholen.

Mein Cappuccino kam. Katja war jetzt schon fünf statt
der versprochenen zwei Minuten weg. Selbst wenn ich ein-
kalkulierte, dass ich für den Rückweg bergab sicher gut
zehn Minuten weniger brauchen würde, war mir klar, dass
ich allerspätestens um 16.45 Uhr das Café wieder verlassen
musste, um kurz nach fünf wie vereinbart am Auto zu sein.
Jetzt war es schon 16.29 Uhr. Die adrette Bedienung stellte
mir das Heißgetränk vor die Nase und blieb stehen, während ich in mein Handy vertieft war. Aus den Augenwinkeln
heraus bemerkte ich, wie sie mich musterte und keine Anstalten machte, von dannen zu ziehen.

»Ach so, wegen des Kuchens«, begriff ich schließlich, »da
würde ich noch gerne auf die Dame warten, wenn's recht ist.«

»Natürlich. Aber ich hätte Ihnen sowieso keinen Kuchen
gebracht«, meinte sie und lächelte. »Katja hat ja extra ...«
Weiter kam sie nicht, denn im selben Augenblick kam Katja
mit zwei hochbeladenen Tellern voller kleiner Kuchenstück-
chen aus der Küche gestürmt. Statt des schwarzen Kellne-
rinnenrocks trug sie nun eine enge, helle Bluejeans, worüber eine luftige dunkelblaue Bluse flatterte.

»Tut mir leid, hat doch einen kleinen Moment länger gedauert. Mama, du kannst dann auch gehen, ja?«

»Jaja, ich weiß. Dann lass ich die beiden Turteltäubchen
mal alleine«, winkte die Kellnerin ab und verschwand.

»Mama?«, echote ich, und Katja verzog den Mund.

»Ja. Wie alle Mütter dieser Welt ist sie wahnsinnig neugierig. Vor allem, wenn es darum geht, dass ihre Tochter ...
naja, du weißt schon. Ups«, Katja hielt sich die Hand vor den

Mund. »Ich meine natürlich *Sie* wissen schon, Entschuldigung.«

Ich lächelte zurück. »Kein Problem, wir können ruhig Du sagen.«

»Okay, danke. Naja, um es kurz zu machen, uns gehört der Laden hier. Ist ein echter Traditionsladen, seit 1856 gibt es ein Restaurant hier oben. Hier hat sogar Kaiserin Sissi mal zu Mittag gegessen. 1898, während sie hier zwei Wochen zur Kur war. Witzig, oder? Jetzt aber los, greif zu, ich habe mir echt Mühe gegeben.«

Während ich von den leckeren Kuchenköstlichkeiten aß, ratterte mir die forsche Katja die Geschichte des Restaurants runter, ohne zu atmen. Das Einzige, was bei mir ratterte, war meine innere Uhr, die eindeutig gegen mich lief. Immer wieder versuchte ich vergeblich, in Katjas Redeschwall verbal hineinzugrätschen, um ihr klar zu machen, wie knapp bemessen meine Zeit war. Als sie bei der großen Renovierung im Jahre 1998 kurz Luft holte und dann auch noch einen ersten Schluck von ihrem Café trank, ergriff ich meine Chance.

»Du, Katja, eines vorneweg, ich habe leider ganz wenig Zeit. Meine Eltern sind mit meinen Kindern Bootchen fahren, und ich muss um kurz nach fünf wieder unten am großen Parkplatz sein.«

Katja starrte mich mit großen Augen an und schüttelte dann lächelnd den Kopf.

»Tse, ihr Männer, immer wieder faszinierend. Zielstrebig, effektiv und sachlich. Ich rede fünf Kilo heiße Luft, und du sagst einen Satz, der vollgestopft ist mit interessanten Informationen.«

»Äh, wie meinst du das?«, fragte ich verunsichert.

»Naja, du weißt nun zwar alles über dieses Haus, aber nichts über mich. Ich wiederum weiß nun schon ganz viel über dich.«

»Aber nichts über mein Haus«, ergänzte ich trocken.

»Stimmt.« Katja beugte sich nach vorne. »Na gut, Bestseller, ich fasse zusammen. Du bist Autor, nicht wirklich erfolgreich, aber du kannst davon leben, weil dir deine Ex-Frau, ich tippe mal auf Bankerin, monatlich etwas überweist. Du hast zwei Kinder, vermutlich einen Jungen und ein Mädchen, kommst gut mit ihnen klar, beide haben aber noch überhaupt keine Lust, dass da eventuell eine neue Mama auftaucht.« Mit leicht geöffneten Mund hörte ich Katjas Schlussfolgerungen gebannt zu. »Du hast dieses Date nur zugesagt, weil du deinen Marktwert mal austesten wolltest. Und da kam dir diese seltsame Nussschnecke gerade recht, zudem ist Bad Nauheim ja um die Ecke. Allerdings bist du nun eher ernüchtert, was mich betrifft. Wie alle Frauen rede ich dir zu viel. Du schreibst lieber, als dass du redest, nicht wahr? Egal, wenn ich dich wirklich interessieren würde, würdest du spätestens jetzt bei deinen Eltern oder deinen Kindern auf dem Handy anrufen und ihnen sagen, sie sollen noch eine Runde Minigolf dranhängen, du kämest später. Kurzum, du weißt jetzt schon, dass das mit uns nichts wird, weil wir einfach nicht aus einem Pulver geschnitzt sind, stimmt's?«

Katjas Redeschwall stoppte abrupt. Sie fixierte mich mit festem Blick. Durchaus zufrieden ob der Stille, die ihre Worte hinterlassen hatten, goss sie sich Kaffee nach und wartete auf meine Reaktion. Ich wand mich auf meinem Stuhl und wusste beim besten Willen nicht, was ich sagen sollte.

»Sag schon, hab ich recht oder hab ich recht?«, legte Katja nach, wirkte nun aber im Tonfall nicht mehr ganz so angriffslustig, sondern eher leicht gefrustet.

»Ich, äh …«, versuchte ich einen Satz zu konstruieren, ohne zu wissen, wie sein Mittelteil oder gar sein Ende aussehen könnte. Mein Hirn arbeitete auf Hochtouren. Warum auch immer, Katja hatte in erstaunlich vielen Punkten recht, was mir wiederum eher Angst einflößte. Ja, sie redete mir wirklich entschieden zu viel. Und ja, ich hätte tatsächlich alles in Bewegung gesetzt, würde ich hier nicht mit ihr, sondern mit … ja, mit Katharina sitzen.

»Minigolf haben wir schon gespielt«, sagte ich schließlich leise.

»War ja klar«, sagte Katja traurig und zuckte mit den Schultern. »Ist es, weil ich hier an das Haus und meine Eltern gebunden bin?«, fragte sie vorsichtig.

»Quatsch, nein«, gab ich entschuldigend zurück. Katja tat mir wirklich leid, und ich schämte mich für diese völlig überflüssige Dating-Aktion.

»Ich glaube, es ist dann doch eher das mit dem Marktwert«, gab ich zu, »tut mir leid, ich bin wirklich ganz frisch im Singlegeschäft.«

Katja nickte gedankenverloren. »Hm. Dagegen bin ich schon ein ganz alter Fuchs. Naja«, seufzte sie auf, »immerhin bist du gekommen und hast mich nicht versetzt wie letztens so ein gelackter Blödmann.«

Ich verzog mitfühlend den Mund. »Kommt so was öfter vor?«

»Nein. Wenn, sagen die Männer kurz vorher ab, weil sie kalte Socken bekommen.«

Ich lächelte.

»Was gibt es da zu grinsen?«, fragte Katja verunsichert.

»Nichts, entschuldige bitte. Erzähl weiter, zwei Minuten habe ich noch.«

»Ist nicht so wichtig«, spielte Katja ihre Geschichte runter, »da war nur so ein gut aussehender Typ im Portal, der mich unbedingt treffen wollte. Wir haben uns dann hier oben verabredet, aber er kam nicht. Einfach so, ohne Entschuldigung, ich habe nichts mehr von ihm gehört. Zwei Tage später war er nicht mal mehr im Portal angemeldet.«

Obwohl ich schon aufstehen wollte, ließ ich mich nun noch einmal in den Stuhl zurückfallen. »Er ist raus aus dem Portal?«

Katja nickte, während sich in mir ein Gedanke Bahn brach, den ich zwar für äußerst abwegig hielt, aber dennoch überprüfen wollte. »Sag mal, hieß dieser User zufällig *HBMännchen*?«

Katja legte die Stirn in Falten und schaute mich misstrauisch an. »Äh, sorry, ich weiß jetzt nicht, was dich das angehen sollte«, wich sie aus und räumte das Besteck und die Kuchenteller zusammen.

»Das ist zu kompliziert, um es auf die Schnelle zu erklären, du brauchst nur ja oder nein zu sagen, das hilft mir schon weiter«, blieb ich am Ball.

»Na gut, wenn es so wichtig ist, nein, er hieß nicht so«, sagte Katja leicht genervt.

»Und er sah auch nicht so aus?« Schnell kramte ich die HESSENBANK-Broschüren aus meiner linken hinteren Hosentasche, die ich seit meinem Aufenthalt im La Vita bei mir hatte. Hastig deutete ich auf Olaf.

»Nein«, winkte Katja ab, »das war auch kein Banker, sondern ein Eventmanager.«

»Ach so«, sagte ich unüberhörbar enttäuscht.

»Kannst du mir bitte mal erklären, warum das so wichtig ist?«

»Wie gesagt, das würde zu lange dauern, ich muss jetzt wirklich los.«

Ich stand auf. Erst jetzt bemerkte ich, dass Katjas Mutter wohl schon eine Weile hinter mir stand und mir meine Jacke einschlüpffertig hinhielt.

»Ich bring Sie noch raus«, sagte sie streng und klang dabei wie eine Security-Mitarbeiterin, die einen ungebetenen Gast aus einer Bar herauskomplimentiert.

»Die Kuchen waren super lecker, wirklich«, sagte ich zu Katja und ließ mir die Jacke überziehen.

»Das passt. Harmoniesucht hatte ich in meiner Kurzbeschreibung völlig vergessen.«

»Na dann«, sagte ich verlegen, »bis irgendwann mal, ja? Alles Gute.«

»Dir auch. Wenn du mal Lust hast, hier eine Lesung zu machen, von mir aus gerne. Wir machen das hier oben ein paar Mal im Jahr. Ich müsste dazu natürlich wissen, was du so schreibst. Oder du verrätst mir zumindest dein Pseudonym, dann google ich dich mal.«

Langsam gingen wir durch den großen Gastraum in Richtung Tür.

»Ich, naja, ich ...«, druckste ich herum, »ich weiß nicht, ob das so hierher passt.«

»Schweinskram?«, fragte Katja so laut, dass sich eine Frau an Tisch 3 nach uns umdrehte.

»Ähh jein. Ich kann dir ja irgendwann mal was zuschicken, okay?«

»Alles klar, Mister Unnahbar«, sagte Katja, während wir uns zum Abschied die Hände reichten.

»Also dann«, sagte ich und setzte mich in Bewegung.

»Ja, bis dann. Und mit wem trinke ich jetzt ein Guinness?«, hörte ich Katja seufzen, was mich veranlasste auf der Stelle kehrtzumachen.

»Was hast du da gesagt?«

»Nichts, vergiss es«, winkte Katja ab.

»Nein, bitte, wie kommst du jetzt auf ein Guinness?«

Katja wandte sich ab. »Nein, das tut nichts zu Sache. Das … das hat was mit dem letzten Mal zu tun, als ich versetzt wurde«, sagte Katja, und ich runzelte die Stirn.

»Aber bei euch gibt es doch gar kein Guinness.«

»Ich weiß. Ich meine ja auch unten, im Irish Pub.«

»Ja und?«, bohrte ich nach.

»Nichts und. Was interessiert dich das denn so brennend?«, rief Katja, und ihre Stimme begann vor Empörung leicht zu beben. »Ich dachte eigentlich, du bist völlig harmlos, aber anscheinend habe ich mich da getäuscht.« Katja machte auf dem Absatz kehrt und wollte zurück ins Lokal.

»Warte bitte«, hielt ich sie am Arm fest und erläuterte im Schnelldurchgang, was es mit *HBMännchen*, Olafs Foto und Katharinas Date im Irish Pub auf sich hatte.

Katja beruhigte sich und signalisierte, dass sie mich unter diesen Umständen dann wohl doch nicht für einen Psychopathen hielt. »Aber ich muss dich enttäuschen, mein Date war nicht im Pub. Das war hier«, erklärte sie schließlich.

»Aber du hast doch eben etwas von Guinness erzählt«, hakte ich nach.

»Ach so, nee, das war erst danach. Als klar war, dass mein Date nicht mehr kommen würde und ich etwas verloren und allein am Tisch saß, kam irgend so ein Typ und fragte, ob er sich zu mit setzen dürfe, es sei sonst alles besetzt. Wir haben ein wenig geplaudert. Der war nett, sah ganz gut aus und entpuppte sich genau wie ich als großer James-Bond-Fan. Naja, und dann hat er mich noch auf ein Guinness runter ins Irish Pub eingeladen. Ein wirklich netter Typ, der zur richtigen Zeit am richtigen Ort war.«

Ich merkte, wie Katja rot wurde. Erst an den Ohren, Sekunden später im Gesicht.

»Kann es sein, dass der Typ dich, naja, ich sag mal, ziemlich intensiv darüber hinweggetröstet hat, dass dein eigentliches Date nicht gekommen ist?«, ging ich in die Offensive und merkte, wie sehr ich Katja mit diesem plumpen Vorstoß in Verlegenheit brachte. »Ihr ..., ich meine, ihr hattet dann doch sicher noch einen netten Abend, oder?«, versuchte ich es vorsichtiger.

Katja fuhr sich unsicher durch die Haare und tippelte von einem Bein auf das andere.

»Was ich damit meine, wollte der dich abschleppen?«, brachte ich die Sache nun endlich auf den Punkt.

Katja verzog verstört das Gesicht. »Sag mal ..., ich meine, was soll das Ganze hier eigentlich? Du klingst wie so ein trotteliger Provinzkommissar. Hältst du mir jetzt auch gleich noch so ein Foto mit 'ner Leiche drauf unter die Nase und fragst mich, ob es der Mann war, mit dem ich ...« Katja biss sich auf die Lippen. »Krass«, zischte sie kopfschüttelnd, »was mache ich hier eigentlich? Ich stehe am Ostermontag mit einem wildfremden Mann vor meinem Lokal und lass mich über mein Liebesleben ausfragen.«

»Nein, hör zu, es ist doch nur, weil ...«, versuchte ich vergeblich, sie zu beruhigen.

»Mir ist egal, wie es ist, ich muss jetzt rein, auf Wiedersehen. Oder nein, lieber nicht.«

Ein letzter Schwall Kaffeeduft quetschte sich aus dem Lokal nach draußen, ehe die Tür ins Schloss fiel.

Noch am selben Abend schrieb ich Olaf eine SMS.

Hi Olaf, es gibt interessante Neuigkeiten in Sachen HBMännchen.
Es kann gut sein, dass der weiter sein Unwesen im Portal treibt.
Nicht nur mit anderen Usernamen, sondern auch mit anderen Fotos.
Ich melde mich, wenn ich mehr weiß. LG Jan

Wie ich schon befürchtet hatte, schwirrte mir die Begegnung mit Nussschnecke Katja und den neuen Indizien zu

HBMännchen am Abend noch so wild durch den Kopf, dass auch nach zwei Glas Rotwein ein geruhsamer Schlaf so weit entfernt war wie Gomera von Butzbach. Davon abgesehen war mir Katja auch nicht unsympathisch, vor allem ihre fortwährenden kleinen Verbal-Fauxpas fand ich wirklich reizend, wie andere Männer Schneidezahnlücken oder einen leichten Silberblick bei Frauen süß fanden.

Ich kramte meinen Notizblock aus dem Nachtschränkchen und bastelte aus Katjas verpatzten Redewendungen und einigen, die ich noch dazu erfand, einen Liedtext. Just in dem Moment, als ich den Block zur Seite legte und mit vor Müdigkeit brennenden Augen die Nachttischlampe ausmachen wollte, surrte mein Handy. Olaf hatte geantwortet. Mit dem allerletzten Augenlicht des Tages las ich seine Nachricht.

Hallo Jan, sorry, dass ich mich erst so spät am Abend zurückmelde, aber bei mir brennt gerade so richtig die Hütte. Sabine hat heute von ihrer Cousine (die bei der HB-Filiale in Lich arbeitet) gesteckt bekommen, dass ich mich angeblich in einem Partnerportal herumtreiben würde. Das hätte Donnerstag bankintern ganz fix die Runde gemacht. Ich habe versucht, Sabine alles zu erklären, aber ich weiß nicht, was davon wirklich bei ihr angekommen ist. Ich glaube, sie zählt die Tage bis Freitag rückwärts und ist froh, nach der Vorstandswahl endlich hier rauszukommen. Mann, ich weiß wirklich nicht mehr, wo mir der Kopf steht, und hätte gerne mal mit jemandem gequatscht. Kann ich dich morgen mal anrufen? Ich habe nur zwei Auswärtstermine, danach habe ich mir bis Freitag frei genommen. Schon krass, je näher Freitag kommt, desto weniger weiß ich, was ich machen soll … Mir ist schon klar, dass du gerade selber viel um die Ohren hast, aber evtl. kannst du ja morgen ein halbes Stündchen für mich abzwacken. Ich melde mich. Gruß Olaf

20

Change, you can change

Keine Ahnung, wie lange es schon an der Haustüre klingelte, aber irgendwann rief Lina so laut aus ihrem Zimmer »es hat geklingelt«, dass ich aufwachte und benommen zur Tür schlafwandelte. Im Vorbeigehen entnahm ich der Küchenuhr, dass es gerade mal 6.55 Uhr war. Und das an einem Feriendienstag, wer zum Donner konnte das sein? Im andauernden Halbschlaf erinnerte ich mich an Olafs SMS kurz vor dem Einschlafen und war mir plötzlich sicher, dass er nun doch schon vor seinem »Auswärtstermin« jemanden zum Reden brauchte.

»Hi! Oh.« Durch meine verklebten Augen konnte ich nur erkennen, dass es kein Mann war, der da vor meiner Tür stand.

»Äh, hast du meine SMS gestern noch bekommen?«

Ich wischte mir durchs Gesicht und erkannte Katharina, die mit einem sichtlich miesgelaunten Nicki samt gepackter Sporttasche vor meiner Haustür stand.

»Was für eine SMS?«, gähnte ich erneut und sah aus den müden Augenwinkeln heraus, wie Nicki grinste. Auch Katharina hatte es bemerkt und kniff ihre Augen zu gefährlich schmalen Schlitzen zusammen.

»Nicki, du solltest doch …« Katharina stampfte wütend mit dem Fuß auf, während Nicki sein Grinsen noch einmal um ein paar Prozent verbreiterte.

»Das ist echt das Allerletzte, weißt du das?«, rief Katharina wütend. »Ich bin wirklich froh, dich mal zwei Tage nicht sehen zu müssen, das kotzt mich echt an mit dir gerade.«

Ich hob beruhigend die Hände. »Bitte, bitte, nicht streiten am frühen Morgen, kommt doch erst mal rein«, sagte ich immer noch völlig benebelt.

»Das geht nicht«, rief Katharina schnippisch, »ich bin sowieso schon zu spät dran. Danke aber für dein Angebot,

Nicki bis Donnerstag zu nehmen. Wenn er Mist baut, gib ihn einfach beim Jugendamt ab, okay? Ich melde mich zwischendurch einmal.« Katharina schob Nicki in meine Richtung. »Toller Schlafanzug übrigens. Also, ich bin weg, ciao.«

Fassungslos schaute ich Katharina nach, die ohne weiteren Kommentar in ihr Auto stieg und davonbrauste. Bedröppelt sah ich an mir herunter und stellte fest, dass ich lediglich ein paar wildgeblümte Boxershorts und darüber ein ausgewaschenes Eintracht-Trikot anhatte.

»Das war ironisch«, rief Nicki mir zu, der immer noch in der Eingangstür stand wie bestellt und nicht abgeholt, wobei es in seinem Fall eher heißen müsste, wie nicht bestellt und am Donnerstag erst abgeholt. Fröstelnd schob ich ihn ins Haus hinein und platzierte ihn auf der Wohnzimmercouch.

»So. Und jetzt noch mal von ganz vorne, junger Mann. Was meinte deine Mutter mit Angebot und um welche SMS geht es?«, rief ich ihm von der Küche aus zu, wo ich einen Kaffee aufsetzte.

»Na, um dein Angebot, dass ich hier bleiben kann, bis Mama von der Tagung zurück ist.«

Ich schlurfte aus der Küche zurück ins Wohnzimmer und versuchte, meine Gedanken zu sortieren. »Also, Nicki, ich will ja jetzt nicht unhöflich sein, aber, ganz ehrlich, ich weiß nichts von so einem Angebot.«

Nicki kniff die Augen zu Schlitzen zusammen. »Ha! Ich hab doch gleich gewusst, dass Mama das nur erfunden hat«, polterte er drauflos. »Hauptsache sie muss mich nicht alleine zu Hause lassen. Von wegen, du hättest ihr das per SMS angeboten. Pah, wie ätzend ist das denn?«

Zielstrebig griff ich mein Handy, das noch auf dem Wohnzimmertisch lag, und überflog den Thread mit Katharina.

»O verdammt«, seufzte ich, als ich die letzte, weingetränkte SMS an Katharina gelesen hatte. »Das war ein Missverständnis. Ich hatte geschrieben ... also ich wollte schreiben, dass sie dich doch *einfach hier lassen* sollte. Ich meinte aber natürlich bei euch zu Hause und nicht hier.«

Nicki verzog beleidigt den Mund. »Na ganz toll, läuft ja richtig gut für mich. Und jetzt?«

»Hm«, antwortete ich aufrichtig, während in der Küche die Kaffeemaschine röchelte.

»Jetzt trinken wir erst mal eine schöne, starke Tasse Kaffee und dann sehen wir weiter«, hörte ich schließlich meinen Mund sagen, während ich mir gedanklich die Ausmaße dieser misslungenen SMS-Kommunikation bewusst machte.

»Ich bin dreizehn, schon vergessen? Ich trinke keinen Kaffee«, fuhr mich Nicki an, ohne dass ich darauf reagierte.

Was nun? Als Allererstes musste ich natürlich mit Lina, vor allem aber mit Hannah reden. Nicht auszudenken, wenn … zu spät!

»Sach ma? Was iss'n hier los? Geht's noch? Wir haben gerade mal …«, stiefelte Hannah im luftigen Nachthemd die Treppe hinunter, ehe sie einen spitz-quiekigen Schrei ausstieß, als sei sie soeben im Dschungelkamp mit einer Tonne Kakerlaken überschüttet worden. Hektisch verschränkte sie die Arme und flüchtete panikartig in ihr Zimmer.

»Ich glaube, sie findet dein Schlafoutfit auch grenzwertig«, meinte Nicki trocken und tätschelte mir fast großväterlich den Oberschenkel. »Am besten, du zeigst mir erst mal das Gästezimmer und quatschst dann in Ruhe mit deinen Kindern. Ich verspreche, ich werde euch nicht groß stören. Alles, was ich brauche, ist eine ordentliche LAN- oder WLAN-Verbindung, ab und zu eine Sprite und eine Pizza, mehr nicht. Mach dich locker, Jan, es sind ja nur zweieinhalb Tage.«

Ich stand auf und holte mir einen Kaffee.

»Welches Gästezimmer?«, murmelte ich vor mich hin. Während ich zwei große Becher Kaffee trank, beschloss ich, Heikes Ehebett-Matratze in ihr Arbeitszimmer zu verfrachten, dort vor den großen Bücherschrank auf den Boden zu legen und es dann spontan zum Gästezimmer zu erklären. PC mit Internetanschluss war vorhanden, und auf Heikes Schreibtisch konnte Nicki von mir aus alle seine fünf Hauptmahlzeitspizzen vertilgen.

Zuerst wollte ich aber nach Hannah schauen und ihr erklären, welchem gleichaltrigen Eindringling sie da eben gerade halbnackt gegenübergestanden hatte und vor allem auch, warum. Hannahs Gezeter war, wie erwartet, von gigantischem Ausmaß: Auf was für einen Scheiß ich mich eingelassen hätte und dass diese Kack-Aktion die ganzen Ferien kaputtmachen würde, als wären sie durch Mamas Abgang nicht eh schon verhunzt genug. Außerdem wollten wir doch als Restfamilie ein paar schöne Sachen unternehmen, und nun würde plötzlich so ein wildfremder Computer-Nerd bei uns einziehen, der alles kaputtmachen würde. Und immer wieder dieser eine Satz: »Das geht echt gar nicht.«

Es dauerte satte fünfunddreißig Minuten und acht pädagogisch absolut unwertvolle Zugeständnisse an Hannah, über die ich lieber nicht reden möchte, ehe sie bereit war, sich halbwegs ihrem Schicksal zu fügen und mit mir zum Frühstück hinunterzukommen. Im hochgeschlossenen Jogginganzug, versteht sich.

Auf der letzten Treppenstufe blieben wir nahezu synchron stehen. Wir hatten Lina auf Nickis Schoß entdeckt, während sie auf dessen Handy rumtippte.

»Nicht stören, Papa, ich bin bei Puppenprinzessin schon auf dem dritten Löffel.«

»Das heißt Level«, verbesserte Nicki sie.

»Dann eben Leffel, von mir aus.« Lina kicherte. »Nicki hat mich bei Spielaffe.de registeriert. Toll oder?«

»Ja, toll«, log ich und beschloss, mich erst einmal um das Frühstück zu kümmern, ehe ich Nicki noch ein paar grundsätzliche Dinge zu unserem »Zusammenleben« in den nächsten zwei Tagen erklären wollte.

Obwohl es statt Pizza nur Aufbackbrötchen gab, nahm Nicki auf Linas Drängen hin am gemeinsamen Frühstück teil. Es war offensichtlich, dass Lina den temporären Familienzuwachs deutlich positiver aufnahm als ihre große Schwester, was diese wiederum umso wütender machte.

»Verräterin«, zischte sie ihrer kleinen Schwester zu, als die Nicki an der Hand zum Frühstückstisch zog.

Nachdem ich Nickis Zimmer hergerichtet hatte, erinnerte mich Lina an meine Versprechen von Vortag.

»Gehen wir jetzt endlich ins Schwimmbad, ja? Und Nicki kommt mit«, flötete sie durch den Flur und schwenkte die noch ungepackte Schwimmbadtasche fröhlich durch die Luft.

»Wenn der mitkommt, bleib ich hier, nur dass das klar ist«, rief Hannah, die ich zum Abräumen des Frühstückstisches verdonnert hatte. Schnell erklärte ich Lina, dass Nicki nicht mit schwimmen gehen würde, schon deswegen, weil er keine Badehose dabeihabe.

»Aber er kann von mir eine haben«, versuchte sie zu argumentieren. Ein Vorschlag, der Hannah ein kieksiges Lachen abrang.

Gegen halb elf erreichten wir den Parkplatz des Hallenbades am Rande der Butzbacher Altstadt.

»In zwei Stunden wieder hier, okay?«, sagte ich zu Nicki, der betont lässig nickte.

»Wo gehst du hin, Nicki?«, wollte Lina wissen und schmiegte sich dabei an seinen Arm.

»Ich trinke jetzt erst mal eine schöne, starke Tasse Kaffee, dann sehen wir weiter«, äffte er mich nach, und ich überlegte einen Moment lang, ob ich über so viel kesse Frechheit lachen oder ihm lieber eine knallen sollte. Lina entschied sich für Variante eins, Hannah auch, wollte das aber nicht zeigen.

Keine Ahnung, was Nicki in diesen zwei Stunden in der Stadt trieb, auf jeden Fall stand er schon am Auto, als wir mit halbtrockenen Haaren aus der Schwimmhalle kamen.

Wieder zu Hause, zückte Nicki einen flachen, nicht allzu großen Karton aus seinem Rucksack, riss ihn auf und wedelte stolz mit einem nigelnagelneuen Tablet durch die Luft.

»Zu Ostern? Oder hast du die Anzündholzpreise hochgesetzt?«, fragte ich betont gelangweilt, während ich merkte, dass Hannah vor Neid fast die Augen aus dem Kopf fielen.

»Beides falsch. Das ist dafür, dass ich eingewilligt habe, bei euch zu bleiben.«

»Boa, voll korrupt, wie eklig«, stöhnte Hannah auf und verzog sich auf ihr Zimmer.

»Na, das sagt die Richtige«, rief ich ihr nach, ehe Lina trötete: »Krieg ich auch so was, wenn ich bis morgen hier bleibe?«

Während ich mich am Nachmittag vorrangig um Lina kümmerte, beschränkten sich Hannah und Nicki darauf, sich aus dem Weg zu gehen. Nur hin und wieder kam einer von beiden mal in die Küche geschlurft, um sich etwas zu trinken oder ein paar Kekse zu holen.

Komisch, dachte ich, irgendwie war das nicht der spitzbübische Nicki, den ich ein paar Tage zuvor am Gartenzaun meiner Eltern kennengelernt hatte. Aber gut, er befand sich ja auch gegen seinen Willen in einer völlig fremden Umgebung, ergab sich in die Rolle des schmollenden Internet-Nerds und testete fortwährend die sicher vier Millionen Funktionen seines neuen High-Tech-Gerätes.

Die Spaghetti zum Abendessen nahm Nicki sich dann tatsächlich mit in »sein« Zimmer, was den Vorteil hatte, dass ich mit Hannah und Lina in aller Ruhe besprechen konnte, was wir am nächsten Tag unternehmen wollten. Nachdem ich mit dem Schwimmbad eher Linas Wunsch entsprochen hatte, sollte nun Hannah das Vorschlagsrecht für den kommen Tag bekommen. Viel mehr als »Mittags zum Meckes« (gemeint war McDonald's) brachte sie an Ideen aber nicht hervor, so dass wir uns schließlich auf meinen Vorschlag einigten, der so aussah, dass wir nach dem »Auspennen« (Hannahs zweite, spektakuläre Idee zur Tagesgestaltung) am späten Vormittag ins »Mathematikum« nach Gießen, einem naturwissenschaftlichen Mitmachmuseum, fahren würden.

Nach einem sehr mäßigen Abendspielfilm zappte ich noch ein wenig durch die Kanäle, ehe ich bei einer Kabarettsendung hängen blieb, in der ein – zugegeben – sehr smarter Jüngling an einem Klavier saß, auf dem er mäßig gut spielte und dazu erstaunlich anzügliche Lieder sang. Zum ersten Mal seit vielen Stunden dachte ich wieder an Martha und ihren abstrusen Vorschlag. Ich stellte mir vor, wie ich an diesem schwarzen Flügel im TV-Studio sitzen würde. Sicher hatte ich weder Olis charmante Ausstrahlung, noch war ich es gewohnt, schlagfertig und pointiert mit Zuschauern zu kommunizieren. Die reinen Songs aber würden, auch wenn ich sie sänge, nichts von ihrer Qualität verlieren. Oli sang sie wirklich gut, war aber stimmlich kein Ausnahmetalent. Reichten aber fünf, sechs gute Songs aus, um einen ganzen Abend zu gestalten? Oli schaffte das mühelos, denn er unterlegte seine bissigen Wortpassagen stets mit Rhythmik, manchmal auch mit kleinen Jonglagen, zudem beherrschte er einige der gängigen und publikumswirksamsten Dialekte, die er geschickt ins Programm einwob. All dies hatte ich nicht zu bieten. Ich, Jan Schubert, hatte nur meine Songs und mein Klavierspiel, nichts weiter. Nichts, was mich von fünfundzwanzig anderen Musikkabarettisten unterschied.

Als im Fernsehen auf den Kabarett-Yuppi ein dauergrinsender Bauchredner folgte, der einer Stoffgiraffe seine krächzende Stimme lieh, damit die dann das Publikum beschimpfte, machte ich die Flimmerkiste aus.

Komisch, dachte ich, warum hatte Martha nicht schon längst angerufen, um mich zu fragen, was ich von ihrem Vorschlag hielt? Sie war nicht der Typ, der solche Sachen auf die lange Bank schob. Ebenso fand ich es merkwürdig, dass sich Katharina nicht wenigstens kurz einmal bei mir gemeldet hatte, immerhin hatte sie Hals über Kopf ihren Sohn bei mir geparkt. Oder hatte ich ...? Ja, natürlich, ich hatte mein Handy vor dem Schwimmbadbesuch ausgeschaltet und danach gar nicht mehr in der Hand gehabt. Ich ging schnurstracks zur Garderobe, kramte es aus meiner Jackentasche hervor und schaltete es ein. Satte neun unbeantwortete Anrufe waren aufgelaufen und taten das, was unbeantwortete Anrufe nur allzu gerne machen: ein schlechtes Gewissen hervorrufen. Fünf der neun Anrufe gingen auf Olafs Konto und übernahmen den Löwenanteil der mich überkommenden Schuldgefühle. Augenscheinlich brauchte er wirklich dringend jemanden zum Reden. Auf die Mailbox hatte er jedoch kein einziges Mal gesprochen, mir dafür aber das ultra-melancholische »Mad world« von Tears for Fears per Mail-Anhang geschickt. Besonders gut schien es ihm nicht zu gehen, und ich nahm mir vor, ihn am Nachmittag des nächsten Tages anzurufen.

Martha hatte immerhin zweimal versucht, mich zu erreichen und mir – was mich nicht wirklich verwunderte – auch beide Male auf die Mailbox gesprochen. Ich solle mich melden, nicht auf Zeit spielen – und angeblich warteten schon fünf Veranstalter auf »grünes Licht«.

Neben einer mir unbekannten Nummer, die ich spontan irgendeinem dubiosen Telefonanbieter zuordnete, der mich tariflich abwerben wollte, hatte es tatsächlich auch die Rabenmutter Katharina einmal vergeblich probiert, mir kurze Zeit später aber eine Mail geschickt.

Hi Jan. Was auch immer ihr gerade macht, ich hoffe, es läuft einigermaßen gut bei euch. Ich habe den ersten Tagungstag fast rum und falle nachher sicher todmüde ins Hotelbett. Grüß Nicki von mir, ich musste ihm versprechen, dass ich ihn maximal einmal auf seinem Handy anrufe. Das hebe ich mir aber für morgen auf. Ach ja, Danke übrigens, es ging alles so schnell heute Morgen … Liebe Grüße von Gräfin Kati
PS: Sieht nett aus bei euch, Nicki hat mir zwei, drei kleine Clips geschickt. Er testet seine Tabletkamera …

Obwohl es schon nach elf war, zögerte ich keine Sekunde, ihr umgehend zu antworten.

Hallo Kati, du schläfst wahrscheinlich schon tief und fest, egal. Ich glaube, ich weiß jetzt, warum dich HBMännchen versetzt hat und was dahintersteckt. Die Masche ist gar nicht mal so dämlich: HBMännchen, nennen wir ihn besser »das Phantom«, meldet sich immer wieder mit falschen Fotos beim Portal an, denkt sich ein paar interessant klingende Eigenschaften und Hobbys aus und verabredet sich dann mit gut aussehenden Frauen aus der Region. Zu diesen Dates taucht aber der jeweilige Mann vom Foto nie auf. Dafür betritt etwas später »das Phantom« die Szenerie und verwickelt die enttäuschte Dame erstaunlich einfühlsam in ein Gespräch. Das fällt ihm nicht schwer, da er schon einiges über diese Frau aus dem Portalprofil weiß und nun den großen Frauenversteher und Seelentröster geben kann. Mit dem klaren Ziel, nicht nur emotional, sondern auch körperlich zu trösten. Sicher nicht selten mit Erfolg, mal von dir abgesehen, was grundsätzlich für dich spricht … Wie sah denn der Typ eigentlich aus, der dich im Irish Pub so dreist angebaggert hat? Ich könnte deine Personenbeschreibung dann mit der meiner zweiten Informantin abgleichen und würde mich evtl. mal an das Portal wenden, damit die versuchen, diesen Typen aus dem Verkehr zu ziehen ... Es betrifft mich zwar nicht direkt, aber solche Sachen regen mich immer wahnsinnig auf ... LG Jan

Ich war gerade im Bad mit dem Zähneputzen fertig, als mein Handy eine eingehende E-Mail vermeldete.

HAALT, nicht schlafen gehen. Ich tu's doch auch noch nicht ... Mein Körper ist zwar taub vor Müdigkeit, aber mein Kopf gibt noch keine Ruhe. Zu viele Informationen an einem Tag. Oder zu wenig Rotwein ... Hm, dir ist schon klar, dass deine Theorie ziemlich waghalsig ist. Zumal dieser Typ im Irish Pub mich nicht unbedingt mit intimem Insiderwissen verblüfft hat. Im Gegenteil, der dachte irgendwie, ich würde auf deutschen Hip-Hop stehen ... Nee, ich glaube wirklich, dass der rein zufällig dort war ... Sonst alles klar? Ich hoffe, in deiner KITA schlafen schon alle ... ;) Kati

Hi Kati, schön, dass du noch wach bist. Hat dieser Typ irgend was von Cro oder Clueso gesagt?

Ähhh, ja, kann sein, wenn einer davon etwas mit einer Pandamaske zu tun hat ...

Alles klar, dann liege ich DOCH richtig. Nicki hat dir das unter Musikgeschmack ins Profil geschrieben. Solltest wohl ziemlich cool rüberkommen ... ;)

Okay. Kann sein, dass du recht hast, aber was schert es dich? Wenn dieser Banker, wie heißt er, Olaf? Also wenn der da aktiv werden würde, könnte ich es ja verstehen. Aber du? Lass uns diese absurde Kiste doch eher als einen Seitenstrang für unseren Regio-Erotik-Bestseller nutzen. Ich habe mir dazu schon mal ein paar Notizen gemacht, die ich dir gerne vorstellen würde, wenn ich zurück bin. So, nun aber wird es Zeit, morgen ist noch mal Hardcore-Programm angesagt ... nein, nicht wie du denkst ... LG Kati

Acht Stunden später schrak ich aus dem Bett hoch und fühlte mich schlagartig wie Bill Murray in »Und täglich grüßt das Murmeltier«, nur dass die Rolle des Radioweckers die Türklingel übernommen hatte.

Vorsorglich zog ich meinen Bademantel über und lief barfuß zur Tür. Immerhin war es dieses Mal schon halb neun. Vielleicht war Nicki so nett gewesen und hatte Brötchen geholt und vergessen, den Haustürschlüssel von der Kommode mitzunehmen. Mit einer guten Portion Vorfreude auf leckere, noch leicht warme Backwaren öffnete ich die Tür.

Und in der Tat lag ich mit den Brötchen goldbraun richtig. Allerdings stand dort nicht Nicki, sondern Olaf mit einer prall gefüllten Papiertüte in der Hand.

»Hi. Ich hoffe, ihr habt noch nicht ...«, wedelte Olaf mit der Tüte, schob sich an mir vorbei ins Haus und schaute sich gut gelaunt um.

»Schön habt ihr es, wirklich. Vor allem nicht so ein riesiges Gartengrundstück. Das macht ja einfach wahnsinnig viel Arbeit«, sagte er, als er neugierig durchs Erdgeschoss flanierte und dann durch die verglaste Balkontür nach draußen schaute.

»Das sagen Besserverdiener immer, um andere zu trösten«, antwortete ich, »ihr habt wahrscheinlich eine Farm mit 9000 Quadratmetern Grünfläche.«

»Nein, um Gottes willen, nur knapp 4000«, erwiderte Olaf gespielt großkotzig. »Spaß beiseite, Jan, können wir reden?«

»Gerne. Das geht aber nur gut, bis jemand von den Kids wach wird.«

»Klar«, nickte Olaf, »hast du einen Kaffee?«

»Ich setze einen auf.« Olaf folgte mir in die Küche, wo er sich besonders interessiert umsah. »Haben hier deine Frau und dieser ...«

»Yep!«, sagte ich knapp.

»So ein Glückspilz, dieser Joey ...«

»Bitte?«, rief ich aufgebracht.

»Naja, ein ganzer Messerblock voller möglicher Tatwaffen, und du hast ihn einfach laufen lassen. An seiner Stelle würde ich das ab sofort als zweiten Geburtstag feiern.«

»Ach so...«, beruhigte ich mich. »Olaf, komm schon, du bist doch nicht gekommen, um mit mir Späßchen zu machen. Was ist los?«

Olaf setzte sich auf einen Küchenstuhl und seufzte. Im unbarmherzigen Licht der Küchenlampe sah er müde und abgekämpft aus.

»Es ist wegen Freitag«, begann er, »weißt du, im Moment ist es so, dass ich gerade überhaupt nicht weiß, was ich tun soll. Ich habe das ganz eindeutige Gefühl, am Freitag eine Entscheidung treffen zu müssen, die mein Leben verändern wird. Ich weiß nur nicht, ob ich das überhaupt noch will. Und selbst wenn ich mich dagegen entscheide, würde es mein Leben verändern.«

»Klingt kompliziert«, pflichtete ich ihm bei, »aber immerhin hast du eine Wahl. Das ist eigentlich ein Privileg. Es gibt Leute, über die brechen Veränderungen einfach so herein, die werden gar nicht gefragt, geschweige denn, haben sie die Möglichkeit, sich zu entscheiden.«

Olaf war klug genug zu wissen, von wem ich sprach und wie ich das meinte. »Ganz ehrlich, im Moment wäre mir das so herum fast lieber. Ich meine, Jan, was würdest du machen an meiner Stelle?«

Ich schnaufte, stand auf und holte zwei Becher aus dem Schrank. »Keine Ahnung, ehrlich. Ich kenne mich weder in deiner Branche aus, noch weiß ich viel über deine Beziehung«, antwortete ich.

»Und wenn es deinen Job betreffen würde? Sagen wir mal, es gäbe ein Angebot für eine TV-Show als Bandleader, einhergehend mit einer Menge gut bezahlter VIP-Galas. Aber mit der Bedingung, dass du dazu in Berlin leben müsstest und deine Familie nur an zwei, drei Tagen im Monat sehen könntest.«

Ich überlegte einen Moment. »Wenn mit Heike alles okay wäre und sie sich in der Zeit um die Kinder kümmern könnte, würde ich es vielleicht für ein Jahr machen, gute Kohle verdienen und dann weitersehen.«

»Ha!«, rief Olaf laut. »Genau das ist es ja. Ich kann mich nicht zum Vorstandschef küren lassen und in der Antrittsrede sagen, dass ich den Job erst mal für ein Jahr mache. Es geht nur Hopp oder Topp.«

Wieder schwieg ich einen Moment. »Der Vergleich hinkt, Olaf. Außerdem glaube ich das mit dem Hopp oder Topp nicht. Es gibt immer Zwischenlösungen oder Kompromisse. Sabine verlangt ja sicher nicht von dir, dass du vom Vorstandsvorsitzenden zum Vollzeithausmann mutierst, oder?«

Olaf nickte vor sich hin. »Ja, kann sein, aber es fühlt sich für mich so an, verstehst du? Ich meine, wenn ich jetzt noch einen Rückzieher mache, dann brauche ich mich in der HESSENBANK erst gar nicht mehr sehen zu lassen. Ich kann nicht zum Aufsichtsrat gehen und sagen: Ach übrigens, ich habe es mir anders überlegt. Jeder weiß, auch die Medien, dass Harald Michel eigentlich nur ein Alibikandidat war. Jedenfalls bis zur Tagung. Seitdem hat mein Image innerhalb des Konzerns schon ziemlich gelitten.«

»Und wenn du keinen Rückzieher machst und einfach trotzdem versuchst, ein wenig mehr Zeit mit deiner Familie zu verbringen?«

»Jan ...«, Olaf sah mich eindringlich an, »wie schon gesagt, es zu versuchen genügt Sabine nicht mehr. Das haben wir alles hundertfach besprochen. Sie bereitet noch den Empfang am Freitagnachmittag bei uns zu Hause vor, und danach wird sie gehen. Und zwar mit den Kindern. Der erste Koffer steht schon fertig gepackt bei uns im Gästezimmer.«

»Scheiße ...«, stöhnte ich ratlos.

»Das sagt man nicht.« Lina stand plötzlich in der Küchentür. »Kommst du auch mit ins Mathematäum?«

»Ups, wer bist du denn?«, fragte Olaf.

»Die Lina«, erwiderte meine Kleine keck, »und du?«

»Lina, das ist Olaf, ein Freund von mir«, erklärte ich.

»Du hast aber ein tolles Tänzerinnen-Nachthemd an«, sagte Olaf lächelnd.

»Das ist keine Tänzerin«, protestierte Lina, auf die Glitzerapplikation am Bauch tippend, »das ist Prinzessin Lillifee«.

»Ahhhaa«, sagte Olaf, während er ratlos zu mir schaute.

»Du hast bestimmt nur Jungs als Kinder, gä?«, mutmaßte Lina.

Olaf stutzte. »Äh, nein, ich habe ein Tochter, die heißt Jette. Sie ist neun Jahre alt. Und mein Sohn heißt Julian, der ist letzte Woche drei geworden.«

»Was gibt's zum Frühstück?«, wollte Lina wissen.

»Olaf hat Brötchen mitgebracht«, verkündete ich.

»Au ja, Brötchen. Ich wecke Hannah und Nicki, okay?« Lina zischte ab, und Olaf schaute irritiert zu mir.

»Nicki? Du hattest gesagt, deine Große wäre dreizehn, meinst du nicht, es ist etwas zu früh, dass Jungs bei ihr ...«

»Nein, um Gottes willen, das ist nicht so. Nicki ist ein Gast, der Sohn von Katharina.«

Olaf zog theatralisch die Augenbrauen hoch. »Ah ... Katharina, verstehe, die Frau Nachbarin, oder?«

»Ja, stimmt, aber ... Was hast du denn alles so an Brötchen eingekauft ...«, versuchte ich das Thema zu wechseln.

»Soso«, sagte Olaf bedeutungsschwanger und dachte nicht daran, das Thema zu wechseln.

»Heike ist gerade mal zwei Tage weg, und du machst schon auf Patchwork. Respekt, Jan, ich glaube, von dir kann ich noch jede Menge lernen.«

»Olaf, das ist echt albern«, wiegelte ich ab.

»Und wo ist die neue Dame des Hauses? War die Nacht so anstrengend, dass Katharina noch schläft?«, feixte er, und ich musste ihn nun doch kurz aufklären, warum Nicki bei uns war und was wir an diesem Vormittag noch vorhatten. Olaf hörte aufmerksam zu und stellte mir dann eine Frage, die ich nie und nimmer erwartet hätte.

»Du, Jan, das mag zwar komisch klingen, aber kann ich mitkommen? In dieses mathematische Dings da. Ich glaube, mir würde es ganz gut tun, mal auf andere Gedanken zu kommen. Was meinst du, wäre das für deine Kids okay?«

»Für mich schon«, rief Lina, die sich hinterm Türrahmen versteckt hatte.

»Na, dann. Und wenn du in dieser Tüte ein Croissant für Hannah dabei hast, hast du auch bei ihr gute Chancen«, sagte ich.

Er hatte.

»Können wir CD hören?«, rief Hannah mit der Zuverlässig-keit eines Navigationsgerätes, als wir alle fünf in mein Auto eingestiegen waren. Lina und Hannah waren es gewohnt, in Heikes Auto immer die aktuellsten Songs aus den Charts zu hören, die ich in regelmäßigen Abständen online einkaufte und auf eine CD brannte.

»Gern«, sagte ich wohlwissend, dass die CD, die in mei-nem Auto gerade den Ton angab, alles andere als hip war.

»Iiieee, was ist das denn?«, rief Hannah auch schon Se-kunden später pikiert auf, als wäre sie in Hundekot getreten.

»Mach das weg, Papa, bitte ...«, forderte mich Lina streng auf, aber ich dachte gar nicht daran. Olaf lächelte still neben mir auf dem Beifahrersitz, während Nicki mit Stöpseln im Ohr auf sein Tablet starrte oder es hin und wieder durch die Luft schwang.

»Boa, das ist ja voll eklig ...«, rief Hannah, die über eine Liedererkennungsapp das Cover zum Song auf dem Handy vor sich hatte. Zwei ineinander verkeilte, nur mit spärlichen Lederstrapsen bekleidete Menschen.

Relax don't do it when you wanna go to it
relax don't do it when you wanna come

»Weißt du eigentlich, was die da singen, Papa?« Hannah hatte ganz offensichtlich nun die deutsche Übersetzung des Textes gegoogelt.

»Das ist ja voll Hardcore ... *Komm, stoß mich, stoß mich, stoß mich mit diesen Laserstrahlen. Ja, ich komme, ich komme! Ja, ich komme!*«, zitierte sie irgendeine Netzüber-setzung. Ich spürte förmlich, wie ich rote Ohren bekam, während Olaf neben mir vergeblich versuchte, einen Lach-anfall zu unterdrücken. Schnell skipte ich einen Song wei-ter und hoffte, dass die Zufallswiedergabe uns jetzt nicht »Bitte, bitte lass mich dein Sklave sein« von den Ärzten ser-vierte. Mein Stoßgebet wurde erhört und es wummerte das grandiose »Change« von Tears for Fears durch die vierräd-rige Bude.

»Wie geil ist das denn«, rief Olaf, als er den Song erkannte, und jeder von uns schwelgte in verstaubten Jugenderinne-rungen, ehe wir zum gemeinsamen Refrainsingen in der

Jetztzeit meines Familienkombis zusammenfanden. *When it's all too late, it's all too late, Change, you can Change.*

Im Spiegel sah ich, wie Hannah verzweifelt bei Nicki um einen seiner Ohrstöpseln bettelte, während Lina fröhlich mitträllerte. Sie war die wahre Musikexpertin auf der Rückbank und bewertete Lieder immer schlichtweg nach ihrer Qualität und nicht nach dem Grad ihrer Angesagtheit. Ihr gefiel zum Beispiel die auf »Change« folgende musikalische Schmalzorgie »Reality« von Richard Sanderson, bei der sogar der hartgesottene Olaf ein wenig das Fenster öffnete, weil ihm offenbar etwas blümerant geworden war. Mit der versöhnlichen Maxiversion von »Eyes without a face« des Pop-Punkers Billy Idol, den sogar die permanent googelnde Hannah »ganz süß« fand, erreichten wir schließlich das Parkhaus neben dem Mathematikum.

»Lass mal stecken, ich zahle«, befahl Olaf, als wir das Foyer des Museums betraten und stürmte auch schon ungebremst auf den Schalter zu.

»Okay, dann gebe ich nachher Kaffee und Kuchen aus«, rief ich ihm hinterher und brachte derweil alle Jacken zur Garderobe, ehe wir am Einlass auf Olaf warteten, wo ein nett lächelnder Museumsmitarbeiter stand, der mangels Beschäftigung begann, mit Lina Grimassen zu schneiden.

»Na, freust du dich schon aufs Mathematikum?«, fragte er Lina, die sofort heftig nickte.

»Deine Geschwister sicher auch, was? Ist ja für alle Altersstufen was dabei«, erklärte der sympathische ältere Herr.

»Das ist nicht mein Bruder, das ist nur der Nicki«, erwiderte Lina bestimmt. »Seine Mutter hat Papa aus einer Telefonzelle geschnitten und sucht gerade Erotikschinken.«

»Aha«, antwortete der Museumsmann langgezogen.

»Und die Mami holt gerade für alle die Karten, was?«

Lina hatte auch die nächste Antwort parat. »Nein, das macht Olaf, Papas Freund.«

Bevor ich in der Lage war, etwas zu erklären, hatte der Mitarbeiter mich schon längst lauwarm gemustert.

»O Gott, wie peinlich ist das denn«, nölte Hannah standesgemäß pubertär, während Nicki augenscheinlich nicht bereit war, seine Augen auch nur für eine Sekunde vom Tablet zu nehmen.

»Willst du das nicht lieber hier zusammen mit deiner Jacke einschließen«, schlug ich alibimäßig vor, wusste aber schon vorher, dass ich nur ein Kopfschütteln ernten würde. Endlich kam Olaf mit den Karten und unsere vermeintlich homoerotisch geprägte Patchworkfamilie enterte das Museum.

Die Zeit verging wie im Flug und alle Beteiligten hatten, soweit ich das beurteilen konnte, ihren Spaß. Sogar Lina hielt nahezu nörgelfrei durch. Nach einem anschließenden Abstecher zur Fastfood-Kette mit dem großen »M« kehrten wir gegen 17.30 Uhr wieder zu uns nach Hause zurück. Hannah, Lina und Nicki verschwanden wie freigelassene Fische blitzartig in ihren Zimmern, so dass Olaf und ich es uns im Wohnzimmer auf ein kühles Bier bequem machen konnten.

»Und? Genug andere Gedanken?«, fragte ich, nachdem wir unsere bayrischen Bügelbierflaschen mit einem satten Ploppgeräusch geöffnet hatten.

»Ja. Auf jeden Fall. Das ... das war ein sehr schöner Tag. Danke. Deine Kinder sind wirklich reizend.«

Ich musste lachen. »Reizend, ja, vor allem Hannah! Wenn die mies drauf ist, kann sie so was von reizend sein, das willst du gar nicht erleben ... Wart es ab, bis Jette so weit ist, dann ...« Ich hielt inne, weil ich merkte, auf welch dünnes Eis ich mich begab. Ich beschloss, das Thema zu wechseln und berichtete Olaf von den neuen Ermittlungserkenntnissen meiner *HBMännchen*-Recherche.

»Eigentlich keine schlechte Masche«, meinte er durchaus beeindruckt. »Auf eine nicht ganz unwichtige Ungereimtheit muss ich allerdings hinweisen, Herr Hobby-Detektiv. Das Foto von mir, das dieser Typ verwendet hat, gibt es ausschließlich auf der Page der HESSENBANK. Und es ist technisch nicht möglich, dort Bilder herunterzuladen. Oder wenn doch, dann nur in einer ganz, ganz lausigen Auflösung. Das Profilbild von *HBMännchen* jedoch war gestochen scharf.«

Ich zog die Stirn in Falten und stand auf.

»Och nee, hör auf. Ich will das nicht hören. Alles hat so gut gepasst, und jetzt kommst du mit so einer Lappalie ...«, zeterte ich wie ein TV-Kommissar, dessen Hauptverdächtiger plötzlich ein wasserdichtes Alibi vorwies.

»Tut mir leid. Glaub mir, ich wüsste zu gerne, welches Arschloch das war. Immerhin hat er dafür gesorgt, dass Michel nun deutlich bessere Karten hat als vor drei Wochen.«

»Jemand aus der Bank? Der Zugriff zu diesem Foto hat?«, mutmaßte ich ins Blaue hinein.

Olaf schüttelte ohne zu zögern den Kopf. »Nein, kann ich mir eigentlich nicht vorstellen. Dafür würden die Mitarbeiter in der Pressestelle nicht ihren Job riskieren.«

»Vielleicht haben sie es aber mal irgendeinem Pressefuzzi rausgegeben und der ...«

»Okay, das ist nicht auszuschließen, aber dann viel Spaß bei den weiteren Ermittlungen.« Olaf wurde ernster und stellte seine Bierflasche ab. »Nee, Jan, ganz ehrlich, das ist auch gerade nicht das, was mich vorrangig beschäftigt. Scheiß auf *HBMännchen*. Ich habe erst mal Freitag vor der Brust, das ist schwer genug.« Olaf seufzte laut und erhob sich. »Ich muss dann mal. Mach's gut und noch mal Danke für den Tag. Ich halte dich auf dem Laufenden ... « Er griff nach seinem Autoschlüssel.

»Aber Olaf soll mich noch ins Bett bringen«, fiepte es plötzlich leise von der Treppe. Lina hocke auf der obersten Stufe, schon komplett bettfertig im Nachthemd.

»Na, ich weiß nicht«, sagte Olaf. »Meinst du nicht, dass das der Papa viel besser kann als ich?«

Ich spürte eine leichte Verunsicherung in seinen Worten.

»Dann bringt ihr mich halt beide, ich geh schon mal vor.« Lina sprang auf und hopste fröhlich davon. Ich zuckte hilflos mit den Schultern, und Olaf legte seinen Autoschlüssel wieder auf den Tisch.

»Na dann ...« Wir gingen nach oben in Linas Zimmer, die schon unter ihrer Hello-Kitty-Bettdecke lag.

»Mach schon Olaf, sing mir das vor, was du Jette und Julian auch vorsingst. Oder denkst du dir so tolle Geschichten aus wie meine Mama?«

Gespannt wartete Lina darauf, welche Art des Zu-Bett-bring-Entertainments nun folgen würde. Olaf hingegen schien von der Situation merkwürdig überfordert und wirkte plötzlich nicht mehr so locker im Umgang mit Lina wie den ganzen Tag zuvor.

»Ja ... also, ich glaube, meine Frau Sabine betet immer zuerst mit Julian, bevor sie dann ... hmm, warte mal, ja, es kann sein, dass sie dann noch etwas singt ...« Olaf schaute mich hilfesuchend an, und endlich verstand ich.

»Vielleicht ja das, was wir auch oft singen: ›Bist du müde, kleine Maus‹«, sprang ich ihm zur Seite.

»Ja, genau, stimmt«, sagte Olaf erleichtert und hockte sich auf den kleinen Ikea-Kinderstuhl, während ich das Licht abdimmte und Lina ihr heißgeliebtes Schlaflied sang, bei dem sie wie fast immer, spätestens nach dem dritten Durchlauf einschlief.

Als ich aus dem Bett geklettert war, saß Olaf nicht mehr auf dem kleinen Stuhl, sondern unterhielt sich draußen auf dem Flur leise mit Nicki.

»Was macht ihr denn hier?«, fragte ich, noch vom Flurlicht ganz geblendet.

»Ach ...«, winkte Olaf ab, »mich hat es einfach interessiert, was so ein Tablet kostet.« Nicki nickte, ohne dass ich genau wusste, warum.

»Ich melde mich mal bei dir, wegen der Eckdaten, okay?«, sagte er zu Nicki mit einem Blick, der mir irgendwie seltsam vorkam, den ich aber nicht deuten konnte.

»Geht klar«, erwiderte Nicki.

Wieder unten angekommen, griff Olaf seine Schlüssel und zog sich die Jacke an. »Danke ... ich ... ich habe das lange nicht gemacht«, sagte Olaf zögerlich, und ich merkte, wie er schlucken musste.

»Ach was, das hat man gar nicht gemerkt, kein bisschen«, versuchte ich, die Situation mit Ironie aufzulockern.

»Ja ja, schon gut ...«, sagte Olaf leise.

»Nein, im Ernst jetzt, ich sage das, damit du nicht denkst, ich wäre hier der Über-Papa oder so etwas, ja?«

»Schon klar«, nickte Olaf gedankenverloren und ging.

Als er wegfuhr, schickte ich ihm von meinem Handy aus einen Song, den ich vor fast zehn Jahren mal zum Thema »Kind ins Bett bringen« aufgenommen hatte. Der Text basierte auf Heikes Tagebuchnotizen aus der Zeit, als Hannah etwa drei Jahre alt war.

Ich setzte mich wieder auf die Wohnzimmercouch und machte das Fernsehen an, ohne wirklich hinzuschauen. Eigentlich hatte ich noch vorgehabt, mit Olaf über die Entscheidung zu reden, die mir vor der Brust stand beziehungsweise immer schwerer auf selbiger lag. Mein auf stumm gestelltes Handy verriet mir, dass Martha heute drei Mal versucht hatte, mich zu erreichen.

Ich alleine auf einer Bühne? Nicht als Hintergrundmucker, nein, als Frontmann, als Rampensau. Der Gedanke fühlte sich immer noch fremd an. Aber was war die Alternative? Morgen bei der Musikschule anrufen und alles abgrasen, was an Unterricht noch zu ergattern ist? Womöglich musste ich sogar Zeitungsanzeigen schalten. »Mittelerfolgreicher Klavierlehrer hat noch ziemlich viele Termine frei. Guter Preis und hohe soziale Toleranz wegen finanzieller Engpässe.« Dann würde ich Tag ein Tag aus talentfreien, lipbeglossten Vanessas, Jacquelines und hobbytätowierten Justins und Jasons erklären, was es mit den schwarzen und weißen Tasten auf sich hatte und warum aus einem Klavier von Hause aus keine Hip-Hop-Samples kamen, ehe sie dann nach fünf unterbezahlten, quälend langen Schnupperstunden doch lieber zum »Dance-Moves«-Kurs oder zum »Sprayen« gingen.

Sollte es Martha aber tatsächlich gelingen, nur die Hälfte der ursprünglich mit Oli gebuchten Termine auf mich umzulegen, war ich finanziell gesehen weitgehend aus dem Schneider. Auf der anderen Seite wäre ich dann sicher an mindestens fünfzehn zusätzlichen Tagen und Nächten nicht hier zu Hause. Und auf meine Schwiegereltern konnte ich nach dem derzeitigen Stand der Dinge nicht wirklich zählen.

Ich schrieb Martha eine SMS und erbat mir noch einen Tag Bedenkzeit. Anschließend nahm ich meinen ganzen Mut zusammen und rief Oli an. Er war hörbar erleichtert, dass ich mich bei ihm meldete, und wir hatten ein wirklich offenes Gespräch, das mir aber schnell mein letztes Fünkchen Hoffnung raubte, ihn vielleicht doch noch umstimmen zu können. Natürlich redete er mir Mut zu, was sollte er auch anderes machen? Auch er war daran interessiert, sich, vor allem aber auch Martha unnötigen Vertragsärger zu ersparen.

»Eines noch, Jan. Mach deine Entscheidung nicht davon abhängig, ob ich womöglich hier und da dann eine kleine Konventionalstrafe zahlen muss. Das ist nicht deine Baustelle, das lass mal meine Sorge sein, das habe ich alles in meine Entscheidung mit einkalkuliert, okay?«

Erst zwei Stunden später, als ich schon im Bett lag, wurde mir bewusst, wie sehr mich Olis Entscheidung für seine Frau, für seine Familie, beeindruckte.

Mit ihm, Olaf und mir waren wir schon drei ehemals »gestandene Mannsbilder«, deren Leben sich in seiner Mitte plötzlich und völlig unerwartet noch einmal komplett veränderte. Es fehlte eigentlich nur noch einer, der sich für sein Hormon-Ego eine neunzehnjährige Freundin zulegte.

War es das, was überall inflationär als Midlife-Crisis bezeichnet wurde und nicht zuletzt deswegen wahrscheinlich in allen Männerköpfen zwischen fünfunddreißig und fünfundvierzig herumspukte? Ohne Frage hätten Olaf, Oli und ich eine sehr dankbare Therapiegruppe abgegeben, dazu vielleicht noch Ella, deren Mann Peter mit einer deutlich älteren Frau gerade deren achten Frühling miterlebte. Nur Nora würde da nicht reinpassen. Die säße eher im Gruppenraum nebenan, bei den unanonymen Alkoholikern. Gab es eigentlich überhaupt noch normale Leute um mich herum?

Ich fragte mich, wer würde hier eigentlich im Wohnzimmer sitzen, wenn ich – wie »Mann« das ja ab und zu machte – alle meine Kumpels und Freunde eingeladen hätte. Die Jungs aus meiner Band? Gut, Joey zählte ich schon nicht mehr dazu. Die anderen? Mike, unser Bandleader und Marthas verlängerter Arm? Die Tatsache, dass er Joeys bester Freund war, ließ seine Aktien bei mir aber gerade ins Bodenlose fallen. Als Freund taugte der definitiv nicht. Am ehesten noch der stille Mark, der aber weiterhin genug damit zu tun hatte, sein Outing vorzubereiten, das er für spätestens 2017 plante, wenn er als Lehrer endlich in den unantastbaren Beamtenstatus wechseln würde.

Und sonst? Natürlich gab es ein paar andere, vor allem Lehrerkollegen von Heike, aber einen echten Freund, bei dem man einfach mal spät abends an der Tür klingeln und sein Herz ausschütten konnte, den gab es in meinem Leben nicht. Vielleicht konnte Olaf ja diesen verwaisten Platz einnehmen.

Gegen acht schreckte ich aus meinem Bett hoch. Es hatte niemand geklingelt. Der Murmeltier-Fluch war besiegt.

21

Gute Freunde
kann niemand trennen

»Meine Mutter holt mich so um elf«, schmatzte Nicki beim Frühstück.

»Ohhh neee«, maulte Lina auf, »Nicki soll noch bleiben ...«

Hannah brauchte nichts zu sagen, ihr Blick sprach Bände. Sie war heilfroh, dass der Eindringling, der Parasit und Tablet-Fetischist nun endlich Leine ziehen würde. Lediglich sein Tablet könnte er als kleinen Unkostenbreitrag für Kost und Logis hierlassen, stand in ihrem Gesicht.

»Okay, bis dahin läuft hier das ›Kommando Aufräumen‹, ist das klar?«, gab ich den strengen Erziehungsberechtigten und verteilte klare Arbeitsaufträge.

»Lina, du räumst als Erstes die ganzen Playmobilsachen auf. Dein Zimmer sieht aus wie ein begehbares Wimmelbuch. Hannah, du hilfst mir bitte erst bei der Wäsche und machst dich dann auch an deine Bude, okay? Und du Nicki, sei doch so nett, bau dein Bett ab und pack dann schon mal deine Tasche, ja?«

»Na toll«, schimpfte Hannah, »ich muss wieder zwei Sachen machen, *die* nur eine.« *Die* war natürlich Lina, und ich sparte mir, Hannah zum tausendsten Mal daran zu erinnern, dass ihre kleine Schwester unbedeutende siebeneinhalb Jahre jünger war als sie. Lina wiederum erlitt ob der unmissverständlichen Aufräumanweisung einen obligatorischen wie theatralischen Nervenzusammenbruch in Tateinheit mit einem Wein- und Brüllanfall.

Aus dem Augenwinkel heraus erkannte ich, dass Hannah Nicki bat, etwas auf seinem Tablet einzutippen, und Sekunden später hielten mir beide den kleinen Bildschirm vor die Nase, auf dem gerade ein YouTube-Video mit dem Titel »Tutorial Wäschewaschen« zu laufen begann.

»Ich leih's dir für eine halbe Stunde aus«, sagte Nicki gönnerhaft und lächelte Hannah an. Ich glaube, es war das erste Mal, dass die beiden miteinander kommunizierten. Was moderne Technik doch so alles bewirken kann. Einzig und allein deswegen nahm ich ihr Angebot an und ließ mir statt von Hannah von einer kamera- und selbstverliebten Haushaltsblog-Mutti des YouTube-Channels »Mama TV« das Wäschewaschen per Tablet-Video erklären.

Wenigstens war dieser Internet-Idiotenkurs so gut gemacht, dass nach dem ersten Waschtag meines Lebens weder Hannahs Lieblingspullis ruiniert waren, noch meine weißen T-Shirts eine lillifeerosa Färbung bekommen hatten. Lediglich zwei Paar meiner Wollsocken konnte ich größenmäßig nun in Linas Schublade sortieren.

Während ich im Waschkeller nahezu meditativ die Schmutzwäsche der letzten zwei Wochen nach Farbe und Verträglichkeitstemperatur in vier große Waschbütte sortierte, kam mir eine Idee. Ausgangspunkt meiner Gedanken war das weiterhin vorhandene Bedürfnis, diesem *HBMännchen* und seiner widerwärtigen Abschleppmasche das Handwerk zu legen. »Man müsste ihm eine Falle stellen«, überlegte ich leise vor mich hin, als die erste Ladung dunkler Kochwäsche (die mit meinen Socken) langsam ihre

Einweichrunden drehte. Ich bin mir ganz sicher, dass ich dabei fast so geheimnisvoll klang wie Justus Jonas von den »Drei Fragezeichen«, den Detektivhelden meiner Kindheit.

»Lass uns eine Runde laufen, ja?«, schlug ich Katharina vor, als sie wie geplant kurz nach elf vor meiner Haustür stand, um Nicki abzuholen.

»Aber ... ich ...«

»Nix da, keine Widerrede«, bestimmte ich, »die Kinder wissen Bescheid. Sie kommen nachher runter in die Stadt gelaufen. Wir treffen uns mit ihnen um halb eins im Piazza und essen dort zu Mittag. Ich habe heute keinen Bock zu kochen.«

Entschlossen griff ich Schlüssel und Jacke, verriegelte die Tür hinter mir, hakte mich bei der sichtlich überrumpelten Katharina ein und zog sie mit mir.

»Keine Angst, wir erklimmen nicht den Hausberg. Lass uns einfach mal quatschen, ja? Und dir tut Bewegung sicher auch gut nach so viel Tagung und der langen Autofahrt.«

»Aha ...«

Ohne eine genaue Route zu verfolgen, liefen wir durch die Straßen Butzbachs, erst oberhalb der Bahnlinie, dann durch die immer wieder entzückende, von imposanten Fachwerkhäusern gesäumte Altstadt bis hin zum Schlossgelände. Um Katharina nicht gleich mit meiner – zugegeben etwas infantilen – Idee einer *HBMännchen*-Überführung zu überrumpeln, schilderte ich ihr zunächst in aller Ausführlichkeit mein berufliches Dilemma und dass Martha eigentlich sekündlich auf eine Entscheidung von mir wartete.

»Puh, Jan«, stöhnte Katharina auf, als wir uns auf eine Bank im Lustgarten des Schlosses gesetzt hatten. »Ganz ehrlich, ich weiß nicht wirklich, ob ich dir da einen Ratschlag geben kann. Ich habe weder dich noch Oli je auf einer Bühne gesehen und kenne auch nicht die Songs oder die Texte, um die es geht. Dass du Humor hast, okay, ja, weiß ich, das ist auch das, was ich so ...« Katharina stockte einen kleinen Moment, »... ja, was ich so an dir mag. Aber ich habe keinen blassen Schimmer von dem Genre. Ob das funktioniert? Keine Ahnung.«

Ich seufzte. Insgeheim hatte ich mir schon ein paar aufmunternde Worte von ihr erhofft.

»Ich versuche es sachlich zu sehen«, fuhr sie fort. »Ganz simple Frage. Was hast du zu verlieren? Okay, es könnte sein, dass du ein paar blöde Auftritte hast, bei denen die Zuschauer nicht so reagieren, wie du es dir erhoffst, eventuell auch einige miese Zeitungskritiken, aber sonst? Gelangweilten Hausfrauen Harmonien beibringen oder im La Vita in der Lounge spielen kannst du in neun Monaten, wenn es nicht funktioniert hat, immer noch. Außerdem hast du dann viel mehr Zeit für die ganzen erotischen Lesungen zu unserem Bestseller!« Sie kicherte albern.

»Das wiederum traust du mir blind zu, was?« Ich stubste sie mit dem Ellenbogen in die Seite.

Ich nutzte den ausgelassenen Moment, um nun Katharina meine *HBMännchen*-Idee zu präsentieren.

»Ich soll was? Das ist ein Scherz, oder? Ich als Lockvogel, wie soll das gehen? Dieser Typ kennt mich doch, er hat mich ja im Portal gezielt ausgesucht.«

»Ich weiß, deswegen dachte ich, du könntest dich eventuell umstylen, eine Perücke aufziehen und dann mit einem neuen Foto und neuem Namen im Portal anmelden«, konkretisierte ich meinen Plan. »Hast du nicht gesagt, du hättest eine Freundin, die Visagistin ist?«

»Schon, aber ... nein, sorry, ich bin nicht der Typ für so eine Aktion. So was Verrücktes würde eher zu Pia passen. Du weißt schon, meine Freundin, die Visagistin. Die hat mal ein paar Semester Schauspiel studiert.«

»Hmm...«, sagte ich nachdenklich.

»Ja doch, sie sieht gut genug aus, Jan, keine Sorge«, ergänzte Gedankenleserin Katharina.

»Also gut ...«, überlegte ich, »einen Versuch wäre es wert. Wir statten deine Freundin Pia mit ein paar Eigenschaften aus, die sowohl bei dir als auch bei diesem Nussschnäckschä im Profil standen. Gut wäre natürlich auch ein hübsches, vielleicht sogar leicht freizügiges Foto als Profilbild. Meinst du, du könntest das organisieren?«

»Ich denke schon.«

»Wir müssen schauen, dass Pia voll in *HBMännchens* Beuteschema fällt, sonst wird es schwer, verstehst du? Als Wohnort sollten wir entweder Butzbach oder Bad Nauheim angeben, ich denke ja, dass dieser Typ eher regional unterwegs ist.«

»Friedberg würde sicher auch noch gehen, oder? Dann wäre es nicht einmal groß gelogen, Pia lebt nämlich in Ober-Wöllstadt«, ergänzte Katharina und ich merkte, dass sie so langsam Spaß an dieser Undercoveraktion fand.

»Worauf wartest du? Ruf sie an«, forderte ich Katharina auf, die auf ihre Uhr sah und dann den Kopf schüttelte.

»Nein. Erstens muss Pia noch bis heute Abend Leichen schminken, zweitens sollten wir schleunigst rüber zum Piazza.«

Während des Spazierganges mit Katharina hatte ich zwei Anrufe von Martha weggedrückt, klar, sie wartete auf meine Entscheidung. Noch während ich im Piazza eine grandiose »Pizza Parma mit Rucola« genoss, erreichte mich eine SMS von Olaf.

Hallo Jan. Morgen ist also der große Tag. Darf ich dich um etwas bitten? Sei doch bitte mein Gast. Du bist mir als Freund in den letzten Tagen richtig ans Herz gewachsen, und ich möchte, dass du mit deinen Kindern an diesem für mich sehr wichtigen Tag mein Gast bist. Nicht erst beim Empfang bei mir zu Hause in Kronberg, nein, schon vorher im Steigenberger. Ich denke, das wird auch für Lina und Hannah sehr aufregend werden, überall Fernsehen und Presseleute … Meine Familie wird auch vor Ort sein. Ich habe meiner Frau ein Bild von dir aufs Handy geschickt, sie wird versuchen, euch im Foyer in Empfang zu nehmen. Die Sitzung beginnt um 9, die Wahl ist dann ganz am Ende. In den Saal hinein dürft ihr leider nicht. Nach der »Inthronisation« könntet ihr noch eine Runde shoppen gehen und gegen 15 Uhr zu uns nach Kronberg zum Feiern kommen. Ich hoffe sehr, ihr habt nichts Besseres vor und könnt kommen. Liebe Grüße. Euer Olaf
PS: Ganz, ganz toller Song übrigens. Ich habe ihn noch auf der Fahrt nach Hause via Bluetooth gehört.

»Hallo? Erde an Jan? Nimmst du noch am Essen teil oder wo bist du gerade?«, fragte mich Katharina plötzlich.

»Ich? Äh, sorry. Eine SMS von Olaf, wegen morgen«, antwortete ich gedankenverloren.

»Was ist morgen, Papa? Was machen wir da?«, wollte Lina wissen, die schon fast ihre ganze Salamipizza verputzt hatte.

»Morgen«, sinnierte ich, »morgen darf ich bestimmen, was wir machen.«

»Nochmals Danke, Jan«, hauchte Katharina, als ich ihr vor unserem Haus Nickis Sporttasche in den Kofferraum gestellt hatte.

»Dein Angebot, Nicki aufzunehmen, war wirklich sehr, sehr nett.« Katharina hauchte mir einen Kuss auf die Wange,

»Naja, eigentlich war das eher ein …«, wollte ich endlich mit der Wahrheit rausrücken, doch Katharina fuhr mir dazwischen.

»Du hast was gut bei mir, Jan, okay?«

»Kann ich das auch gleich einlösen«, packte ich die Gelegenheit beim Schopfe.

»Ja«, antwortete Katharina verunsichert und errötete leicht, wenn ich mich nicht täuschte.

»Dann sei doch bitte morgen früh um neun mit Nicki abfahrbereit vor deinem Haus. Wir machen einen Ausflug.«

»So?« Katharina schien leicht enttäuscht. Keine Ahnung, womit sie gerechnet hatte.

»Darf man fragen«, setzte sie an, doch nun war ich es, der dazwischenfuhr.

»Ja, darf man. Man bekommt aber keine Antwort.«

»Und was soll ich anziehen? Eher für Outdoor oder eher Business?«

»Eher Business«, antwortete ich.

»Na gut, von mir aus. Aber hast du eventuell eine drei Terabyte große Festplatte zu verschenken?«

»Hä?«

»Na, irgendwie muss ich ja Nicki auch dazu bewegen, mitzukommen. Und so ein neues Tablet ist schwer zu toppen.«

»Du bist eine Rabenmutter, Katharina van Leer, weißt du das?«

»Erziehung besteht zu 90 Prozent aus Erpressung und Bestechung, in der Pubertät zu 95 Prozent«, sagte Katharina bewusst unterkühlt.

»Du, ganz ehrlich, so ein Vater möchte ich meinen Kindern nicht sein«, antwortete ich im moralgetränkten Singsang eines Sozialpädagogen und bemühte mich um den dazu passenden vorwurfsvollen Gesichtsausdruck.

»Aha«, rief Katharina belustigt, »also lieber ein Vater, der sich ein Tutorial anschauen muss, um Wäsche zu waschen, na ich weiß nicht.«

»Sehr witzig!«, erwiderte ich und schob ein »Petze« in Richtung Nicki hinterher, der mittlerweile auf dem Beifahrersitz Platz genommen hatte.

»Nicki, schick Jan doch noch schnell ein paar Video-Links, wie man die Wäsche richtig aufhängt, die müsste ja bald fertig sein, oder?« Feixend ließ Katharina den Wagen an, rutschte dann aber beim Anfahren mit ihrem Schuhabsatz so unglücklich von der Kupplung, dass sie ihn abwürgte. Wie ein arroganter amerikanischer Verkehrspolizist baute ich mich neben ihrem Auto auf und forderte sie mit einem ultralässigen Handzeichen dazu auf, die Seitenscheibe herunterzulassen.

»Sag jetzt nichts, Jan Schubert«, winkte Katharina ab.

»Und junger Mann?«, wandte ich mich an Nicki, »klappt ja schon ganz gut bei ihr mit dem betreuten Fahren, was?« Ich deutete abfällig auf Katharina, die noch immer nach vorne gebeugt versuchte, sich ihren Schuh wieder anzuziehen. »Nur das Anfahren solltest du ihr noch mal zeigen. Sicher gibt es dazu auch Videos im Netz.«

»Blödmann«, stöhnte Katharina von unten.

»Nehmt aber bitte sicherheitshalber die Feldwege zurück nach Fauerbach und immer schön den Warnblinker an, okay?« Nicki kicherte, bis Katharina sich endlich wieder aufrichtete, ihm ihren Ellenbogen heftig in die Rippen stieß und losfuhr.

Drei Stunden später schrieb Katharina mir folgende Mail:

Pia macht mit, Nicki meldet sie gerade im Portal an. Kannst ja nachher mal reinschauen, sie läuft unter »Pisa 69«, Pi für Pia und Sa für ihren Nachnamen, Sailer. Nicki meinte, die Zahl würde zudem … naja, du weißt schon, von wegen Anlocken und Beuteschema.

69. Aha. Immer wieder erstaunlich, was Dreizehnjährige heutzutage schon alles so wissen auf diesem Gebiet. Mein Gott, mit dreizehn saß ich noch mit hochrotem Kopf vor der Flimmerkiste, wenn »La Boum. Die Fete« mit der schönsten Frau meiner damaligen Welt, Sophie Marceau, zum zwanzigsten Mal wiederholt wurde. Mit fünfzehn, sechzehn, ja, da sah alles schon ganz anders aus. Jeden Donnerstag warfen meine Kumpel und ich unser Taschengeld zusammen und losten einen von uns aus, der drüben am Zeitungskiosk die »Neue Revue«, ein für damalige Verhältnisse fast pornografisches Boulevardmagazin, kaufen sollte. Ich kann mich noch gut daran erinnern, wie der nette Kioskmann uns die Zeitschrift mit der obligatorischen knapp bekleideten jungen Dame auf dem Cover immer sorgfältig zusammenrollte und dann lächelnd sagte: »Damit sie sich nicht erkältet.«

Jeder von uns fünfen saß an diesem frischen Freitagmorgen aus anderen Gründen in meinem Wagen, den ich in gemäßigtem Tempo über eine ferienfreie A5 in Richtung Frankfurt steuerte. Katharina, weil ich etwas bei ihr gut hatte, Hannah, weil ich ihr versprochen hatte, dieses Mal mit ihr zwar nicht zu Hollister, dafür aber zu Primark zu gehen, Lina, weil ich ihr für den Nachmittag einen Abstecher in den Kronberger Opel-Zoo in Aussicht gestellt hatte, und der hinter seinem Tablet abgetauchte Nicki, weil er »krass-dringend Spezialzubehör für seine Peripherie« benötigte, worauf Lina ihn fragte, ob es in seiner Prärie auch Pferde gäbe.

Und ich? Warum saß ich eigentlich in diesem Auto und hatte alle anderen halbwegs bestochen, mich zu begleiten? Weil mir klar geworden war, wie wichtig für meinen Freund – ja, so hatte mich Olaf genannt – dieser Tag war.

Meine Anwesenheit sollte ihm signalisieren, dass, wenn er mit seiner Entscheidung schon Gefahr lief, seine Familie zu verlieren, er sich sicher sein konnte, zumindest seinen neuen Freund zur Seite zu haben. Und gute Freunde kann bekanntlich niemand trennen, das singt sogar Franz Beckenbauer. Also, wenn man das Singen nennen kann.

Mit nicht mehr so ganz pathetischen Gedanken quetschte ich mich mühsam durch die Innenstadt bis zum Parkhaus.

»Können wir nicht gleich rüber auf die Zeil, Papa, jetzt echt. Was sollen wir hier?«, versuchte Hannah zum achten Mal meine glasklare Ansage, was den Ablauf der nächsten Stunden betraf, zu torpedieren.

»Muss ich dazu noch was sagen?«, antwortete ich genervt. »Ihr habt nachher sicher zwei volle Stunden zum Shoppen.«

Die Akkreditierung lief problemlos. Alle, auch Lina, bekamen ein kleines rechteckiges Schildchen angesteckt, auf dem »*Gäste HB*« stand. Anschließend wies man uns den Weg zum Foyer des großen Bankettsaals. Überall in den Gängen herrschte bienenemsiges Treiben. Unzählige Mitarbeiter des Hessischen Rundfunks schoben Equipmentcases von hier nach dort, während finstere Securitybeamte wichtigtuerisch in ihr Headset quatschten, damit sie sich nicht langweilten. Direkt vor uns schoben gestresst wirkende Hotelmitarbeiter turmhoch beladene Stuhlkarren in Richtung des Bankettfoyers, in dem alles für eine Pressekonferenz vorbereitet wurde. Ich nahm Lina etwas fester an die Hand. Katharina und ich hielten Ausschau nach einer ruhigeren Ecke, in der wir uns niederlassen konnten oder zumindest niemandem im Weg standen. Überall prangten überdimensionale HESSENBANK-Plakate und große Werbeaufsteller mit dem ziemlich unsubtilen Familien-Slogan »In die Zukunft investieren«, von denen glücksbeseelte Erwachsene und zurechtdrapierte Kinder gestelzt herunterlächelten. Einer davon war »Familienbanker Olaf Juncker«. Wenigstens hatte er darauf verzichtet, seine eigenen Kinder für die Kampagne zur Verfügung zu stellen.

»Sie müssen Jan sein«, hörte ich plötzlich eine Stimme hinter mir. Ich drehte mich um und stand einer außergewöhnlich großen Blondine mit feschem Kurzhaarschnitt in einem dunklen Hosenanzug gegenüber.

»Ja ...«, sagte ich wie automatisch, und schon streckte mir die Frau ihre rechte Hand entgegen. Ich würde übertreiben, wenn ich sagte, sie hätte mich dabei angelächelt, es war eher ein förmliches Nicken, mit dem sie mich begrüßte.

»Sabine Juncker.«

»Oh, ja, hallo. Schön, Sie kennenzulernen«, erwiderte ich, ehe ich mal wieder schlagartig mit meinem Smalltalk-Latein am Ende war. Zum Glück sprang mir Katharina zur Seite.

»Ich bin Katharina van Leer, und das ist mein Sohn Nicki«, sagte Katharina freundlich und deutete auf Nicki.

»Ich weiß nicht, ob das so eine gute Idee ist ...«, sagte Sabine Juncker kühl, als sie sah, dass Nicki gerade dabei war, das bunte Treiben im Foyer mit seiner Tabletkamera zu filmen. Nicki gehorchte und machte das Gerät aus.

»Und die hier gehören zu mir ...« Ich schob Hannah ein Stück nach vorne und deutete auf Lina zwischen meinen Beinen. »Hannah, Lina, das ist Olafs Frau Sabine«, erklärte ich. Lina war wieder einmal die Zutraulichste von uns allen und ging zwei Schritte auf Sabine Juncker zu.

»Boa, bist du aber groß. Bist du über drei Meter?«

Sabina Juncker schüttelte den Kopf.

»Papa hat gesagt, dass Olafs Kinder auch da sind. Und dass ich eine Sprite bekomme.«

Zum ersten Mal huschte ein Lächeln über Sabine Junckers Gesicht. Sie deutete nach links, wo sich zwei Kinder in einer Sofaecke langweilten. »Dort könnt ihr euch alle dazusetzen. Die ältere Frau daneben ist die Oma von Jette und Julian, die kann euch dann auch Getränke besorgen«, erklärte Olafs Frau in einem weiterhin recht unterkühlten Ton und wandte sich nun wieder an uns. »Ich denke, die Sitzung dauert noch eine gute halbe Stunde, dann kurze PK und anschließend seid ihr eingeladen, auf den neuen, tollen Vorstandsvorsitzenden der HESSENBANK anzustoßen.«

Ich war mir nicht sicher, ob ich die bittere Ironie in Sabine Junckers Worten bemerkt hätte, wenn ich nicht von Olaf die Hintergründe gekannt hätte.

»Ich muss dann mal, wir sehen uns ja noch.« Sabine Juncker verschwand im Getümmel und wir hockten uns zu Jette und Julian und deren Großmutter in die Sofaecke, wo auf dem Tisch schon kleine Getränkeflaschen und etwas salziges Knabbergebäck bereit standen. Von dort aus beobachteten wir durchaus interessiert, wie sich das chaotische Durcheinander des Foyers langsam, aber sicher in einen pressekonferenztauglichen Raum verwandelte und die ersten Medienvertreter in den Stuhlreihen Platz nahmen.

Unsere, aber auch Olafs Kinder, saßen gelangweilt auf dem Sofa und schlürften an ihren Getränken. Die älteren waren vertieft in Tablet oder Handy, während sich Lina rührend um den kleinen Julian kümmerte und mit ihm ein dickes Wimmelbuch durchforstete.

»Mann, ey, das ist ja echt die Hölle öde. Wie lange dauert das denn noch?«, nölten Nicki und Hannah ein ums andere Mal im Wechsel.

»Vielleicht noch zwanzig Minuten, dann wird es sicher interessant, wenn hier die Pressekonferenz losgeht«, versprach Katharina ein wenig halbherzig. Unter dem Strich war uns beiden jetzt schon klar, dass es ein Fehler gewesen war, mit den Kids hierherzukommen.

»Wow, da freu ich mich aber schon drauf«, erwiderte Nicki schnippisch, »kann ich vielleicht mal ein bisschen rumgehen?« Ohne auf eine Antwort zu warten, stand er auf. Hannah folgte ihm wortlos.

»Maximal eine Viertelstunde, dann seid ihr bitte wieder da«, rief Katharina ihnen hinterher, ehe sie eine SMS ihrer Freundin Pia beantwortete.

Nachdem ich zum dritten Mal das auf den Boden gefallene Wimmelbuch aufgehoben hatte, beobachtete ich aus dem Augenwinkel heraus, wie Nicki gerade unter einem rotweiß-gestreiften Absperrband durchtauchte und die Treppe zur Empore hochlief, dicht gefolgt von Hannah, die zuvor einen intellektuell nicht übermäßig bestreuselten Security-Mann in ein Gespräch verwickelt hatte.

»Verflixt«, rief ich, sprang auf und sprintete quer durch den Mittelgang der Stuhlreihen in Richtung Treppe, huschte ebenfalls an der Security-Schnarchnase vorbei und nahm die Verfolgung von Nicki und Hannah auf.

Im oberen Flur sah ich gerade noch eine Tür leise ins Schloss fallen, auf der »Empore großer Saal« stand. Just in dem Moment, als ich die Türe leise öffnete, bemerkte ich hiunter mir auch noch Katharina – mit Lina an der Hand – und Sabine Juncker. Alle zusammen huschten wir lautlos durch die Tür und fanden uns auf der leeren Empore des großen Bankettsaales wieder. Leer bis auf zwei Personen, die ganz vorne, auf die Balustrade gelümmelt, die Aufsichtsratssitzung verfolgten, bei der ein Banker gerade eine Rede hielt. Da es uns unmöglich erschien, die beiden per Zuruf einigermaßen unbemerkt aufzufordern, den Saal wieder zu verlassen, näherten wir uns ihnen auf Zehenspitzen.

»Spinnt ihr«, zischte ich den beiden zu, als ich die Balustrade erreicht hatte, »jetzt aber nichts wie raus hier.«

Auch Katharina machte mit einer nonverbalen Scheibenwischergeste klar, wie bescheuert sie die Aktion ihres Sohnes fand. Lediglich Lina hatte sich zusammen mit Sabine Juncker in aller Ruhe auf einen Platz gesetzt und schaute mit ihr gebannt nach unten, wo auf einer imposanten Bühne einige Anzugträger an einem großen, breiten Tisch saßen, während vor ihnen etwa vierhundert Gefolgsleute platziert waren.

Ein Applaus brauste auf, ebbte aber recht schnell wieder ab. Der Banker hatte seine Rede beendet und nahm wieder am großen Vorstandstisch Platz. Für einen klitzekleinen Moment war es mucksmäuschenstill im Saal. Und es kam, wie es kommen musste.

»Schau mal, Papa, da unten am Tisch sitzt der Olaf«, tönte eine kindlich spitze Stimme durch den riesigen Bankettsaal und rief ein ungläubiges Grummeln unter den Bankern hervor. Einige von ihnen drehten sich verstört um, manche schüttelten pikiert den Kopf. Nur einer der Vorsitzenden grinste breit und winkte kurz zu uns hoch. Olaf.

»Jetzt lasst uns endlich verschwinden«, raunte ich aufgebracht den anderen zu. Nun war es Sabine Juncker, die pantomimisch befahl, sitzen zu bleiben.

»Jetzt wird's doch gerade interessant, oder Mäuschen?«, hörte ich sie Lina ins Ohr tuscheln, die heftig nickte. Und tatsächlich, wie auf Bestellung erhob sich Olaf von seinem Platz und schritt zum Rednerpult rechts des Vorstandstisches. Zuerst dachte ich, es wäre schon seine Dankesrede anlässlich seiner Wahl. Dann aber begriff ich, dass er nun, wie kurz zuvor sein Konkurrent Dr. Michel, seine abschließende Präsentationsrede halten würde. Olaf räusperte sich und begann zunächst mithilfe einer Powerpoint-Präsentation die letzten Quartalszahlen der Genossenschaftsbank zu interpretieren, ehe er geschickt zur aktuellen, von ihm mit initiierten »Familienkampagne« überleitete und anschließend ziemlich angeberisch darstellte, wie und wo sich die HESSENBANK bereits im Bereich der Jugendvereinsarbeit als großzügiger Sponsor betätigte. Er war ein geschickter Redner, ein Vollprofi, dachte ich, allerdings hatte dieser Mann da unten im schicken Designeranzug kaum etwas mit dem Olaf zu tun, den ich kannte. Mit dem ich im La Vita versackt und am nächsten Morgen verkatert und nackt im Spa aufgewacht war, der in voller Eintracht-Montur unsere Fanhymne mitgegrölt hatte, der im Mathematikum Lina fast eine halbe Stunde lang tapfer auf den Schultern getragen hatte. Der, der all die Synthie-Hits der Achtziger mochte und textsicher mitsingen konnte. Der, der mir gegenüber zuletzt so unsicher, fast ratlos wirkte, was seine berufliche, aber auch private Zukunft anging. Der Mann, der da unten gerade selbstdarstellerisch und abgezockt Bankbilanzen präsentierte, hatte nichts mit meinem »Freund« Olaf zu tun. Ich suchte Katharinas Blick, die aber auch nur erstaunt mit den Schultern zuckte.

Dann plötzlich passierte etwas völlig Unerwartetes. Olaf Juncker nahm sein Manuskript vom Rednerpult, hielt es hoch, rief unüberhörbar »Alles Quatsch« und zerriss es in vier gleichgroße Teile, was nicht nur unten im Saal, sondern auch bei uns auf der Empore für Unruhe sorgte. Vor allem bei Sabine Juncker, die Lina vom Schoß gleiten ließ, zu mir schickte und sich interessiert nach vorne beugte.

»Soll ich Ihnen etwas sagen? Wenn ich draußen unsere Plakate und Banner sehe, unter anderen mit meinem Gesicht darauf, könnte ich, mit Verlaub, kotzen!« Nun wuchs das Grummeln der Bankermeute doch merklich an, und Olaf versuchte, seine Kollegen wieder zu beruhigen. »Entschuldigen Sie, dass ich mich so drastisch ausdrücke, aber ich habe jetzt noch …« Olaf schaute auf seine Uhr, »ich habe jetzt noch exakt elf Minuten Redezeit, ehe Sie, meine Damen und Herren, entscheiden, wer die HESSENBANK in Zukunft beziehungsweise in die Zukunft führen soll. Schenken Sie mir bitte ihre geschätzte Aufmerksamkeit.«

Olaf trank einen Schluck Wasser und fuhr dann fort. »*In die Zukunft investieren*, so lautet der Slogan unserer Kampagne, *in unsere Kinder investieren*, so steht es in unserer Hochglanzbroschüre. Und ich soll also die Speerspitze dieser Kampagne sein. Ich, der Familienbanker, Olaf Juncker. Keine Frage, ich bin in dieser Funktion gerne Geldgeber für soziale Projekte, für die Jugendarbeit von Vereinen und Institutionen, aber, meine Damen und Herren, wie kann ich ein glaubhafter Familienbanker sein, wenn ich über all meinem Engagement für diese, für unsere Bank das Sponsoring meiner eigenen Familie völlig vergesse? Jetzt werden einige von Ihnen womöglich dagegenhalten, dass ich mit meinem sicherlich sehr üppigen Gehalt meine Familie doch ganz gehörig sponsere. Das stimmt natürlich, und das möchte ich auch gar nicht leugnen. Aber soll ich Ihnen etwas sagen? Das ist einem Dreijährigen oder einer Neunjährigen schnurzpiepegal. Und einer Ehefrau auch. Meiner zumindest. Das, was meine Kinder und meine Frau – völlig zu Recht – von mir zur Verfügung gestellt, also gesponsert haben möchten, ist schlicht und ergreifend Zeit.« Olaf trank erneut einen Schluck aus seinem Wasserglas, während seine Frau neben uns auf der Empore sich die Wimperntusche verwischte. »Das Problem ist aber, dass wir alle keine Zauberer, keine Harry Potters, keine Zeitreisenden sind. Das heißt, diese Zeit müssen wir uns nehmen, diese Zeit möchte ich mir nehmen. Ich möchte sie nicht heimlich stehlen oder unterschlagen, nein, ich möchte dies vollen Bewusstseins tun, das Gleiche aber auch Ihnen, meine Damen, vor allem aber auch den Herren, möglich machen.«

Ich beobachtete, wie sich einige der Herren am Vorstandstisch irritiert ansahen, während im Publikum einige Männer hin und wieder bestätigend nickten.

»Viele Unternehmen, auch unseres«, setzte Olaf seine Rede fort, »brüsten sich in der Öffentlichkeit damit, was sie in den letzten Jahren alles erreicht haben in Sachen Vereinbarkeit von Beruf und Familie. Sicher, für die Frauen trifft das zu, da haben wir diesbezüglich große Fortschritte gemacht. Aber wie sieht es für uns Männer aus? Die neue Möglichkeit einer Vaterzeit zum Beispiel wird in unserem Unternehmen bislang nahezu ignoriert. Der Prozentsatz der Männer, die bei uns in Teilzeit oder mit reduzierter Stelle arbeiten, liegt bei unter 3 Prozent, fast 92 Prozent davon krankheitsbedingt. Kurze Frage, wer von Ihnen ist Vater eines Kindes von unter zehn Jahren?« Nach und nach gingen immer mehr Finger in die Luft, am Ende waren es sicher fünfzig bis sechzig Männer, die sich meldeten. Olaf schaute seitlich hinüber zum Vorstandstisch.

»Na, Herr Doktor Michel? Meinen Informationen zufolge ist Ihr Sohn auch gerade mal acht, oder?«

Zögerlich und widerwillig hob der ertappte Banker seinen Arm, ehe sich Olaf wieder an das Plenum wandte.

»Ganz ehrlich, wer von Ihnen kennt die aktuelle Kleidergröße seines Kindes?«

Die eben noch gereckten Arme versanken nach und nach wieder.

»Wer weiß, wer Singa und Juri sind? Yakari oder Shaun das Schaf?«

Im Saal herrschte gespenstische Stille, die Lina sofort zu nutzen wusste.

»Ich«, trötete sie von oben, und Olaf lächelte.

»Danke, Lina«, rief er zurück, setzte dann aber seinen Vortrag konzentriert fort.

»Wir Männer geben alle immer nur Vollgas, wollen immer ›am großen Rad drehen‹, nicht wahr? Dabei vernachlässigen wir oft unsere Frauen, unsere Kinder, unsere Gesundheit, unsere Hobbys, unterm Strich all das, was uns aber als Mensch ausmacht, was uns vom Roboter unterscheidet, oder? Und was bleibt, wenn wir dies alles einbüßen? Geld. Ja und? Was ich sagen möchte ist, dass, wenn Sie mich heute zum Vorstandsvorsitzenden wählen, ich selbstverständlich diesem, ihrem, unserem Unternehmen mit meiner Arbeitskraft zur Verfügung stehe. Aber nicht so bedingungslos wie bisher oder wie es mein Vorgänger gehandhabt hat. Ich möchte es mir ›leisten‹ können, ab sechs Uhr abends bei meiner Familie zu sein. Das bin ich ihr, allen voran meiner Frau, schuldig. Da türmen sich nämlich die Sollzinsen mittlerweile bis ins Uferlose, und Sie wissen selbst, dass man nur mit radikalen Maßnahmen aus so einer Negativspirale herauskommt.

Aber ich möchte noch mehr, meine Damen und Herren, ich möchte, dass das nicht nur mir an der Spitze des Unternehmens möglich ist, sondern Ihnen allen. Keine Angst, das soll keine Pflicht werden, aber ich will es möglich machen, dass man in unseren Unternehmen guten Gewissens und ohne von seinen Kollegen schief angeschaut zu werden stundenreduzierte Stellenangebote, sei es vorübergehend oder dauerhaft, nutzen kann. Ich bin davon überzeugt, dass unser Unternehmen somit ein dickes, glaubhaftes und authentisches Ausrufezeichen hinter seine Familienkampagne setzen und für viel positive Aufmerksamkeit sorgen kann.« Wieder trank Olaf einen Schluck und sammelte sich kurz. »Jetzt werden sich einige von Ihnen fragen, wie soll das gehen? Kann man einen Mann an die Spitze der größten Bank Hessens wählen, der plötzlich den Familienmenschen in sich entdeckt hat? Genau diese Frage war es, die mich in den letzten Tagen beschäftigt, ja, man kann sagen, umgetrieben hat. Nun, ich bin zu dem Schluss gekommen, mich trotzdem dieser Wahl heute zu stellen. Allerdings verknüpfe ich meine Kandidatur nun mit einer Idee, einem Modell, das Ihnen womöglich zunächst ungewöhnlich erscheinen wird: Wählen Sie mich und meinen geschätzten Vorstandskollegen Dr. Harald Michel zu einer Doppelspitze.«

Nachdem es in den letzten Minuten totenstill im Bankettsaal geworden war, kam nun wieder Unruhe auf, die Olaf aber sofort unterband, indem er weiterredete.

»Wählen Sie uns zur Doppelspitze, und jeder von uns kann seiner Familie mehr sein als nur Geldgeber. Wählen Sie uns zu einer Doppelspitze, und ich werde alles dran setzen, Ihnen in ein paar Monaten Modelle zu präsentieren, die es auch Ihnen ermöglichen, mehr Zeit für Ihre Familie zu haben, ohne sich ernsthaft Sorgen um Ihren Job oder Ihre Karriere machen zu müssen. Wählen Sie uns zu einer Doppelspitze, um hinter unsere Familienkampagne ein deutschlandweites, aufsehenerregendes und richtungsweisendes Ausrufezeichen zu setzen. Nun liegt es an Ihnen, ob und wie Sie in Ihre und in die Zukunft dieser Bank investieren. Folgerichtig finden Sie auf Ihrem Stimmzettel nun die beiden Wahloptionen: Doppelspitze oder Dr. Harald Michel.«

Olaf senkte seine Stimme, und es folgte ein höflicher Applaus, der nach und nach respektabel anschwoll, ehe Olaf ihn per Handzeichen unterbrach.

»Danke, meine Damen und Herren, mir bleiben noch knapp vier Minuten Redezeit, die ich nutzen möchte, ohne selbst zu reden. Ich möchte Ihnen einen kleinen Videoclip zeigen. Nein, nicht diesen realitätsfremden Imagefilm zu unserer Kampagne ...« Erneut erhob sich ein empörtes Getuschel im Saal. »Nein, es sind private Aufnahmen eines jungen Freundes von mir, der, wie ich sehe, dort oben auf der Empore sitzt.« Olaf deutete auf ... Nicki.

Herzstillstand! Wo ist der Defibrillator?, schoss es mir durch den Kopf. Katharina neben mir erging es augenscheinlich keinen Deut besser, auch sie wurde aschfahl und rang nach Luft.

»Die Hauptdarstellerin des Filmes haben Sie, meine Damen und Herren, zwar noch nicht gesehen, aber zumindest schon gehört, auch sie ist heute mein Gast, das ist die kleine Lina da oben.«

Begann nun endlich jemand mit der Herzmassage? Fühlte sich so »zur Salzsäule erstarrt« an? Wie in Trance hörte ich Lina lauthals »Hallo« in den Saal rufen, was durchaus für Heiterkeit unter den spröden Bankern sorgte.

»Von euch beiden weiß ich es ja schon, aber ich möchte

auch Linas Vater als Erziehungsberechtigten fragen, ob es okay ist, einige Privataufnahmen aus eurem Familienleben hier kurz einzuspielen?«

Katharina, im Gegensatz zu mir offenbar noch bei Bewusstsein, rammte mir ihren Ellenbogen derart heftig in die Rippe, dass ich vor Schmerz aufschrie, was sich für Olaf wohl wie ein »Ja« angehört haben musste, denn er fuhr fort.

»Auch, dass ich als Unterlegmusik einen, wie ich finde, ganz wunderbaren Song von dir nutze? Dieses Lied hat mich deswegen so bewegt, weil mir vieles, was darin beschrieben wird, so erschütternd fremd vorkam und mir schmerzlich bewusst machte, was ich bei meiner großen Tochter verpasst habe. Weil ich nämlich keine Zeit bereitgestellt, gesponsert habe. Ist das für dich okay, Jan?« rief Olaf zu mir hoch.

Noch ehe ich etwas sagen konnte, rief Hannah laut und deutlich »Ja« in die Weiten des Bankettsaales, klatschte Nicki ab und blickte mich aus strahlenden Augen an.

»Mach schon, ich will mich endlich im Kino sehen«, rief Lina dann noch zu allem Überfluss ins Plenum hinunter und verdichtete meinen Verdacht eines abgekarteten Spiels, das offensichtlich auf grandiose Art und Weise an mir vorbeigelaufen war.

Olaf gab dem Haustechniker ein Zeichen, das Video zu starten. Zunächst erschien in riesigen Buchstaben der HESSENBANK-Slogan »In die Zukunft investieren«, dahinter setzte sich nun aber ein Fragezeichen, ehe der Schriftzug von einem dicken »Aber so!« abgelöst wurde und die Musik begann. Schon flimmerte ein Zusammenschnitt von Nickis Tabletaufnahmen über die riesige Leinwand. Er zeigte Lina beim Frühstück, wie sie scheinbar unbemerkt eine Ladung Krümel einfach auf den Küchenboden wischte, wie sie im Museum müde und gelangweilt neben einem überdimensionalen Puzzle hockte und schmollte, wie sie bei McDonald's einen Wutanfall bekam, als das von ihr nach zehn Minuten Bedenkzeit endlich auserkorene Spielzeug der Happy-Meal-Tüte dann ausverkauft war und wie sie im

Nichtschwimmerbecken des Schwimmbads immer wieder auf meine Schulter stieg und dort Ballettfiguren nachstelle, ehe sie ins Wasser klatschte, nicht ohne mich dabei mehrfach mit dem Knie zu rammen, was mich zunehmend genervter dreinblicken ließ.

Diese Aufnahmen musste Nicki unmittelbar nach dem Kauf des Tablets durch die beschlagene Glasfensterfront des Hallenbades gemacht haben. Der Clip endete in Linas Kinderzimmer und zeigte, offenbar durch den Türspalt gefilmt, wie ich schemenhaft im Halbdunkeln vor ihrem Bett saß und sang, bis sie eingeschlafen war.

Es ist Schlafenszeit, doch du drehst noch mal richtig auf.
Auf jedes »Nein« von mir kommt zwölfmal »Doch«.
Noch Wurst im Haar und dann Zähneputzen im
*   Klammergriff,*
und ich weiß, so geht das 'ne ganze Stunde noch.

Du willst jetzt noch hüpfen, du willst jetzt noch rennen,
deiner Puppe musst du jetzt die Haare noch kämmen.
Ich fang dich ein, zum Dank haust du mich ins Gesicht.
Du befiehlst mir, ich soll dir am Bett noch was singen,
am besten zwölfmal das Gleiche, du bist nicht zu bezwingen.
Dann endlich kommt der Schlaf zu dir und rettet mich,
und ich bleib …

Stehn, bleib einfach nur stehn, will's einfach nur sehn,
*   sehn, wie du schläfst.*
Sehn, will's einfach nur sehn, wie du deinen kleinen Atem
*   in das Kissen bläst.*

Die kleine Kriegerin hat sich tapfer gegen den Schlaf
*   gestemmt.*
Jetzt liegst du da, und aller Ärger ist mir fremd.
Total entspannt, der Frieden steht dir im Gesicht,
da ist es ganz egal, was vor 'ner Viertelstunde war.
Ich muss dich nicht tragen, ich muss dich nicht suchen.

Du räumst nicht den Schrank aus, du plärrst nicht nach
   Kuchen,
nicht mehr malen, kneten, auf allen Vieren gehen,
ich muss nichts verbieten, ich muss nichts erklären.
Ich hol nicht den Schnuller und such nicht den Bären.
Du liegst einfach nur so da und hältst ganz still.
Und ich bleib ...

Stehn, bleib einfach nur stehn, will's einfach nur sehn,
   sehn, wie du schläfst.
Sehn, will's einfach nur sehn, wie du deinen kleinen Atem
   in das Kissen bläst.
Still, es ist ganz still, immer ganz still, wenn du schläfst.
Stehn, bleib einfach nur stehn, einfach nur stehn, halt doch
   einfach an.
Vergehn, Moment wird vergehn,
und Zeit bleibt nicht stehn,
bleibt nicht stehn.

»In dem Lied da ..., da geht's gar nicht um Lina, oder? Das ... das bin ich, stimmt's?«, fragte mich Hannah, während das Video mit meinem Song lief. Ich nickte. »Wie bist du darauf gekommen, dass es um dich geht?«, wollte ich wissen, als die letzten Töne des Songs im Saal verhallten.

»Lina hasst Knete ...« Wieder nickte ich, und ohne Vorwarnung beugte sich Hannah zu mir, umarmte mich und gab mir einen Kuss auf die Wange. »Aber ich hab dich doch nicht wirklich gehauen, Papa, oder?«

»O doch!« Ich lachte und verkniff mir gerade noch so eine Träne.

Ich schaute nach links und sah, wie Sabine Junckers Make-up in Gänze unter Tränen zerflossen war und auch Katharina fleißig wischte. Im Saal ging das Licht wieder an und Applaus brandete auf. Einige Mitarbeiter, vor allem die wenigen weiblichen, erhoben sich und applaudierten im Stehen, während Olaf sich ohne jegliche Gefühlsregung auf seinen Platz am Vorstandstisch setzte.

Ein anderer, deutlich älterer Mann erhob sich und ging

zum Rednerpult. »Nun, ja, Danke Olaf Juncker, für diese doch recht ... sagen wir mal, außergewöhnliche Präsentation. Lassen Sie uns nun aber zur Wahl schreiten, Sie alle kennen das Prozedere, unsere Mitarbeiterinnen werde nun Ihre Stimmzettel einsammeln, damit der Wahlausschuss dann in etwa zehn Minuten das Ergebnis bekanntgeben kann. Bis dahin.«

»So. Und nun zu euch beiden«, sagte ich und schaute auffordernd zu Nicki und Hannah, »ich glaube, ihr wolltet mir etwas sagen, oder?«

Bereitwillig und ohne Umschweife fing Nicki an zu erzählen: »Erst wollte ich nur die neue Kamera im Tablet ausprobieren, aber Lina machte es immer mehr Spaß, gefilmt zu werden. Und jetzt kommt bitte nicht auf so 'ne blöde Idee, dass ich kleine Mädchen filme, um die Aufnahmen dann ins Netz zu stellen, ja?«, schob Nicki fast ein wenig ängstlich ein.

»Nee, ist schon klar«, beruhigte ich ihn, »aber für was denn dann? Einfach nur so?«

»Zuerst schon. Dann kam Lina auf die Idee, die Videos nach Gomera zu ihrer Mutter zu schicken. Sie meinte, dass sie dann vielleicht doch schon im Sommer und nicht erst Weihnachten zurückkommt.« Ich schluckte. »Sie hat mir einfach nur leid getan ...«, beteuerte Nicki glaubhaft.

»Und wie bitte kommt Olaf nun an die Aufnahmen?«, wollte Katharina wissen.

»Olaf hat mitbekommen, dass ich Lina filme, auch als ihr sie neulich ins Bett gebracht habt. Er hat mich gefragt, ob ich ihm die Aufnahmen geben könnte. Er bräuchte sie für seinen Job, würde das aber natürlich alles noch mit euch klären. Tja, und dann habe ich ihm ein paar Dateien gemailt.«

Katharina schüttelte den Kopf. »Mann, Mann, Mann, ihr macht Sachen. Da ist man mal zwei Tage weg ...« Richtig böse klang sie dabei aber nicht.

»Ich bin dann mal unten, mich ein wenig frischmachen«, rief uns Sabine Juncker gequält lächelnd zu und deutete auf ihr derangiertes Make-up.

»Olaf gewinnt doch, oder Papa?«, fragte Lina, die mittlerweile auf meinem Schoß saß und immer noch gebannt nach unten schaute.

»Das will ich aber meinen!«, tönte ich. »Nach diesem tollen Video mit dieser süßen Hauptdarstellerin.«

»Aber wir schicken das auch Mama, ja? Versprochen? Gomero hat doch Internetz, oder?«

»Ich weiß es nicht, Schatz«, antwortete ich wahrheitsgemäß, »wenn ja, schicken wir es ihr, klaro.«

Unten kam Bewegung ins Plenum, der Aufsichtsratsvorsitzende bat um Ruhe, um das Ergebnis der Wahl zu verkünden. Olaf saß nun unmittelbar neben seinem Konkurrenten Dr. Michel, beide nickten sich noch einmal unterkühlt zu.

»Auf den Kandidaten Dr. Harald Michel entfielen 56,04, auf die Option Doppelspitze 43,96 Prozent aller gültigen Stimmen. Somit ist Dr. Harald Michel alleiniger neuer Vorstandsvorsitzender der HESSENBANK.«

Es wurde applaudiert. Der Wahlsieger erhob sich und ließ sich feiern, zumindest von der knappen Mehrheit der Anwesenden. Olaf saß zunächst in sich zusammengesunken auf seinem Stuhl, ehe er sich erhob und seinem Konkurrenten fair gratulierte.

»Papa? Warum schaut Olaf so traurig, er hat doch gewonnen, oder?«, fragte Lina aufgeregt, während Katharina, Nicki, Hannah und ich konsterniert nach unten starrten.

»Nein, leider ... nicht«, seufzte ich.

»Krass ...«, rief Nicki, »diese verschnarchten Oberspießer haben's vermasselt. Ich glaub es nicht.«

Während wir noch wie paralysiert auf der Empore saßen, leerte sich unten der Saal in Windeseile.

»Na gut, lasst uns auch gehen«, sagte ich schließlich zu Katharina, »dass wir wenigstens noch etwas von der Pressekonferenz mitbekommen. Bin gespannt, wie sie dieses Ergebnis den Medienleuten verkaufen.«

Im Foyer tobte der Bär. Die Sitzplätze waren längst restlos belegt von unzähligen Kameraleuten, Reportern und sicher an die fünfzig Fotografen mit zum Teil riesigen Teleobjektiven. Drum herum drängten sich nun die aus dem

Bankettsaal strömenden Mitarbeiter der HESSENBANK und standen dicht an dicht bis in die Seitengänge hinein.

Der grauhaarige Banker, der eben im Saal das Ergebnis verkündet hatte und sich als Aufsichtsratsvorsitzender vorstellte, bat um Ruhe und eröffnete die Pressekonferenz.

»Meine Damen und Herren, liebe Vertreter der Presse, machen wir es kurz, die HESSENBANK freut sich, Ihnen Dr. Harald Michel als neuen Vorstandsvorsitzenden zu präsentieren.«

Ein dumpfer Aufschrei der Überraschung, gefolgt von einem wortreichen Durcheinander, erfüllte das Foyer. Damit hatten die wenigsten der Journalisten gerechnet. Auf Zuruf mehrerer Fotografen stand Dr. Michel auf und genoss in Siegerpose das Blitzlichtgewitter.

»Wie sieht das Abstimmungsergebnis aus? Wir hätten gerne Zahlen...«, hörte man einen Redakteur lautstark rufen.

Der Aufsichtsratsvorsitzende räusperte sich. »Nun, es kam zu keiner Wahl. Der ursprünglich designierte Kandidat Olaf Juncker hat kurz zuvor aus persönlichen Gründen seine Kandidatur zurückgezogen.«

Erneut kam Unruhe auf, und die Zwischenrufe wurden noch massiver. Immer wieder hieß es »Warum, Herr Juncker?« oder »Was sind das für Gründe?«

»Was geht denn hier ab?«, rief ich gegen den Lärm ankämpfend Katharina zu, die zwei Plätze neben mir auf der Treppe saß.

»Papa, warum lügt der?«, wollte Hannah wissen. Nicki sagte gar nichts, er beschränkte sich darauf, die Szenerie zu filmen. Nun konnten wir erkennen, wie Sabine Juncker sich den Weg durch die Pressemeute bahnte, auf ihren Mann zuging, ihn kurz umarmte und dann mit sich zog. Ehe wir uns versahen, waren die beiden im Gewühl verschwunden. Wie hypnotisierte Kaninchen hockten wir auf der Treppe und mussten mit anhören, wie der schmierige Dr. Michel die Fragen der Journalisten mit einer belanglosen Worthülse nach der anderen beantwortete, ehe Katharina endlich die erlösenden Worte sagte: »Nix wie raus hier.«

22

Showdown

Da weder Katharina noch mir nach Bummeln war, beschlossen wir, Hannah und Nicki eineinhalb Stunden freie Zeit auf der Zeil einzuräumen und verdrückten uns mit Lina in ein Café mit Kinderspielecke. In aller Ruhe ließen wir noch einmal Revue passieren, was da eben gerade im Hotel Steigenberger passiert war.

»Unterm Strich aber Hut ab vor Olafs Entscheidung«, meinte Katharina, »das nenne ich mal mutig.«

Ich pflichtete ihr bei, allerdings wusste ich genauso wenig wie sie, warum die HESSENBANK bei der Pressekonferenz so einen Blödsinn erzählt und keiner, auch nicht Olaf, mit der Wahrheit dagegengehalten hatte.

»Dafür kann es nur eine Erklärung geben: Das war im Vorfeld intern so abgesprochen. Jedenfalls wirkte es so«, mutmaßte Katharina.

»Was heißt das jetzt für Olaf?«, fragte ich mich gleichermaßen wie Katharina, doch wir hatten beide keine Antwort parat.

Völlig unerwartet traf eine SMS von Olaf ein, die ich Katharina ohne Umschweife laut vorlas.

> Hallo Jan. Nicht, dass du denkst, der Empfang bei mir zu Hause fällt aus, nein, ganz im Gegenteil, es wird nur alles etwas überschaubarer sein als gedacht. Wobei, naja, dazu später mehr. Sabine und ich erwarten euch nach wie vor gegen 15 Uhr. Esst nicht zu viel zu Mittag, wir haben mehr als genug ;) Olaf

»Na, der hat Humor!« Katharina kicherte eher überrascht als amüsiert. »Warum tut er sich das an? Nach dieser Demütigung wäre mir sicher nicht nach Feiern zumute.«

»Naja«, überlegte ich, »kommt drauf an, was genau du feiern möchtest. Ich hoffe nur, dass die Kids wenigstens eine

Stunde durchhalten, dann sollten wir schauen, dass wir rüber in den Opel-Zoo kommen, sonst dreht Lina am Rad, und das willst du nicht erleben.«

»Mach dir mal um Nicki keine Sorgen, solange Hannah dabei ist, ist alles gut«, sagte Katharina.

»Wie meinst du das?«

»Na, das sieht doch ein Blinder mit dem Krückstock, dass Nicki Hannah ganz toll findet.«

»Echt? Also ich hätte eher vermutet, er ist in sein Tablet verliebt, so wie er es ständig anstarrt.«

»Es würde mich doch sehr wundern, wenn da – neben den ganzen Videos mit Lina – nicht auch ein paar Schnappschüsse von Hannah drauf sind.«

»O Backe, ich fürchte, dass das nicht unbedingt auf Gegenseitigkeit beruht. Hannah findet gleichaltrige Jungs im Moment total öde. Ich meine, hey, sie ist immerhin schon fast vierzehn, also eigentlich erwachsen, weißt du. Und Nicki gerade erst dreizehn. Das sind Welten.«

Es war schon zehn nach drei, als wir unseren Wagen vor dem Haus der Junckers im noblen Taunusörtchen Kronberg abstellten. Im Vergleich zu dem, was in der Nachbarschaft alles an Villen und extravaganten Minischlösschen thronte, wirkte Olafs Haus sehr nüchtern, schon fast bescheiden. Ein flacher, schnörkellos-rechteckiger Bungalowbau im Bauhausstil mit riesigen Fensterfronten, in denen sich ein wunderschöner, im englischen Stil angelegter Garten spiegelte.

Gut vierzig Minuten zuvor hatten wir uns gewundert, dass Hannah gänzlich ohne Shoppingbeute an der Hauptwache mit Nicki zu uns ins Auto stieg, der ebenfalls weder Peripherie noch Prärie dabeihatte.

»Na, nix gefunden?«, fragte ich aufrichtig überrascht.

»Nee, alles nur Schrott ...«, war die vergleichsweise schon ausführliche Antwort meiner Tochter.

»Aber darum geht es doch bei diesem Laden, oder? Dass junge Mädchen massenweise billigen Schrott kaufen«, ergänzte ich, nun doch ein wenig sarkastisch, was Hannah lediglich ein gequältes Lächeln abrang.

»Und du?«, wollte nun Katharina von Nicki wissen. »Hast du die Terabytes in der Hosentasche versteckt?«

»Gibt eh online alles billiger«, meinte Nicki.

Während der Fahrt bemerkte ich im Rückspiegel, dass er und Hannah die Köpfe zusammensteckten und sich irgendetwas auf Nickis Tablet anschauten.

Doch bitte nicht irgendwelche Fotos von Hannah?

Lina durfte auf die Klingel drücken, und schon öffneten Julian und Jette die Tür. Während die beiden am Vormittag noch nahezu teilnahmslos auf der Foyercouch des Steigenberger herumgelümmelt hatten, waren sie nun kaum wiederzuerkennen und zogen Lina ausgelassen in Jettes Kinderzimmer. Hannah und Nicki folgten ihnen notgedrungen und mangels gleichaltriger Alternativen.

»Hallo Jan, schön, dass du, ich meine dass ihr gekommen seid«, begrüßte uns Olaf, drückte uns jeweils ein volles Sektglas in die Hand und begleitete uns in das Wohnzimmer, wobei der Begriff »Zimmer« nicht wirklich zutraf. Es handelte sich eher um eine Wohnhalle, die trotz spärlicher, aber edler Ausstattung eine behagliche Gemütlichkeit ausstrahlte, was nicht zuletzt dem riesigen, offenen Kachelofen zuzuschreiben war, der an diesem frischen Apriltag eine wohlige Wärme ausstrahlte.

Sabine Juncker kam auf uns zu, im Schlepptau hatte sie ihr älteres Pendant. »Hallo, wir kennen uns ja schon, das hier ist übrigens meine Mutter, ich hatte heute Morgen in dem Trubel vergessen, sie vorzustellen.«

Genau wie ihre Kinder wirkte auch Sabine Juncker deutlich gelöster und herzlicher als am Vormittag. Außer uns befanden sich nur noch drei andere Paare im Raum, eines davon stellte Sabine uns als Tante und Onkel vor, die anderen beiden waren die Eintrachtler Lothar und Icke samt Ehefrauen. Völlig unvermittelt klimperte Olaf mit zwei Sektgläsern so laut, dass auch alle Kinder ins Wohnzimmer stürzten.

»Gibt's endlich essen?«, fragte der kleine Julian und sorgte damit für einen Lacher. Dann bat Olaf um Ruhe.

»Hört mal bitte kurz her, wir sind nun komplett, das hier

ist Jan Schubert, der Mann, der dieses tolle Lied geschrieben hat. Man kann sagen, dass er in den letzten Tagen für mich zu einem echten Freund geworden ist. Neben ihm, das ist Katharina van Leer, eine ... oder seine Freundin, ich glaube, das wissen die beiden selbst noch nicht so genau.« Olaf lachte, und der Rest der Anwesenden fiel ein, während wir wie zwei verlegene Teenager rot wurden.

»Dahinter, das sind Hannah, Lina und Nicki, Letzterer sicher einer der kommenden Regisseure dieses Landes. So, jetzt wird es aber Zeit, das Buffet zu eröffnen, bestimmt hat nicht nur mein vorlauter Sohnemann einen Bärenhunger. Zuvor möchte ich aber noch eine kurze Rede halten, auch wenn die von heute Morgen ja ziemlich in die Hose ging.«

»Was aber nicht an Jans Song lag«, rief Icke vorlaut dazwischen.

»Das stimmt. Nein, ich möchte die Gelegenheit nutzen, um auf ein paar der vielen Fragen zu antworten, die mir seit heute Vormittag nahezu sekündlich gestellt werden. Erstens: Ja, ich war noch ganz bei Sinnen bei dem, was ich im Bankettsaal des Steigenbergers im Rahmen meiner Präsentation gesagt habe. Auch wenn mein Vater steif und fest das Gegenteil behauptet und deswegen jetzt hier auch nicht anwesend ist. Zweitens: Nein, ich hatte nicht wirklich damit gerechnet, dass die stimmberechtigten Mitglieder sich für meinen Vorschlag entscheiden würden. Und drittens, nein, ich weiß noch nicht, wie es nun weitergeht, außer der Tatsache, dass heute mein letzter Arbeitstag im Dienste der HESSENBANK war.«

Alle Anwesenden, abgesehen von Katharina und mir, schienen nicht wirklich überrascht. Olaf merkte, wie uns die Kinnlade herunterfiel, und fuhr fort: »Dies musste ich dem Aufsichtsrat im Falle einer Ablehnung meines Vorschlages zusagen, ebenso die Geheimhaltung der ganzen Aktion. Das war der Deal, sonst wären sie nicht bereit gewesen, den Vorschlag überhaupt als Option zur Abstimmung zuzulassen. Euch, Jan und Katharina, als Nicht-Insidern, muss die anschließende Pressekonferenz ziemlich merkwürdig vorgekommen sein, oder?«

»Das kannst du laut sagen«, erwiderte ich.

»Was kommt, wird sich zeigen, ich werde nun sicher nicht zum Hausmann mutieren, keine Sorge, aber ich stehe zu dem, was ich vorhin gesagt habe, ich habe auf den allerletzten Drücker gemerkt, dass ich Prioritäten verschieben muss, wenn ich nicht das verlieren möchte, was mir in den letzten Jahren nicht wichtig genug, mir aber dennoch stets ein Rückhalt war: meine Familie.« Zaghaftes Klatschen erfüllte den Raum, und Sabine hatte einmal mehr große Probleme, ihr Make-up bei sich zu behalten.

»Jetzt aber lasst uns endlich essen, in der Küche ist ein kleines Buffet aufgebaut, dessen Auswahl ein wirklich hochkarätiges, kulinarisches Kompetenzteam zusammengestellt hat, nämlich: Jette und Julian.«

Beide Kinder traten einen Schritt nach vorne und verbeugten sich kurz. Ich begriff noch nicht ganz, was das zu bedeuten hatte, fand die beiden aber ganz süß mit ihren Kochmützen.

»Lothar, Icke, ihr könnt euch vorstellen, wie Herr Gräfe vom Catering aus Königstein geschaut hat, als ich ihm den Wunschzettel der beiden in die Hand drückte: keine Canapés, kein Amuse-Gueule, kein Carpaccio, nein, die Bestellung lautete: Nudeln mit Hackfleischsoße, Chicken-Nuggets, Pommes rot-weiß, Bratwürstchen und zum Nachtisch roten Wackelpeter mit Vanillesoße. In diesem Sinne, haut rein.«

Wir blieben deutlich länger als eine Stunde. Katharina und ich unterhielten uns prächtig mit Icke, Lothar und deren Frauen Julia und Karola, mal abgesehen davon, dass Lothar meine missglückte Pinkelaktion im Stadion zur allgemeinen Belustigung unnötig breittrampelte.

»Solange es Lina gut geht, bleiben wir«, hatte ich nach dem zweiten Glas Sekt als Parole ausgerufen, während die Köpfe von Nicki und Hannah wieder hinter Nickis Tablet verschwanden. Doch nicht etwa zum Knutschen, oder?

Immer wieder versuchte ich, aus dem Augenwinkel heraus Sabines Verhalten zu interpretieren. Standen wirklich die Koffer gepackt hinter irgendeiner dieser Türen? Immerhin hatte Olaf noch Wort gehalten, indem er den Job nun ja nicht antrat. Aber auch als Olaf uns gegen 18.30 Uhr zur Tür brachte, konnte ich keine aufschlussreiche Bemerkung oder Geste ausmachen und musste mich mit einem unverbindlichen »Ich melde mich die Tage mal ...« begnügen.

Wer sich hingegen bei mir im Laufe des Tages x-mal vergeblich auf meinem auf Lautlos-Modus gestellten Handy gemeldet hatte, war die arme Martha, wie ich auf dem Weg zum Auto auf meinem Display las. Ich hatte ihr ja versprochen, bis spätestens heute Bescheid zu geben. Spätestens nach Olafs bewegender Rede und der unfassbaren Kraft der Kombination aus meinem schon fast vergessenen Song und den aktuellen Bildern meiner kleinen Lina, wusste ich nun endlich, wie ich mich zu entscheiden hatte.

»Kannst du fahren?«, bat ich Katharina. »Ich muss schnell noch am Telefon etwas hinter mich bringen.«

Als wir zwei elend lange Stunden später endlich bei mir ankamen, schlief Lina schon tief und fest.

»Habt ihr noch Lust, auf ein Getränk mit reinzukommen?«

Nein, es war nicht ich, der diesen Satz gesagt hatte, als wir endlich bei uns angekommen und ausgestiegen waren. Auch nicht Lina, die ich schlafend über meine Schulter geworfen hatte. Es war Hannah, die diesen Vorschlag machte, während sie die Haustüre aufschloss. Sie sprach damit das aus, was ich mich nicht zu fragen getraut hätte.

»Ja, klar, oder Mama?«, rief Nicki fröhlich und folgte Hannah ins Haus, ohne eine Antwort abzuwarten.

»Äh, ich, also, Jan, nur wenn dir das recht ist«, flüsterte Katharina, um Lina nicht zu wecken. Ich nickte.

»Aber nur, wenn ihr Lina auszieht und sie in ihren Schlafanzug packt, okay?«, sagte ich drinnen zu Hannah und Nicki, die zwar nicht begeistert waren, aber doch zustimmten.

»Was zum Geier geht da vor sich?«, fragte ich Katharina, als Lina eine knappe Viertelstunde später schlief und Nicki mit Hannah in deren Zimmer verschwunden war.

»Keine Ahnung. Aber mach dich locker, da geht nichts *vor sich*. Nicki ist diesbezüglich noch ein Kind. Ich bin mir sicher, es ist wegen seines neuen Tablets. Er genießt es bestimmt, dass Hannah ihn deswegen vielleicht ganz cool findet.«

»Ich weiß nicht, ob sie ihn cool findet. Jemanden, der eine halbe Welt von sieben Monaten und einen ganzen Kopf kleiner ist?«, zweifelte ich. »Irgendwas führen die im Schilde, ich weiß nur nicht was. Die tun mir zu geheimnisvoll.«

Katharina winkte ab und ließ sich erschöpft aufs Sofa plumpsen. »Hast du einen Sekt da?«

»Ja, aber nur kellerkalt.«

»Egal. Wir müssen noch auf unser Buchprojekt anstoßen.«

»Du meinst es tatsächlich ernst!«, rief ich ihr von der Kellertreppe aus noch zu.

Und wie ernst sie es meinte. Die Bilanz dieser Nacht war erstaunlich: Zwei komplett leere Flaschen von Heikes Lieblingssekt, ein fast fertiger erotischer Romanplot mit vielen regionalen Bezügen und dem vorläufigen Arbeitstitel »Etage Sex«, zwei völlig fertige, weil übernächtigte Teenager, die aber die zweite Hälfte der Nacht in unterschiedlichen Zimmern verbracht hatten. Ganz im Gegensatz zu Katharina und mir.

»Du fragst mich nicht aus und ich dich nicht, okay«, schlug ich Hannah vor, als Katharina und Nicki nach dem Frühstück gegangen waren.

»Abgemacht«, schlug Hannah in meine Hand ein, »das würdest du eh nicht kapieren«.

»Dito.«

»Hä?«

»Egal.«

Den Rest des Samstages überboten Hannah und ich uns in träger Tatenlosigkeit. Nur Lina nutzte die milden Temperaturen und weckte mit großer Begeisterung draußen im Garten ihren heißgeliebten Sandkasten aus dem Winterschlaf. Erst als gegen halb drei am Nachmittag Katharina anrief, kehrte wieder Energie in meinen Körper zurück. Dies aber wiederum schlagartig.

»Jan, hör zu, Pia hat gerade angerufen. Bingo, ich glaube, er hat angebissen«, keuchte Katharina aufgeregt.

»*HBMännchen*?«

»Ja. Aber er nennt sich jetzt *Wüstenwind66*.«

»Hä? *Wüstenwind66*? Und warum denkst du …«

»Es ist wie bei mir«, unterbrach mich Katharina. »Zufällige Übereinstimmungen, leicht anzügliche Nachrichten und schließlich als Location für ein Treffen.«

»Das Irish Pub?«, mutmaßte ich.

»Genau. Pia hat aber abgelehnt und die Havanna Bar in Butzbach vorgeschlagen, woraufhin er fragte, ob es da auch Guinness gibt. Ach ja, Nicki gibt mir gerade ein Zeichen. Er konnte wohl das Profilbild rauskopieren und hat es dir per Mail geschickt. Wieder ein verdammt gutaussehender Typ.«

Hektisch öffnete ich meinen Laptop und ließ den Rechner hochfahren, während mir Katharina berichtete, dass das Treffen bereits am morgigen Sonntag um 18 Uhr stattfinden sollte.

»Den kenn ich!«, rief ich laut. Noch einmal fixierte ich das auf meinen Bildschirm projizierte, leicht unscharfe Foto. »Ja. Jedenfalls zu 99 Prozent. Das ist der Sohn vom Potzer.«

»Was für ein Potzer, bitteschön?«

»Na, der Juniorchef der Firma Autoteile Potzer in Bad Nauheim. Ich habe schon ein paar Mal für diese Firma gespielt und bin mir deswegen ziemlich sicher, dass er das ist. Allerdings leitet der, so viel ich weiß, die Niederlassung in Hanau und ist seit Jahren verheiratet.«

»Genau wie Olaf«, ergänzte Katharina am anderen Ende der Leitung.

»Aber was, wenn es doch nicht *HBMännchen* ist, sondern tatsächlich der Potzer-Sohn?«, zweifelte ich plötzlich sowohl an meiner eigenen Theorie als auch an meiner Courage.

»Dann haben wir halt Pech. Fertig. Und Pia hat ein nettes Date mit einem wirklich sehr attraktiven Typen«, erwiderte Katharina.

»Okay. Also gut. Und jetzt?«, fragte ich aufgeregt. »Alles so, wie heute Nacht besprochen?«

»Ja. Alles so, wie wir das … naja, sagen wir mal im ersten Teil der ausgesprochen reizenden Nacht besprochen haben.«

Wie verabredet, betraten Katharina und ich um 17.35 Uhr die Havanna Bar am Butzbacher Marktplatz. Der langgezogene Gastraum war nur spärlich beleuchtet, weswegen es einen Moment dauerte, ehe Katharina ihre Freundin Pia an einem Zweiertisch sitzen sah und ihr kaum wahrnehmbar zunickte. Wir entschieden uns für zwei Plätze an der Bar, die weit genug weg von Pia war und dennoch einen guten seitlichen Blick auf das Szenario bieten würde, wenn es denn überhaupt eines gab. Wie es sich für eine auf kubanisch getrimmte mittelhessische Bar gehörte, quäkte Eros Ramazotti aus den in die Holzdecke eingelassenen Lautsprechern.

Den ganzen Sonntag über hatte meine Zuversicht geschwankt, dass Katharina und ich tatsächlich einem ziemlich miesen Betrüger auf der Spur wären. Vor allem aber war das Gefühl der Berechtigung verschwunden, dass ausgerechnet ich ihn nun zur Strecke bringen sollte. Wenn man es genau nahm, hatte er weder mir noch Katharina, bei der er ja ziemlich stumpf abgeblitzt war, irgendetwas getan.

Aus dieser Erkenntnis heraus hatte ich eigenmächtig beschlossen, minimal vom gemeinsam mit Katharina ausgeheckten Schlachtplan abzuweichen und wunderte mich somit auch nicht, als fünf Minuten nach Katharina und mir Olaf das Lokal betrat. Dass er dabei von Sabine begleitet wurde, hatte ich allerdings nicht erwartet, es zauberte mir aber ein kleines, erleichtertes Lächeln ins Gesicht.

»Was macht der denn hier?«, zischte mir Katharina zu.

»Wenn er nicht das Recht hat, hier dabei zu sein, wer denn dann?«, nahm ich ihr sogleich den Wind aus den Segeln.

»Und wenn das alles gar nicht ...«, setzte Katharina nach.

»Wie hast du selbst gesagt? Wenn wir uns täuschen, haben wir einfach mit Olaf und Sabine einen netten Abend. So wie deine Freundin Pia mit diesem Potzer.«

Mit einem kurzen, verstohlenen Blick schritten Olaf und Sabine an uns vorbei in die hinterste Ecke des Lokals. Ihn kannte *HBMännchen* ja am besten, schließlich hatte er sein Foto benutzt.

17.48 Uhr. Nervös wischte ich meine feuchten Hände immer wieder an meiner Jeans ab und nippte lustlos an meinem

Radler. Erneut öffnete sich die Tür. War *er* das schon? Nein, war er nicht, es war *sie,* und ich bereute aufrichtig.

»O nee«, seufzte ich leise.

Um letzte Informationen zu *HBMännchens* Aussehen einzuholen, hatte ich sie gestern angemailt und im Nebensatz erwähnt, was wir hier heute in der Havanna Bar vorhatten. Dass sie hier auftauchen sollte, davon war nie die Rede gewesen. Auf der anderen Seite, dachte ich pragmatisch, wäre eine zusätzliche Person zur eindeutigen Identifikation des Portal-Unholdes womöglich gar nicht mal so schlecht. Per Handzeichen lotste ich sie zu uns an die Bar.

»Katharina, das ist Katja, Katja, das ist Katharina.« Beide Frauen bedachten sich mit einem Standardlächeln, ehe ich die Sache aufklärte.

»Ich habe dir doch von dieser Portal-Userin nussschnäckschäoo7 erzählt, die ... die ...«

»Sag es ruhig: die, die so blöd war, mit dem Kerl auch noch in die Kiste zu steigen«, fiel mir Katja ins Wort.

»Ah ja, genau«, stammelte ich verlegen, während Katja sich an Katharina wandte.

»Sie hingegen hatten da offenbar ein besseres Näschen als ich. Oder Sie haben es einfach nicht nötig, jede dahergelaufene Zweitbesetzung in Erwägung zu ziehen«, breitete Katja ungefragt offenherzig ihr Gefühlsleben vor uns aus. Unangemessen war auch der Zeitpunkt, denn jede Sekunde konnte der Showdown beginnen, und ich war nicht bereit, meinen Blick von der Eingangstür zu nehmen.

»Nachher, das können wir alles nachher ... Jetzt aber setz dich am besten da hinten rechts an den Tisch, das ist weit genug weg«, sagte ich, und zum Glück folgte das Nussschnäckschä meiner Anweisung zügig und ohne zu murren.

Die digitale Uhr über dem imposanten, mehrstöckigen Spirituosenregal der Bar zeigte 17.53 Uhr, als sich die Tür ein weiteres Mal öffnete. Eine Gruppe von drei jungen Männern betrat den Raum. Zwei davon kannte ich.

»Mist!«, zischte ich. »Der hat mir ja gerade noch gefehlt.«

Katharina zog fragend die Augenbrauen hoch.

»Links der Kleine ist mein Großcousin, und der Schrank

daneben ist ...«, ich musste schlucken. Nun hatte ich es gerade geschafft, für ein, zwei Tage die wie in Marmor gehauenen Bilder aus meinem Kopf zu bekommen und nicht fortwährend zermürbend über ihn nachzudenken, da tauchte er hier plötzlich auf.

Was hatte ich mir nicht alles vorgenommen für unser erstes Aufeinandertreffen nach jenem denkwürdigen Abend. Allerdings musste ich mir schnell eingestehen, dass es mir, rein körperlich gesehen, unmöglich sein würde, unserem muskelbepackten Schlagzeuger respektabel aufs Maul zu hauen und, falls ich es doch versuchte, dies gesundheitlich sicher nicht zu meinem Vorteil ausgehen würde. Dafür hatte ich mir verbal einiges für ihn zurechtgelegt. Aber sollte ich jetzt auf Joey zustürzen und ihm all das um die Ohren hauen, was sich angestaut hatte? Jetzt, wo jede Sekunde *HBMännchen* kommen konnte?

»Jan? Alles klar?«, fragte Katharina, während sie selbst gerade eine SMS an ihre Freundin Pia tippte, die völlig entspannt an ihrem Tisch saß und hin und wieder lässig am Strohhalm ihres alkoholfreien Shakes zog, wenn sie nicht gerade an ihrem Handy herumspielte.

»Ach nix, egal«, wiegelte ich ab. Joey setzte sich mit seinen Kumpels an den Tisch direkt an der Eingangstür und war somit ausreichend weit entfernt vom Geschehen. Aber welches Geschehen?

18 Uhr. Nichts passierte.

»Pia fragt, wann es denn endlich losgeht«, gab Katharina den Inhalt der SMS ihrer Freundin wieder.

»Noch ist alles im Plan, Pia muss ja erst mal versetzt werden. Es kann gut sein, dass *HBMännchen* erst in fünf oder zehn Minuten hier auftaucht.«

»Okay, dann geh ich noch mal kurz für kleine Mädchen«, sagte Katharina und rutschte von ihrem Barhocker. Sie war gerade ein paar Sekunden weg, als sich die Eingangstür öffnete und ich sofort spürte, dass es nun ernst werden würde. Durch das schummrige Halbdunkel der Bar erkannte ich einen mittelgroßen, leicht fülligen Mann, ich schätzte ihn aus der Ferne auf etwa Mitte vierzig, der seine dunkle Jacke an die Garderobe hängte, seine viel zu große und zu locker sitzende Hose ungelenk hochzog und sich dann interessiert im Lokal umschaute, ehe er – obwohl mindestens noch acht andere Tische frei waren – ausgerechnet am Nachbartisch unseres Lockvogels Platz nahm.

»Das isser«, flüsterte ich vor Aufregung lauter, als ich wollte, und suchte Blickkontakt zu Olaf und Katja. Die allerdings saßen hinter einem Pfeiler, so dass ich nur erahnen konnte, wie sie gerade in die Speisekarte vertieft waren.

HBMännchen rief per Handzeichen die Bedienung und bestellte ein Getränk.

Immer wieder schaute er verstohlen zu Pia hinüber, die aufgrund von Katharinas Abwesenheit wiederum Blickkontakt mit mir suchte. Ich nickte ihr vorsichtig zu, gab ihr aber mit einer unauffälligen Handgeste zu verstehen, noch einen Moment abzuwarten. Dann passierte es. *HBMännchen* nahm Kontakt zu ihr auf. Er beugte sich zu Pia hinüber und sprach sie an. BINGO. *HBMännchens* Masche live und in Farbe. Genau auf diesen Moment hatten wir so lange gewartet – und Katharina war auf dem Klo.

Nun tat Pia das, was wir im Vorfeld vereinbart hatten, und schon drang ihre entrüstete Stimme durchs Lokal.

»Wie armselig ist das denn, he? Du bist ja echt krank, weißt du das?«

Pia stand auf und baute sich vor *HBMännchen* auf. Aus dem Augenwinkel heraus sah ich, wie Olaf aufhorchte und Nussschnäckschä die Longdrink-Karte zuklappte. Pia machte das großartig und war nicht zu stoppen. In Nullkommanix hatte sie die komplette Aufmerksamkeit aller Gäste, inklusive des Personals.

»Erst mit einem falschen Foto Frauen anlocken, ein Date vereinbaren, zu dem der ›bildschöne‹ Traumprinz nicht erscheint, um dann selbst, rein zufällig, vor Ort zu sein und den Tröster zu spielen. Bäh, das ist so was von eklig.«

HBMännchen saß da wie vom Donner gerührt und von Klitschko geschüttelt. Pias Treffer zeigten Wirkung, und sie dachte gar nicht daran, auch nur einen Gang zurückzuschalten. »Und?«, fragte sie provozierend, »wie viele hast

du mit der Masche schon abgegriffen? Hä? Zwanzig, dreißig?« Blitzschnell griff Pia ihr Handy und schoss ein Foto
von *HBMännchen*. »So, dass hier schick ich an alle bekannten Dating-Portale, damit sie ihre Mitglieder vor so einem
Psychopaten warnen können«, schrie Pia, die für meinen
Geschmack nun dabei war, das Ganze etwas zu überziehen.
Ich stand auf und lief zu ihr hinüber.

»Lass ihn, Pia, ich glaube, er hat seine Lektion gelernt.«

Der speckige Mann im grauen Spießerpulli rang immer
noch nach Luft.

»Äh, ich, also«, mehr brachte er nicht heraus.

»Sagt mal, spinnt ihr? Was soll denn das?« Katharina und
Katja standen plötzlich hinter uns.

»Schade, dass du es verpasst hast, Katharina. Pia war
großartig«, sagte ich launig und durchaus nicht ohne einen
Anflug von Genugtuung. Nun hatte ich also das ominöse
HBMännchen doch noch überführt. Justus Jonas von den
»Drei Fragezeichen« wäre sicher sehr stolz auf mich gewesen. Kurz darauf und mitten in meine Euphorie hinein,
sagte Katja aber dann vier Worte, die mich bis ins Mark
erschütterten: »Das ist er nicht.« Mir wurde schwindelig.

»Bitte?«

»Katja hat recht, also jedenfalls ist das nicht der Typ, der
mich im Irish Pub angesprochen hat«, machte Katharina
meinen Fahndungserfolg nun endgültig zunichte.

»Scheiße«, entfuhr es Pia, die sich erst einmal hinsetzen
musste. Es folgte ein fast gespenstischer Moment der Stille.

»Äh, kann ..., also kann mir vielleicht jemand sagen, was
hier los ist«, wimmerte eine dünne Stimme. Sie gehörte dem
speckigen Mann, formaly so gut wie known as *HBMännchen,* der immer noch völlig eingeschüchtert auf seinem
Stuhl kauerte.

»Ich ... ich ... habe doch nur gefragt, ob ich meine Kerze
an ihrer anstecken dürfte ...«, stotterte er und sah verstört
zu Pia.

»Ja, aber dann meinte er, dass ich schöne Augen hätte«,
rechtfertigte die sich in die Runde, zu der sich nun auch Olaf
gesellt hatte.

»Na ... na und?«, fuhr der Mann fort. »Da nimmt man mal seinen ganzen Mut zusammen und traut sich seit Monaten mal wieder eine Frau anzusprechen und dann so was.«

O Gott! Was für ein Desaster. Dieser bemitleidenswerte Mensch würde bestimmt in tausend Jahren keine Frau mehr in einem Lokal ansprechen.

»Aber das isser«, rief Nussschnäckschä plötzlich hysterisch auf und deutete auf Joey, der, mit dem Gesicht von uns abgewandt, gerade seine Jacke von der Garderobe nahm und die Bar verlassen wollte. Blitzschnell fuhr ich zu Katharina herum und schaute sie fragend an.

»Ja, stimmt. Das ist der Typ aus dem Irish Pub. Ich kann mich noch gut an seine Jacke erinnern.«

JOEY? Ich meine, mein alter Musikerkollege Joey? Joey war *HBMännchen*? Der Mann, der auch Heike ...? Aber Heike hätte sich niemals in einem Partnerportal angemeldet. Wobei, konnte ich mir da jetzt wirklich noch sicher sein?

Mein Hirn ratterte wie eine schlecht belüftete, behäbige Festplatte, die nach und nach alle Informationen der letzten Tage zusammensetzte. Ja, Joey war sicher kein Kostverächter, das wussten alle Musiker aus Marthas Pool, Martha selbst hatte ja sogar Andeutungen in diese Richtung gemacht. Dass Joey gerne ein Guinness trank, fiel mir erst jetzt wieder ein, als ich sein halbleeres Glas auf dem Tisch neben ihm stehen sah.

Joey zog in aller Ruhe seine Jacke über und drehte sich dann langsam zu uns um. Natürlich hatte er alles haarklein mitbekommen, nur dass wir uns mittlerweile im Halbkreis hinter ihm aufgebaut hatten, damit hatte er nicht gerechnet.

»Oh. Na, was gibt das denn, wenn's fertig ist«, sagte er gespielt lässig.

Leider hatte keiner von uns eine adäquate Antwort parat, den Sachverhalt an sich hatte Pia ja schon in aller Ausführlichkeit und Lautstärke klargestellt, nur halt an den falschen Adressaten gerichtet.

»Was gibt es da zu glotzen?«, hakte Joey nach »Ich habe niemandem etwas getan. Ihr braucht euch gar nicht so zu

Moralaposteln aufzuspielen, vor allem du nicht, Katja.« Nussschnäckschä schaute verlegen auf den Boden. »Wenn ich mich recht erinnere, hattest du ziemlich viel Spaß an dem Abend, besser gesagt in der Nacht.« Joeys Mund verzog sich zu einem schmierigen Grinsen, und seine beiden Kumpels, mein Großcousin eingeschlossen, lachten hämisch auf.

»Schade«, seufzte Joey protzend, »ich wollte den beiden Jungs eigentlich eine kleine Nachhilfestunde im Weiber-Aufreißen geben.« Joey musterte Pia. »Sehr schade sogar.«

Blitzschnell und ohne Vorwarnung schoss Nussschnäckschä Katja aus der Deckung unseres Halbkreises nach vorne und zimmerte Joey eine Backpfeife ins Gesicht, deren Nachhall sogar das Rauschen der Espressomaschine übertönte.

»Und überhaupt, nur damit du es weißt, du Arsch, den … den Orgasmus, den … den habe ich mir nur vorgespielt!«

Nussschnäckschä wie sie »leibt und liebt«, hätte ich in Anspielung auf ihre gerade wieder unter Beweis gestellten rhetorischen Schwächen am liebsten ergänzt und merkte, dass auch Olaf sich ein Lachen verkneifen musste.

»Wow«, rieb sich Joey anerkennend die Backe, »du bist ja ein richtig kleines Luder-Stückchen. Wenn ich das gewusst hätte, hätten wir noch viel mehr Spaß haben können.« Dann wandte sich Joey an mich. »Ach, übrigens, Jan, grüß mir Heike, ja? Du kannst sie ja mal fragen, ob unter den zehn, fünfzehn Orgasmen eventuell auch der ein oder andere gespielt war. Ich würde das natürlich umgehend wiedergutmachen. Wobei, also rein akustisch hatte ich jetzt nicht unbedingt den Eindruck … Naja, egal.«

Obwohl es mir unendlich schwer fiel, versuchte ich mich von diesem Penner nicht provozieren zu lassen.

»Und? Schon einen Flug nach Gomera gebucht?«, legte Joey nach. »Ich will wahrscheinlich Mitte Mai rüber, wäre ja doof, wenn wir uns da ins Gehege kämen.«

Katharina griff nach meiner Hand. Offenbar befürchtete sie, ich könnte diesem Riesenarschloch an seine baumstammdicke Gurgel springen, was ich aber gar nicht vorhatte, weil ich mir nicht sicher sein konnte, überhaupt so hoch springen zu können. Nun trat Olaf plötzlich nach vorne.

»Das Foto? Was ist mit dem Foto?«, sagte er, baute sich in Kopfstoßnähe vor Joey auf, und ich stellte fest, dass die beiden annähernd gleich groß waren.

»Ah, der Herr Banker, ich habe schon viel von Ihnen ... naja, nicht gehört, aber gesehen«, witzelte Joey überheblich.

»Das mit dem Foto war kein Problem. Mike hat es bei der Pressestelle der Bank angefordert. Für die Referenzseite der Bandhomepage. Okay, eine Zweitverwertung des Bildes war nicht explizit vereinbart, aber es hat mit dir ja eh nicht besonders gut funktioniert, was ich übrigens außerordentlich bedaure«, säuselte er schmierig in Katharinas Richtung.

Da hätte ich auch selbst drauf kommen können. Unser Bandleader Mike hatte mir irgendwann mal erzählt, dass er die Seite mit unseren Gala-Referenzen neu gestalten und dabei mit Logos und Fotos der bekanntesten und größten Kunden etwas mehr auf die Werbe-Kacke hauen wollte, wie er es nannte.

Noch immer standen sich Joey und Olaf dicht an dicht gegenüber. Ich wartete nur darauf, dass einer der beiden die Nerven verlieren würde und den anderen mit einem Zinédine-Zidane-Kopfstoß niederstreckte, aber nichts geschah.

»Na, dann, Jungs, lasst uns gehen, es gibt noch andere einsame Herzen da draußen«, rief Joey schließlich. Seine beiden Kumpels, darunter auch mein – ab sofort – Ex-Großcousin, folgten ihm.

Es mag zwar etwas merkwürdig klingen, aber nachdem wir uns alle halbwegs wieder gesammelt hatten, verbrachten wir einen ganz wunderbaren, ausgelassenen Abend in der Havanna Bar. Und mit wir meine ich nicht nur Olaf, Sabine, Katharina, Pia, Katja, alias Nussschnäckschä und mich, nein, auch der von Pia verbal verprügelte Rainer gesellte sich hinzu, als wir ihn entschuldigend auf ein Weizenbier einluden und ihm die ganze skurrile Geschichte erklärten. Alles war perfekt, bis ... bis Olaf gegen 21 Uhr eine SMS erhielt, die den Abend in der Havanna Bar jäh beendete und mir die schlafloseste Nacht meines Lebens bescherte.

Everybody gets a second chance

Nervös schaute ich auf die Uhr meines Handydisplays. Immer noch fünfundfünfzig elendig lange Minuten. Ich bereute zutiefst, allen gesagt zu haben, dass ich von nun ab ungestört sein wolle. Ich konnte ja nicht ahnen, was diese Stille, diese Einsamkeit mit mir machen würde, denn ich kannte sie in dieser Form bislang nicht.

Gut zweieinhalb Stunden hatten wir fröhlich gefeiert, und als ich Katharina im Toilettengang der Havanna Bar verstohlen wie ein Teenager küsste, verspürte ich für einen klitzekleinen Moment das leise Gefühl, dass in mein Leben nun so langsam wieder etwas Normalität einkehren würde. Eine andere Normalität, als ich bislang kannte, aber immerhin. Alles war gut, bis Olaf plötzlich besagte SMS von Icke vorlas.

> Bist du noch ganz bei Trost? Deine Rede auf YouTube zu stellen und dann noch mit diesen Untertiteln, sag mal, geht's noch? Und warum zum Teufel hat das Ding schon 8500 Klicks und macht gerade 'ne Riesenwelle? Seit einer Stunde steht es sogar auf Spiegel-Online. Olaf, wo bist du? Tu etwas! Das kostet dich Kopf und Kragen. Wenn die Bank dich verklagt, dann gute Nacht.

Es war Nussschnäckschä Katja, die ihr Tablet aus der Handtasche holte, es auf den Tisch legte und den Browser öffnete. Wir starrten fassungslos auf den Bildschirm, wo ein Video von Olafs Rede lief, das auch einige der Filmaufnahmen mit Lina beinhaltete. Das Ganze musikalisch unterlegt mit meinem Zu-Bett-Bring-Song. Zwischendrin purzelten immer wieder Buchstaben durchs Bild, die sich in Windeseile zu Parolen zusammenbauten wie:

»So familienfreundlich ist die HESSENBANK wirklich«, »HESSENBANK führt eigene Kampagne ad absurdum«,

»Die Wahrheit über die Wahl zum neuen HESSENBANK-Chef«. Der von einer Userin namens *HannifürOlaf* am frühen Samstagmorgen hochgeladene Clip hatte mittlerweile schon über 10 000 Klicks.

»Das gibt's nicht … das, das … ich glaub das nicht«, stammelte Olaf in regelmäßigen Abständen und röchelte nach Luft, während Sabine jegliche Gesichtsfarbe verlor.

»Olaf«, seufzte sie verzweifelt, »warum machst du so etwas? Du … du hast dich doch zum Stillschweigen verpflichtet. Olaf, was bedeutet das jetzt?« In Sabines Verzweiflung mischte sich hörbar eine gute Portion Panik.

»Ich habe gar nichts gemacht«, rief Olaf aufgebracht, »keine Ahnung, wer das geschnitten und online gestellt hat, und was das für Konsequenzen hat, daran möchte ich besser nicht denken.«

»Wer oder was ist dann *HannifürOlaf*?«, fragte Katja mit ruhiger Stimme.

»Ich habe keine Ahnung«, erklärte Olaf konsterniert und gab ihr das Tablet zurück. »Pack das weg. Ich habe genug gesehen.«

»Kann das jemand von der Bank gewesen sein? Jemand, der dir deine Zukunft endgültig verbauen möchte? Jemand von Dr. Michels Leuten?« Sabine geriet mehr und mehr in Rage.

»Auf jeden Fall muss es jemand gewesen sein, der im Saal war und das Ganze von oben aus beobachtet hat«, stellte Katja sachlich fest und zog mir mit diesem Satz den Boden unter den Füßen weg. Panisch suchte ich Katharinas Blick, die aber betreten nach unten schaute und wohlweislich schwieg. Sie wusste in diesem Moment schon, wer *Hanni* war.

Als ich nach Hause kam, war ich froh, dass Lina tief und fest schlief. Ich verabschiedete meine Mutter, die als Babysitterin fungiert hatte, stürmte die Treppe hinauf und begann zu brüllen, noch ehe ich Hannahs Zimmer erreicht hatte.

»Sag mal, seid ihr noch ganz dicht? Seid ihr komplett irre? Wisst ihr überhaupt, was ihr angerichtet habt?«

Hannah schaute mich mit aufgerissenen Augen an. »Geht's noch? Was ist denn bitteschön los?«

»Was los ist?«, schrie ich sie an und fühlte mich durch ihre Unschuldsmiene noch mehr provoziert. »Ich kann dir sagen, was los ist. Die Hölle ist los. Ihr habt die Präsentation gefilmt, das ist los. Und das, obwohl ihr genau wusstet, dass das Ganze unter Ausschluss der Öffentlichkeit war, oder?«

Hannah verzog das Gesicht. »Ja, okay, kann sein. Aber Nicki hat die Kamera einfach laufen lassen und meinte, wir könnten ja mal sein neues Videoprogramm auschecken und einen kleinen Clip basteln.«

»Na, das nenn ich ja mal 'ne tolle Idee. Du weißt, das man für so etwas in den Knast wandern kann, ja?«

»HÄ? Wieso denn das? Jetzt reg dich mal ab, ja? Wir haben einen Clip gebastelt, mehr nicht. Den wollten wir, wenn er fertig ist, dann Olaf schicken.« Hannah senkte ihre Stimme. »Als Trost.«

»Trost? Ihr seid nicht mehr ganz bei Trost, so sieht's aus. Olaf schicken und auf YouTube stellen sind ja wohl zwei völlig verschiedene Paar Schuhe, oder?«

Hannahs Mine gefror zu einer Fratze, so unvermittelt, dass ich fast ein wenig erschrak. Sie beteuerte inständig und absolut glaubwürdig, dass sie nichts von einem Online-Stellen auf YouTube wusste. Sie wiederum glaubte mir erst, als ich ihr das Video auf ihrem Laptop zeigte.

»Was ist denn das? Diese Kommentare da, die ... die waren vorher nicht dabei, wo kommen die denn her?« Sie fuchtelte aufgebracht mit den Armen, ehe ich den Laptop wieder zuklappte und laut seufzte.

»Große Scheiße.«

»Und was heißt das jetzt für Olaf?«, fragte Hannah mich mit belegter Stimme.

»Keine Ahnung.«

Kurz vor Mitternacht erreichte mich eine SMS von Olaf, die ich schon erwartet hatte. Spätestens nachdem ich ihm beim überstürzten Verlassen der Havanna Bar gesagt hatte, wen Katharina und ich hinter *Hanni* vermuteten.

Hi. Ganz ehrlich, mir fehlen die Worte. Ist dir überhaupt klar, was deine Kinder da angerichtet haben? Und jetzt sag nicht, du hättest nicht mitbekommen, dass die von der Empore aus filmen und das Video dann nicht nur online gestellt, sondern den Link auch noch gezielt an alle wichtigen Medien geschickt haben. Woher haben die eigentlich die Mailadressen? Hängt da deine Agentur mit drin? Wenn die HESSENBANK mich verklagt, was ich für ziemlich wahrscheinlich halte, dann war's das für mich. Endgültig. Tu mir jetzt bitte nur einen Gefallen: Lass mich in Ruhe, ja? Ruf mich auch nicht an und versuche, irgendetwas geradezürücken, was längst zusammengestürzt ist, okay? Olaf

Kurz nach Mitternacht schrieb ich folgende Nachricht an Katharina.

Hallo. Ich fange diese SMS jetzt schon zum zehnten Mal an. Was soll ich sagen? Dass Nicki kapitale Scheiße gebaut hat, ist dir ja wohl klar, oder? Kann es sein, dass er zu allem Überfluss das Video auch noch gezielt an die Presse versendet hat? Wenn ja, woher hat er die Adressen? Wie dem auch sei, sorge bitte dafür, dass das Video gelöscht wird, auch wenn das nicht mehr viel ändert. Gute Nacht. Jan

Katharina Antwort ließ nicht lange auf sich warten.

Danke, dass du dich meldest. Ich habe mich nicht getraut. Das tut mir alles so leid, wirklich. Nicki hat blöderweise den Presseverteiler des Verlages benutzt, ich hätte den besser schützen müssen, ich weiß, das ist nicht zu entschuldigen. Nicki und ich … ach, ist auch egal. Es ist alles gesagt. Bis irgendwann mal, Kati

Nachdem am Vortag schon nahezu alle Online-Nachrichtenportale über die HESSENBANK berichtet hatten, waren nun auch alle Printmedien auf den publikumswirksamen Zug aufgesprungen, und so wunderte es mich nicht, als mich Olaf am frühen Montagmorgen von der Titelseite der Butzbacher Zeitung aus anlächelte. Sogar das Frühstücksfernsehen berichtete darüber, wie ich feststellte, als ich Hannah zur Schule und Lina zur Kita gebracht hatte. Immer wieder sah ich Aufnahmen der Pressekonferenz, denen dann Szenen des Videos mit Olafs Rede gegenübergestellt wurden.

Wie gebannt verfolgte ich den ganzen Morgen über die Berichterstattungen der verschiedenen TV-Sender und merkte zusehends, wie die Tatsache, dass das Video zu Unrecht angefertigt worden war und dabei sicher jede Menge Persönlichkeitsrechte, aber auch verbindliche, bankinterne Absprachen verletzt worden waren, überhaupt keine Rolle spielte. Ebenso stellte ich fest, dass bislang noch keiner die Frage nach der Herkunft des Videos aufgeworfen hatte. Immer wieder hieß es nur »tauchten plötzlich diese Aufnahmen im Internet auf«. Gut, wenn jemand nach der Herkunft des Videos fragen würde, dann am ehesten Vertreter der HESSENBANK, deren Führungskräfte jedoch bis dato jeden Kommentar dazu verweigerten.

Ich starrte auf die Mattscheibe und verfolgte live mit, wie Olaf in den Medien als Held gefeiert wurde. Familienpolitische Vertreter aller Parteien sprachen von einem »flammenden Familienplädoyer«, überfallartig interviewte Passanten in morgendlichen Fußgängerzonen von einer »herzergreifenden Rede«, Frauenrechtlerinnen gar von der »emanzipiertesten Rede eines Mannes seit langer Zeit« und von einem »Meilenstein in der Diskussion über die Vereinbarkeit von Familie und Beruf«. Nur die eilig vor die Kamera gezerrten Konzernmanager, speziell die anderer Großbanken, hielten sich auf die Frage, ob sie sich das von Olaf Juncker skizzierte Führungsmodell auch für ihr Unternehmen vorstellen könnten, diplomatisch bedeckt. Dem Fass den Boden aus schlug aber die Ankündigung von Hansi Fischer am Ende des Mittagsmagazins, dass sich die montagabendliche Diskussionstalkshow des Senders spontan dieses brandaktuellen Themas annehmen wolle. Sie erwähnte, dass das Video bis zum Mittag schon unfassbare 225 000 Mal angeklickt worden war. Acht von den Klicks gingen auf mein Konto, weil ich in regelmäßigen Abständen überprüfen wollte, wann Nicki endlich das Video löschen würde.

Noch fünfunddreißig Minuten.

Durch die dicke Feuerschutztür drang dumpfes Gemurmel in meine kleine, spärlich ausgestattete Kaschemme. Hätte Nicki das Video nicht online gestellt, würde ich jetzt nicht hier sitzen und nervös den nächsten beiden Stunden entgegensehen, die in jeder Hinsicht richtungsweisend für mich werden würden. Mindestens, was die nächsten zwei oder drei Jahre anging. Oder vielleicht sogar länger?

Aber gut, da musste ich jetzt durch, denn ich hatte mich dazu entschlossen, mich der Situation zu stellen. Nun gab es kein Zurück mehr. Genauso, wie sich Olaf am Tag nach der Veröffentlichung des Videos den nicht enden wollenden Fragen der Journalistenmeute hatte stellen müssen.

Zunächst sah ich ihn am frühen Montagabend in der Hessenschau, anschließend mit einem Kurzstatement in der Heute-Sendung, ehe ich dann um 20.15 Uhr vor Schreck fast vom Sofa fiel. In der beliebten TV-Talkshow ging es nicht nur um Olafs Rede, nein, er selbst war leibhaftig im Studio.

Neben mir auf dem Sofa saß Katharina, die überraschend mit Nicki und zwei lauwarmen Family-Pizzen in der Hand gegen halb sieben vor der Tür gestanden hatte. Nicki entschuldigte sich sowohl bei mir als auch bei Hannah, war aber immer noch überzeugt, richtig gehandelt und Olaf einen großen Gefallen getan zu haben. Während die Pizzen im Ofen wieder auf Betriebstemperatur gebracht wurden, nutzten wir die Zeit für eine Krisenbesprechung, an deren Ende die simple Erkenntnis stand, dass uns nichts anderes übrig blieb, als abzuwarten, ob und wenn ja, welche Konsequenzen nun auf wen zukommen würden. Nicki hatte inzwischen das Video gelöscht, allerdings nur unter Protest, weil er kurz davor war, bei YouTube lukrative Werbung platzieren zu können, die ihm weit mehr an Kohle eingebracht hätte als der mühsame Handel mit Anzündholz. Die nächsten sechs Wochen würde er nun im Wohnzimmer schlafen, da Katharina seine komplette IT-Peripherie samt Handy und Tablet abgeschlossen hatte. Nicki schien diese Strafe recht locker zu nehmen, jedenfalls ließ er sich nichts anmerken. Das Einzige, was den abgezockten kleinen Videoproducer augenscheinlich wirklich quälte, war die Tatsache, dass Hannah ihn auch nach seiner Entschuldigung nicht eines Blickes würdigte und er wahrscheinlich, genau wie ich, spürte, dass sich das in diesem Leben nicht mehr ändern würde. Mädchen in diesem Alter können extrem nachtragend sein. Wie das wohl bei einem ehemaligen Top-Banker ist?

An diesem Abend saß besagter Banker aber erst einmal in einem Fernsehstudio neben der flotten familienpolitischen Sprecherin der Berliner SPD, einem schnöseligen FDP-Politiker, dem Vorstandschef der Kölner Stadtwerke, einem Ingenieur, der über seine Elternzeit ein humorvolles Buch geschrieben hatte, und Dr. Harald Michel, dem neuen Vorstandsvorsitzenden der HESSENBANK. Während zu Beginn nur familienpolitische Gemeinplätze diskutiert wurden, sollte Olaf zwischendurch immer wieder die wichtigsten Punkte seiner »Brandrede« (so der Moderator) erläuternd vertiefen. Dr. Michel, der sich mit Redebeiträgen zunächst bedeckt hielt, versetzte uns dann aber, ab der Mitte des TV-Talks, in Erstaunen.

Mit offenen Mündern verfolgten wir, wie der neue HESSENBANK-Chef betonte, dass der Grundgedanke hinter den Ausführungen Olaf Junckers ja gar nicht so falsch sei und dass die HESSENBANK sicher in den nächsten Monaten abwägen würde, ob man Teile davon umsetzen könne. Dazu würde man »eine Arbeitsgruppe bilden und sich mit Nachdruck der Sache annehmen«, fabulierte der Banker im unverbindlichen Politiker-Stil.

»Voll der Heuchler! Wie eklig ist das denn? Jetzt versucht der Arsch auch noch, Olafs Idee zu klauen«, blökte Hannah dazwischen, die ich für ihre Ausdrucksform rügte, ihr in der Sache aber recht gab.

Dennoch würde er, Dr. Michel, als Vorstandsvorsitzender der größten Bank Hessens, nun gerne doch auch mal die Frage aufwerfen, wie es überhaupt zu diesem Video hatte kommen können und wer dafür verantwortlich sei. Seinen Informationen zufolge stamme das Video aus dem Freundeskreis des Ex-HESSENBANK-Managers Olaf Juncker, insofern läge der Verdacht nahe, er selbst habe nach seinem

Scheitern dieses Video gezielt lanciert. Gekonnt ließ der gelernte Jurist Michel immer wieder Begriffe wie »massive Verletzung von Persönlichkeitsrechten«, »Nichteinhalten von Absprachen«, »mangelnde Loyalität zum Arbeitgeber« einfließen und sprach am Ende sogar von »Hochverrat«, der für Juncker, aber auch für den Autor dieses Filmes, »weitreichende juristische Konsequenzen haben würde«. Katharina, ich, Nicki und Hannah saßen wie hypnotisierte Kaninchen vor dem Fernseher und hielten die Luft an. Zum Glück hatte Olaf das Studiopublikum auf seiner Seite, und so bezog Michel nach seinen letzten Äußerungen reichlich Prügel in Form von langandauernden Buh-Rufen, ehe der Moderator wieder die Zügel in die Hand nahm.

»Naja«, sagte der beliebte Talkmaster, »die Frage, wer das Video gedreht und dann bearbeitet hat, können wir aufklären.« Er tippte mit seinem Zeigefinger auf die multimediale Schaltfläche seines Pultes und startete eine Videoeinspielung. Nahezu synchron schrien Hannah und ich auf, als wir Nicki auf dem Bildschirm sahen, wie er in ein Mikrofon des Hessischen Rundfunks hineinsprach und erstaunlich souverän klarstelle, dass er alleine es war, der das Video gedreht hatte, weil er die Funktionen seines neuen Tablets ausprobieren wollte. Als er dann aber die Pressekonferenz verfolgt hatte und merkte, welche Lügen diese Banker da verbreiteten, wollte er die Menschen nur darüber aufklären, wie es wirklich war. Über die Folgen habe er nicht weiter nachgedacht und entschuldige sich bei allen, denen er mit diesem Video eventuell geschadet habe. Hier endete das Video.

»So, Herr Dr. Michel, Sie wollen diesen Knirps jetzt also verklagen, ja?«

»Hat der eben Knirps gesagt?«, rief Nicki aufgebracht.

»Psst«, fuhr Hannah ihn an.

»Nein, also wenn das so ist ...« Dr. Michel lächelte schmierig in die Kamera, »ich lade den jungen Mann aber gerne mal ein, an der von uns finanziell sehr großzügig unterstützen Fortbildungsreihe ›Jugend und Medien‹ teilzunehmen, die ein wichtiger Bestandteil unseres familienorientierten Konzeptes ist«, sagte er gönnerhaft in die Kamera.

»Der kann mich mal ...«, schnaubte Nicki.

Noch ehe Katharina oder ich irgendetwas zu Nickis TV-Statement sagen konnten, setzte Olaf auch schon zu seinen Schlussworten an. »Ich möchte die Gelegenheit nutzen, um noch etwas loszuwerden«, begann er mit fester Stimme und aufrichtigem Blick. »Zunächst einmal möchte ich mich bedanken und gleichzeitig entschuldigen. Und zwar bei diesem kleinen pfiffigen Jungen, den Sie eben im Interview gesehen haben. Er war es, der auf meine Bitte hin die Privataufnahmen aus dem Familienleben eines ...« Olaf pausierte kurz und räusperte sich, »... eines Bekannten gemacht hat. Insofern ging die Initiative zu all dem, was jetzt daraus geworden ist, von mir aus. Alle erdenklichen Konsequenzen werde somit ausschließlich ich tragen und nicht er. Und wenn ich sage alle, dann meine ich alle.« Olaf winkte mit einem kurzen Handzeichen der Kamera, die ihn tatsächlich heranzoomte. »Nicki, sollte deine Mutter ein Computer- oder Handyverbot verhängt haben, stehe ich morgen bei euch auf der Matte und kläre das, versprochen.«

Nicki glotzte mit offenem Mund auf den Bildschirm. »Cooool ...«

»Danken möchte ich ihm dafür, dass er das Video online gestellt hat, auch wenn das rechtlich gesehen nicht ganz okay war. Aber wissen Sie was? Ich bin zwar nicht zum neuen Vorstandschef gewählt worden, doch durch Nickis Video wurde eine Diskussion in Gang gesetzt, die unser Land dringend benötigt. Eine Diskussion, die die HESSEN-BANK nicht bereit war zu führen.

Entschuldigen möchte ich mich auch bei einem ..., ja, man kann wohl sagen Freund, ohne den ich hier jetzt nicht stehen würde, ohne den ich nie den Mut gehabt hätte, eine solche Präsentation zu halten, und ohne den ich jetzt nicht nur arbeitslos, sondern auch ehelos wäre, was weitaus schwerer wiegen würde, das möchte ich an dieser Stelle explizit betonen. Ich hoffe sehr, er kann mir meine erste heftige Reaktion im Eifer des Gefechtes verzeihen, und Jan ..., falls du gerade zusiehst, das hier ist für dich.«

Mit ungläubig aufgerissenen Augen sahen wir, wie Olaf

im Fernsehstudio sein Handy zückte und zweimal darauf tippte. Als schon der Abspann der Talkshow lief, vermeldete mein Handy den Eingang einer E-Mail. Olaf hatte mir einen kurzen Songausschnitt als mp3-Anhang gesendet, den ich ohne zu zögern antippte.

Everybody gets a second chance, the circumstance to say I'm sorry, sang Ex-Genesis-Mitglied Mike Rutherford mit seiner Formation Mike and the Mechanics.

Ich antwortete per SMS mit der Fortführung des Refrains: *I'd like to tell you in advance, take my chance and tell you, I'm sorry too.*

Noch neunzehn Minuten.

Noch einmal ging ich in Gedanken meine ersten Worte durch. Vor allem zu Beginn musste ich präzise und klar sein, durfte keinerlei Zeichen von Verunsicherung oder Schwäche zeigen, um somit die zwangsläufig anwesenden Zuschauer gleich auf meine Seite zu ziehen. Ich erhob mich, schob die schwere Feuerschutztür auf und näherte mich über einen kleinen Flur dem Ort des Geschehens, aus dessen Holztür schon gespanntes Gemurmel in die Katakomben drang. Durch einen kleinen Spalt gelang es mir, einen Blick in den Saal zu werfen. Vorne in der ersten Reihe waren noch zwei Plätze frei, rechts daneben erkannte ich meine Eltern mit Hannah und Lina, die gelangweilt in einem Bilderbuch blätterte.

Obwohl die letzten Wochen in vielerlei Hinsicht für mich einen kompletten Ausnahmezustand dargestellt hatten, war es uns doch gelungen, mit der Zeit zumindest die Vorstufe eines normalen Familienlebens auf die Beine zu stellen, nach Leibeskräften unterstützt von meiner Mutter und – nachdem Heike von Gomera aus wohl zwischenzeitlich insistiert hatte – auch von meiner Schwiegermutter. An drei Wochentagen waren die Kinder bis abends aus dem Haus, während ich mich um den Haushalt, meine Klavierschüler und um das kümmern konnte, was nun unmittelbar bevorstand.

Direkt hinter meinen Eltern saß Pia, Katharinas Freundin und Lockvogel, mit deren Hilfe wir Joey das Handwerk gelegt hatten, der natürlich nicht nach Gomera gefahren war, sondern von Martha als Schlagzeuger auf ein zumindest optisch schwer havariegefährdetes altes Donauschiff beordert wurde, auf dem er nun gerade zwischen Passau und dem Schwarzen Meer strafpendelte. Dort konnte er tagsüber alleinstehende ältere Damen im Dreivierteltakt anbaggern, bis ihm schwindelig wurde. Oder den Damen.

Neben Pia saß Rainer, der etwas speckige, aber durch und durch gutmütige Havanna-Bar-Single, der nun, genau wie Pia, keiner mehr war.

Mein Auge wanderte weiter, und für einen kurzen Moment befürchtete ich, mein bester Freund hätte mich an diesem Tag im Stich gelassen. Dann aber, rechts außen in der dritten Reihe, entdeckte ich ihn. Olaf flüsterte gerade Sabine etwas ins Ohr, während Jette, zwei Plätze weiter, mit ihrem Handy spielte.

Allerspätestens nach Olafs Talkshowauftritt war klar, dass er als der große Sieger aus der »Familienbank-Affäre«, wie die Presse immer wieder titelte, herausgehen würde. Die HESSENBANK gab sich einige Tage nach dem TV-Talk sogar die Blöße, Olaf wieder einstellen zu wollen, was der aber dankend ablehnte. Er wolle sich, so erklärte er in zahllosen Interviews, erst einmal ein halbes Jahr Auszeit nehmen und in aller Ruhe überlegen, wie es beruflich mit ihm weitergehen solle. Vor exakt fünf Tagen unterschieb er nun einen Arbeitsvertrag bei einer Frankfurter Privatbank, die ihm, durchaus medienwirksam in Szene gesetzt, ein ähnliches Job-Modell anbot, wie er es für die HESSENBANK ihm Rahmen seiner Präsentation entworfen hatte. Mit dem kleinen, aber feinen Unterschied, dass an der Spitze dieser Bank nun kein Duo, sondern eine Troika fungieren sollte. Olaf, Icke und Lothar.

Um weiteren Imageschaden zu verhindern, verzichtete die HESSENBANK auf rechtliche Schritte bezüglich des Videos, und da Olaf tatsächlich einen Tag nach der Talkshow bei Katharina vor der Haustüre stand, durfte Nicki auch wieder mit seiner Peripherie arbeiten. Er hatte sich, nach dem riesigen Erfolg seines ersten Videos, mittlerweile einen eigenen YouTube-Channel aufgebaut und war, ja, man kann sagen, so etwas wie ein kleiner Internetstar geworden.

Einen weiteren Gewinner der »Familienbank-Affäre« gab es aber noch, ohne dass der irgendetwas dazu beigetragen hätte, nämlich mich. Bevor Nickis Video von ihm selbst gelöscht wurde, hatten es knapp 350 000 Menschen gesehen, und nachdem in »Hart aber fair« immer wieder Ausschnitte gezeigt worden waren, dauerte es exakt 48 Stunden, ehe mich ein Wiesbadener Musikproduzent anrief, der meinen im Homerecordingverfahren produzierten Song nun gerne mal »richtig amtlich« aufnehmen und dann »ratzfatz auf den Markt« werfen wollte. Sechsunddreißig Stunden später war die Aufnahme im Kasten, und weitere viereinhalb Wochen danach starrte ich wie gelähmt auf die Internetseite der Media-Control-Single-Charts, die einen gewissen Jan Schubert mit »Bleib einfach nur stehn« auf Platz 58 als Neueinsteiger auswies.

»Ach, hier bist du!«, rief eine mir vertraute Stimme hörbar erleichtert.

»Als du nicht in der Garderobe warst, habe ich befürchtet, dass du kneifst.«

Martha stand hinter mir und riss mich jäh aus meinen Gedanken. Dass für sie der ganze Medienrummel um Olaf, den Song und mich ein Sechser im Lotto war, muss ich wohl kaum erwähnen. Noch am Abend der Talkshow rief sie mich an und prophezeite, dass nun nichts mehr so sein würde, wie es war. Ich glaubte ihr aufs Wort, denn ich wusste, dass sich eine Martha von Ahlbeck so eine Publicity-Steilvorlage nicht entgehen lassen würde und mit Hochdruck daran arbeitete, für mich, aber natürlich auch für sich, das Optimale aus dieser »medialen Supernova«, wie sie immer wieder begeistert ausrief, herauszuholen.

Nun, da es nur noch wenige Minuten dauern würde, ehe ich durch die Holztür in ein neues, in vielerlei Hinsicht unwegsameres Leben gehen würde, konnte ich mir dank der Turbulenzen der letzten Wochen rund um den Videoclip zumindest einer Sache sicher sein: In diesem und im kommenden Jahr musste ich mir keinerlei finanzielle Sorgen machen. Martha hatte mir in den letzten Wochen knapp sechzig gut bezahlte Auftritte an Land gezogen, wobei es treffender formuliert wäre, dass sie förmlich an ihren Strand geschwemmt worden waren.

Mein Puls hämmerte gegen meine Schädeldecke. Denn genau diese an sich ja erfreuliche Tatsache war der Knackpunkt. Deswegen war mir seit zwei Stunden, ach, wenn ich ehrlich bin, seit zwei Wochen durchgängig speiübel.

Alle diese Veranstalter hatten mich nur aufgrund des einen Songs und meiner dadurch erlangten – durchaus fragwürdigen – »Bekanntheit« engagiert. Kein Mensch, mich inbegriffen, wusste, ob Jan Schubert über zwei Stunden hinweg sein Publikum humorvoll unterhalten konnte. Was, wenn die Frankfurter Neue Presse übermorgen einen kapitalen Verriss über meine Show veröffentlichte? Was, wenn die BILD-Frankfurt titeln würde: »Ein guter Song, viele flache Witze.«

»Alles okay mit dir, Jan?«, wollte Martha wissen.

»Hmm«, presste ich hervor.

»Sogar die HR-Redakteure sind gekommen, ist das nicht großartig? Die sind durchaus interessiert, mit dir was zu machen, eventuell sogar eine eigene Show«, trällerte Martha, die mindestens so aufgeregt war wie ich und mit dieser Bemerkung meine aufkommende Panik nur verstärkte.

»Okay, dann toi, toi, toi, Jan.« Martha spuckte mir andeutungsweise über die Schulter, und ich verzichtete, wie in Künstlerkreisen üblich, auf ein »Danke«, denn das brachte ja angeblich Unglück.

Kaum war Martha verschwunden, stand auch schon der Haustechniker der KÄS im Backstagegang und teilte mir mit, dass es rappelvoll sei und in drei Minuten losgehe. »Sobald das Bühnenlicht angeht, kommst du raus, okay?«

»Okay«, erwiderte ich kurzatmig und schaute noch einmal durch den Türschlitz.

Vorne links, in der zweiten Reihe, erkannte ich Ella, auch eine Gewinnerin der letzten Wochen. Dadurch, dass Martha seit der TV-Talkshow nun praktisch durchgängig von morgens bis abends arbeitete, kühlte die Beziehung zu Peter merklich ab, und Ellas Mann besann sich darauf, mehr Zeit in das La Vita zu investieren. Ob er auch wieder mehr in die Beziehung zu Ella investierte, das wusste ich nicht.

Neben Ella saßen Nora und Freddy, die beiden guten, aber zumindest in Bezug auf Nora durchaus streitbaren Seelen des La Vita. Immerhin war es Freddy inzwischen gelungen, Nora nicht nur seine Liebe zu gestehen, sondern sie auch zu einer langfristig angelegten Alkoholtherapie zu bewegen. Im Falle eines erfolgreichen Verlaufes wollten Ella und Peter sie nach dem Sommer als »Büroassistentin« oder was auch immer wieder in den Hotelbetrieb integrieren.

Meine Augen wanderten weiter durch die Reihen. Hier und da erkannte ich ein paar entfernte Verwandte, und auch Katja, alias Nussschnäckschä, war gekommen, was mich wirklich freute. Ihr war leider bislang kein Liebesglück vergönnt gewesen, ihr Traumprinz war noch nicht auf einem weißen Einhorn durch die Pforten des Café Johannisberg geritten gekommen. Tja, das Leben ist halt kein Ponykonzert.

Schräg hinter ihr erkannte ich meine Bandkollegen Mark an der Seite seines weiterhin nur »guten Freundes« Carsten und Mike. Letzterer war ja nicht ganz unbeteiligt an der *HBMännchen*-Sache. Immerhin hatte sich Mike in aller Form bei Olaf dafür entschuldigt, die Fotodatei an Joey weitergegeben zu haben, und betonte, dass ihm nicht bewusst gewesen war, was Joey da trieb. Sogar unsere Gastsängerin Kim Wagner war gekommen, die vor wenigen Wochen nun endgültig dem Deutschpopluder Antonia Hügel als Backgroundsängerin den Schlager-Laufpass gegeben hatte. Nicht ganz zufällig schmiegte sie sich an Harry, den Wiesbadener Produzenten meines Songs, der, wie er mir vor ein paar Tagen augenzwinkernd gestand, in Zukunft nicht nur im Studio ganz eng mit Kim zusammenarbeiten wollte. Er würde mir ewig dankbar sein, dass ich Kim als weibliche Hintergrundstimme für die »amtliche« Aufnahme meines Songs »Stehn« ins Spiel gebracht hatte.

Wie schön, dass so viele einsame Herzen zusammengefunden hatten in letzter Zeit, dachte ich, während meine Augen immer hektischer den Saal durchkämmten, um die

Frau zu finden, an der mein Herz seit einigen Wochen hing. Wo bitte war Katharina? Sie hätte schon längst mit Nicki vorn in der ersten Reihe sitzen müssen, doch die beiden Plätze der van Leers waren immer noch leer.

Nein, Katharina war in den letzten Wochen natürlich nicht zur »neuen Frau an meiner Seite« geworden. Andererseits bedeutete sie mir aber viel mehr als nur eine gute Freundin. Die Wahrheit lag irgendwo dazwischen, wo genau, da waren wir beide immer noch am Herausfinden. Dieses Herausfinden wiederum fühlte sich ziemlich gut an. Letztendlich lag es an unseren Terminplänen und dem jeweiligen Arbeitspensum, dass wir nur selten mal mehr Zeit am Stück miteinander verbringen konnten. Vor allem, weil ich als frischgebackener Alleinerziehender nun innerhalb von nur drei Monaten ein komplettes Kabarettprogramm auf die Beine stellen musste. Nachdem das Video und somit auch mein Song durch die Decke gegangen waren, wollte Martha die Premiere unbedingt vor den Sommer ziehen, um dann mit guten Pressekritiken im Gepäck weiter die PR-Maschine für mich rühren zu können. Dazu mietete sie am letzten Tag vor den Ferien auf eigene Faust das Kabarett-theater »KÄS« und lud neben den Abo-Zuschauern alle erdenklichen Medienvertreter, VIPs und Möchtegern-VIPs der Rhein-Main-Region zur Premiere ein.

Alle waren sie gekommen. Nur Katharina nicht. Aber warum nicht?

Egal in welche Richtung sich unsere persönliche Beziehung in den nächsten Monaten auch entwickelte, zumindest geschäftlich würden Katharina und ich verbunden bleiben. Unser gemeinsam konzipiertes, in den vergangenen Wochen fertiggestelltes und unter dem Pseudonym *Anita de Gräf* bei Katharinas Verlag eingereichtes Manuskript würde am 1. Oktober erscheinen und den Titel »Etage Sex. Spiegel der Lust« tragen. Es erzählt von der mittelhessischen Hotelchefin Mathilda, die still und heimlich eine komplette Etage ihres großen Kurhotels so geschickt umbauen lässt, dass sechs zentral gelegene »Liebeszimmer« an jeweils zwei luxuriöse Suiten grenzen. Von denen aus konnten die solventen Mieter der Luxuszimmer junge, meist studentische Pärchen durch eine einseitig verspiegelte Glasscheibe genüsslich und unerkannt beim Sex beobachten. Diese nur Insidern bekannte und lediglich über einen Extra-Schlüssel per Lift erreichbare Etage droht aber aufzufliegen, als die neue Liebschaft der Hotelchefin, ein bekannter Frankfurter Geschäftsmann, durch Zufall dort seine eigene Tochter beim Sex beobachtet.

Nein, dieses Hotel war nicht in Anlehnung an das durch und durch seriöse La Vita entstanden, und die Hotelchefin des Romans hat – auch rein optisch – wenig mit Ella Rothenburg gemeinsam. Katharina und ich hatten bei »Mathilda« eher ein ganz klein wenig Martha vor Augen gehabt.

Apropos vor Augen. Wo, verdammt noch mal, blieb Katharina? Es konnten jetzt nur noch wenige Sekunden bis Showbeginn sein. Plötzlich erinnerte ich mich, dass sie vor zwei Tagen, als sie mit Nicki bei uns zu Besuch war, intensiv mit Hannah getuschelt hatte und ich mir einbildete, es ginge eventuell um eine Art Premierengeschenk für mich. Hannah schien sie um etwas zu bitten, und Katharina zögerte. An mehr konnte ich mich nicht erinnern. Steckte da womöglich etwas ganz anderes dahinter als eine kleine Überraschung zur Premiere?

Dann endlich öffnete sich die bereits geschlossene Tür zum Theaterfoyer noch einmal, und ich sah zwei Gestalten hereinhuschen. Katharina erkannte ich sofort, an ihrer Seite schritt aber nicht Nicki strammen Schrittes in Richtung der ersten Reihe, sondern ...

Mein Herz blieb stehen. Einfach so und ohne Vorwarnung. Irgendwann gelang es mir, mich durch ein reflexartiges Schütteln zu reanimieren und zurück ins Leben zu treten. Nach einem weiteren ungläubigen Blinzeln hatte ich Gewissheit. Es war Heike, die von Katharina durch den Mittelgang bis nach vorne in die erste Reihe geführt wurde, wo Hannah und Lina sie stürmisch begrüßten, ehe der Haustechniker das Saallicht langsam abdimmte und meine Ehefrau neben meiner Freundin Platz nahm.

Nein. Absolut unmöglich, ich konnte da jetzt nicht raus.

Nicht, wenn Katharina und Heike Seite an Seite unmittelbar vor mir in der ersten Reihe saßen. Nicht, wenn ich bedachte, dass es in den kommenden zwei Stunden einige Momente geben würde, in denen die semifiktive Frau meiner Bühnenfigur, die in meinem Stück zur Selbstfindung für ein halbes Jahr nach Indien gereist war, nicht besonders gut wegkam.

Das Licht im Saal erlosch nun gänzlich, und alles Gemurmel versiegte. Durch den Türspalt konnte ich erkennen, wie der Techniker die Bühnenbeleuchtung hochfuhr. Ich schritt nach draußen und wurde von einem herzlichen Applaus empfangen. Eigentlich hatte ich vorgehabt, das Publikum zunächst mit ein paar netten Worten und zwei, drei launigen Scherzen zu begrüßen, aber Heikes völlig unerwartete Anwesenheit hatte mir schlicht und ergreifend die Sprache verschlagen.

Immerhin war auf meine Finger Verlass. Ich hockte mich auf die Klavierbank und spielte den Vorspann-Titelsong zu meinem Programm »Meine Frau, ihr Mann und ich«. Immer noch klebten meine Lippen vor Trockenheit aneinander wie doppelseitiges Klebeband, so dass ich das viertaktige Vorspiel viermal komplett durchspielte, um Zeit zu gewinnen. Während im Publikum schon besorgte Unruhe aufkam, versuchte ich mich per Atemübung zu beruhigen.

»Ommm, Shanti, Shanti, Shanti«, flößte ich mir gedanklich ein und tatsächlich, es funktionierte. Ich spürte, wie meine Lippen sich lösten, meine Sprachlosigkeit wich und sich ein nicht näher definierbares, warmes Glücksgefühl in mir ausbreitete. Ich wagte einen vorsichtigen Blick in die erste Reihe und sah, wie mich Katharina und Heike nahezu synchron anlächelten.

Ich erwiderte Katharinas Lächeln und begann zu singen.

Ich hab gelernt, ganz offen über Gefühle zu reden,
Heike wollte immer 'nen modernen Mann.
In der Mutter-Kind-Turnstunde kenn ich jetzt jeden,
dort lauf ich auf Socken und sing den Bibabutzemann.

Ich war mit Heike im Yoga-Schwangerschaftskurs
und stehe nachts auf, wenn eine Kleine weint.
Ich bin die Zahn-, die Schnuller- und die Schwimmflügel-
    fee,
jemand, dem Hello Kitty im Traum erscheint.

Heike hat BRIGITTE wegen einer Prämie,
obwohl ich's nicht wollt, auf meinen Namen abonniert.
Bin ich wirklich so modern oder nur gut dressiert?
Was ist mit mir als Mann passiert?

Bekommst du das überhaupt noch mit?
Manchmal glaub ich, wir leben als Paar zu dritt,
und das auch irgendwie jeder nur für sich:
Meine Frau, ihr Mann und ich. Meine Frau, ihr Mann
    und ich.

Ich hab völlig verlernt, im Stehen zu pinkeln.
Sogar im Wald hock ich mich hin, das ist doch nett.
Elf von zehn Fraun würden mir ihr Kind anvertraun,
doch keine von denen ging mit mir ins Bett.

Ich steh vor dem Spiegel, wer ist denn dieser Knilch da?
Statt Tatort zu schaun, heult er bei Rosamunde Pilcher.
Bin ich wirklich so modern oder nur gut dressiert?
Was ist mit mir als Mann passiert?
Gestern hab ich Heike mit 'nem Typen erwischt,
so 'n Türsteher-Typ, der andre Leute verdrischt.
All die Jahre hat mich Heike zum Weichei erzogen,
und jetzt poppt sie 'nen Primaten auf dem Küchenboden.

Irgendwas bekomm ich grad nicht mit.
Und jetzt weiß ich, wir leben wirklich zu dritt.
Was ihr Frauen eigentlich wollt, kapier ich nicht:
Meine Frau, ihr Typ und ich. Meine Frau, ihr Typ und ich.

DANKE!

Ich bedanke mich bei allen, die dieses Projekt auf unterschiedliche Art und Weise unterstützt haben, insbesondere bei Andrea, Christiane und Christian für ihr Vorlektorat, bei Caroline Funke für das Verlagslektorat, bei meinem langjährigen Kabarettweggefährten Dietrich Faber sowie bei Marc Kreischer für sein positives Feedback auf erste Entwürfe.

Zudem danke ich den Städten Butzbach und Bad Nauheim für die spontane, kostenfreie und unbürokratische Bereitstellung aller Originalschauplätze und Kulissen und bei den Achtzigern für den Soundtrack zum Buch.

Ganz besonders danke ich aber meiner Frau, meinen Kindern sowie meinen Eltern und Schwiegereltern, die allesamt – ähnlich wie bei meinen Kabarettprogrammen und Zeitungsglossen – meine Mixtur aus viel Fiktion und einem guten Schuss Realität mit einer bewundernswerten Gelassenheit und viel Humor erdulden.

www.martinguth.com

ISBN 978-3-359-02478-1

© 2015 Eulenspiegel Verlag, Berlin
Umschlaggestaltung: Buchgut, Berlin
unter Verwendung eines Motivs von Fotolia
Druck und Bindung: GGP Media GmbH, Pößneck

Die Bücher des Eulenspiegel Verlages
erscheinen in der Eulenspiegel Verlagsgruppe.

www.eulenspiegel-verlagsgruppe.de